KB041550

Alternate
얼터네이트

ALTERNATE by KATO Shigeaki
Copyright © KATO Shigeaki 2020
illustration © Yoko Kuno
All rights reserved.
Original Japanese edition published in 2020 by SHINCHOSHA Publishing Co., Ltd.
Korean translation rights arranged with SHINCHOSHA Publishing Co., Ltd.
Korean translation copyrights © 2022 by Somy Media,Inc.

얼터네이트
Alternate

가토 시게아키 장편소설

현화 옮김

미미디어
omy Media

차례

주요등장인물

니미 이루루

엔메이학원고등학교 3학년. 요리사인 아버지를 두고 있고 요리
동아리 부장을 맡고 있다.

미즈시마 다이키 : 엔메이학원고등학교 3학년. 원예부 부장으로 이루루
의 절친한 친구다.

다가 미오 : 이루루보다 한 학년 윗선배로 전년도 요리 동아리 부장이었
다.

야마기리 에미쿠 : 엔메이학원고등학교 1학년. 미오에게 반해서 요리 동
아리에 입부했다.

미우라 에이지 : 에이세이 제1고등학교 3학년. 요리 동아리 에이스도 저
명한 요리연구가인 어머니를 두고 있다.

반 나즈

엔메이학원고등학교 1학년. 얼터네이트를 신봉한다.

사사가와 선생님 : 나즈네 학급담임. 요리 동아리와 원예부 고문을 겸임하
고 있다.

가쓰라다 무우 : 고향 사이타마에서 학교를 다니는 고등학교 1학년이다.

다라오카 나오시

오사카에서 다니던 고등학교를 중퇴하고 홀로 상경했다.

안베 유타카 : 엔메이학원고등학교 2학년. 나오시의 옛 밴드 동료이다.

사에야마 미우 : 엔메이학원고등학교 1학년. 파이프오르간 연주자이다.

겐이치 : 나오시의 옛 알바 동료. 낙천가에 방랑벽이 있다.

제 1 장

종 자

그레고어 멘델은 수도원 정원에서 서른네 종의 완두를 기르고 287송이의 꽃을 하나씩 손으로 가루받이하면서 유전에 관한 실험을 실시한 결과, 어떤 수학적인 규칙성을 발견했습니다. 오늘날 그 멘델의 법칙은 여러 방면으로 알려지게 되어 시장에 나도는 채소 대부분이 이 법칙에서 유래한 잡종 1대, 통칭 'F1'입니다, 라고 사사가와 선생님이 흙을 휘저어 섞으면서 이야기했다.

"왜냐하면 F1은 균등하게 자라고 품질도 안정되어 있기 때문이죠. 이번에 심을 옥수수도 물론 F1종입니다."

오후 태양에 데워진 땅 내음이 니미 이루루의 코를 사르르 간질였다. 말라서 잿빛이 된 표면을 파서 일구자 축축한 짙은 갈색의 흙이 얼굴을 내밀었다. 이 대비를 즐기고 있는 사이에 점점 한데 어우러져 균일한 색이 되어갔다.

"그런데 F1에는 단점도 있습니다."

"이 이야기를 들으면 늘 맥라렌 F1이 머릿속을 쌩하니 지나가버려." 다이키가 이루루에게 속닥였다.

원예부 고문인 사사가와 선생님은 생물 담당이기도 해서 말투가 자연히 수업하는 것처럼 나온다.

"이해가 되나요?"

이제 막 원예부 부장이 된 다이키가 "으쌰" 하고 삽을 든 손을 치켜들었다. 그러자 흙이 사방에 튀어서 요리 동아리 신입생 얼굴에 맞았다. 하지만 그 신입생은 기분 탓인지 즐거워 보였고 입을 작게 벌리고 있었다. 다이키는 흙을 뿌린 걸 알아차리지 못했고, 다이키와 마찬가지로 새롭게 요리 동아리 부장이 된 이루루가 대신해서 "미안해"라며 손을 모았다.

"자손이 생기지 않는 거겠죠."

자신만만한 다이키에게 사사가와 선생님은 시원스럽게 "틀렸습니다"라고 대답했다. 서먹서먹한 신입생들의 분위기가 약간 누그러들었다.

"아깝네요. 그런 종도 늘고 있지만, 정확하게는 F1이면 반드시 종자가 생기지 않는 게 아니라 F1의 종자, 즉 F2가 되면 장점이었던 발육도 품질도 갑자기 제각기 달라져 불안정해집니다. 그래서 F1은 1대로 한정되는 거지요."

사사가와 선생님은 옥수수 씨앗을 학생들에게 나눠주었다. 이루루의 손바닥에 씨앗 세 알이 올라갔다. 이루루가 그것을 뚫어져라 보고 있으니 캉, 하고 바로 뒤 펜스에 공이 부딪쳤다. 흠칫해서 돌아보자 하나로 묶고 있던 머리카락이 찰랑여 얼굴에 닿았다. 그 바람에 떨어뜨린 씨앗을 다급히 주워들었다.

"야!" 다이키가 축구를 하는 동급생에게 소리 지르자 "닥쳐!"라는 대답이 멀리서 들렸다. 다이키는 운동장에다 대고 중지를 세우고 신입생에 세 "얼터네이트를 하더라도 저런 남자애들이랑은 하면 안 돼"라며 인상을 팍 썼다. 신입생 가운데 한 명이 "다이키 선배, 플로우해도 돼요?"라고 묻자, "당연하지. 커넥트하자" 하고 세우고 있던 손가락을 엄지로 바꾸었다. 그런 건 없지만, 얼터네이트 광고 같았다.

원예부는 교내 화단 말고도 운동장 가장자리에 있는 이 텃밭도 관리하고 있다. 여기서는 채소나 과일을 키우고, 요리 동아리는 그 식재료를 얻는 대신 원예부를 돕는 관습이 있었다. 그렇다고 해도 원예부에는 다이키밖에 없어서 대부분 요리 동아리가 이 텃밭을 가꾸는 상황이다. 요리 동아리 고문인 사사가와 선생님이 원예부 고문도 겸하고 있는 건 그 때문이다. 하지만 이 일을 모르고 입부한 학생들은 텃밭 가꾸기 작업을 받아들이지 못하고 불만스러운 표정을 짓고 있었다.

이루루처럼 2년이나 원예부 활동을 하고 있으면 식물의 매력도 알게 되지만, 신입부원은 꽃이 피거나 열매가 맺히는 것에서 오는 즐거움을 아직 경험하지 못했다. 그런 데다 기껏 새로 맞춘 체육복을 입고 흙을 만지작거려야 하니 소극적인 것도 하는 수 없는 일이다. 다이키가 없었더라면 다들 진즉에 작업을 내팽개쳤을 터다.

"이런 느낌으로." 사사가와 선생님이 씨뿌리기를 보여주었다. 흙을 우묵하게 파서 씨앗 세 알을 살포시 놓고 흙을 가볍게 뿌렸다.

"세 개 다 싹이 나면 어떻게 되나요?"

신입생 중 한 사람이 묻자 다이키가 "당연히 두 개는 잘라내야지"라고 말을 뱉더니 또다시 타격을 주듯이 혀를 굴려 속삭였다. "KILL."

"이제 들어온 신입생한테 겁주지 마."

이루루가 나무라자 다이키는 아랫입술을 내밀었다.

솎아내기나 가지치기는 이루루도 서툴다. 중요한 건 알고 있지만, 한 식물을 지키기 위해 불필요한 존재를 잘라낸다는 선택이 정말 타당한지 늘 생각에 잠기게 된다.

이루루는 땅에 씨앗을 뿌리다 문득 유치원 시절에 먹은 수박을 떠올렸다. 씨앗을 그만 삼키고 말았는데 엄마가 "뱃속에서 수박이 자랄 거야"라고 겁을 주었다. 무서워서 엉엉 우는 이루루를 보고 아빠가 코웃음 쳤다. "그럴 리

없잖아. 사람 배는 흙으로 채워져 있지 않아." 아빠는 이어서 말했다. "배는 어떤 음식이든 녹이는 불이지. 씨앗은 바로 타버릴 거야." 자기 몸 안에 불이 있다는 건 수박의 싹이 트는 것보다도 무서워서, 이루루는 역시 울었다.

씨앗을 다 뿌리자, 다이키가 물뿌리개로 물을 뿌렸다. 햇빛을 받아 희미하게 무지개가 생겼다. 마른 땅은 물을 머금고 묵직해졌다. 불그스름하고 쭈글쭈글한 씨앗에 이 수분이 침투해서 발아한다. 그리고 열매가 맺힐 무렵에는 벌써 여름이다.

"저기 말이야, 옥수수가 자라면 뭘 할 거야?"

"음, 글쎄, 어떻게 하면 좋을까? 처음에는 그대로 삶아서 먹는 편이 감동적이겠지만, 맛을 보고서 옥수수포타주나 채소튀김이라든가. 메인 요리면 솥밥도 좋고, 반죽해서 옥수수빵으로 만드는 것도 좋겠지. 좀 더 손이 가는 걸 만들고 싶으면 차가운 무스로 만들어서 위에 콩소메젤리를 뿌리는 것도 괜찮을 거야."

신입생들도 들어주고 있을 거라는 생각에 조금 큰 소리로 다이키에게 대답했다. 하지만 반응은 없었다. 미움받고 있을지도 모른다. 모두 분명 '원포션'을 본 것이다. 낙담한 이루루를 개의치 않고 집게벌레가 엉덩이를 실룩대며 텃밭을 가로지르고 있었다.

토마토나 가지, 피망 따위의 여름 채소 이외에도, 바질이나 고수나 민트, 샐비어나 로즈마리 등의 씨앗을 재배 용기에 뿌리자 원예부 작업은 끝났다.

"수고했어. 손은 저기 있는 수돗가에서 씻어. 흙으로 막힐지도 모르니 학교 건물 안에 있는 수도는 쓰지 않도록 하고."

3학년이 선도해서 학교 건물 옆에 있는 수돗가까지 향했다. 뒤에서 신입생들의 한숨이 들리는 가운데 다이키가 갑자기 이루루의 손을 잡았다.

"결혼 선은."

손을 뚫어져라 보면서 "없군요"라고 감정사 같은 투로 말했다.

"있거든? 세 개나 있거든?"

손바닥은 흙으로 더럽혀져 주름이 또렷하게 눈에 띄고 손금이 부각되었다.

"결혼을 세 번이나 한다고?"

"그런 뜻 아니거든? 기회가 세 번 있다고!"

"그럼 손금이 안 맞는데."

"왜?"

"세 번이나 있을 리가 없잖아."

"그걸 어떻게 알아?"

수도꼭지를 돌려서 손을 비비고 있으니 흘러 떨어지는 물이 조용히 탁해져갔다.

곁에서 손을 씻던 동급생 메구미가 한숨을 섞어서 말했다. "몇 명이라고 생각해?" 의미는 알고 있지만 굳이 "무슨 소리야?"라고 시치미를 뗐다.

"열일곱 명 중에 몇 명 남을 것 같아? 부장."

작년에는 열다섯 명이 입부해서 지금도 남아 있는 사람은 일곱이었다.

"올해도 여섯이나 일곱 정도가 아니겠습니까?"

다이키가 젖은 손으로 앞머리를 쓸어 올리며 답했다.

"그러고서 3학년 때 다시 한번 절반이 되는 패턴이지."

작년에 네 사람이었던 2학년은 3학년이 되자 이루루와 메구미 두 사람뿐이라, 부원을 어떻게 해서 줄지 않게 할지도 부장으로서의 과제였다.

이 이상 짧게 깎을 수 없을 만큼 손톱을 바싹 깎았는데도 흙이 껴 있었다. 이루루는 조금 초조해하면서 손끝 하나하나를 윤을 내듯이 씻었다.

"나도 때려치울까." 메구미가 이어서 말하자 이루루가 "관두면 옥수수를 팝콘으로 만들어서 메구미 책상에 채워넣을 거야" 하고 얼굴을 가져다댔다. 즉시 다이키가 "야, 소중한 식물을 그런 데 쓰지 마!" 하고 손에 묻은 물을 튕겨서 뿌렸다.

"메구미가 관두면 국화를 화병에 꽂아서 책상에 놔둘 거야."

완전 악질이야, 라고 메구미가 대답하자, 세 사람은 얼굴을 마주하고 웃고서 틀어놓았던 수도꼭지를 2학년에게 양보했다.

학교 건물 벽에 기대 모두가 손을 씻기를 기다렸다. 손 씻는 방식을 보면 요리에 익숙한지 어떤지 알 수 있다. 다이키가 한 추측은 반드시 틀린 것만은 아닌 듯했다.

교문을 지나면 바로 있는 엔메이학원고등학교라고 쓰인 비석 앞에서 신입생으로 보이는 2인조 여학생이 스마트폰을 자신들에게 대고 촬영하고 있었다. 비석 주변에는 연한 핑크색 히아신스가 피어 있어서 그것들을 화면에 들어오게 하면 앵글이 딱 근사할 법했지만 시행착오를 겪고 있었다.

"다이키가 심은 꽃, 완전 활약 중이네."

"그야 당연하지. 이러려고 키운 거니까."

다이키가 의기양양한 얼굴로 이루루를 쳐다보았다.

"저 애들이 사진 덕분에 플로우 받으면 내 덕분이지."

전원이 손을 다 씻고 가정실습실로 돌아갔다. 창으로 비쳐 드는 석양이 주방의 은색에 튕겨 올라 눈부셨다. 이곳에는 늘 식욕을 자아내는 냄새가 남아 있지만, 봄방학 사이에는 사용하지 않아서 밍밍한 공기가 감돌았다.

모두를 화이트보드 앞으로 모아 의자에 앉히고 그 앞에 혼자 서 있자 왠지 운동계열 코치 같다는 생각이 들었다.

얼터네이트

신입생들은 앞머리를 가지런히 자른 비슷한 헤어스타일을 하고 있었다. 최근에 인기 있는 여자 아이돌의 머리 모양과 거의 같았는데, 이게 요리 동아리에 들어오려고 하는 학생의 현실이구나 싶어서 앞날이 걱정되었다.

"오늘은 수고했습니다. 느닷없이 원예부를 돕게 해서 화가 난 후배님도 있을지 모릅니다. 미안하다고 느끼지만 우리는 이 일을 해서 다행이라고 늘 생각하기에 여러분에게도 협조를 부탁드렸습니다. 오늘 다 같이 심은 씨앗, 그 씨앗들이 식재료가 뇌었을 때 요리해서 먹는 의미를 생각하려고 합니다. 그게 무척이나 소중한 일이라는 것을, 여기에 있는 3학년과 2학년은 실감하고 있습니다. 따라서 여러분에게 그 마음이 전해졌으면 더할 나위가 없다고 저는 생각합니다."

신입생들은 멍한 표정으로 이루루를 응시하고 있었다. 너무 설교 같은 느낌이었나? 아니, 그게 아니라 역시 미움받고 있을지도 모른다. 어떻게든 해야 한다며 다음 말을 생각하는 사이에 목이 꽉 메었다. 전년도 부장이던 미오 선배는 어떤 때든 차분했다. 선배의 기량을 이제 와서 깨달았다.

"아무래도 딱딱하게 느껴지죠? 달리 말하자면 원예부는 이 친구밖에 없어서 도움이 필요하기도 합니다. 조금이라도 여유가 있을 때 도와주면 좋을 것 같습니다."

다이키는 교실 제일 뒤에 서서 양손을 흔들었다. "그 텃밭 말고도 돕나요?" 신입생이 나른한 목소리로 말했다.

"텃밭만이라도 괜찮아요. 하지만 혹시 그가 곤란해하거나 눈에 밟히는 게 있다면 조금만이라도 일손을 빌려주면 기쁘겠어요."

아직 신입생들은 잘 부탁해, 라고 말하는 다이키가 익숙하지 않은지, 눈앞에 있는 그가 정말 존재하는지를 확인하려고 하는 것 같았다.

"하교 때도 교내 화단을 다시 보세요. 예쁜 꽃이 많이 피어 있으니까요."

그쯤에서 일단락 짓고, 그럼 앞으로의 활동을 설명할게요, 하고 이어서 말했다.

"요리 동아리 활동은 당연하겠지만, 요리 실습이 주를 이룹니다. 메뉴는 그때그때 당번이 생각해온 것을 바탕으로 다들 의논해 결정해나갑니다. 만들어보고 싶은 것, 먹어보고 싶은 것, 메뉴는 아무거나 상관없습니다. 물론 예산 범위 내에서지만요. 당번이 되었지만 생각이 나지 않는 사람은 언제든지 상담에 응할 테니 가벼운 마음으로 말 걸어주세요. 요리 실습 말고는 운동계열 동아리에서 간식을 부탁받을 때도 있습니다. 그리고 제일가는 이벤트라고 하면 축제라고 할까요. 요리 동아리가 판매하는 메뉴는 해마다 무척이나 평이 좋아서 수많은 사람들이 찾아옵니다."

그렇게 말했지만 이루루는 작년 축제에 참가하지 못했다.

한 번 호흡하고, "그리고 이건 요리 동아리 활동이 아니지만, 저는 올해도 '원포션'에 나갈 생각인데 이 중에서 파트너가 될 상대를 찾고 있습니다"라고 전했다. 여러 사람이 흠칫 반응했다. 즉 이 아이들은 나를 알고 있다.

"'원포션'은 인터넷 방송으로 하는 고등학생 요리 콘테스트입니다. 선발된 고등학생 대표 두 사람이 한 팀이 되어 출전합니다. 우리 학교는 2회 연속으로 출전했습니다. 관심이 있는 학생은 인터넷에 있으니 밀퍼보세요. 서면에는 저도 나갔습니다."

몰래 조사당할 바에는 내가 먼저 떳떳하게 말하는 편이 낫다.

"이상이 주된 활동입니다. 질문 있나요?"

신입생들은 서로 눈빛을 교환하고 무언가 말하고 싶은 표정을 지었다. 무슨 질문이죠? 라고 이루루가 먼저 묻자 한 명이 스마트폰, 하고 읊조렸다.

엔메이학원고등학교는 수업 중이 아니면 기본적으로 스마트폰을 사용할 수 있도록 허가하고 있다. 그 자유로운 교풍에 이끌려 입학하는 학생도 많고, 더구나 얼터네이트 다운로드율이 다른 학교에 비해 높다고 들었다.

"필요한 경우에만 허가합니다. 구체적으로는 레시피를 확인하거나 조리 과정을 기록하려고 사진을 찍는 경우 등입니다. 다만 한창 요리하고 있는 도중에 스마트폰을 여러 번 건드리는 건 위생적으로 좋지 않으니 최소한으로 줄여 주기를 바랍니다. 개인적인 사진은 조리를 마친 후에 촬영해주세요."

사진을 찍어도 된다는 걸 알아서인지 신입생들은 마음을 놓고 있었다. 그런 그녀들을 못미덥다고 생각하면서도 이루루는 이미 포기하고 있었다.

요리 동아리가 인기인 것은 요리를 좋아해서 잘 만들고 싶은 아이가 많아서가 아니다. 대부분의 학생은 얼터네이트 프로필란에 '요리 동아리'를 올리고 싶다는 식의 액세서리 사는 감각으로 찾아온다.

하지만 그런 동기로 입부한 부원은 바로 관두기 일쑤다. 가벼운 마음으로 해나갈 수 있을 만큼 이 동아리는 수월하지 않다.

"오늘 동아리 활동은 이걸로 끝입니다. 다음 주부터는 바로 실습에 들어가기 때문에 앞치마를 지참해주세요. 처음이라서 메뉴는 부장인 제가 생각하겠습니다."

그럼 다시 뵙겠습니다, 라고 말한 차에 란디가 다이키를 데리러 가정실습실로 들어왔다. 두 사람이 모이자 신입생들은 오늘 최고로 흥분된 모습을 보였다.

"그럼 이루루, 먼저 갈게. 내일 봐."

"응, 안녕."

신입생들은 멀어지는 그들이 보이지 않을 때까지 응시했다. 한 달만 있으면 당연한 광경으로 받아들이게 된다는 사실을 알고 있어서 일일이 주의를 주지는 않았다.

"이루루. 나도 갈게. 무슨 일 있으면 연락해."

메구미도 그렇게 말하고 가정실습실을 뒤로했다. 이후에 다이키는 란디와 유원지에서, 메구미는 다른 학교 학생과 데이트를 하는 모양이다.

이루루는 부원 모두를 배웅하고 복도에 아무도 없는 것을 확인하고서 묶고 있던 머리를 풀었다. 사르르 떨어진 머리가 견갑골 주변에 닿자 온몸에 해방감이 퍼졌다. 그리고 조리대에 앉아 벌러덩 드러누웠다. 움직이지 않는 환풍기를 빤히 바라보면서 졸업할 때까지의 1년을 상상했다. 그러는 동안에 작년 일이 떠올라 심사위원의 말이 뇌리에 되살아났다.

―마치 가이드북에나 나오는 여행 같군요.

엔메이학원고등학교의 작품을 평가한 그 말은 어째서인지 늘 아빠의 목소리로 재생된다.

앞으로 한 걸음만 더 가면 되는 지점에서 우승을 놓쳤다. 대부분의 사람들은 "애썼어", "너무 아깝더라", "내년도 있잖아"라고 격려해주었고 파트너였던 미오 선배도 "이루루가 없었으면 여기까지 못 왔어"라고 위로해주었지만, 이루루는 한심한 자신의 모습에 의욕을 잃었다.

자신이 요리 동아리 부장에 적합한지 모르겠다. 그런 실패를 한 자신에게 동아리를 운영할 자격이 있을까.

"저기."

갑자기 누군가 말을 걸어서 벌떡 일어나니 조금 전에 스마트폰을 사용해도 되는지 질문한 학생이 서 있었다.

"무슨 일인데?"

"물어보는 걸 깜박했는데, 앞치마는 아무거나 상관없나요?"

"응?"

"디자인이라든가요."

"아, 응, 별다른 규율은 없어. 실용적인 거라면 뭐든지 돼. 좋아하는 걸로 가져와."

이루루는 억지로 미소를 지었다.

"알겠습니다. 저기 그리고."

"응?"

"선배님은 얼터네이트, 안 하시나요?"

스마트폰을 꼭 쥐고 있는 그녀의 손톱에는 클리어젤이 칠해져 있어서 창에서 비쳐 드는 햇살을 반짝 반사했다.

"응, 안 해."

"왜요?"

옅은 갈색 앞머리 사이로 보이는 시선이 이루루를 지그시 응시하고 있었다.

얼터네이트

"그냥?"

얼버무리듯이 미소 짓자 그녀는 "그러시군요. 니미 선배
는 모험을 안 하는 사람이었죠"라고 혼잣말로 중얼거리고
는 교실에서 나갔다. 또다시 아빠의 목소리가 울려 퍼져서
이루루는 그것을 지워버리듯이 문을 열었다.

제 2 장
대　리

얼터네이트, alternate, 얼터네이트, alternate, 얼터네이트, alternate, 얼터네이트, alternate, 얼터네이트, alternate, 얼터네이트, alternate, 얼터네이트, alternate.

교단에 선 영어 선생님은 중학교에서 배운 시제를 복습시키고 있었다. 반 나즈는 그에 개의치 않고 턱을 괴고서 아직 거의 백지인 노트에 반복해서 글자를 썼다. 네 개의 괘선 위에 나란히 늘어선 그것들은 당장이라도 춤추기 시작할 것 같았다. 글자로 빼곡하게 채운 노트처럼 나즈의 머리는 얼터네이트로 가득 차 있었다.

전자사전 이력에서 'alternate'를 선택해서 표시된 화면을 몇 번이나 다시 보았다.

alternate 분절 al・ter・nate 발음 ɔ́ːltərnèit

자동사

1 교대로 일어나다, (…과) 서로 엇갈리다 《with》, (…과 …을) 교대로 반복하다 《be-tween》

2 〈사람이〉〈다른 사람과〉 교대하다 《with》, (일 등을) 교대해주다 《in》: 〈물건・사람이〉 (다른 …과) 교대로 늘어서다 《with》

3 《전기》〈전류가〉 교류하다

타동사

…을 교대로 하다, (…과)서로 엇갈리다 《with, and》, (…과 …의 사이에서) 교대로 반복되게 하다 《between》

명사

(美) 대신하는 것, 교대요원, 대리인, 보결

나즈는 황홀해졌다. 이 화면을 볼 때마다 감동하고 예술성마저 느끼고 있다.

우선 자동사1의 '교대로 일어나다'라는 의미.

고등학생 한정 SNS 앱 '얼터네이트'에서는 서로가 플로우를 보내서 커넥트되면 메시지 등의 직접적인 대화가 가능해진다. 이게 기본적인 사용법이며 지금 이 순간에도 얼터네이트상에서는 고등학생들의 플로우가 난비하고 있다.

그리고 자동사3의 〈전류가〉 교류하다'라는 의미.

예를 들어 AC란 alternating current의 약칭이다. 교류전류. 운명적인 만남에 대한 비유로서는 쑥스러울 만큼 안성맞춤이다.

나즈는 중학교 때 교류전류에 대해서 이런 일화를 읽었다.

애초에 전력공급 시스템은 한때 토머스 에디슨이 발명한 직류가 주류였다. 그에 반해 에디슨의 제자였던 니콜라 테슬라는 자신이 발명한 교류 시스템을 새로 제안, 장려했지만, 자신이 부정당했다고 착각한 에디슨은 그에게 그 위험성을 지적했다.

대립하는 두 사람의 주장은 이윽고 전류전쟁이라고 불리는 것으로 발전했고, 불화는 더 심해졌다. 어느 날 니콜라 테슬라는 그 안전성을 확실히 증명하기 위해서 그가 고안한 테슬라코일이라고 불리는 공진변압기 앞에 앉아 흩어지는 불꽃 아래에서 독서하는 사진을 공개했다. 오늘날 교류 시스템은 폭넓게 이용되어 생활 도처에서 활약하고 있다. 얼터네이트의 보급 방식은 이와 통하는 면이 있다.

그리고 마지막의 '대리인'.

유저가 지정한 조건에 맞춰 수많은 고등학생 중에서 마음이 잘 맞는 사람을 추천해주는 얼터네이트는 중개인 역할을 하는 대리인이다. 메시지를 보내고 받을 수 있는 커뮤니케이션 툴 말고도 블로그를 개설해서 글을 발행할 수 있는 SNS 기능 등, 고등학생에게 반드시 필요한 웹서비스를 독점하고 있다.

서비스가 런칭된 5년 전에는 다른 인기 SNS에 밀려 이용자가 거의 없었다. 런칭 초기의 몇 없는 유저들도 얼터네이트의 특징이라고 할 수 있는 매칭 서비스에는 소극적이어서 트러블이나 위험부담을 피하려고 신중했었다. 하지만 실제로 이용한 유저의 '괜찮은 사람을 만났다'는 입소문에 서서히 불이 붙어 얼터네이트는 갈수록 주목을 모았다.

실제로 등록하는 데에는 개인 인증이 필요해 익명성이 없고(사진이 붙어 있는 학생증을 촬영해서 보내야만 계정을 만들 수 있다) 이용 조건도 고등학교 입학식부터 졸업식까지라는 점 때문에 수상한 사람이 얼터네이트에 섞여 들지 않았다. 시간이 지나면서 그 안전성이 증명되어 지금은 필수로 다운로드해야 하는 인기 앱으로 확고한 지위를 구축했다.

"사에야마 미우 학생. 괄호에 들어가는 시제는 뭘까요?"

"과거완료형입니다."

정답입니다, 하고 영어 선생님이 작게 박수를 쳤다.

사에야마는 무척이나 예쁘다. 얼굴이 조막만한데도 눈이 크고 맨얼굴인데도 마스카라를 한 듯하다. 피부는 투명할 정도로 뽀얗고 몸매는 거짓말처럼 날씬하고, 키는 아담하지만 자세가 반듯한 만큼 크게 느껴졌다. 분명 발레라도 하고 있을 테다.

얼터네이트

이 수업에서 눈에 띄는 존재가 사에야마 혼자인 것은 나즈에게 있어서 행운이었다. 그야말로 근사한 남학생한테 한눈에 반하기라도 하면 기껏 맹세한 신념이 무너지고 만다. 외모에 속아서는 안 된다. 데이터가 뒷받침된 것 말고는 신용할 수 없다. 나즈는 고등학교에 들어가기 전부터 자신에게 그리 타이르고 있었다.

종이 울리고 점심시간이 되자 음악 선생님이 와서 "사에야마 학생" 하고 불렀다. "네" 하고 대답한 사에야마는 무슨 일인지 알고 있는 듯 선생님과 함께 교실에서 나갔다. 남학생들의 시선이 그쪽을 쫓았다. 엇갈리듯이 세 여학생이 다가와서 "반이라는 학생 있어요?" 하고 나즈를 찾았다. 손에는 도시락용 주머니를 들고 있었다. 시오리가 나즈를 돌아보고 윙크했다. "옆 반 애들이야. 이야기가 듣고 싶대. 난 잠시 볼일이 있어서 같이 가줄 순 없겠지만 부탁할게."

"넌 날 얼터네이트의 기획자라고 생각하지?"

"그야 나즈보다 잘 아는 사람은 없잖아. 부탁해."

거절할 방도가 없어서 나즈는 포기하고 "나야"라고 말하며 손을 들었다. 그 아이들이 "점심 같이 안 먹을래?"라고 해서 자신의 도시락을 가지고 세 사람 곁으로 향했다.

엔메이학원고등학교 학생식당은 교실이 있는 동관이 아니라 서관의 지하 1층, 도서실 옆에 있다. 두 건물은 3층이

구름다리로 연결되어 있어서 그곳에서 서관으로 건너 계단을 내려갔다. 지하라고 해도 창가는 운동장에 접하고 있고 중앙은 꼭대기 층까지 뻥 뚫려 있어서 날씨가 좋은 점심시간에는 눈부실 만큼 밝았다.

안에 들어가자 대부분이 2, 3학년으로, 특히 전망이 좋은 창가 자리는 학생회장이나 눈에 띄는 선배들로 채워져 있었다. 1학년인 나즈 일행은 조심스럽게 구석 자리를 골라 앉고 자그맣게 모여 도시락을 열었다.

"갑자기 미안해."

세 사람 중 가장 리더십이 있어 보이는 여자아이가 나즈에게 말했다.

"반에 대해서 시오리한테 들었거든."

시오리는 입학식 날 말을 걸어왔었다. 그녀는 무척이나 사교적이어서 하교할 때에는 이미 연락처를 교환한 후였다. 곧바로 얼터네이트 계정을 만들었다고 하자 시오리가 흥미진진해서, 그녀에게 얼터네이트에 대해 가르쳐주었다. 그걸 계기로 시오리는 그 이후 친해지는 모든 사람에게 얼터네이트를 권하며 "자세한 건 내 친구한테 물어봐"라고 말하고 다녔다.

"난 미즈하라 요시키라고 해. 시오리랑 같은 축구부 매니저인데 거기서 네 이야기가 나왔어. 그래서 반한테 묻고 싶어서."

그리고 요시키는 다른 두 친구를 소개했다.

"성 말고 이름인 나즈라고 불러도 돼."

그렇게 말하자 요시키는 어깨에 들어간 힘을 뺐다.

"그럼, 나즈. 실제로 얼터네이트는 어때?"

세 사람은 머뭇거렸고 한 아이는 쑥스러운 듯이 자신의 손가락을 만지작거렸다.

"어떻다니?"

"여러모로, 음, 위험한 일은 현재로서는 없어?"

입학하고 마로 얼터네이트를 사용하는 사람은 의외로 적다. 고등학교 생활을 시작한 지도 얼마 안 되었는데 인터넷으로 개인정보를 공개하는 건 거부감이 들 테다. 근사한 만남을 기대하는 것 이상으로 이상하게 눈에 띄어 나쁜 쪽으로 주목받게 될지도 모른다든가, 선배들한테도 찍힐지 모른다든가, 그런 부정적인 상상을 하기 일쑤다.

"현재로서는 괜찮아."

달걀말이를 오물거렸다. 그다지 맛있지는 않지만, 직접 만들었기에 참았다.

"나아즈으."

뒤에서 어깨를 톡톡 두드린 사람은 3학년인 메구미 선배였다.

"안녕하세요."

"나즈는 멀리서도 바로 찾겠더라."

"그래요?"

"마커로 빽빽하게 칠한 것처럼 머리카락이 까만걸? 검정이라기보다 오히려 어둠 같아. 어둠이 머리에 내려앉아 있어."

메구미 선배는 그리 말하고 히죽거리며 나즈의 머리를 쓰다듬었다.

"그거 칭찬 아니죠?"

"칭찬이야, 칭찬. 엄청 예뻐. 거짓말처럼 직모고. 머리가 이렇게 자라다니 완전 부러워."

나즈의 실제 머리는 갈색에 곱슬기가 있다. 정기적으로 까맣게 염색하고 스트레이트파마를 하는 건 솔직히 말해서 힘들다. 하지만 자연스럽게 자라는 머리는 아무리 애써도 자신의 것 같지가 않아서 손질을 해야 직성이 풀린다. 딱히 숨기는 건 아니지만, 일일이 보고할 수도 없으니 굳이 정정하지 않았다.

"감사합니다."

나즈는 손가락을 세워서 은근슬쩍 메구미 선배가 건드린 부분의 머리를 다시 다듬었다.

"요리 동아리에 들어올 마음은 들어? 요리를 잘하면 인기가 좋아져. 신입생은 아직 모집 중이야."

메구미 선배는 커넥트된 사람 중 한 명이다. 선배와 연결되면 학교에 대해 빨리 알 수 있다고 생각해서 다정해

보이는 사람을 적당히 골라 플로우했다. 그녀 쪽은 요리 동아리를 권할 목적으로 플로우에 응답한 모양이다. 나즈는 아르바이트로 바빠서 동아리에 들어갈 마음이 없었지만, 그 사실은 말하지 않고 "동아리 활동은 아직 고민하고 있어요"라고 가벼운 느낌으로 답했다.

메구미 선배는 일부러 쓸쓸한 표정을 지었고, 이어서 요시키 일행에게도 "다들 어때?"라고 말을 걸었다.

"죄송해요. 동아리에 이미 들어서요."

요시키 일행이 대답하자 메구미 선배는 어린아이처럼 토라졌다.

"쳇, 요리 동아리, 정말 즐겁다니까. 오늘도 여러 종류의 빵을 만들어 먹을 거라고."

"생각해볼게요." 나즈는 적당히 맞장구를 치고, "메구미 선배는 얼터네이트를 하기 시작한 게 언제예요?"라고 화제를 바꾸었다. 요시키 일행이 메구미 선배 쪽으로 몸을 가까이 가져갔다.

"2학년이 되었을 때였던가."

"계기가 뭐였어요?"

"친구한테 얼터네이트로 남자친구가 생겼다는 이야기를 들었거든. 1학년 때 만남의 기회가 전혀 없어서 2학년 때는 어떻게든 만들어야겠다 싶었지. 3학년이 되면 입시 준비도 해야 하니 얼른 하는 편이 좋아. 연애는 실은 즐길 수 있는 때가 한정돼 있으니까."

"그래서 남자친구는 생기셨어요?"라고 요시키가 대화에 끼어들자 선배는 "생겼어. 바로 생겼어. 더구나 꽃미남"이라고 말했다. 그 빠른 템포에 어처구니없어하면서도 "지금도 그 사람이랑 잘 지내고 있어요?"라고 질문을 이어나갔다.

"사귀고 있지."

그리 말하는 메구미 선배는 거만한 투도, 자랑을 늘어놓는 투도 아닌, 어디까지나 자연스러운 표정을 짓고 있었다.

"무슨 조건으로 상대를 찾았어요?"

요시키는 나즈를 제쳐놓고 완전히 몸을 앞으로 기울이고 있었다.

"그건 말하기 좀 창피한데. 한 가지만 말해줄게."

메구미 선배는 목소리를 죽이고 "노래를 잘하는 사람"이라고 말했다.

"그걸 얼터네이트로 알아요?"

"그게 말이야, 정말 잘하더라고. 대단하지?"

그리 말하고 메구미 선배는 양손을 모았다.

"이제 갈게. 나즈, 요리 동아리 진지하게 생각해봐. 너희도 마음이 바뀌면 언제든지 오고."

학생식당을 뒤로하는 메구미 선배의 뒷모습은 시원했다. 하지만 나즈는 선배의 얼터네이트 사용법이 딱히 매력적으로 느껴지지 않았다.

"나즈는? 커넥트한 남자애 있어?"

"있어."

스마트폰을 꺼내서 얼터네이트의 아이콘을 터치하자 메인 페이지에 반 나즈라는 이름과 프로필 사진이 표시되었다. 교문 바로 옆에 있는 화단에서 시오리와 같이 찍은 것이었다. 뒤로 핑크색 꽃이 피어 있었다.

메뉴에서 Connect라는 항목을 선택해서, 거기서 MALE을 표시했다.

"지금은 이 정도야."

"헉! 마흔여덟 명?"

요시키는 무심결에 목이 메어 입 언저리를 가렸다. 이러쿵저러쿵하는 동안에 마흔아홉 명이라고 표시가 바뀌었다.

"이거 전부 다 남자야?"

"응, 맞아."

얼터네이트 매칭 기능은 친구, 연인 등 목적에 맞춰서 상대를 선별해준다. 등록된 고등학생은 120만 명이다.

예를 들어 '같은 학교', '3학년', '동성', '친구 목적', '대화를 원함'이라는 항목을 체크해서 검색하면 이 조건에 걸맞은 얼터네이트 유저가 표시된다. 그중에서 사진이나 프로필을 보며 마음에 든 상대를 팔로우하고 다시 상대로부터도 팔로우받으면 커넥트가 성립되어 직접 대화가 가능해진다. 팔로우는 화면 하단에 표시된 번개 마크를 터치하기만 하면 된다. 메구미 선배와도 이 방법으로 알게 되었다. 마찬가지로 연인을 찾는 경우라면 나즈는 '지정 고교 없음', '지정 지역 없음', '연령 제한 없음', '이성', '진지한 교제 목적'이라는 항목에 체크를 했다.

범위가 넓어서 결과적으로 이렇게까지 수가 늘었지만, 고등학교도 지역도 지정하지 않아서 대부분이 교외 고등학교였고, 실제로 어지간해서는 만나는 데까지 이르지 않았다.

그것 말고도 체크 항목이 있다. 까만 머리라든가 긴 머리라든가 근육질이라든가 애니메이션 오타쿠라든가 오므라이스를 좋아한다든가. 항목에 없는 것이라도 비고란에 쓰면 AI가 유저의 프로필이나 SNS에서 판단해 어울리는 사람을 알려준다.

"커넥트된 사람 수만이라면 이 정도는 금세 늘어."

"그렇구나."

요시키가 감탄하듯이 읊조렸다.

"그래서 실제로 만난 사람도 있어?"

"그건 아직."

"왜?"

나즈는 아직 안 지 얼마 되지 않은 요시키에게 전부 말해도 될지 망설였다. 그러자 시오리가 다가와서 "여기 있었어?" 하고 나즈 일행 옆에 앉았다.

얼터네이트

"용건은 끝났어?"

"실은 나도 다른 반 친구한테 얼터네이트에 대해서 알려 달라는 소릴 들었거든. 전부 나즈한테 들은 소리지만. 아, 이거 그 애한테 받은 건데 너희한테 줄게."

그렇게 말하더니 시오리는 주머니에서 하나씩 포장된 초콜릿을 꺼내서 테이블에 펼쳤다.

"미안, 나즈. 요시키에 대해 제대로 소개도 안 하고 떠맡겨서. 둘 다 괜찮았어? 어느 정도 이야기가 끝난 느낌인가?"

"괜찮아. 요시키는 아직 궁금한 거 있어?"

이야기하는 동안에 배가 불러와서 도시락은 절반을 남기고 뚜껑을 덮었다. 하교할 때 어딘가에서 먹고 돌아가자고 생각하면서 초콜릿으로 손을 뻗었다.

"조금 전에 하던 이야기의 다음 말이야. 나즈는 왜 아직 아무와도 안 만났어?"

어떻게 설명해야 좋을지 생각하고 있는데 "나즈는 꼼꼼하게 매칭하고 싶은 거야"라고 시오리가 대답했다. 어쩔 수 없이 나즈는 입을 열었다.

"커넥트됐다고 해서 만날 마음은 없거든."

점심시간이 점점 끝나갈수록 학생식당은 조금씩 사람이 줄었다.

"내 판단이 아니라 얼터네이트 판단으로 매칭되었으면

해. 인터섹션 검색이라는 거 알아?"

요시키 일행은 고개를 작게 가로저었다.

"인터섹션 검색이라는 건 얼터네이트에 모인 빅데이터의 알고리즘인데, 알기 쉽게 말하자면 모든 유저한테 정말로 상성이 좋은 사람을 계산해서 제시해주는 기능이야."

"그게 뭐야. 엄청나다."

"그걸로 검색하면 조건에 맞는 상대가 그저 표시되는 거랑은 다르게, 상대와 몇 퍼센트 마음이 맞는지 수치화시켜줘."

"궁합 같아. 그걸로 100퍼센트가 나오면 엄청난 거 아냐?"

요시키가 입술 앞에서 양손을 깍지 꼈다.

"그런데 그런 숫자는 안 나와. 엄청 잘 나와도 60퍼센트 정도려나?"

"헉, 왜?"

"얼터네이트를 평범하게 사용하기만 해서는 궁합을 거기까지 판단하지 못해. 즉, 정말 마음이 잘 맞는 상대를 찾으려면 자신이라는 인간을 얼터네이트에 가르쳐줘야 해."

요시키의 양손은 어느새 풀려 있었다.

"구체적으로 말하자면 스마트폰에 있는 정보를 전부 얼터네이트에게 제공하는 거야. 스마트폰에는 그 사람의 대부분이 집약되어 있잖아. 예를 들어 인터넷을 얼마나 사용

　　　　　　　　　　　　　얼터네이트

하는지, 뭘 검색하는지, 뭘 사는지, 어떤 SNS에서 어떤 사람을 보는지, 음악, 드라마, 영화, 스포츠 취향. 그런 정보를 얼터네이트에 전부 제공하고 다른 앱의 접근도 허가하면 얼터네이트가 갈수록 유저를 이해해서 보다 고도로 매치되는 사람을 찾아줘. 그러면 80퍼센트 이상이 될 가능성도 있다고 해."

요시키 일행에게는 조금 난해했나 보다. 모두가 미간에 주름을 새기고 고개를 갸웃거리고 있었다.

"알아듣기 쉽게 말하자면 자신만의 얼터네이트를 키운다는 느낌이야. 그런 정보는 많으면 많을수록 정밀도가 높아져서 어엿한 얼터네이트가 돼. 그래서 지금 난 그걸 위해서 여러 정보를 건네고 있는 단계야. 내 얼터네이트가 성장해서 언젠가 정말 80퍼센트 이상인 사람을 찾게 되면 그때는 만나보려고."

이 시스템의 흥미로운 점은 그 정도로 높은 숫자가 나온 상대도 자신과 같은 과정을 더듬어가고 있다는 점이다. 그것만으로도 운명적인 게 느껴진다. 이미 서로를 향한 발걸음은 시작된 것이다. 그런 생각만 하면 나즈의 기분은 고양됐다.

"그래도 난 평범하게 서로 플로우하고 커넥트돼서 만나는 걸로 충분해."

시오리는 초콜릿을 입안에 쏙 집어넣으면서 "그야 그렇

게까지 기계에 지배당하고 싶지 않다고 할까, 자신의 직감? 같은 것도 중요하다고 보니까"라고 요시키 무리에게 말했다. 나즈는 반론했다가 분위기가 험악해지는 것도 꺼려져서 "그런 사람도 있으니 인터섹션 검색에는 설정이 필요해지지"라고 담담하게 설명했다.

"나즈는 가끔 얼터네이트를 만든 사람 같아 보여."

그런 소리를 듣는 것도 아주 싫지만은 않았다.

"그래서 너희는 어떻게 할 거야? 얼터네이트 시작할 거야?"

일어나서 기지개를 켜는 시오리에게 요시키는 "우선 계정이라도 만들어볼까?"라고 대답했다.

"그럼 계정 만들면 나랑 나즈를 플로우해. 검색란에 우리 이름을 치면 나올 거야. 우리 이름 한자, 알지?"

"알아. 해볼게."

시계를 보니 점심시간은 이제 5분이면 끝날 참이었다. 요시키 무리와 학생식당에서 헤어지고 나즈는 시오리와 함께 교실로 향했다. 구름다리를 걸어가는데 시오리가 "아, '다이키&란란'이다!"라고 말하며 난간까지 달려갔다. "저기야, 봐봐." 시선 아래를 가리켜서 나즈는 그 끝자락을 보았다. 화단 앞에서 두 사람이 손을 잡고 있었다.

"나 처음 봤어, 진짜 있네?"

시오리가 스마트폰으로 두 사람을 슬쩍 찍었다. 찰칵 소리가 나는 순간 두 사람이 이쪽을 보았기 때문에 나즈와 시오리는 쪼그려 앉아 몸을 숨겼다.

3학년인 미즈시마 다이키와 2학년인 히에다 란디는 '다이키&란란'이라는 콤비로 영상을 배포하고 있다. 귀염상인 미즈시마 다이키와 미국인 아버지를 둔 모델 같은 란디의 달달한 모습도 인기의 이유 중 하나이지만, 두 사람이 얼터네이트에서 만났다는 것도 젊은 세대에게 지지받는 계기가 되었다. 그들이 업로드하는 영상은 데이트 모습이라든가 소소한 장난 같은 커플이 일상적인 모습으로, 다정함이 흘러넘치는 영상에 여중고생들은 흠뻑 빠져 있었다.

두 사람을 불쾌하다며 비판하는 사람도 적지 않았지만, 그들은 그런 건 개의치 않는다는 느낌으로 늘 당당하게 행동했다. 그 굳은 심지와 서로를 신뢰하는 관계성도 팬이 동경하는 이유 중 하나다.

나즈도 그들을 좋아했다. 하지만 그건 동영상이 재미있어서만은 아니다. 그들을 보고 있으면 얼터네이트의 대단함을 실감할 수 있었다. 동성애자 고등학생이 연인을 만드는 건 결코 쉽지 않을 테다. 그들을 구원한 얼터네이트의 존재 가치. 그걸 음미할 수 있어서 나즈는 '다이키&란란'을 응원하고 있다.

종소리가 울리고 시오리가 동관으로 달려갔다. 나즈는 그녀의 뒤를 쫓으면서 다시 한번 '다이키&란란'에게 시선

을 주었다. 두 사람은 키스를 하고 있었다. 얼터네이트 고
마워, 라고 나즈는 그들을 대신해서 읊조렸다.

제 3 장
재　회

다라오카 나오시는 엔메이학원고등학교앞역 홈에서 스마트폰 지도를 켜면서 허리 부근을 한 손으로 두드렸다. 오사카 우메다에서 신주쿠까지 야간 버스로 여덟 시간. 거의 자지 못하고 도착하고서 역 앞 만화카페에 적당히 들어가 선잠을 잤지만 리클라이닝 의자가 조절이 잘 안 된 탓에 그다지 피로가 풀리지 않았다.

　점심 전에 만화카페에서 나와 소고기덮밥을 먹고 전철을 갈아타서 이 역까지 찾아왔다. 출구가 복잡해서 남쪽 출구 개찰구로 나가야 하는지, 아니면 북쪽 출구로 나가야 하는지 몰라 스마트폰으로 몇 번이나 검색했다. 지도를 잘못 읽는 나오시는 스마트폰을 나침반 삼아 빙글빙글 돌면서 저쪽으로 갔다가 이쪽으로 갔다가 했다.

역 구내는 얼마 전에 새로 지었는지 근미래도시가 떠오르는 구조로 되어 있었다. 유리 재질로 된 돔 형태의 천장에 이어지는 기둥과 벽은 LED 디스플레이로 가득 차 있었고, 전철 시간표나 역 층별 지도가 표시되는 것에 섞여 차나 컴퓨터나 텔레비전 방송 광고 따위도 흐르고 있었다. 고향에서는 사람이 적어지는 시간대이지만 역을 오가는 사람들은 분주해서 나오시는 주눅이 들었다.

남쪽 출구로 나오자 역 앞은 화려한 가게로 북적거리고 있었다. 옷가게도 레스토랑도 꽃집도 무척이나 근사해서, 이쪽은 근미래라기보다 유럽의 거리 같았다. 마음이 불편해지는 걸 참으면서 엔메이학원고등학교를 목표지 삼아 걷자 갈수록 주택지가 늘어나고 한적해졌다. 가로수 잎 틈에서 비쳐드는 빛이 지면을 눈부시게 비추고 있었다. 올려다보니 짙은 녹음이 무성했다. 이 초록은 고향과 같구나, 라고 생각하자 기분이 조금 차분해졌다.

고등학교를 중퇴한 것과 동시에 얼터네이트에 로그인을 할 수 없게 되어 안베 유타카와의 재회는 암초에 좌초되었다. 나오시는 고등학교에 다닐 무렵, 어떻게 해서든 접촉하려고 매일 같이 얼터네이트 검색란에 안베 유타카의 이름을 써넣었지만 그를 찾을 수 없었다. 그래도 언젠가 가입할 것이라 기대하고 있는 동안에 자신이 얼터네이트를 사용할 수 없게 되었다. 나오시는 연년생인 남동생에게 부탁해서 고등학교 입학과 함께 얼터네이트를 시작하게 했고, 그의 계정으로 유타카를 계속 검색했다.

마침내 유타카의 계정을 발견한 건 황금연휴가 끝나고서였다. 처음에는 동성동명의 다른 사람이겠지 싶었다. 하지만 사진을 보고 확신했다. 가늘게 찢어진 눈, 날렵한 콧날, 입 언저리의 점. 당시보다도 꽤 어른스러워져 있었지만 틀림없이 유타카였다.

프로필에는 엔메이학원고등학교라는 도쿄의 사립고등학교에 다닌다고 되어 있었다. 남동생의 계정이어서인지 팔로우했지만 아무 반응도 없었다. 그의 프로필은 담백하게 이름과 생년월일밖에 기재되어 있지 않았다. 기타를 치는지 안 치는지도 불명확했다.

모퉁이를 돌자 가로수길 끝자락에 엔메이학원고등학교 교문이 있고 안쪽에 학교 건물이 보였다. 자신이 하는 행동이 스토커나 다름없다는 자각은 하고 있지만, 이렇게 하는 것밖에 방법이 없었다.

교문 옆에는 경비원이 서 있었다. 나오시가 다녔던 오사카고등학교에는 경비원이 없었다. 자신이 봐온 장소와 너무나도 다른 모습에 나오시는 잠시 그곳에 우두커니 섰다.

그리고 학교 주변을 한 바퀴 빙그르 돌았다. 대학교에 부속된 엔메이학원고등학교는 중학교와 고등학교가 합쳐진 6년제로, 엔메이유치원부터 엔메이학원대학교까지 전부 같은 부지 안에 있어서 면적이 꽤 광대하다. 한 바퀴 도는 데도 20분 가까이 걸렸다. 학교 건물이나 운동장을 들여다보려고 했지만, 바깥 담장은 고등학교에 접해 있지 않아서 그 바람은 이루어지지 않았다. 대학교나 초등학교 등 각 학교마다 교문이 있었고, 아무래도 안에서 이어져 있는 모양이었다. 그렇다는 말은 고등학교 교문으로 나오지 않아도 부지에서 나갈 수 있고, 엔메이학원고등학교 교문 앞에서 기다리고 있다고 해서 반드시 만날 수 있는 것도 아닐 것이다. 그렇다면 교문 앞에서 기다리지 말고 엔메이학원고등학교 구내에 숨어들어 찾는 게 더 낫다.

이런 일이 있을까 싶어서 나오시는 오사카에서 교복을 가지고 왔다. 엔메이학원고등학교 교복은 흔한 남색 재킷으로 운 좋게도 퇴학한 학교 것과 비슷했다. 차이를 말하자면 엔메이학원고등학교 재킷에는 가슴주머니 부분에 학교 로고가 자수로 새겨진 것 정도로, 이건 상의를 안 입으면 되는 일이다. 흰 셔츠와 남색 바지만 입고 있으면 구내를 걸어 다녀도 별로 눈에 띄지 않을 것이다. 들어가기만 하면 마음대로 할 수 있다.

오사카에서 입고 온 사복은 검은 후드티에 청바지, 나이키 운동화의 조합으로 대학생으로 보이기도 한다. 숨을 훅 내쉬고 온전히 엔메이학원대학교 학생인 양 걸어갔다.

대학교 교문에도 경비원은 있었다. 오후부터 수업을 듣

는 학생도 많은지, 고등학교 문과는 다르게 드나드는 사람이 많고 교수 같은 사람도 보였다. 섞이는 건 어렵지 않다. 그렇게 생각했지만 문을 지나갈 때는 꽤 조마조마했다.

경비원이 말을 걸어오는 일은 없었다. 태연한 표정을 지은 채, 다리를 멈추지 않고 대학교 구내를 나아갔다. 양쪽으로 우뚝 서 있는 대학교 건물은 예스럽고 무게감 있어 보였다. 그 위압감에 찌부러질 듯하면서도, 교복으로 갈아입기 위해 사람이 적은 건물을 찾아 걸었다. 이따금 대학생들과 눈이 마주쳤으니 역시 위화감이 있는시노 모든나. 건물 뒤로 돌아 인적이 드문 길을 골라서 갔다.

삼각형 잎이 달린 나무들 틈으로 하늘을 향해 가늘고 길게 뻗은 하얀 건축물이 보였다. 이끌리듯 다가가자 'CENTRAL CHAPEL'이라고 새겨진 글자가 보였고 뾰족한 지붕 위에는 십자가가 있었다. 여섯 개의 거대한 버팀목 위에 로마숫자 문자판 시계가 박혀 있었다.

나오시는 지금까지 교회를 방문한 적이 없었다. 그러기는커녕 자세히 본 것은 이게 처음이었다. 손끝으로 기둥을 건드려보니 무언가 보이지 않는 힘이 깃든 것 같은 느낌이 들어 두 손바닥을 대보았다. 싸늘한 감촉이 긴장감을 조용히 빨아들였다.

어딘가에서 이야기하는 소리가 들렸다. 그 목소리가 조금씩 커져서 나오시는 우선 교회 안으로 들어갔다. 어둑하고 주변 모습이 제대로 보이지 않았지만, 화장실을 발견해 이곳에서 용건을 보자 싶어 뛰어 들어갔다.

칸막이에 숨어 교복을 갈아입고 있는데 또 말소리가 들렸다. 나오시는 벨트를 잠그던 손을 멈추고 숨을 죽였다.

이곳이 교회라는 점, 그리고 어두컴컴한 공간이라는 점도 있어서 나오시는 문득 유령을 떠올렸다. 그리 생각하자 어딘가에서 들려오는 목소리도 영적인 것으로 느껴져 한기가 들었다.

소리가 점점 압박해왔다. 나오시는 화장실 변기에 앉아 소리가 새어나가지 않도록 양손으로 입을 막았다. 불이 확 켜지더니 "꼼꼼하네"라는 여성의 목소리가 들렸다. 화장실을 잘못 들어왔을지도 모른다고 생각하자 또 다른 긴장감이 스쳐 지났다.

"유서 깊은 물건이니까요."

바로 옆의 세면대에서 물이 흐르는 소리가 들렸다.

"미안. 이쪽에서 부탁해놓고 강당을 사용 못 하다니."

"어쩔 수 없죠. 학부모 회의는 원래부터 정해져 있었으니까요."

"적어도 음악실 피아노를 사용할 수 있으면 좋을 텐데 하필이면 이럴 때 상태가 안 좋다니. 귀중한 점심시간을 사용하게 한데다 일부러 이런 곳까지 데려오고."

"아뇨. 파이프오르간을 칠 기회는 잘 없으니까요. 저도 영광이에요."

수도를 잠그는 소리와 동시에 물소리도 멈추었다.

"근데 잘 안 될지도 몰라요."

"그렇게 신경 안 써도 괜찮아. 딱히 어려운 반주도 아니니까. 우선은 사에야마가 원하는 대로 쳐봐."

들리는 대화는 거기까지였다. 세면대에서 소리가 들리지 않는 것을 확인하고 다시 옷을 갈아입었다. 화장실에서 조용히 나가 입구를 돌아보니 특별히 남녀를 나타내는 픽토그램 등이 없어서 공용이라는 사실을 알고 마음을 놓았다. 아무한테도 들키지 않았는데 그런 걸 신경 쓰는 건 이곳이 신성한 장소여서일까.

그리 생각한 순간, 겹겹이 포개진 웅장한 소리가 나오시의 몸을 웅웅 흔들었다.

한 걸음 걸을 때마다 소리가 가까워지고, 더욱 두툼하게 느껴졌다. 열려 있는 문으로 살며시 들여다보자 나란히 놓인 벤치 한가운데 부근에 선생으로 보이는 여성이 혼자 앉아 있었고, 안쪽 단상에서는 교복을 입은 여자아이가 파이프오르간을 치고 있었다.

처음 들은 그 음색은 부드럽고, 안아주는 것 같은 느낌이었다. 기분 좋은 진동이 온몸을 떨리게 했다. 그 음압과는 정반대로 파이프오르간을 치고 있는 학생의 뒷모습이 작아서 깜짝 놀랐다.

저 가느다란 팔을 어떻게 다루면 이런 소리가 날까. 능수능란하게 움직이는 발놀림도 훌륭하네. 축구도 잘하려나?

뒤로 묶은 머리가 춤추듯이 튕겨 올랐다. 가볍게 연주하면서도 그 음색이 깊어 시각과 청각의 정보가 제대로 맞물리지 않았다. 짧은 멜로디를 다 치고 난 그녀는 뒤돌아 선생님을 보았다. 그 얼굴이 무척이나 예뻐서 더욱더 이 아이가 지금의 곡을 쳤다는 사실을 믿을 수 없었다.

선생님은 작게 박수 치더니 "정말 잘 치네. 꼭 너한테 반주를 부탁하고 싶어"라고 말했다. "다음 주부터 부탁해도 될까?"

"네. 알겠어요."

"……그런데 한 가지만 부탁해도 될까?"

"뭔데요?"

"말하기 난처한데 조금 더 억눌러줄 수 있을까?"

"뭘 말인가요?"

"정말 아름다운 연주였어. 그런데 그렇게까지 안 해도 돼. 발표회가 아니니까. 더 평범하게 쳐도 돼."

나오시는 그 말을 듣고 머리가 뜨거워지는 걸 느꼈다. 무심코 다리에 힘이 들어갔고 그 순간 끼익 하고 나무 바닥이 울렸다.

"누구 있어?"

선생님이 이쪽을 향해 다가왔다. 머리의 열기가 식지 않은 채 나오시는 문을 힘차게 닫고, 달려서 교회를 뒤로했다. 몇 백 미터를 전력으로 질주하다가 정신을 차리고 보니 고등학교 부지인 듯한 장소에 들어와 있었다. 건물 뒤편에 숨어 헐떡이는 숨이 가라앉기를 기다렸지만, 좀처럼 가라앉지 않았다.

종소리가 울렸다. 지금부터 오후 수업이 시작되는 걸까. 오가는 학생들이 서서히 적어졌다. 하지만 늦게 가는 사람도 있고, 교사에서 다른 교사로 서둘러 이동하는 사람도 있었다. 그들을 보고 있으니 어느 학교든 나처럼 칠칠치 못한 녀석이 있구나, 하고 조금 안심했지만 곧바로 나는 너무 칠칠치 못해서 학교도 가지 못하게 됐으니 전혀 다르네, 하고 자조했다. 화단이 있는 곳에는 남자아이 두 사람이 어깨를 붙인 채 이상한 거리감으로 앉아 있었다. 그들을 본 적 있는 듯했지만, 어디서 봤는지 생각나지 않았다.

교문과 이어져 있는 교사 앞에서 교내 지도를 발견했다. 경비원을 신경 쓰면서 스마트폰으로 지도를 찍고 그늘에서 응시했다.

학교 건물은 크게 동관과 서관으로 불리는 두 가지가 있고, 이 두 건물은 구름다리로 이어져 있었다. 동관에는 주로 교실이 있고 서관에는 체육관이나 도서실, 학생식당 등이 있는 모양이었다. 그 두 건물 틈에 끼여 있는 형태로 운동장이 깔려 있었다.

자, 그 녀석을 어떻게 찾아야 할까?

그렇게 생각하자마자 역시 안 만나는 게 더 낫지 않을까, 하고 소심해졌다. 여기까지 충동적으로 찾아왔지만 실제로 만나면 뭐라고 해야 할지 진지하게 생각하지 않았다. 그보다 의식하다보면 망설일 듯해서 스스로를 적당히 속여온 것이다.

이 시간은 체육이 없는지 운동장에는 아무도 없었다. 마치 시간이 멈춘 듯 한산했다.

나오시는 운동장 가장자리를 두르듯이 펜스 근처를 걸었다. 반 바퀴 정도 돌았을 때 펜스 너머로 텃밭 같은 걸 발견했다. 자그마한 싹이 여기저기 얼굴을 내밀고 있었다. 어느 것도 새싹이지만 조금씩 형태가 다른 걸 보아하니 다른 식물인 모양이었다.

그런 생각을 하던 차에 멀리서 경비원이 보였다. 누군가를 찾고 있는 듯한 모습이었다. 어쩌면 예배당에 있던 선생님이 알렸을지도 모른다.

운동장을 횡단해서 학교 건물로 돌아갔다. 우선 수돗가 뒤에 숨어서 상황을 살피기로 했다.

"으쌰."

운동장에 다가온 남자가 소리를 높이더니 혼자 땅에 드러누웠다. 그에 이어 체육복을 입은 학생들이 연달아 다가왔다. 다들 얼굴이 땀으로 빛났고 어깨로 숨을 몰아쉬고 있었다. 바깥에서 달리기라도 하고 온 걸까. 마지막 한 명으로 보이는 학생과 더불어 체육 교사가 다가와 "조금 이르지만 오늘 수업은 여기까지 하겠다. 수분 보충은 꼼꼼하게 하도록 해"라고 전했고, 학생들이 줄줄이 물을 마시러 왔다. 그들의 피로를 토해내는 듯한 한숨에 이따금 웃음소리가 섞였다.

학생들 바로 옆에서 나오시는 이래도 못 숨을까 싶은 양 몸을 작게 말았다. 언제 들켜도 이상하지 않은 상황이었지만, 이상하게두 아무도 뒤편을 들여다보지 않았다.

모두가 멀어져가는 것을 느끼고 얼굴을 천천히 내밀었다. 그러자 한 학생의 옆모습이 눈에 들어왔다.

"유타카!"

나오시는 무심코 외쳤다. 그 학생의 입 언저리에는 인상적인 점이 있었다.

학교 건물에 들어가려고 했던 그는 멈춰 서서 목소리의 주인을 찾았다. 다시 한번 "유타카!"라고 외치자 이쪽을 향해 눈을 가늘게 떴다.

"어? 나오시?"

6년 만에 보는 유타카는 듬직해져서, 나오시보다도 덩치가 컸다. 바람에 날리는 흙먼지가 두 사람 사이를 갈랐다.

"너!"

경비원과 눈이 마주쳤다. 나오시는 "야!" 하고 유타카에게 손을 들었다.

"야, 오랜만이다. 만나러 왔는데 이제 가야 할 것 같아. 기타, 다음번에 들려줘. 또 올게."

그렇게 인사하고 학교 건물 사이를 달려서 빠져나갔다. 그때가 돼서야 화단에 있던 두 사람을 생각해냈다. 얼마 전에 텔레비전에서 봤었다. 이름이 뭐였더라, 못 나가는 개그맨 콤비 같은 이름이었던 것 같은데.

이대로는 온전히 도망칠 수 없을 것 같아서, 우선 창고에 몸을 감추고 시간이 지나가기를 기다렸다. 해가 저무는 차에 살그머니 나가자, 어디서부턴가 빵 굽는 냄새가 나서 배가 꼬르륵거렸다. 지갑에는 돌아갈 차비를 빼면 300엔 정도밖에 남아 있지 않았다.

고등학교를 나가자마자 있는 편의점에 들어가 저렴하고 배를 든든하게 채워주는 것을 찾고 있으니 엔메이학원 고등학교 교복을 입은 여학생 두 명이 까르보나라를 들고 계산대로 향했다. 나오시도 그걸 먹을까 했지만, 가격이 398엔이었다. 갑자기 짜증이 나서 결국 아무것도 사지 않고 편의점에서 나왔다.

제 4 장

이 별

이루루네 집은 닌교초에서 24년을 이어온 전통 일식집 '니이미'를 경영하고 있다. 여러 유명한 가게에서 실력을 쌓아온 아빠가 엄마와 함께 차린 것이다. 수다스러운 엄마는 얼굴마담으로서 알려져 있기도 하고, 아빠가 심혈을 기울인 계절마다 달라지는 요리와 엄마의 인품 덕분에 많은 사람이 이 가게를 방문한다. 종종 매체에서 다루어지거나 맛집 사이트에 소개되기도 해서, 예약은 늘 몇 개월 후까지 차 있는 상황이다. 이루루의 자택은 가게 옆에 있다.

　동아리 활동을 마친 이루루는 가방을 놓자마자 거실 소파에 자빠지다시피 드러누웠다. 아직 7시밖에 지나지 않았는데 벌써 졸리다. 아니, 자고 싶다. 오늘은 머리를 너무 썼다. 하지만 방금까지 먹었으니 이대로 자면 살이 찐다.

최근에 살이 너무 쉽게 쪄서 골머리를 앓고 있다. 여름이 그리 머지않았으니 슬슬 다이어트용 레시피도 고려해야 한다. 이것저것 할 것 없이 만사가 귀찮다. 이루루는 전부 다 내팽개치고 보드라운 소파에 몸을 맡겼다.

오늘 동아리에서는 한국 요리를 만들게 되었다. 중간고사가 다음 주로 닥쳐왔기 때문에 사사가와 선생님과 의논해서 메뉴는 간편하게 만들 수 있는 부침개와 나물로 정했다.

둘 다 기본적인 레시피 자체는 그다지 어렵지 않다. 부침개는 식재료와 반죽을 섞어서 부치기만 하면 되고 나물은 데친 채소를 참기름과 조미료로 무치기만 하면 된다. 두 메뉴 다 간단하고 실패할 확률이 적으며 식재료의 폭도 넓어 자유도가 높기에 레시피를 생각하는 즐거움을 알기에 안성맞춤이었다.

이루루를 제외한 열여덟 명의 부원은(이미 신입생 일곱 명이 탈퇴했다) 다섯 명, 다섯 명, 네 명, 네 명으로 조를 네 개로 나눴고 네 명이 있는 곳에 이루루와 고문 선생님이 들어가 균형을 맞추었다. 반죽 배합은 각 조마다 다르게 설정했고 식재료는 팀끼리 의논해서 좋아하는 걸 정하는 룰로 요리를 시작했다.

부침개를 만드는 데 중요한 것은 식재료와 식감이다. 무엇을 사용해서 어떤 식감을 낼까. 질척이는 느낌이 나지 않도록 반죽을 섞는 물의 분량과 굽기 정도를 식재료에 맞춰서 계산하는 게 포인트였다. 나물에는 딱히 주어진 과제가 없지만 심플한 만큼 개성이 잘 드러난다. 지루한 요리가 되지 않도록 하는 아이디어를 기대하는 바였다.

이루루가 만든 부침개는 텃밭에서 딴 그린빈스와 저민 돼지고기를 섞은 것이었고 나머지 메뉴는 당근무침이었다. 부침개 반죽에 가쓰오부시를 곁들여 살짝 일본풍으로 완성했다. 다른 조의 요리는, 마찬가지로 텃밭에서 캔 시금치와 치즈로 프랑스 향토요리 기슈의 맛을 노린 부침개와 송이버섯무침, 애호박과 문어 부침개에 토마토 양념을 더한 것과 아스파라거스무침, 정통적으로 김치 베이스에 한국 김 등을 섞은 부침개와 콩나물무침, 이 세 가지였다.

하나같이 외양은 괜찮았다. 맛도 나무랄 데 없었다. 시식을 시작하자 부원들은 모두 만족스러운 표정을 짓고 있었다. 하지만 서로 맛있다고 해주는 것만으로는 발전이 없다.

얼추 다 먹고 나서 마지막에 감상회를 열었다. 우선은 부장인 이루루부터 입을 뗐다.

"음, 제가 생각한 바를 말씀드리겠습니다. 우선 시금치 치즈 부침개부터. 발상은 재미있었지만 먹어보니 키슈 이상의 매력은 느껴지지 않았습니다. 하지만 송이버섯무침의 양념은 산뜻했고 부침개와 균형도 잘 이루고 있었습니다. 애호박과 문어 부침개가 오늘 만든 것 중에서는 제일 괜찮았습니다. 다만 애호박과 문어의 사이즈가 신경이 쓰이더군요. 둘 다 같은 크기로 썰려 있었는데 저라면 애호박은 얇게 썰고 문어는 더 잘게 썰었을 거예요. 식재료의 크기는 무척이나 중요한데 소홀히 하기 쉬우니 앞으로 꼼꼼하게 신경써주세요."

처음에는 좀 더 칭찬하는 편이 좋다는 건 알고 있는데, '원포션'에 출전한 이후 심사위원의 사고방식을 의식하는 습관이 배어 그만 말투가 엄격해져버렸다.

"마지막으로, 역시 김치와 김 부침개는 너무 평범했습니다. 더 생각해서 재미있는 요리를 만들어줬으면 합니다. 이상입니다."

그리 말하는 도중에 이걸 만든 신입생이 "저기요" 하고 끼어들었다.

"왜요?"

"본격적인 걸 만들려고 했어요. 본고장인 한국 레시피를 따라서 재현한 셈이고요. 본격적인 건 안 되나요?"

그녀의 눈초리가 사나웠다. 이루루는 주눅이 들 것 같았지만 "그런 말은 얼마든지 할 수 있겠죠"라고 대답했다.

"이렇게 간단하고 일반적인 요리를 '본격적'이라고 생각하게 하는 게 얼마나 어려운지 정말 알고 있나요? 애초에 우리는 본격적인 걸 모릅니다. 적어도 전 한국에 간 적이 없고 진짜를 먹어본 적도 없습니다. 본격적이라고 생각하게 만들고 싶다면 식재료나 조미료, 조리 도구까지 모두 본고장의 것을 사용할 정도의 각오를 가지고 있어야겠죠. 물론 기본을 아는 건 대찬성이에요. 하지만 말로 속이려 드는 건 안 돼요. 다들 잘 들어요. 전 여기에 있는 모두가 더더욱 도전해주길 바라요. 여러분이라면 분명 더 새롭고 근사한 걸 만들 수 있을 테니까요. 그러니 절대로 요리를 생각하는 자세를 포기하지 마요."

그렇게 말을 끝내자 이루루는 갑자기 침울해졌다. 자신이 한 말은 예선의 사신에게도 되돌아갔다. 요리 그 자체로 승부하지 않고 프레젠테이션에서 어물쩍 넘겨 "가이드북에나 나올 법한 여행"이라는 말을 들었던 자신이, 같은 의견을 말하고 잘난 듯 평가하고 있다.

부원들은 입을 다물었고 질문을 한 후배도 고개를 숙이고 있었다.

"부장, 너무 엄격해요"라고 메구미가 익살스럽게 말했지만, 이루루는 더는 그 태도를 바꿀 수 없었다.

"누가 우리가 만든 요리에 대한 평가를 들려줬으면 하는데요."

그리 물었지만 아무도 손을 들지 않았다. "이루루네 조의 부침개는 왠지 오코노미야키 같았어." 또다시 메구미가 실없는 투로 말했지만, 아무도 반응하지 않았다.

다들 즐기기를 바란 것은 거짓이 아니다. 모두가 '원포션'에 나가주기를 바라는 것도 아니었다. 그런데 아무리 애를 써도 부원들에게 높은 능력치를 요구하게 된다.

동아리를 원만하게 이끌고 나가는 게 부장으로서 제일 중요한 책무인데, 무책임하게 자신의 파트너를 찾으려 하고 있다. 어쩜 이렇게 오만할까. 이루루는 신물이 난다는 듯이 "오늘은 이걸로 마치겠습니다"라고 말했다.

묵직한 몸을 소파에서 떼어내지 못한 채 벌써 30분 이상 지났을 무렵, 스마트폰이 지잉지잉 하고 테이블에서 흔들렸다. 화면을 보자 다이키로부터 메시지가 와 있었다.

지금 이루루네 집에 가도 돼?

다이키네 집은 두 정거장 거리로 아주 가깝지만은 않다. 가끔 놀러 오기는 하지만 내일도 등교하는데 이 시간에 오고 싶어 하는 일은 흔치 않았다. 이어서 메시지가 도착했다.

밥 좀 차려줘.

문장도 담백하고 이모티콘도 없었다. 가슴이 술렁여서 실은 **무슨 일 있어?**나 **집에 밥 없어?**라고 보내고 싶었지만, 결국 **알겠어**, 라고만 쳐서 보냈다.

바로 갈게.

그로부터 10분도 지나지 않아 초인종이 울렸다. 분명 문자를 보내기 전부터 가까이에 있었을 것이다. 역시 이상하다.

현관을 열자 다이키는 축 쳐진 얼굴을 하고 서 있었다. "들어와." 이루루는 아무것도 묻지 않고 그를 맞이했다. 아직 위 안에 여러 종류의 부침개와 나물이 남아 있어서 숨쉬기가 버거웠다.

조금 전까지 이루루가 누워 있던 소파에 다이키를 앉혔다. "뭐가 좋아? 냉장고에는 남은 가게 음식밖에 없어. 그리고 저번 동아리 활동에서 만들고 남은 빵이 냉동돼 있고. 그것 말고 먹고 싶은 게 있으면 만들어줄게"라고 말을 걸었다.

"고마워, 엄마."

힘껏 장난을 치려고 하는 느낌이 안쓰러웠다.

"도무지 식욕이 있어 보이지는 않은데. 면이 더 나으려나?"

"파스타. 까르보나라."

"전에 만들어준 거?"

"응."

다이키가 말하는 건 반년 정도 전에 요리 동아리에서 만든 생크림도 우유도 사용하지 않은 본고장 까르보나라였다. 이탈리아식 베이컨인 판체타를 올리브오일과 마늘로 볶고 가루 치즈, 달걀, 삶은 파스타와 버무리기만 하면 되는 요리로, 이거라면 실패할 일도 없고 달걀이 걸쭉해져서 덩어리지지도 않는다. 너무 많이 만들어서 다이키를 불러내 먹였더니 엄청 맛있다며 감동했다.

"지금 말이야, 학교에서 편의점 까르보나라가 유행하잖아."

"그래?"

"몰랐어? 그런데 난 이루루가 만들어준 게 얼마나 맛있는지 아니까 전혀 맛있게 안 느껴지더라고. 오랜만에 그게 먹고 싶어."

"같은 식재료가 없어서 그때와 완전 똑같지는 않을 텐데 괜찮겠어?"

"응, 물론이지."

판체타는 아침식사를 위해 사두었던 베이컨으로 대신하기로 하고 15분 정도 만에 착착 완성했다. 파스타를 조금 많이 삶은 건 맛을 보기 위해서였지만, 만드는 동안 위의 연동운동이 활발해져서 본격적으로 배가 고프기 시작했다.

접시 두 개에 담고 흑후추를 페퍼밀로 갈자 외양도 향기도 나름대로 근사하게 완성되었다.

"이거야, 이거. 잘 먹겠습니다."

다이키가 손을 모으고 말하더니 까르보나라를 입에 한

가득 집어넣어 오물거렸다. 먹자마자 "장난 아니네! 까르보나라는 역시 이거야" 하고 표정이 밝아졌다. 이루루도 옆에 앉아 자신 몫의 까르보나라에 손을 가져갔다. 서둘러 만든 탓에 면이 조금 딱딱했지만, 그 이외에는 빠질 게 없었다. 베이컨의 스모크 향과 치즈의 은은한 향기, 그리고 후추와 마늘의 산뜻한 내음이 하나가 되어 달걀노른자와 함께 파스타에 뒤엉켰다. 호로록거린 순간에 수많은 향기가 코로 빠져나갔다.

"지난주에, 학교에 남자애가 잠입한 이야기 있잖아."

"응."

"걔, 2학년 애의 초등학교 시절 친구였나 봐. 일부러 만나러 왔대. 오사카에서."

"왜 그런 짓까지 벌인 거지?"

"자세히는 모르는데. 왠지 근사하지 않아?"

"그런가?"

"그렇지. 친구를 만나려고 학교에 쳐들어가다니, 드라마틱해. 어떤 사람일까."

"다이키한테도 드라마틱한 일이 많잖아."

그렇게 말하자, 다이키는 기운차게 먹고 있던 손을 멈추었다.

"란디랑 헤어졌어."

말도 안 돼, 라고 이루루는 반사적으로 말했다.

"진짜야?"

"진짜지."

"왜? 최근까지도 엄청 사이좋았잖아."

"그렇긴 한데."

피어싱을 잔뜩 뚫은 다이키의 귀가 움찔 움직였다.

"좋아해서 사귄다기보다, 동영상을 올리려고 사귀고 있는 느낌이었거든. 데이트도 가고 싶은 곳이 아니라 촬영하기 쉬운 곳이라든가, 사진발을 잘 받는 곳이라든가, 기준이 그렇게 돼버렸지."

다이키의 등을 어루만지자 아주 차가워서 "따듯한 거라도 마실래?"라고 이루루가 말했다.

"시원한 게 좋아."

감기에 걸리진 않을지 걱정되었지만, 그가 그렇게 말했기에 우려낸 우롱차를 내밀었다.

"직접 만나도 렌즈 너머로밖에 서로의 모습을 보지 못하게 됐지. 그건 이상하잖아. 그래서 제대로 다시 사귀고 싶다고 말했더니, '더 이상 예전으로는 돌아갈 수 없다'고 하더라."

"왜?"

"비즈니스 파트너라서래."

다이키의 눈동자에 전구 빛이 비치고 있었다.

"같이 있어서 즐겁고 그런 게 아니었어. 이제 나를 인기를 위한 도구라고 생각하더라. 그러면서 '다이키도 마찬가지잖아'랬어."

접시 위의 까르보나라가 마르다시피 딱딱해져갔다.

"슬펐어. 난 딱히 인기인이 되고 싶었던 게 아냐. 그저 날 드러내고 싶었을 뿐이야. 그야 많은 사람들이 봐주면 기쁘잖아. 하지만 그게 첫째는 아니야. 좋아하는 걸 좋아하는 사람과 함께 해서 그걸 본 누군가가 기뻐해주면 기분이 좋겠다, 정도의 느낌이었어. 그 녀석은 그렇지 않았던 거지. 이렇게 하면 더 주목을 받을지, 그게 기준이 돼버렸어. 그 녀석에게는 더 이상, 오사카에서 친구를 만나러 온 사람 같은 열정이 없어."

그리 말하는 다이키는 머나먼, 이루루가 모르는 유년기의 광경을 보고 있는 듯했다.

다이키와 처음 알게 된 것은 고등학교 입학식에서였다. 학급의 절반 이상은 중학교에서 입시를 거치지 않고 그대로 올라오기도 해서 고등학교 생활 첫날의 교실은 내부 학생끼리 동급생이 된 걸 기뻐하거나 바로 인사를 나누고 친구가 되는 등 외부에서 온 학생을 제쳐놓고 나름대로 온화한 분위기를 띠고 있었다. 이루루도 그중 한 사람이었다. 하지만 그가 교실에 들어오고서 그 분위기는 180도 달라졌다. 완전 초록으로 염색한 머리를 대담하게 쓸어 올려

뒤로 넘기고 있었고 피어싱은 좌우 합쳐서 열세 개를 하고 있었으며(보자마자 수를 셌다), 가느다란 목 위에 올라간 얼굴에는 사슴 같은 날렵함과 사랑스러움이 자리했다. 그 차림에 학급 모두의 시선이 모이자 그는 "잘 부탁해"라고 살짝 고개를 끄덕이고는 자신의 자리를 확인해서 앉았다.

담임 선생님은 들어오자마자 눈이 휘둥그레져서 "우리 학교에서는 과도한 염색은 금지하고 있어요. 피어싱도 빼세요"라고 지시했다. 그러자 그는 들은 대로 피어싱을 빼고 자신의 머리를 움켜잡더니 "이것도 과도한가요"라고 말해서 온 교실의 실소를 샀다.

이튿날에는 어두운 갈색으로 등교했지만, 이미 그의 소문이 퍼져 있어서 다이키에게 말을 걸러 다가오는 여학생이나 친구가 되고 싶어 하는 남학생이 급증했다. 때로는 교외에서 팬을 자처하는 사람이 찾아오기도 했다. 하지만 그는 한결같이 "고마워"라고 얼버무리며 특별히 친한 사람을 만들지 않았다.

이루루가 다이키와 친해진 것은 고등학교 1학년 황금연휴 때였다. 요리 동아리 과제였던 튀김에 대해 조사하려고 집 근처에 있는 구립 도서관으로 발걸음을 옮겼다. 책을 골라서 테이블에 앉으려고 하는데 낯익은 피어싱이 눈에 들어왔다. 시선을 느꼈는지 그는 돌아보고 "어, 이루루네"라고 말을 걸었다. 깜짝 놀라서 경직된 이루루에게 다이키가 "거기 비었어"라며 건너편 자리를 향해 턱을 떡하니 치켜들었다. 이루루는 하는 수 없이 그곳에 앉아 그가 읽고 있던 책을 들여다보았다. 하나같이 식물에 관한 책이었다.

"꽃을 좋아해?"

이루루가 묻자 그가 빙긋이 웃었다.

"명자."

"뭐?"라고 대답하자 창밖을 가리키고 말했다. "나무 이름." 그곳에는 핑크색의 앙증맞은 꽃이 송송이 피어 있었는데, "저긴 명자나무라고 해"라고 다이키가 재치 있게 설명했다.

"헷갈리네.°" 내뱉듯이 말하자 그는 "이해해" 하고 웃었다. 그리고 이루루는 무언가 번뜩 떠올랐다는 듯 손뼉을 쳤다. "그래서구나."

"뭐가?"

다이키가 의아해하는 얼굴은 지금도 잊을 수 없다.

"식물을 좋아해서 머리카락을 초록으로 염색한 거지?"

그는 "아냐"라고 말하더니 다시 웃었다. 그 얼굴에는 명자나무의 꽃 그림자가 떨어지고 있었다.

"식물의 색은 초록만 있는 게 아냐. 줄기나 가지는 갈색이고 꽃 색깔은 무한하게 있어."

"그럼 왜 그랬어?"

♤ 명자의 일본어 발음은 '보케'이며, '보케'에는 '멍청이'라는 다른 뜻도 있다.

"초록색은 눈에 좋잖아. 나한테 딱 어울리지?"

그 일을 계기로 이루루와 다이키는 친해졌다. 점심시간에는 같이 도시락을 먹었고 방과 후나 휴일에도 시간을 같이 보내는 일이 많아졌다. 하지만 눈에 띄는 존재인 다이키와 있으니 모르는 사이에 이루루도 주목을 모으고 있었다.

여름방학 직전에 동아리실로 갔더니 느닷없이 요리 동아리 선배들이 "괜찮아?" 하고 걱정했다.

"얼터네이트에서 이루루가 다이키랑 사귀고 있다는 소문이 돌고 있어."

이루루는 할 말을 잃었다. 이어서 그녀들은 "다이키 팬이 이루루에 대해 들춰내고 있어. 도촬에다 '니이미'의 사진이라든가 가족사진도 나돌고 있어. 위험할지도 모르니 조심하는 편이 좋을 거야"라고 말했다. 몸이 조여들며 경직되었다.

그 후 같은 소리를 몇 사람에게 들었다. 하지만 이루루는 아무것도 할 수 없었다. 얼터네이트 계정을 만들어서 부정할까 싶었지만, 손가락이 움직이지 않았다. 얼터네이트 자체가 이루루에게 공포의 대상이 되었다.

다이키와도 의논하지 못했다. 그를 걱정시키고 싶지 않아서인지, 아니면 다른 생각이 있어서인지 스스로도 여전히 알 수 없었다.

다이키가 커밍아웃한 것은 여름방학 때였다. 2학기 첫날, 교실에 들어가자 반 친구가 달려와서 말했다.

"이루루는 알고 있었어?"

"뭐가?"라고 대답하자 "다이키 일 말이야" 하는 거센 대답이 돌아왔다.

"남자를 좋아한다는 거."

자신들의 소문에 대해 다이키와는 한 번도 이야기하지 못했고, 그 결과 얼터네이트에 관한 화제도 피하게 되었다. 그래서 그가 얼터네이트를 시작한 것도 연애의 대상이 남자였다는 것도 알 턱이 없었다.

실은 이루루는 그 말을 듣고 마음을 푹 놓았다. 이걸로 분명 이상한 소문은 사라질 테고 자신이나 가족에게 위험이 미칠 일도 없어질 게 분명하다.

하지만 무엇보다 안심한 것은 다이키와 정말로 연인이 되지 않고 끝난 것이었다. 다이키를 사람으로 좋아하는 건 거짓이 아니다. 그와 있을 때는 자주 웃고, 자연스러운 모습으로 있을 수 있다. 존경하기도 한다. 친해진 지 아직 반년도 지나지 않았는데 옛날부터 쭉 같이 있었던 것 같았다. 혹시 이게 사랑일까. 그렇게 생각한 적도 있었지만, 흔히 듣는 가슴이 고동치는 감각은 없었다. 지금까지 누군가를 특별하게 좋아한 적 없는 이루루에게 있어 사랑이라는 건 미지의 존재였다.

만약 이게 사랑이라면. 그리 상상할 때가 없지는 않았다. 그와 연인이 된 자신을 떠올릴 때도 있었다. 하지만 그렇게 되면 다이키와의 우정은 분명 깨질 것이다.

그가 한 커밍아웃으로 그 가능성은 사라졌다. 지금까지 이어온 관계로 지낼 수 있다는 게 이루루는 무엇보다 기뻤다.

다이키가 늦게 교실로 오자 반 친구들은 아무 일도 없었다는 양 행동했다. 하지만 그건 지금까지와 같아 보이는 연기에 불과했고 거북한 분위기는 하루 종일 교실에 감돌았다.

그날 방과 후, 딱히 약속한 것도 아닌데 이루루와 다이키는 모두가 사라질 때까지 교실에 남았다. 그리고 둘만 있게 되자 이루루는 천천히 입을 열었다.

"나 때문이야?"

"뭐가?"

다이키는 시치미를 뗄 때 귀 뒷면을 긁적인다.

"그러니까."

"커밍아웃한 거?"

"응."

기울어진 해가 교실에 비쳐 들어와서, 다이키는 눈부신 듯 눈을 가늘게 떴다.

"아냐."

이루루는 다이키의 정면을 향해 고쳐 앉고서 "진짜야?" 하고 다시 한번 물었다.

"응."

무뚝뚝한 다이키의 태도가 조금 마음에 걸려서 "그럼 왜 먼저 이야기 안 해줬어?"라고 심기가 불편한 듯 말을 툭 내던졌다.

"친구라도 말하기 힘든 게 있잖아."

다이키는 어색해했지만, 이루루는 물러서려야 물러설 수 없냐는 듯 "얼터네이트에서는 말할 수 있나보구나"라고 뒤따라 말했다.

"그래."

그는 일어나서 이루루를 등졌다.

"이루루는 내가 어떤 생각을 하고, 고민하고, 두려워하다가, 그런데도 남성을 좋아한다는 항목에 체크했는지 조금이라도 생각해줬어?"

"그건⋯⋯."

"물론 이루루도 걱정했어. 하지만 그뿐만이 아니야. 자신을 위해서라도 나는."

다이키는 거기서 말을 멈추었다. 이루루는 다이키의 등에 살포시 손을 대고 "미안해"라고 읊조렸다.

문득 식물의 솎아내기를 떠올렸다. 성장하려면, 잃어야만 하는 것이 있다. 그게 얼마나 괴롭더라도. 한편으로는 그렇게 괴롭다면 성장 따위 하지 않으면 되지 않으냐고도 생각하게 된다.

이루루는 다이키의 등을 어루만지며 "고마워"라고 말했다. 그의 등은 그때도 차가웠다. 늦여름의 미지근한 바람이 교실 커튼을 흔들었다.

그날부터 두 사람의 관계는 더 가까워졌다. 이루루는 자신이 생각했던 것보다 다이키를 선뜻 받아들였고, 좋아하는 남자 타입에 대해서 이야기하는 등 예전보다도 대화의 폭이 넓어졌다.

다만 그를 둘러싼 환경은 그렇지 않았다. 다이키는 가족들에게는 아직 인정받지 못했다고 말했고, 학교에서도 악의를 품는 사람이 적지 않았다. 그런데도 그는 당당하게 계속 행동해서, 머지않아 짓궂은 부류가 줄어갔다.

다이키가 란디와 사귀기 시작한 것은 2학년이 되고 얼마 지나지 않아서였다. 란디는 한 학년 아래의 후배로, 입학하고 바로 다이키를 플로우했다. 다이키는 그때까지 플로우 받은 적은 있어도 만난 사람은 없었다. 이번에도 그럴 작정이었지만 같은 학교에 다니던 란디는 숨어서 그를 기다리더니 맹렬한 기세로 어필했다. 기분이 나쁘지만은 않았다고 다이키는 나중에 말했다.

다이키는 원래 식물에 관한 동영상 업로드를 취미로 하고 있었고(얼터네이트의 프로필에도 그 동영상 링크가 게시되어 있다) 그곳에 장난으로 란디와의 커플 동영상도 덧붙였다. 그러자 지금까지 백에도 미치지 못했던 조회수가 단숨에 만을 넘어가게 되었다. 그들 자신도 의아해했지만 이후 빈번히 커플 동영상을 올리게 되어, 이윽고 미디어에서 주목받는 고등학생으로 다루어졌다. 소문은 점점 퍼져 눈 깜짝할 사이에 인기인이 되었다.

하지만 이루루는 그들의 동영상을 딱히 본 적이 없었다. 다이키는 봐주기를 바랐지만, 화면 속의 그는 왠지 다른 사람처럼 느껴졌다. 무엇보다 그 세계에서 활기찬 그를 보고 있으면 자신은 좁디좁은 장소에 있다는 느낌이 들어서 기분이 비참했다.

"진짜 무서워."

다이키는 이루루의 어깨에 기댔다.

"헤어지면 무슨 소릴 들을지 몰라. 우릴 응원해주던 사람, 많았잖아. 예정해둔 일도 있고."

그렇구나, 하고 머리를 쓰다듬어주자 보드라운 머리카락이 손가락에 엉켰다.

"그런데 이상해. 연인이랑 헤어져서 슬프다는 생각보다 주변 반응을 신경 쓰고 있다니. 그 점에서, 훨씬 전부터 우리는 끝났구나 싶네."

그가 이런 식으로 어리광을 부리는 건 처음이어서, 뭐라 말해야 할지 알 수 없었다. 우선 "나는 네 곁에 있을 거야"라고 했지만, 말이 작위적으로 나왔다. 다이키가 들리지 않을 정도의 작은 목소리로, 응, 하고 대답했다.

방 안쪽에서 갑자기 덜커덕 소리가 들렸다. 어깨에 기대 있던 다이키가 얼른 일어나 마른 목을 축이려고 우롱차에 입을 댔다.

그 문은 가게 주방과 이어져 있어서 쉽게 오갈 수 있게 되어 있었다. 문이 다 열리기 전에 "이루루 있니?" 하는 엄마 목소리가 들렸다.

"응, 왜?"

"어머나, 다이키도 왔네. 잘 지냈어?"

기모노 차림의 엄마는 접객할 때와 같은 미소를 다이키에게 보냈다.

"안녕하세요. 갑자기 와서 죄송해요."

"가게 냉동고 상태가 좀 안 좋아서 가능하면 바로 얼음을 사다줬으면 하는데…… 안 될까?"

다이키는 평소대로인 체하고 있었지만, 엄마는 무슨 일이 있다고 꿰뚫어 본 모양이다. 어떻게 해야 하나 망설이고 있는데 다이키가 "지금 때마침 집에 가려던 차였어요"라고 해서, 이루루는 "진짜 괜찮아?" 하고 엄마에게는 들리지 않을 정도의 볼륨으로 물었다. 그도 똑같은 크기의 목소리로 대답했다. "괜찮아. 정말 괜찮아. 미안해, 이루루.

얼터네이트

갑자기 찾아와서."

이루루는 고개를 살짝 끄덕이고 엄마에게 "다이키를 바래다주는 김에 얼음 사서 올게. 세 개 정도면 되지?"라고 물었다.

"응, 고마워. 다이키, 신경 쓰게 해서 미안하다."

역까지 바래다주고 헤어질 때 "언제든지 전화해도 돼"라고 전하자, "응. 근데 오늘은 피곤해서 아마 잘 거야"라고 다이키는 말했다. 개찰구를 빠져나가서 보이지 않을 때까지 시켜보나가 편의섬에 들러 얼음 세 뭉지를 샀다. 놀아가는 길, 밤바람이 포근하게 몸을 어루만져 체온을 퍼뜨렸다. 하지만 다이키에게 닿았을 때 느낀 차가움은 여전히 손안에 또렷하게 남아 있었다.

그날 밤은 좀처럼 잠을 이루지 못했다. 스마트폰을 손에 들고 동영상 앱을 과감하게 터치했다. 그 앱은 다이키가 마음대로 다운로드한 것으로, 켜보는 건 오랜만이었다. 다이키&란란의 최신 동영상을 보았다. '보고'라는 제목이 붙은 그것은 바로 조금 전에 업로드된 것이었다.

제 5 장

섭　리

2교시가 끝나자 나즈는 성경과 찬송가집을 들고 강당으로 향했다.

　강당은 동관과도 서관과도 떨어진 장소에 있어서, 한 번 학교 건물을 나가야만 한다. 건물 현관에서 도보로 1분도 걸리지 않을 정도의 거리라서 맑은 날이면 귀찮지 않지만 오늘처럼 비가 오면 번거롭다.

　강당 앞에 우산꽂이가 있지만 실제로 우산을 가진 사람은 적어서 학생 대부분은 성경과 찬송가집을 머리 위로 치켜들고 비를 피했다. 나즈도 늘 하는 자세로 적당하게 머리를 지키고서 젖은 몸을 강당 안으로 미끄러뜨리듯이 들어갔다. 교복에 맺힌 물방울을 털어내고 있으니 시오리가 "나즈! 다이키&란란 동영상 봤어?" 하고 뒤에서 말을 걸었다.

"아직인데 무슨 일 있어?"

"헤어졌대."

뭐어? 하고 무심코 큰 소리를 내고 말았다.

"다이키가 동영상을 올렸어. 아니, 근데 놀랍더라. 울면서 결별했다는 이야기를 하는 모습을 셀프 동영상으로 찍어서 편집까지 해서 업로드하는 건, 왠지 이상한 것 같아."

"두 사람은 오늘도 학교에 왔어?"

"글쎄, 모르겠네."

나즈는 낙담했다. 두 사람이 끝나버렸다는 사실은 얼터네이트가 실패한 것처럼 느껴졌다.

물론 얼터네이트에서 사귀게 된 사람이 헤어지지 않는다는 게 말도 안 된다는 것 정도는 나즈도 이해한다. 사람과 사람 사이의 관계에 절대라는 건 없다. 하지만 그걸 조금이라도 줄이기 위해서 얼터네이트가 존재한다.

마침 오늘 아침에 새로운 서비스가 갑자기 얼터네이트에 도입되었다는 정보가 인터넷 뉴스에 올라와 있었다. 나즈는 예배 중에 스마트폰을 켜서 그 기사를 몰래 읽을 셈이었다. 자기 자리에 앉아 나중에 번거롭지 않도록 스마트폰을 성경 사이에 끼웠다.

강당 좌석은 앞줄에 1학년, 중간에 2학년, 뒷줄에 3학년이 각 반마다 출석부 번호 순으로 나란히 앉는다. 이미 대부분의 학생이 자리에 앉았지만, 대각선 앞쪽의 사에야마 자리가 비어 있었다. 수업에는 출석했는데, 대체 어떻게 된 걸까.

그리 생각하기가 무섭게 사에야마가 단상에 올라 오르간 의자에 앉았다. 이어서 오늘 예배를 담당하는 교사가 중앙에 있는 강단 앞에 섰다.

"예배를 시작하겠습니다. 찬송가 461장."

학생이 일어나자 사에야마가 살포시 건반 위에 손가락을 올려놓았다. 살짝 호흡하고, 화음을 강당 내에 울려 퍼지게 했다.

사에야마의 음은 지금까지 건반을 친 반주자와는 명백하게 달랐다. 그녀의 터치는 무척이나 불가사의하고 소리가 공중에 떠 있는 것처럼 가벼웠다. 오르간 그 자체가 다른 것일지도 모른다. 그리 생각할 만큼 이전 사람과는 다른 음질에 그만 넋을 잃고 들어버렸다.

하지만 사에야마의 오르간에는 문제가 있었다. 왠지 모르게 노래를 부르기 힘들었다. 그녀의 반주는 초연한 데다 막연하고, 노래를 부르는 동안 갈수록 기분을 불안하게 했다.

그 자리의 모두가 당황하고 단상의 선생님도 사에야마를 힐끗힐끗 보고 있었다. 하지만 그녀는 조절하지 않고 자유롭게 오르간을 계속해서 쳤다.

아멘.

학생들이 간신히 노래를 끝내자 선생님이 '착석'이라고 말했다.

교사가 성경 한 구절을 읊은 뒤 자신의 체험에 빗대어 설교를 시작했기에 성경을 살짝 펼쳐서 스마트폰을 만지작거렸다. 사전에 북마크로 등록한 기사를 쭉 훑어보고 우선은 얼터네이트 공식 홈페이지에 접속해서 설명을 읽었다.

얼터네이트 주식회사는 이번에 유전자 해석 서비스를 하는 'Gene Innovation, Inc.'이 개발한 앱 'Gene Innovation'과 연계하여, 당사가 운영하는 커뮤니케이션 앱 '얼터네이트'에 새로운 인터섹션 검색 엔진 '진 매치'를 론칭합니다. 이로 인해 인터섹션 검색에 따른 수치를 보다 정밀하게 산출해낼 수 있게 되었습니다. 그런고로 'Gene Innovation'을 다운로드하여 계정을 만들고 검사를 하여……

이어서 이용자를 위한 절차가 게시되어 있었다.

'Gene Innovation'이라는 앱은 처음 들었지만, 이미 큰 기대를 안고 있었다. 유전자 레벨의 상성이라는 건 감정이나 직감이 아니라 생물학적인 측면에서의 상성이며, 그건 참으로 나즈가 바라던 것이었다. 다만 서둘러서는 안 된다. 이 앱이 신뢰하기에 충분한가, 그게 중요하다. 고양되는 기분을 억제하고 'Gene Innovation, Inc.'의 홈페이지를 보았다. 눈에 뛰어든 것은 회사명 아래에 있는 '유전자 분석으로 자신다움을 손에 넣는다'라는 말이었다. 스크롤해나가니 그곳에는 본 적도 들은 적도 없는 의학용어만 가득해서 머리가 어질어질했다. 상품 일람에는 유전자 검사 앱 'Gene Innovation' 외에 영양제나 화장품 등이 있었다. 또한 법인이나 연구자를 위한 용도에 맞는 유전자 분석 프로그램을 판매하고 있었다. 'Gene Innovation'의 상품 설명을 보았다. 서두에는 아래와 같은 설명이 있었다.

'Gene Innovation, Inc.'는 지금까지 120만 명 이상의 유전자를 검사해서 데이터 분석을 실시해왔습니다. 이 실적은 의학 분야에서 활용되어 질병 위험도, 체질 개선, 안티에이징 등에서 막대한 공적을 쌓아왔고, 또한 최신 데이터를 착실히 업데이트해서 그 정밀도를 나날이 높여가고 있습니다. 'Gene Innovation'은 유저가 자신의 데이터를 더욱 가벼운 마음으로 알고 이용하는 것을 목적으로 개발되었습니다. 검사는 자택에서 간단히 할 수 있습니다. 'Gene Innovation'을 사용하면 걸리기 쉬운 질병이나 무엇으로 인하여 살이 찌기 쉬운지, 피부나 모발의 타입, **혈통, 또는 성격의 경향도 알 수 있어**(성격은 50퍼센트가 유전이라고 여겨집니다) 당신에게 보다 나은 라이프스타일을 제안합니다.

성격의 절반은 부모로부터 유전. 나즈는 경악했다. 자신에게 그 사람 같은 측면이 있다니 믿고 싶지 않았다. 하지만 유전자만큼은 더 이상 어쩔 도리가 없다. 남은 절반에 거는 수밖에 없지 않을까. 그리 생각했는데, 역시 이대로도 괜찮다고 생각을 고쳐먹었다. 문제는 자신이 어떠한지가 아니다. 누구와 만날지다.

문득 얼터네이트 이전에 유전자를 이용한 매칭 앱이 없었는지 궁금해졌다. '유전자 매칭 앱'으로 검색했다. 참으로 미심쩍은 사이트가 조금씩 보이는 가운데, "유전자로 찾는 매칭 앱 'The one'의 실용성은 얼마나 될까" 하는 매체 기사가 눈에 들어왔다. 기사에 따르면, 미국에서 등장한 이 앱 'The one'은 자신과 다른 유전자를 가진 상대일수록 쉽게 이끌린다는 가설에서 면역 시스템을 돕는 열한 가지 유전자를 토대로 상성을 구성했다고 한다. 또한 'The one'은 SNS와도 연계할 수 있다고 한다. 얼터네이트와 완전히 똑같다!

기사를 다 읽고 나즈는 '진 매치'의 의도를 어렴풋이 파악할 수 있었다. 유전자로부터 알 수 있는 선천적인 성격의 경향이나 체질, 끌리기 쉬운 상대 등의 정보와 얼터네이트가 파악하는 SNS 등의 정보를 조합하여 더 정확하게 '운명의 상대'를 알아내 소개하는 걸 테다. 'The one'은 모은 정보를 암 정보등록단체에 제공하는 모양이지만, 'Gene Innovation, Inc.'는 더 많은 정보를 모아 자사상품에 참고하겠다는 것이다.

나즈는 재빨리 '진 매치'를 이용하기 위한 절차를 밟기로 했다. 얼터네이트 공식 홈페이지에 따르면 우선 'Gene Innovation'을 다운로드해서 계정을 만들고 검사 키트를 주문하라고 되어 있었다.

"기립."

나즈는 완전히 몰두해 있어서 선생님이 하는 이야기가 끝난 것도 알아차리지 못했다. 서둘러 스마트폰을 넣고 일어나 다시 찬송가집을 펼쳤다. 매 마지막 찬송가는 송영이라고 해서 앞에서 노래한 것과 달리 짧고 곡수도 적다. 본교에 입학한 지 아직 두 달도 지나지 않은 나즈는 찬송가는 별로 외우지 못했지만 송영만큼은 아는 게 늘었다.

미우의 오르간이 다시 울려 퍼졌다. 그 음에 따라 고양된 흥분이 달래졌다. 나즈는 천천히 입을 벌려 경쾌하고 오묘한 반주에 맞춰 소리를 냈다.

찬양 성부 성자 성령
삼위일체 신께
영세무궁하기까지
영광을 돌리세 영광을 돌리세
아멘

앞으로의 운명이 좋아질 것이다. 나즈는 그리 확신했다.

예배를 마치자 시오리가 달려와서 "다이키와 란란, 어느 쪽도 평범하게 자리에 앉아 있었어. 다들 속닥대는데 둘 다 전혀 동요 안 해서 깜짝 놀랐어. 역시 동영상 업로드로 유명해진 사람은 정신이 이상한 것 같아. 그것도 그렇지만 사에야마, 엄청 잘 치더라"라고 말했다.

"나도 그렇게 생각했어. 그런데 왜 오르간을 치게 됐을까. 지금까진 3학년이 치지 않았어?"

"전에 치던 사람이 학교를 관뒀는지 그 대신 부탁받았나 봐."

"어라, 이 시기에 관두다니 이상하지 않아? 왜지?"

"글쎄. 왜일까?"

그러고선 시오리는 조금 말하기 거북한 듯, "나즈, 잠시 할 말이 있는데 괜찮아?"라고 말을 이었다.

"괜찮은데, 다음 시간 이제 곧 시작돼."

"금방 끝나. 아무래도 나즈한테 먼저 전하고 싶어서."

나즈와 시오리는 강당 현관을 나가 바로 보이는 지붕 있는 건물로 이동해서 젖지 않도록 벽에 기댔다. 그런데도 땅에서 튕겨 올라온 비가 발밑에 닿아 불쾌했다.

"실은 말이야."

비가 한층 거세져서 바로 근처에 있는데도 목소리가 잘 들리지 않았다.

얼터네이트

"남자친구 생겼어."

뭐? 하는 소리가 시오리에게 닿았는지 어떤지는 알 수 없었다.

"얼터네이트에서 알게 된 다른 학교 2학년."

축하해, 하는 목소리는 닿았는지 시오리는 "고마워" 하고 미소 지었다.

"나즈한테 제일 먼저 말하고 싶었어. 얼터네이트에 대해서 많이 가르쳐준 건 나즈였으니까. 그리고 소중한 친구니까. 그런데 말하기 조금 그랬어. 실은 더 빨리 말해야 한다고 생각했지만."

"괜찮아."

강당에서 쏟아져 나오는 학생들은 빗속을 달려 교실 건물로 돌아갔다. 어수선한 경치 속에 자신들만이 느긋해서 시간 감각이 이상해졌다.

'다이키&란란'이 헤어져서 쓸쓸했던 것과 시오리를 바로 축하할 수 없었던 것은 모순됐다. 기분이 엉망진창이 되어 홍수처럼 마음이 흘러넘쳤다. 하지만 그것을 말로 할 수 없어서 한시라도 빨리 타이핑하고 싶은 충동에 휩싸였다.

"나즈한테 말하길 잘했어. 나즈 덕분이야. 정말 고마워."

시오리가 그리 말을 끝내는 것과 동시에 종소리가 울렸다. "큰일이다." 시오리는 나즈의 팔을 붙잡고 "얼른 가자"라며 교실 건물 쪽으로 잡아당겼다.

"응."

나즈는 저항하지 않고 그녀에게 이끌린 채 달렸다.

*

검사 키트에 들어 있던 길고 가는 면봉을 입안에 넣어 안쪽 뺨을 좌우 다섯 번씩 문지르고 케이스에 다시 넣자 검체 채취가 끝났다. 검사 동의서와 해석 신청서를 기입해서 검사 키트와 함께 반송용 봉투에 담아 우체통에 넣었다. 나머지는 결과를 기다리기만 하면 된다.

집으로 돌아와 미적지근한 마음을 누구도 보지 않는 인터넷 소용돌이에 내던졌다. 문득 시오리가 말한 다이키의 동영상을 떠올렸다. 그렇게나 팬이었는데 보는 걸 까맣게 잊었다는 사실에 스스로도 놀랐다. 두 사람이 헤어지고 흥미가 옅어졌을지도 모른다.

썸네일을 클릭하자 다이키가 눈물을 글썽이면서 란디와 이별한 사실을 전한 후 "앞으로는 혼자서 활동하겠습니다"라고 떨리는 목소리로 말했다.

"란디, 지금까지 고마웠어! 그리고 응원해줬던 여러분도 정말 고마워!"

나즈는 무심코 하아, 하는 소리가 새어나왔다.

이렇게 힘든 일을 겪어도 사람은 '그 시간이 나를 성장시켜주었다'라든가 '소중한 추억이 되었다'라고 감사한다. 슬퍼하거나 상처 받은 시간을 억지로 긍정한다.

그럴 리가 없다. 하고 싶지 않은 경험은 하지 않는 편이 당연히 낫다. 감사하는 건 자신의 실패를 인정하고 싶지 않기 때문이다.

현관 쪽에서 열쇠를 꽂는 소리가 나서 나즈는 동영상을 멈추었다. 귀가한 엄마는 상대인 남자의 체면을 세워주듯 조신한 목소리로 웃고 있었다. 노크를 했기에 적당히 대답하자 안을 들여다본 엄마가 "늦어서 미안. 지금부터 밥 차려줄게"라고 말했다. 그 미소는 가면이라도 쓰고 있는 것처럼 경직되어 있었다. 돌아가는 엄마의 양손에 들린 마트 비닐봉지가 넓적다리에 쏠려 바스락거렸다. 이 사람도 괴로움에 감사하는 사람, 이라고 나즈는 생각했다.

제 6 장

상 반

두 번째로 온 도쿄는 이미 완전히 낯익은 땅이라 역까지 오는 것도 익숙했다. 저번처럼 당황해서 부산스럽게 굴지도 않았고, 이렇게 도쿄에 익숙해져가는가 생각하니 사람의 적응능력에 감탄하는 것과 더불어 유타카도 그랬겠구나 하고 서운해졌다.

약속 장소는 엔메이학원고등학교가 있는 남쪽 입구가 아닌 북쪽 입구 개찰구로, 그쪽은 남쪽 출구의 화려한 느낌과 달리 차분했다. 시계탑 위에는 벌거벗은 여자가 한쪽 주먹을 치켜들고 다른 쪽 손을 앞으로 내밀고서 한쪽 무릎을 구부리고 서 있는 기묘한 동상이 있었다.

유타카가 정한 약속 시간보다 5분 정도 일찍 도착했다. 근처 벤치에 앉아 심심풀이로 스마트폰을 켰다. 바로 얼터네이트를 켜려고 했지만, 앱은 이미 없었다. 단 1년밖에 사용하지 않았는데 완전히 습관이 밴 것이 짜증나서 나오시는 전원을 꺼버렸다.

그날, 돌아가는 야간 버스에서도 올 때와 마찬가지로 잠을 이룰 수 없었다. 유타카와의 재회는 상상했던 것보다도 허무했고, 한순간이었다.

초등학생일 적에는 늘 함께라고 착각하고 있었다. 시간이 흐르면 유타카가 다른 장소에서 다른 사람이 되는 게 당연하다는 사실을 알고 있어도 내면의 무언가가 받아들이기를 거부했다. 창문 너머의 어둠을 응시했다. 그때 뇌리에 울려 퍼진 선율은 예배당에서 들은 파이프오르간의 음색이었다. 그 여학생의 모습이 경치와 겹쳐지다시피 떠오른다. 점차 기분이 차분해지고 밤의 어둠 속으로 괴로운 마음이 멀어져가지만, 잠시 후 다시 유타카를 생각하고 만다. 그리고 파이프오르간을 떠올린다. 반복되는 동안에 경치는 하얘졌고 차 안은 밝게 물들었다.

유타카로부터는 오사카로 돌아간 그날 연락이 왔다. 동생 스마트폰에 플로우 알림이 도착해 마침내 직접 대화를 나눌 수 있게 되었다.

유타카가 말하기를 얼터네이트는 동급생들과 재미로 계정을 만들었으나 거의 하지 않아서 켜지도 않았던 모양이다. 나오시의 모습을 보고 어쩌면 해서 플로우된 친구 리스트를 보았더니, 나오시의 이름은 없었지만 다라오카라는 희귀한 성을 발견했고 그게 나오시의 동생이라고 예상했다고 한다.

그로부터 여러 번 대화를 나눴다. 제일 먼저 유타카는 연락을 소홀히 한 것을 사과했고 되도록 직접 만나서 요 몇 년간의 일을 이야기하자고 제안했다. 처음부터 그럴 생각에 만나러 갔기에 물론 받아들였다. 아르바이트 말고 특별히 하는 일이 없있딘 나오시는 유타카의 사정에 맞춰 다시 도쿄까지 가기로 했다.

약속 시간보다 10분 늦게 유타카는 찾아왔다. 나오시를 보고 달려오는 유타카는 양손을 모으고 뭐라고 말했는데 아무래도 약속에 늦은 것을 사과하는 모양이었다.

"종례가 좀 길어져서."

"어."

어색한 대답을 어물쩍 넘기려고 "저 동상 무슨 의미라도 있어?" 하고 벌거벗은 여자 동상을 가리키며 물었다.

"글쎄. 생각해본 적 없네. 그런데 저런 뭔지 모를 동상은 흔히 있지 않아?"

"그렇긴 해. 엄청 궁금하지만 대부분 검색도 안 해보고 그대로 잊어버리기 마련이지."

"어디서 이야기할래? 근처에 맥도날드나 카페라면 있어. 배고파?"

두 번의 원정으로 지갑이 꽤 가벼워져 있었다. 패스트푸드 정도라면 괜찮지만, 이 시간에 먹으면 결국 밤에 다시 배가 고파져서 지금은 참아두고 싶었다.

"어째선지 도쿄에만 오면 배가 안 고프네."

그리 웃어 보이자 "오사카 사투리 반갑네"라며 유타카도 웃었다.

"그럼 이쪽에서 좀 걸을까?"

그리 말하고 걷기 시작한 유타카를 쫓아갔다. 그 무렵에는 굳이 따지자면 유타카가 뒤에 있었다.

"그런데 많이 컸네. 무슨 운동이라도 해?"

"농구 하고 있어. 그렇게 잘하지는 못하지만. 나오시는? 동아리 활동 같은 거 해?"

"일단 밴드부에 들어갔는데 재미없었어."

"왜 과거형이야?"

"고등학교 관뒀거든."

유타카는 이쪽을 힐끗 보고 "그래, 그랬구나"라며 고개를 끄덕였다. 그 말투가 묘하게 마음에 걸렸다.

"뭔가, 일부러 신경 쓰는 거 아니냐?"

"왜?"

"왜냐니 보통은 물어보잖아. 왜 관뒀냐고."

나오시는 유타카의 곁에 나란히 서서 "신경 써주고 있잖아"라고 한 번 더 말했다.

"신경 안 써."

까마귀 한 마리가 두 사람의 머리 위를 날았다.

"그럼 왜 관둔 거야?"

"그럼은 또 뭐야?"

나오시는 짜증이 난 자신을 쭉 억누르고 있었지만, 그만 말투로 새어나오고 말았다. 수습하듯이 "뭐냐고 물을 일은 아니지만" 하고 이어서 이야기를 했다.

"적응하질 못했어. 그래서 좀 농땡이 부리는 동안에 출석 일수가 부족해져서 어차피 유급할 거라면 그냥 관두자 싶었지."

"가족들은 안 말렸어?"

"안 말리던데? 우리 집은 방임주의니까. 안 그러면 이렇게 훌쩍 도쿄에 올 수 있었겠어?"

나오시는 다시 웃어 보였지만, 조금 전만큼 제대로 웃을 수 없었다.

"오히려 유타카야말로 왜 밴드부 안 하는 거야. 기타 쳐."

기세에 힘입어 말하자 유타카는 "진즉에 관뒀어"라고 넌더리가 난다는 듯 말했다.

"말도 안 돼. 왜 안 해? 그렇게 좋아했으면서."

"야, 저거 봐."

걷는 사이 도착한 곳은 나무들이 늘어선 약간 높은 제방으로, 내려다보니 강이 흐르고 있었다. 아지로 강이라고 하는 모양이었다. 안쪽에 세워진 공장에서는 굴뚝이 뻗어 나왔고 연기가 하늘에 녹아서 흘러갔다. 바로 앞에는 축구 코트나 산책길이 있고 유타카가 가리킨 쪽에는 꽃이 피어 있었다. 그 꽃은 높이가 제각각이었고 색도 가지각색이면서 어딘지 모르게 무기질적이었다. 그 기묘함에 이끌려 두 사람은 그곳으로 향했다.

가까이 다가가서 꽃이 아니라는 사실을 알았다. 바람개비였다. 페트병으로 만들어진 것으로, 색이 선명하게 칠해져 있었다. 충실하게 꽃을 본뜬 것도 있거니와 로켓처럼 기계적인 것도 있었고, 페트병 그대로인 것마저 있었다. 바람을 받으면 일제히 회전해서 미세하게 달그락달그락 소리를 냈다.

"이거 엔메이학원초등학교 학생들이 만든 거야. 귀엽지? 보고 있으면 즐거워져."

그리 말하고 유타카는 천천히 돌아가는 바람개비 날개를 집었다. 마치 그것만 시간이 멈춘 것 같았다. 나오시는 "나, 너랑 밴드 하려고 하는데" 하고 읊조렸다.

"언젠가 하자고, 크고 나서 다시 같이 소리를 내자고 그런 말 했었잖아."

얼터네이트

"우리 참 귀여웠었네."

"귀엽기는. 아니 귀여웠었네는 뭐야? 그 거리를 좀 둔 듯한 말투, 엄청 거슬리거든?"

"의사가 될 거야."

유타카가 날개를 놓아주니 바람개비는 미아가 된 것처럼 좌우로 휘청거리다, 다른 것과 마찬가지로 회전하기 시작했다.

"나, 의사가 될 거야. 아빠 뒤를 쫓아가려고. 내가 차분히 생각해서 결정한 거야. 목표로 삼았다면 필사적으로 하고 싶어. 의사가 되는 게 목표가 아니라 좋은 의사가 되고 싶어. 그러니 놀고 있을 시간은 딱히 없어."

바람개비를 둘러싸다시피 해서 자란 초록 잎이, 위로하듯이 손을 어루만졌다.

유타카네 집안은 대대로 의사인 가문으로 할아버지는 오사카의 종합병원 원장이었다. 그의 아버지도 그곳에서 일하고 있었는데, 원장의 방침을 납득하지 못하고 사이가 틀어진 차에 도내에 있는 일본 굴지의 대학병원에서 교수로 초빙하고 싶다는 스카우트 이야기가 나왔다. 고민한 끝에 아버지는 할아버지와 갈라서서 도쿄를 선택했다. 그 탓에 유타카는 전학하게 되었고, 이사가 결정되고 나서부터는 내내 아버지를 향한 원망 섞인 불평을 토로했다.

"의사가 되나 봐라! 의사는 다 죽어버렸으면 좋겠어!"

"죽으면 환자까지 죽잖아." "의사만 죽고 다른 사람들은 건강해져버려라." 그렇게 나눈 대화가 지금도 떠올랐다.

"모순됐네. 그럼 농구부도 시간을 잡아먹잖아. 잘하지도 못하고. 실제론 쓸모없잖아. 그거 관두고 기타를 치는 건 어때?"

"서툴러도 좋아해. 기분 전환이라고 할까."

"아니. 기타 엄청 좋아했잖아. 내내 쳤잖아. 더구나 잘 치기도 했고. 그런데 왜 관둔 거냐고."

"그때는 그랬지. 지금은 전혀 안 좋아해."

"거짓말, 한번 기타 친 녀석의 지금은 더 이상 좋아하지 않습니다, 라는 소린 금시초문이야. 음악은 불가항력이니까."

"그래도 내가 좋아했던 기타리스트는 이제 거의 안 보이던데? 다들 기타를 관둔 게 아닐까?"

"그럴 리 없잖아. 다들 안 보이지만 어딘가에서 건강하게 지내고 있을 거야. 해외에서 활약하고 있을지도 모르고. 프로듀서가 됐을지도 모르잖아. 그럼 '젠야'는? '젠야'는 지금도 활동하잖아."

"아, '젠야' 말이구나. 그러고 보니 좋아했었지, 우리."

"말도 안 돼. 이제 안 듣나 보네."

"나한테 기타는 뭐라고 할까. 엄청 거추장스러운 물건이 됐어. 기타를 치고 있으면 시간을 잊게 되고 그런 의미에

얼터네이트

서는 정말 좋아했었어. 그런데 너무 열중하니까 머리가 이상해지는 것 같더라. 내내 치고 싶다고 생각하게 돼. 의사 같은 걸 관두고 기타리스트가 되고 싶다고 생각하게 된다고."

"그럼 치면 되잖아."

"기타리스트로 먹고 살아가는 사람은 한 줌밖에 안 되는데다, 불행한 말로만 상상하게 돼. 그런데 한편으로 나는 가능하지 않을까, 라는 생각도 들어."

"가능하다는 생각이 아니라 반드시 가능해."

"안 돼. 그렇게 흔들리는 시점에서 나한테는 무리야. 객관적으로 본 점에서부터 이미 좋은 기타 연주는 할 수 없어."

"그게 뭔지는 잘 몰라. 그래도 그게 개성이 되지 않을까. 객관적인 거 좋잖아. 밴드에 중요한 건 위에서 내려다보는 거라고 마사오 아저씨가 말했잖아."

"어쨌거나 난 기타를 싫어하기로 결정했어."

"바보야? 결정할 일이 아니잖아. 기타를 안 쳐서 오히려 머리가 이상해진 거 아냐?"

"이미 정한 일이야."

"네가 너 자신을 정하지 마. 가능성을 포기하는 건 기타에 대해서도 자신에 대해서도 실례야."

"아무것도 모르는 주제에 아는 척 하지 말라 캤다."

오사카 사투리로 거친 소리를 내뱉는 유타카에게 초등학교 시절의 얼굴이 포개어졌다. 감정적으로 나오는 그와는 반대로, 나오시는 그게 기뻤다. 드디어 만났다 싶었다. 더 화를 내라고 나오시는 마음속으로 외쳤다. 하지만 초등학생인 유타카는 바로 옅어지고, 놀랄 만큼 다정한 목소리로 "나오시는 드럼 계속 쳐. 언젠가 들으러 갈 테니까"라고 말했다. "난 앞으로도 늘 나오시의 팬이야."

"그거 무슨 소리야? 기분 더럽게."

더 이상 대답할 수 없었다. 나오시 자신이 이 상황을 뒤집을 수 없다는 사실을 잘 알고 있었고 그의 완고한 성격은 그때 그대로였다.

두 사람은 누가 먼저라고 할 것 없이 제방에 앉아 축구 코트에 있는 중학생을 응시했다. 차, 패스, 패스, 스톱, 야 빠져나가, 슛, 슛, 텅.

소년들의 목소리, 공을 차는 소리, 골대에 맞는 소리, 다섯 시를 알리는 종소리가 울리는데도 소년들은 여전히 축구를 계속하고 있었다.

태양이 구름에 가려져 잿빛 하늘은 그 농도를 높여갔다. 두 사람 사이에 자리한 열기도 점차 흐려지자 유타카는 "오해하지 말고 들어줬음 하는데"라고 불쑥 입을 열었다.

"난 나오시가 부러웠어."

"그건 오해할 수밖에 없겠는데?"

당시의 유타카는 명백하게 이질적인 존재였다. 유복하지만 그걸 과시하지도 않고 늘 자연스럽게 있었다. 그건 그 스스로 높은 수준의 생활에 아무 위화감을 느끼지 않아서였고, 타인과의 차이를 알아차리지 못하는 둔감할 정도의 순수함을 가지고 있어서였다. 그런데도 유타카의 단정한 분위기는 전부 숨길 수 없어서 주변에서는 인정받고 있었다.

나오시의 가정은 달랐다. 콧구멍만한 문구회사에서 일하던 아버지는 월급 대부분을 자주 앓아눕는 엄마의 치료비로 썼다. 빚도 졌다. 가난한 생활을 하소연하고 싶어질 때도 있었지만, 엄마를 생각하면 어쩔 수 없었다. 그런데 그렇게 견뎌도 엄마는 오래 살지 못했다. 엄마가 세상을 떠난 것은 나오시가 여섯 살이 되고 얼마 지나지 않아서였다. 괴로웠지만 이걸로 아버지는 괴로움에서 해방된다, 돈도 지금보다는 자유롭게 사용할 수 있게 된다, 라고 생각하며 슬픔을 견뎠다. 하지만 아버지는 이겨내지 못했다. 일을 할 수 없게 되었고 집에 틀어박혔다. 나오시와 동생은 그런 아버지를 필사적으로 위로했다. 반년 후에 간신히 복직할 수 있었지만, 엄마를 잃은 빈자리는 커서 세 사람의 생활은 뜻대로 되지 않았다.

보다 못한 친할머니가 세 사람을 도우려고 고베에서 이사를 왔다. 그것에 힘입어 아버지는 이때까지 쓴 돈을 되찾으려고 조금이라도 월급이 많은 곳을 찾아 일을 전전하게 되어 원양어선에 타는 등 장기간 집을 비우는 일도 허다했다. 지금도 집에 없고 아버지와 마지막으로 만난 지 벌써 1년이 되어간다. 돈은 입금되고 있어서 일은 하고 있을 테지만, 어디에 있는지는 모른다.

"내 눈에 나오시는 늘 열광하는 것처럼 보였어. 이렇게 표현해서 미안하지만, 그 열광은 결핍된 게 영향을 끼친 게 아닐까 했어."

"엄청 근사하게 말하고 있지만 관계없잖아."

"그런데 어렸는데도 나는 정말 부러웠어."

"번쩍번쩍한 기타를 치고 있던 유타카한테 그런 소릴 들으니 왠지 비아냥 같네."

아빠의 취미이기도 해서 유타카는 어렸을 때 기타를 선물받았다. 초등학생치고는 부자연스러울 정도로 손가락이 길었고, 그 덕에 초등학교 3학년인데도 대부분의 코드를 짚을 수 있었다.

나오시가 드럼에 흥미를 가진 것은 초등학생이 되었을 무렵으로, 근처에 살고 있던 마사오 아저씨의 영향을 받았다. 아버지는 일을 마치고 어린이집에 들러 동생과 돌아왔기 때문에 초등학교 1학년 무렵에는 혼자 하교해서 늦게까지 두 사람이 돌아오기를 기다려야만 했다. 할머니가 집에 있었지만 단 둘이서 있는 시간이 왠지 거북해서 점점

얼터네이트

근처를 산책하고 돌아가게 되었다.

　어느 날 집으로 가는 길에 멀리서 리듬이 들렸다. 축제라도 하나 싶어서 나오시는 이끌리다시피 그 음을 찾아나섰다. 도착한 곳은 상가 건물이어서 계단을 뛰어올라가 음이 울리는 공간을 찾았다. 2층 모퉁이에 있는 공간이었다. 문틈에서 안을 들여다보자, 아마와 뺨에 깊은 주름을 새긴 긴 머리의 남성이 격렬하게 드럼을 두드리고 있었다. 그게 마사오 아저씨였다.

　나오시이 존게를 알이차린 마사오 아서씨는 움직이다 말고 손짓했다. 공간의 벽 한 면에는 레코드판이 장식되어 있었고 선반과 테이블에는 술병이 무수히 늘어서 있었다. 그곳이 밴드가 연주할 수 있는 '보니토'라는 바라는 것을 알았던 건 좀 더 크고 나서였지만, 이후 나오시는 하교할 때 들러서 종종 드럼을 배웠다.

　처음 '보니토'에 갔던 날 마사오 아저씨는 드럼 스틱을 주었다. "베개든 티슈 갑이든 뭐든 좋으니 두드려서 연습해"라는 조언을 듣고 나오시는 자신의 방에 소리가 나지 않는 드럼을 만들어 연습했다.

　얼마 지나지 않아 8비트를 두드릴 수 있게 되자 누군가와 같이 연주해보고 싶어졌다. 하지만 '보니토'에 손님이 와서 연주가 시작되는 건 나오시가 이미 자고 있을 때였다. 마사오 아저씨는 드럼 말고는 연주하지 못해서 실력이 늘면 늘수록 답답함이 더해갔다.

초등학교 3학년 학급 배정으로 유타카와 같은 반이 되었고, 그가 기타를 친다고 들었기에 '보니토'에 가자고 꼬셨다. 처음 그와 합주했을 때의 고양감은 지금도 또렷하게 기억하고 있다. 유타카는 펜더 기타를 앰프에 연결해서 "어떻게 할래?" 하고 나오시에게 말했다. 유타카를 꾄 건 좋았지만 두 사람의 음악성은 전혀 맞지 않았다. 나오시는 마사오 아저씨에게 영향을 받아 비틀즈나 비치 보이스, 더 클래시, 소닉 유스, 너바나를 배웠다. 한편 유타카는 아버지의 영향으로 재즈를 자주 들었다. 웨스 몽고메리, 팻 매시니, 조 패스, 짐 홀. 특히 팻 마티노를 경애하고 있었다 (나오시는 물론 그들을 몰랐다). 그 외에 유행하던 제이팝을 듣는 것 같았는데, 반대로 나오시는 집에 텔레비전도 라디오도 없어서 요즘 음악을 몰랐다. 그런 상태여서 악기를 맞춰보려고 해도 뭘 어떻게 해야 좋을지 알 수 없었다.

"적당히 두드려봐. 나도 적당히 쳐볼게."

유타카가 그리 말해서 심플한 드럼 비트를 반복하고 있으니 유타카가 그에 맞춰 코드를 쳤다. 음의 진동이 나오시를 뚫고 천장으로 빠져나갔다 싶었는데, 그 코드 위를 헤엄치다시피 기타 솔로를 치기 시작했다. 나오시는 깜짝 놀라면서도 어떻게든 템포를 유지해서 그의 연주에 귀를 기울였다. 기타를 잘 알지는 못했지만, 그럼에도 유타카의

　　　　　　　　　　　얼터네이트

손가락에 깃든 청아한 것을 느꼈다. 나오시는 분해서 억지로 박자를 쪼개 리듬을 갑자기 바꿨다. 단숨에 비트를 올리자 유타카는 순간 당황한 표정을 지었지만, 바로 솔로를 이어나갔다. 그것을 들은 마사오 아저씨는 손뼉을 치면서 "라일라°인가? 귀여운 클랩튼이군"이라며 웃고 있었다.

이번에는 짓궂게 템포를 떨어뜨려보았다. 꽤 느려서 천하의 유타카도 따라오지 못할 거라고 생각했다. 하지만 유타카는 장난스런 표정을 짓더니 목가적인 멜로디를 연주했다. 그는 무슨 곡인지 맞춰보라는 듯 나오시를 보고 있었지만, 전혀 알 수 없었다. 그저 어딘가에서 최근에 들었던 것 같았다.

잠시 후 나오시가 알아차리자, 유타카는 기쁜 듯이 고개를 끄덕였다. 두 사람은 의기투합해서 "노을빛 어깨끈에 삿갓 쓴 사람" 하고 같이 불렀다. 민요 '찻잎 따기'는 요전번 음악 수업 때 갓 부른 노래였다.

"설마 이 노래일 줄이야."

"너무 둔감한 거 아냐?"

그때 '보니토'에는 '찻잎 따기' 때문인지, 아니면 합주의 풋풋함 때문인지, 싱그러운 새잎 내음이 피어오르고 있었다. 나오시는 지금도 그 향기를 때때로 떠올린다.

✿ 영국의 기타리스트인 에릭 클랩튼이 작곡한 팝송 'Layla'를 이미한다.

그로부터 두 사람은 정기적으로 '보니토'에 가서 합주했다. 유타카 덕분에 나오시의 음악 지식은 확연히 넓어졌다.

초등학교 4학년 때는 둘이서 자주 '젠야'를 카피했다. 당시 '젠야'의 멤버는 고등학생으로, 나름대로 어른 못지않은 테크니컬한 연주와 천진난만하면서도 도발적인 가사가 화제가 되었다.

노을이 비쳐드는 '보니토'에서 '젠야'의 곡을 연주하면 늘 가슴속이 뜨거워졌다. 유타카는 코밑에 땀방울이 맺힌 채 필사적으로 기타를 쳤고, 곡이 끝나면 크게 숨을 내쉰 다음 그 자리에 주저앉았다. 나오시는 유타카에게 손을 내밀어 "하나, 둘!" 하고 일으켜 세우려 했지만 자신도 힘이 다 빠져서 같이 쓰러지곤 했다. 그런데도 질리지도 않고 몇 번이나 연주를 반복했다. 유타카가 초등학교 5학년에 전학 갈 때까지, 두 사람은 그렇게 방과 후를 보냈다.

"지금도 네가 치던 기타가 생각나. 아니, 아무 때나 불쑥 튀어나와. 그때의 기억이. 영상과 소리가. 유타카가 오지 않게 되고 나서 6년쯤 되었을 땐가, 기타 치는 녀석이 늘어서 그 녀석들이랑 밴드를 만들었는데도 역시 부족해. 너랑 비교해서 전혀 재미가 없어. 잘 치는 녀석은 가끔 있어. 그런데도 그 시절의, 초등학생인 네가 더 잘 쳤지만 말이야. 그때 동영상이라도 업로드 했었더라면 우리 분명 스타가 됐을 거야."

"그럴지도 모르겠네. 나오시의 움직임도 전혀 아이 같지 않았으니까 재미있다는 평을 받았을지도."

"왜 재미있어서 스타가 된다는 거야? 멋있어서 되는 걸로 치자!"

유타카는 키득하고 웃더니 물었다. "마사오 아저씨는 건강하셔?"

"아저씨 돌아가셨어."

"뭐?"

유타카는 자신의 미소를 지우듯이 고개를 내저었다.

"왜?"

"암으로. 유타카가 가고 1년 정도 지나서. 뭐 그렇게 담배를 피우고 술을 마셨으니 죽은 거지. 그것 말고도 뭔지 모를 무언가를 한 것 같기도 하고."

나오시가 농담 삼아 그런 소릴 해도 유타카의 표정은 가라앉아 있었다.

"저기, '보니토'가 왜 보니토인지 알아?"

"생각해본 적이 없네. 보니토라, 보니토는……."

그리 말하고 스마트폰으로 검색하려고 하자 나오시가 "'보니토 스페인어'로 검색해봐"라고 말했다.

"아름답다, 예쁘다, 근사하다. 맞아 맞아 그런 느낌의 뜻일 것 같았어. '보니토'라는 가게가 자주 있긴 하지."

"그렇지? 나도 그렇게 생각했어. 근데 아마 아닌 것 같

아. 다른 의미가 있을 거야. 이번에는 '보니토 영어'로 검색해봐."

유타카는 고개를 갸웃거리면서 손가락을 재빨리 움직였다.

"가쓰오˚."

"장례식 때 알았는데 마사오勝男는 이긴다勝つ에 남자男라는 글자를 쓰더라. 그걸 '가쓰오'로도 읽을 수 있으니까 '보니토'인가봐."

"그렇구나. 그럴지도 모르겠네."

유타카의 얼굴에 웃음이 돌아왔다.

"애초에 스페인어 보니토는 마사오 아저씨랑 느낌이 달라. 분명 가다랑어일 거야. 가다랑어는 두드려야 제 맛이지."

정신을 차리고 보니 축구장에는 아무도 없었다.

"나오시, 미안."

"새삼스럽게 사과는. 난 아직 널 포기 안 했거든?"

"미안."

널찍한 하늘은 검은색으로 빽빽하게 칠해졌고, 강가 건너편의 아파트 불빛이 드문드문 켜지고 있었다. 두 사람 사이에는 고요함이 가로놓여서 나오시는 견디지 못하고

♻ 가쓰오かつお는 일본어로 '가다랑어'를 의미한다.

얼터네이트

일어나 한 손을 들고 한 발로 섰다.

"뭐 해?"

"역 앞에 있는 그거 흉내."

유타카는 웃어주었지만 그것도 위로하는 것처럼 느껴져서 나오시는 참지 못하고 "집에 갈까?"라고 말했다. 바람개비는 지금도 돌아가고 있겠지 싶어서 저 먼 곳을 보았지만, 어둠에 뒤섞여 이제 찾아볼 수 없었다.

제 7 장

국 면

"이걸로 1학기 종업식을 마칩니다"라는 담임의 인사를 듣고 고등학교 3학년의 3분의 1이 끝났다는 사실을 실감했다. 교실 창문이 내리쏟는 햇살을 단호히 거부하듯이 에어컨은 차가운 공기를 뱉어내고 있었다. 여기서 나가면 이 수혜를 받을 수 없다는 사실을 아는 학생들은 여름방학의 해방감을 즐기고 싶은데도 좀처럼 교실을 뒤로하지 못하고 우물쭈물대고 있었다. 하지만 이루루에게 해방감을 맛보고 있을 여유는 없었다. 한동안 만나기 힘들 반 친구들에게 "2학기 때 보자!"라고 밝게 인사를 한 후 곧장 가정실 습실로 향했다.

문을 열자 다이키가 혼자 조리대 의자에 앉아 있었다. "이루루, 서머타임이네" 하고 손을 들고는, 곧바로 빌리 홀리데이의 '서머타임'을 흥얼거렸다. 그 일이 있은 후 다이키는 바로 평소의 상태를 되찾아 빈번하게 동영상을 업로드하고 있다. 처음에는 그 정도밖에 안 되는 마음이었나 하고 수상쩍게 여겼는데, 부산스럽게 구는 게 허세로도 보여서 그 화제는 되도록 건드리지 않고 있었다.

"이루루는 이번 여름방학 때 바빠?"

"작년이랑 마찬가지겠다 싶었는데, 올해는 남자 농구부의 간식을 부탁받았어."

여름방학에는 기본적으로 농가나 졸업한 선배가 경영하는 레스토랑에 방문해 일을 돕는 활동을 하거나 식품회사로 견학을 가는데, 그 외에도 대회에 나가는 동아리에 간식을 가지고 가는 규칙이 있다. 예년의 동아리 활동은 축구부와 배구부의 지구대회 정도였지만, 올해는 전국대회에 진출한 농구부의 몫도 늘었다.

이루루는 짐을 놓고 앞치마를 매고 머리에 손수건을 두르면서 되물었다. "다이키는? 여름에 뭐 할 거 있어?"

"음, 남자친구도 없고 말이야."

장난스럽게 말한 후 다이키는 덧붙였다. "내가 없으면 여름 채소가 죽잖아? 이렇게 더우니 아무도 원예부를 안 도와줄 것 같기도 하고."

"그리 말해주면 고맙지. 되도록이면 도울 작정인데 허둥대다보면 그만 소홀히 하기 십상이잖아. 타는 걸 싫어하는 애들도 있고."

"못 말린다니까. 자기들이 쓰는 채소면 제대로 관리해달
라고."

"고마워."

"옥수수는 다음 주에는 먹을 수 있을 거야. 끝에서 나오
는 수염이 갈색이 되면 수확 타이밍이 다 된 거거든."

"응."

"가능한 한 빨리 수확하지 않으면 점점 못 쓰게 돼. 그리
고 수확은 아침 일찍 하는 게 옥수수의 절칙이야."

"그럼 다음 주 농구부 간식은 그걸로 할까."

이루루가 화이트보드 한가운데에 선을 그리고 좌측에
'간식 메뉴', 우측에 '원포션'이라고 쓰는데 사사가와 선생
님이 다가왔다.

"있었네. 있었어."

사사가와 선생님은 바인더에서 종이를 뽑아 "축제 기획
제안서야. 아직 멀었지만, 여름방학 사이에 생각해두는 편
이 나중에 수월할 것 같아서" 하고 건넸다. 이어서 다이키
에게도 내밀었다.

"이건 원예부 거고, 작년처럼 아슬아슬하게 내지는 마."

사사가와 선생님은 다이키에게 얼굴을 가까이 하고 말
했다. "이런 거 잘 못해요." 다이키는 반항하듯이 얼굴을
피했지만, 그래도 사사가와 선생님은 정면으로 돌아가 "그

리 말해봤자 부원은 너밖에 없잖아. 싫으면 늘려"라고 대답했다.

이루루는 화이트보드의 글자를 지우고 좌측부터 '간식 메뉴' '원포션' '축제'라고 다시 썼다. 그걸 본 사사가와 선생님은 "그거 너 말고 다른 학생한테 건넬 걸 그랬나" 하고 조심스럽게 말했다.

'원포션'은 다음이 제3회가 되는 콘테스트로, 엔메이학원고등학교 학생이 출전하는 것도 이번이 세 번째다. 인터넷 동영상 배포 서비스회사 '슈퍼노바'의 오리지널 콘텐츠로서 기획된 방송으로, 전국에서 선발된 요리 동아리 고등학생 열 팀이 우승의 자리를 다툰다.

출장에는 서류 심사와 오디션이 있고 본선 진출로 뽑힌 열 팀은 제1회전에서 다섯 팀, 준결승에서 세 팀으로 추려져서 결승전에 나간다. 이 세 번의 시합은 생방송되는데, 나중에라도 과거 방송분을 볼 수 있다.

'원포션'의 특징은 그 룰에 있다. 본선의 모든 대결은 사용하는 재료가 그 자리에서 지정된다. 더구나 각 시합마다 주제가 주어진다. 주제는 '시간', '바다', '부탁', '바람소리' 등으로 다양하고 제한 시간 내에 요리를 만든 후 어떤 의도를 담아냈는지 프레젠테이션을 해야 한다. 스토리텔링도 큰 평가 기준이라 각 팀이 어떻게 접근했는지가 볼 만한 대목 중 하나다.

2년 전, 당시의 부장이 재미삼아 '원포션'에 출전했는데 의외로 서류 심사를 통과하여 당시 2학년이었던 다가 미오 선배를 팀원으로 골라 오디션에 나갔다. 아무리 그래도 합격할 리 없다고 모두가 생각했지만, 그런 주위의 예상을 뒤집고 멋지게 합격해서 이러다 저러다 보니 본선 티켓이 손에 들어왔다.

　방송 출연이 결정되자 요리 동아리는 교내에서 주목받게 되었다. 요리 동아리 부원은 스쳐지나가는 학생에게 격려받거나 간식을 선물받기도 했다. 들뜬 동아리 분위기와는 반대로 이루루의 마음은 우울했다. 부장은 위험부담을 고려하고 있을까. 이대로 이겨서 다음 단계로 나아갈 거라고는 단정 지을 수 없다. 창피를 당할 가능성도 있다. 얼터네이트에 얽힌 괴로운 경험을 했던 이루루는 후배를 생각하지 않는 부장을 미워하고 있었다.

　하지만 엔메이학원고등학교는 1회전에서 이겨 준결승전까지 진출했다. 거기서 패배했으나, 그녀들의 선전에 교내외에서 찬사가 쏟아졌다. 두 사람의 활약을 가까이에서 지켜보던 이루루도 생각을 고쳤다.

　도전하는 그녀들의 모습에 마음이 흔들렸다. 특히 미오 선배의 행동거지에 요리사를 지망하는 한 사람으로서 감명을 받았다.

　그녀의 섬세하고 기민한 손놀림과 정확한 판단력, 또한

시야의 넓이와 디자인 능력은 어떤 출전자에게도 뒤지지 않았다. 평소 요리 동아리 활동에서는 그 정도 실력이 있다고 알아차리지 못했다. 이루루와 같이 요리사의 딸이라는 점도 친근감에 깊이를 더했다. 누군가처럼 되고 싶다고 생각한 건 이때가 처음이었다.

첫 회 평가가 좋았기도 해서 '원포션'은 이듬해에도 개최되었다. 다음 부장이 된 미오 선배는 재도전하고 싶다고 부원들에게 말했다. "그런 형태로 졌던 자신을 용납할 수 없어. 모쪼록 모두의 힘을 빌리고 싶어." 늘 냉정하고 한 걸음 물러나 있던 선배로서는 예상치 못한 말이었다.

요리 동아리 부원들이 찬성해서 다 같이 서류 심사 메뉴를 만들었다. 떨어질 수도 있었지만 엔메이학원고등학교는 오디션에 진출했다. 미오 선배는 파트너로 이루루를 지목했다. "이루루는 경험이 풍부하고 끌어낼 수 있는 요리의 폭도 넓어. 달리 파트너를 해줄 사람이 없어." 미오 선배에게 그 말을 들었을 때 눈물이 나올 정도로 기뻤다. 타인의 시선을 받아야 하는 불안감은 있었지만, 그런데도 도전하기로 결정한 것은 전년도 선배들의 활약이 마음에 남아 있어서였다. 자신도 요리로 사람을 감동시키고 싶었다. 그 마음은 나날이 높아져갔다.

"미오 선배를 열심히 거들어드릴게요." 미오 선배에게 그 말을 전하자 그녀는 고개를 끄덕이며 "꼭 이기자"라며 이루루를 끌어안아주었다. 부모님에게는 상담하지 않았다.

　오디션에는 멋지게 합격했고 엔메이학원고등학교는 재차 본선에 도전하게 되었다.

　'원포션 시즌2'의 제1회전, 긴장한 이루루와 달리 미오 선배는 담담하게 요리를 계속해나갔고 테마에 맞는 요리를 완성시켰다. 작품 자체도 좋았지만, 무엇보다 작년과는 알아보지 못할 만큼 성장한 미오 선배의 실력과 그녀의 유연한 발상에 심사위원들도 압도당해 만장일치로 준결승전에 진출했다. 이루루는 그 늠름한 모습에 자극받아 준결승에서는 미오 선배에게 뒤지지 않을 실력을 발휘해 엔메이학원고등학교는 또다시 심사위원을 아군으로 끌어들였다.

　그리고 결승전. 이 기세를 몰아 우승할 작정이었다.

　하지만 이날 미오 선배의 몸 상태가 이상했다. 열은 없지만 멍하고 속이 안 좋은 미오 선배에게 이루루는 기권하자고 주장했다. 하지만 미오 선배는 출전하겠다며 말을 듣지 않았다. 여기까지 왔는데 모두의 기대를 배신할 수는 없다. 그녀는 몇 번이고 그렇게 말했다.

　미오 선배의 컨디션 난조를 숨기고 두 사람은 결승전으로 향했다. 식재료는 '노루궁뎅이버섯'과 '해산물'이었다. 테마는 '은하'였다. 노루궁뎅이버섯은 두 사람 모두 다루어본 적이 없었고 만져본 적도 없었다. 하얗고 폭신폭신한 민들레 솜털 같은, 혹은 작은 설인 같은 그 식재료를 어떻게 조리해야 좋을지 몰랐고, '해산물'이라는 또 하나의 넓은 카테고리도 괜히 두 사람을 혼란스럽게 했다. 멍한 두 사람과 달리 다른 팀은 착착 작업을 진행해나갔다.

미오 선배는 역시 괴로운 듯했다. 그리고 그녀가 말했다. "이루루가 정해." 자신이 없었지만 그러는 수밖에 없었다. 이루루는 해산물에 노루궁뎅이버섯 중화 앙카케는 어떻겠냐고 제안했다. 미오 선배는 순간 낯빛이 어두워졌지만, 마지막에는 고개를 끄덕였다.

이루루는 닭새우를 연잎에 싸서 쪘고 미오 선배는 가리비를 그릴에 구웠다. 대합 육수와 잘게 찢은 노루궁뎅이버섯으로 만든 앙카케를 완성된 것에 둘러 끼얹었다. 겉보기에는 나쁘지 않았다. 맛도 문제없었다. 어떻게든 될 테다. 그리 믿고 싶었다.

엔메이학원고등학교의 요리가 심사위원 다섯 명 앞에 놓였다. 그들은 표정 하나 움찔하지 않았다. 대표자로 이루루가 테마를 해석했다.

"우주는 우리의 상상이 미치지 못할 만큼 수수께끼로 싸여 있습니다. 그곳에 지구가 있고 지구의 대부분이 바다입니다. 우리 근처에 있는 바다에도 아직 명백하게 밝혀지지 않은 수수께끼가 많습니다. 그래서 심해를 연상할 수 있도

✿ 전분을 넣어 걸쭉하게 만든 소스를 말한다.

얼터네이트

록 해저에서 생활하는 어패류를 사용하고 싶었습니다. 새우, 조개, 성게. 그것들로 지구의 신비에서 우주의 신비로 결속되는 모습을 표현했습니다. 노루궁뎅이버섯은 그 자체가 신비입니다. 확실히 말해서 우주인 같은 신비한 겉모습을 한 이 버섯을 잘게 찢어 소스로 사용해 지구를 뒤덮는 은하나 별똥별을 연출했습니다.

이루루는 되는 대로 그리 말했다.

심사위원들이 요리를 먹었다. 맛은 있지만 조리법에 관해서는 칭찬받을 만한 부분이 없다는 게 종합적인 평가였다. 그리고 마지막으로 전년도에 없었던 심사위원, 요리연구가 마스미자와 다케루가 입을 열었다. 심사위원 중에서 제일 젊은 30대 중반이었지만, 찌르는 듯한 눈빛과 까칠한 음색이 누구보다도 위엄 있어서 그 모습은 부동명왕을 연상시켰다.

"학생이 한 프레젠테이션은 나중에 억지로 끼워 맞춘 게 아닌가요?"

그는 그때까지 꽤 신랄한 평을 남겼기에 이루루는 각오를 다지고 배에 힘을 실었다.

"즉 학생들은 모르는 식재료를 눈앞에 두고 시도해본 게 아니라 자신들의 상상 범위 내에서 담아냈죠. 어패류를 메인으로, 노루궁뎅이버섯을 소스로. 하지만 다른 두 팀은 그렇지 않죠. 노루궁뎅이버섯을 메인으로 했어요. 어느 쪽이 도전적인지는 언급하지 않아도 알겠지만, 학생 말을 빌리자면 기묘한 우주인 같은 버섯, 그거야말로 노루궁뎅이버섯의 매력이에요. 그리고 이 식재료는 무척이나 민감해서 입에서 살살 녹아요. 그걸 즐겨야 하는데 찢어서 사용했군요. 상상으로도 미치지 않는 은하를 테마 삼아 이 식재료를 자신들의 상상에 끼워 맞춰버린 건 상당히 따분해요. 아, 마치 가이드북에나 나오는 여행 같네요. 정말 시시합니다."

옆에 있던 심사위원이 "말이 좀 지나쳐요"라고 나무랐다. 이루루의 뺨은 전례 없을 만큼 빨개졌다. 더 이상 배에 힘은 들어가 있지 않았고 눈물을 참는 데 필사적이었다. 등을 문지르는 미오 선배의 손이 공허함을 괜히 부풀렸다.

이루루에게 반론할 여지는 없었다. 사실 다른 두 작품은 실험적이면서도 높은 완성도를 자랑하고 있었다.

하나는 노루궁뎅이버섯을 빵으로 활용한 햄버거풍 요리였다. 맥도날드 필레오피쉬처럼 흰살생선프라이를 끼우고 김과 간장으로 만든 소스로 양념을 한 그것은 겉보기에는 서양식인데 양념은 일본식이라서 무척이나 독특했다.

주제인 '은하'에 대해서는 플레이팅으로 태양계를 표현했는데, 노루궁뎅이버섯햄버거는 목성 부분에 놓여 있었다. 태양 부분에는 토마토소스, 지구는 구운 방울양배추, 토성은 밤에 캐러멜을 입히고 설탕을 녹여 실처럼 고리를 표현했으며, 그것들을 뒤덮듯이 블랙솔트가 뿌려져 있었다. 화려함과 놀라움과 유머가 넘치며 디자인에 신경 쓴 작품이었다.

다른 하나는 노루궁뎅이버섯과 해산물을 속에 넣은 소룡포였다. 그 요리는 육수가 터져서 입에 퍼지는 순간을 빅뱅에 빗댄 발상에 착안해 만들어졌다. 소룡포 피는 시금치의 초록, 가지 껍질의 보라, 당근의 주황 등을 섞어 마블 형태로 물들인 것을 사용했고, 그것도 우주적인 의미를 담고 있었다.

방송 종료 후, 이루루는 그때까지 참았던 눈물을 한꺼번에 쏟아냈다. 미오에게 몇 번이나 사과했다. "몸 관리를 못한 내 탓이야"라고 선배가 말했지만 이루루에게는 아무 위안도 되지 않았다. 방송 후 부모님에게 보고하려고 '니이미'의 손잡이에 손을 대자 안에서 손님의 목소리가 들렸다. "따님, 괜찮겠어요? 얼터네이트에서 난리가 났다고 우리 애가 말하던데." 엄마는 얼버무리듯이 대화를 이어나갔지만 아빠의 목소리는 들리지 않았다.

"정말 나가는 거지?"

"그럴 생각이에요."

"그래. 올해도 날짜는 같아?"

"아직 구체적인 스케줄은 못 들었지만, 그럴 수 있어요."

"그럼 또 부장이 없을 수도 있겠네."

작년에는 축제 첫날과 '원포션' 결승 날짜가 겹쳐서 두 번째 날부터 참가할 수밖에 없었다.

"죄송해요. 늘 폐를 끼쳐서요."

"사과는 무슨. 다들 응원하고 있어. 기획제안서는 다른 사람한테 맡겨도 돼. 그럼 난 일단 생물실로 돌아갈게. 나중에 다시 올 테니 자유롭게 진행하고 있어."

사사가와 선생님이 가정실습실에서 나가자 "그렇게 용쓰지 않아도 되잖아?"라고 다이키가 말했다.

"용쓰고 있지 않아. 도전하지 않는 걸 지적받았다고 해서 도전 안 할 수는 없잖아."

"작년에 그렇게나 울어놓고서."

실은 지금도 도망가고 싶다. 출전하지 않으면 고등학생 마지막 축제를 실컷 만끽할 수 있다. 하지만 '가이드북에나 나올 법한 여행을 좋아하는구나'라고 또 다른 자신이 비아냥거리며 도발한다.

오디션 다음은 팀전이다. 아직 누구를 지명할지는 정하지 않았다.

신청서에는 출전하는 대표자의 이름만 있으면 돼서 자신의 이름을 기입했다. 응모에 필요한 건 테마에 따른 요리 사진, 레시피, 작품의 의도. 서류 심사에서 지정된 식재료는 '무화과'였다. 테마는 '미와 조화'였다.

부원 각자가 그 조건에서 요리를 생각하기로 했다. 거기서 파트너가 될 상대를 선출한다. 이루루는 화이트보드를 똑바로 바라보고 힘차게 '무화과'라고 썼다.

*

농구부 전국대회가 실시되는 건 후나바시 체육관으로, 이루루네는 흔들리는 전철에 몸을 싣고 갓 만든 간식을 사서샀나. 선네주기만 하던 돼서 누군가가 내쿄도 배날해도 문제가 없었지만, 어째서인지 대부분의 부원이 참가해주었다. 기록적인 무더위에 바깥에서 응원할 마음은 들지 않았지만, 실내라면 재미삼아 얼굴을 내밀어도 좋지 않을까 싶었다.

농구부 응원은 처음이고 아는 사람도 없어서 대회장에 들어가는 데 조금 애를 먹었다. 체육관은 선수의 몸이 식는 걸 막기 위해서인지 그렇게 시원하지 않았다. 요리 동아리 부원들은 낙담하면서 엔메이학원고등학교 응원 구역을 가리켰다. 이루루는 이미 지칠 대로 지친 몸을 채우듯이 파란 플라스틱 의자에 주저앉았다.

이른 아침에 옥수수를 수확한 탓에 점심 전인데도 상당히 졸렸다. 옥수수밥으로 주먹밥을 만들자는 아이디어는 언뜻 간단해 보였지만 실제로 해보니 죽어나는 작업이었다.

이미 시합은 시작되었다. 기진맥진한 이루루와 달리 부원들은 농구를 하는 남자아이들을 보고 활기를 띠고 있었다. 멋대로 따라온 다이키는 "다들 잘생겼네" 하고 열심히 시합을 보고 있었다.

"이루루, 미래의 남자친구가 저기에 있을지도 몰라!"

메구미가 농담조로 말하는 목소리가 귀에 울렸다.

"피곤해서 그럴 마음이 들지 않아."

몇 번이나 손을 씻었는데도 맡으면 손톱 틈에서 버터 냄새가 나서 배가 고팠다. 하지만 역시 선수보다 먼저 간식에 손을 댈 수는 없다며 이루루는 의식을 돌리듯이 코트로 시선을 보냈다. 버저가 3쿼터 종료를 알렸다.

엔메이학원고등학교는 이 시점에서 59대 54로 상대팀보다 조금 앞서고 있었다. 처음 출전하는 전국대회인데도 예상외로 선전하고 있었다.

농구에 아무 생각도 없는 이루루도 이 시합은 반드시 이겨주기를 바랐다. 지면 전국대회는 여기서 물러나야 한다. 선수들은 울면서 주먹밥을 먹을 것이다. 지금까지도 그런 적이 종종 있었지만, 뭐라 말할 수 없는 안타까움이 드는 일이다. 기왕이면 웃는 얼굴로 먹어줬으면 한다. 이기면 다음 시합을 향한 에너지를 보충해줄 수 있고 시합에 같이 참가한 것 같은 기분도 든다.

하지만 5점 차. 언제 따라잡혀도 이상하지 않다.

4쿼터의 첫 득점은 엔메이학원고등학교에서 나왔다. 팀원 간의 소통이 잘 되고 있고 패기도 있어서 문외한인 이루루가 봐도 분위기가 나쁘지 않았다.

"저 녀석이 잘하네."

다이키가 가리킨 것은 등번호가 2번인 남자아이였다. 옆에 있던 2학년 부원이 "저 애랑 같은 반이에요. 안베 유타카예요"라고 말했다.

"2학년인데 선발됐구나. 아무래도 씨진은 없나봐."

다이키는 스마트폰을 켜고 얼터네이트에서 그 이름을 검색하더니 읊조렸다. 남은 시간 2분에 동점이 되어 그대로 4쿼터는 종료되었고 연장전으로 이어지게 되었다.

중간 휴식 시간, 응원하러 온 선수의 가족이나 친구들, 출전하지 못한 농구부 부원, 그리고 이루루네 요리 동아리 부원 사이에도 손에 땀을 쥐게 하는 긴장감이 감돌았다. 이럴 때 농담을 던지기 일쑤인 다이키마저 입을 일자로 꾹 다문 채 코트에서 집중하는 그들을 응시하고 있었다.

이루루는 유타카에게 무언가 부족함을 느꼈다. 분명히 기술은 문외한이 봐도 뛰어나다. 하지만 시합의 흐름에 대항하는 기백이 없었고 스스로 승리를 끌고 오려는 의욕이 보이지 않았다. 그 종잡을 수 없는 느낌은 무기이기도 했지만, 그의 건조한 기색이 사기를 떨어뜨리고 있는 것처럼 보이기도 했다.

5분 동안 이어진 연장전은 이때까지의 건투가 거짓말이었던 것처럼 허무하게 점수를 빼앗겨서 졌다. 선수들은 상대와 인사하고 악수를 나누고서 감독과 코치가 있는 벤치에 모여 서로의 등을 토닥여주었다.

잠시 후 선수들이 응원석으로 찾아왔다. 3학년 선수들은 큰 소리로 "마지막 여름에 전국대회에 출전할 수 있어서 다행이었어"라고 변명처럼 말했다. 그런 와중에 유타카는 표정에 분한 기색을 내비치지도 않고 어색할 만큼 자연스러운 모습으로 주위에서 들리는 말에 맞춰 적당히 맞장구를 치고 있었다.

"자, 이거 먹고 힘내."

메구미는 밝게 행동하며 알루미늄호일에 싼 주먹밥을 나눠주었다. 울면서 주먹밥을 덥석 베어 무는 농구부 부원은 그냥 먹는다기보다 게걸스럽다는 말이 어울리는 모습이었다.

이걸로 밥도 옥수수도 헛된 마지막을 맞이하게 되었구나, 하고 이루루는 자신 몫의 주먹밥을 들었다. 시합의 흥분이 아직 남아서 좀처럼 먹고 싶은 마음이 들지 않았다. 어느새 식욕이 어딘가로 날아가버렸다. 더구나 이 주먹밥은 칼로리가 높다. 오늘은 이제 돌아가야 할 참이기도 하고 말이다. 그렇다면 집에 가서 건강한 저녁을 만들고 이건 내일 아침으로 먹을까? 따위의 생각을 하면서 알루미늄호일로 싼 주먹밥을 위로 던졌다가 양손으로 잡았다.

"저기."

갑자기 뒤에서 들려오는 목소리에 이루루는 무심코 주먹밥을 떨어뜨렸다. 서둘러 주우려고 했지만 굴러가버린 주먹밥은 의자 밑의 안쪽까지 가버려서 좀처럼 손이 닿지 않았다.

"이건가요?"

돌아보자 남자아이가 주먹밥을 들고 이루루 쪽으로 내밀었다. 등받이 뒤에서 주운 모양이었다. "감사합니다." 이루루는 부끄러운 듯이 그것을 받아 들었다.

"미안해요. 갑자기 말 걸어서요."

그는 피부도 눈동자도 머리카락도 색소가 옅고 서늘했다. 뜨거웠을 터인 체온이 슥 내려갔다. 어딘가에서 본 느낌이 들었지만 어디서였는지 전혀 떠올리지 못하고 있으니 "작년에 '원포션'에서……" 하고 자신의 얼굴을 가리켰다.

"아."

그때 그는 백의 차림에 더구나 요리사 모자를 쓰고 있어서 지금과 인상이 달랐다.

"생각나셨어요? 미우라 에이지예요."

그는 작년의 '원포션' 결승에서 그 노루궁뎅이버섯햄버거를 만들어 우승한 에이세이 제1고등학교 학생이었다.

조금 전의 상대 팀 선수들을 보니 유니폼에 'EISEI'라고 적혀 있었다. 자기 팀에만 주목하고 있어서 상대 팀이 자신이 '원포션'에서 진 대전 고교라는 사실을 알아차리지 못했다. 알았더라면 더 필사적으로 응원했을 거라고 생각하면서 "오랜만이에요. 니미 이루루예요"라고 새롭게 자기소개를 했다.

"물론 기억하고 있어요. 그래서 말 걸었어요."

그는 눈가에 주름을 새기며 웃었다. 그때는 지금보다 어른스러운 이미지였다. 이루루는 그에 대한 기억을 더듬어 찾으려고 얼굴을 빤히 응시했다. 각진 광대뼈에 드문드문 주근깨가 나 있었다.

"간식을 주러 왔나보네?"

"아, 응. 처음으로 출전한 전국대회라서 요리 동아리 사람들이랑 다 같이."

덩달아 이루루도 반말을 썼다.

"뭐 만들었어?"

"옥수수주먹밥."

"아, 그거야?"

주먹밥을 가리키자 이루루는 "응" 하고 대답했다. 그는 자신의 손을 코에 갖다 대고 "버터 냄새"라고 말했다. 알루미늄호일 바깥에도 버터의 기름기가 조금 묻어 있었을 것이다.

"다들 기뻐했겠네. 특히 시합 후에는."

"그런데 졌잖아. 다들 딱히 맛에 대해서는 잘 몰라."

"그렇지 않아."

그가 이루루의 옆자리에 앉았다. 코트에서는 다음 시합에 출전하는 선수들이 드리블과 패스를 하며 워밍업을 하고 있었다.

"기쁠 때 무엇을 먹는지보다 슬플 때 무엇을 먹는지가 중요하다고 생각하지 않아?"

선수들을 보니 주먹밥을 먹기 시작했을 때와는 반반으로 미소 짓고 있었고, 농구부 부장은 벌써부터 앞으로의 이야기를 하고 있었다.

"그러네. 그 말이 맞을지도 모르겠어."

"저기, 그거 안 먹을 거면 주면 안 돼?"

"어?"

"니미가 어떤 주먹밥을 만들었는지 알고 싶어서."

줘도 되지 않을까. 이루루는 그렇게 생각했지만 '원포션'에서 자신을 이긴 그에게, 그리고 자신의 실패를 보고 있던 그에게 평가받기라도 한다면 회복하지 못할 것 같았다. "내가 평가할 것 같아?" 망설이고 있으니 속마음을 들키고 말았다. 이루루는 "아니야"라고 허세를 부리고서 주먹밥을 건넸다.

그는 알루미늄호일을 정성스럽게 벗겨 잠시 바라본 후

천천히 입으로 가져가 베어 물었다. 예상외로 작은 한입이 농구부 부원과 대조적이라서 그들이 먹은 것과 같은 음식인지 알 수 없어졌다.

"어때?"

"이거 최곤데?"

완전히 심사위원 같은 평을 받으리라고 각오하고 있었기 때문에 어깨에 들어간 힘이 쑥 빠졌다.

"정말?"

"시합 끝나고 먹고 싶은 건 이런 거겠지? 버터가 좀 많나 싶었는데 땀을 흘린 후라서 운동부에게는 이게 딱인 느낌이야. 옥수수의 단맛도 소박해서 좋아."

"이 옥수수, 우리 고등학교 텃밭에서 키운 거야. 원예부랑 공동으로 채소를 재배하고 있거든."

"혹시 오늘 아침에 땄어?"

"응. 알겠어?"

"응, 알 것 같아. 그렇구나, 그래서 탱글탱글하고 식감이 좋았구나."

"이런 간단한 주먹밥을 칭찬받을 줄 몰랐어." 이루루는 솔직하게 말한 다음 "저기, 미우라였다면 이 주먹밥을 어떻게 만들었을 것 같아?"라고 조심스럽게 물었다.

"음, 나였다면 고기가 필요하지 않을까 싶어서 베이컨을 넣거나 고기말이주먹밥으로 만들었을지도 모르지만, 이

얼터네이트

정도로 심플한 편이 훨씬 정답에 가까워. 그야 간식은 밥이라기보다 군것질거리잖아. 더구나 이상한 도전 의식에 빠져 호불호가 나뉠만한 걸 만들면 난감하고."

'원포션'에서 그렇게 기상천외한 걸 만들어낸 사람이니 더 엉뚱한 말을 할 거라 생각했다. 하지만 먹는 사람을 생각하거나 상대방을 존중하는 사람이라는 것을 알자, 이루루는 칭찬받았는데도 두 번 진 것 같은 기분이 들었다.

"고마워."

"나야말로 고마워. 이렇게 근사한 걸 얻어먹고."

눈을 보고 그 말을 들었기에, 견딜 수 없어 그만 시선을 떨어뜨렸다. 얼버무리듯이 물었다. "저기, 미우라는 왜 이곳에 있어?"

"아, 우리도 농구부 응원하러."

"그럼 뭔가 만들어 왔어?"

"샌드위치. 사전준비를 조금 거들었을 뿐이지만."

"그거, 이제 없어?"

"있을지도 모르지만 먹게 할 순 없을 것 같아. 편의점 게 훨씬 더 나을 정도의 완성도라서. 우리 요리 동아리 엄청 보수적이거든."

"의외네. 미우라가 있는 동아리가 보수적이라니."

"나랑 다른 한 명, 내 파트너였던 무로이라는 녀석이 좀 별나거든."

그때 멀리서 "에이지" 하는 소리가 들렸다. "저 애가 무로이야." 그는 그 사람을 가리켜 알려주고는 "미안. 이제 가야 할 것 같아" 하고 일어났다. "아, 올해도 '원포션'에 나가?"

다음 시합 개시를 알리는 호루라기 소리가 울리고 선수들이 제 위치로 갔다.

"일단 신청할까 싶어."

농구화가 끼익대는 소리가 자잘하게 울려 퍼졌다.

"서류 심사를 통과하면 오디션이지."

"그렇지. 우리는 시드라서 느닷없이 본선이야. 챔피언이라는 감투를 쓰고 출전해야 하나봐. 이기고 올라오면 다시 같이 싸울 수 있겠네."

그리 말한 그는 이루루에게 해맑은 미소를 짓고 돌아갔다. 도중에 돌아보고는, "아, 니미, 너 플로우할게! 잘 부탁해!" 하고 손을 흔들었다. "나 그거 안 해"라고 대답했지만, 그 목소리는 누군가 넣은 선제골의 환호성에 지워져 그의 귀에는 닿지 않았다.

제 8 장

기 원

"드리고 싶은 말씀이 있어요."

1학기 마지막 종례 시간이 끝났을 무렵에 나즈는 담임인 사사가와 선생님에게 말을 걸었다.

"잠시 볼일이 있는데 기다릴 수 있어?"

"네."

"그럼 생물실에서 기다려줄래?"

"알겠습니다."

시오리와 잠시 이야기하고 생물실로 향했다. 지나가던 가정실습실에는 사사가와 선생님과 다이키와 여자 선배가 있었고 화이트보드에 '간식 메뉴' '원포션' '축제'라는 글자가 쓰여 있었다.

그건 작년 11월이었다. 교내 견학을 목적으로 학원 친구들과 엔메이학원고등학교 축제에 놀러 갔다. 학교 풍경은 나즈가 지금까지 봐온 것과는 전혀 달랐다. 학생과 선생님도 모두 학교생활을 진심으로 즐기고 있었고, 더구나 그 충실함을 위해서라면 어디까지나 고군분투하겠다는 의지를 느낄 수 있었다.

학교생활은 고통스러운 것이라고 단정 짓고 있었다. 마음이 맞지 않는 사람과 흥미롭지 않은 것을 하면서 보내는 헛된 시간. 동급생들도 마찬가지였고 그저 시간이 지나가기를 기다릴 뿐이었다.

이런 교육제도에 무슨 의미가 있을까. 나즈는 내내 답답한 마음을 품고 적어도 사회에 나갔을 때 손해를 보지 않도록 공부만큼은 해두자며 학력 편차치가 높은 고등학교에 입학하기를 희망했다.

그런 나즈에게 있어서 엔메이학원고등학교 학생들의 충만한 표정이나 선생님과의 거리감, 자발성을 촉진하는 유연한 교풍은 충격 그 자체였다. 다른 학교 축제에도 가보았지만 엔메이학원고등학교 만큼 생기를 느낄 수 없었다. 이곳에 가야 한다고 생각했다. 그 사실을 엄마에게 전하자 그다지 좋지 않은 표정을 지었다. 학비가 절대 저렴하지 않다, 가능하면 공립으로 갔으면 한다고 해서 특기생이 되겠다고 설득했다. 나즈는 무사히 합격했지만 엄마는 기뻐해주지 않았다.

장학금 제도를 이용해서까지 입학한, 동경하던 학교생활을 자신은 얼마나 만끽하고 있을까.

생물실에 들어가자 약품 냄새가 강하게 남아 있어 나즈는 무심코 얼굴을 찡그렸다. 견디지 못하고 창문을 열자 여름 열기가 여기라는 듯 흘러들어왔다. 그 기세는 오싹할 정도여서 불과 몇 분 만에 교실 기온은 바깥과 비슷해졌다. 온몸에 땀이 나서 다시 창문을 닫았다. 어느 정도는 나아졌지만 냄새는 아직 꽤 남아 있었다.

스마트폰 앱 'Gene Innovation'으로 오늘 아침 도착한 유전자 해석 검사 결과를 확인했다. 암이나 생활습관병에 대한 위험성이나 무엇에 의해 어떻게 살찌기 쉬운지가 상세하게 적혀 있었고, 그것들에 대한 대책 등이 알기 쉽게 표시되어 있었다. 나즈는 하나하나 꼼꼼히 읽어보았지만 그런 유의 항목에는 흥미를 느끼지 않았다. 고등학생에게 암이나 생활습관병이라는 것은 확실히 말해 현실미가 없다. 항목 중에서 가장 신경이 쓰인 것은 자신의 뿌리에 대해서였는데 전문용어가 많아서 잘 이해할 수 없었다.

"기다리게 해서 미안해!"

선생님이 생물실로 들어오자마자 "왠지 덥네" 하고 에어컨 설정 온도를 낮추었다.

"그러고 보니 반, 기말고사 노력했더라. 중간고사랑 마찬가지로 전체적으로 성적이 엄청 좋았어. 특히 생물 성적이 좋더라."

2주 전에 치렀던 기말고사의 답안지를 돌려받는 건 2학기가 되고 나서다. 먼저 결과를 알려준 것은 고맙지만 교사가 취할 행동으로서 문제가 되지 않을지 걱정이 되었다.

생물 성적이 좋았던 건 얼터네이트의 신기능 '진 매치' 덕분이다. 우연찮게도 시험 범위에 유전자에 대한 내용도 포함되어 있어서 나즈는 지금까지 전혀 관심이 없었던 유전자를 갈수록 흡수해갔다. 시험 범위만으로는 만족하지 못하고 생물 교과서 뒷부분까지 읽어나가거나 전문 서적을 읽기도 했다. 그런데도 여전히 '진 매치'를 전면적으로 지지할 정도까지는 되지 못했다.

선생님은 상의를 벗고 소매를 걷고는 물에 적신 걸레로 테이블을 닦아나갔다.

"내일부터 여기를 지역 봉사단체에 빌려줄 거거든. 아이들이랑 실험하는 행사야. 그래서 정리해야 해. 그런데 할 이야기란 건 뭐야?"

"선생님, 유전자 좋아하세요?"

"응? 음, 좋아하는지 좋아하지 않는지는 잘 모르겠지만 흥미는 끊이지 않지."

"최근에 유전자 레벨에서 궁합을 산출해내는 기능이 얼터네이트에 추가되었는데요."

“인터넷 뉴스에서 읽었어.”

“솔직히 어떻게 생각하세요?”

‘진 매치’는 나날이 화제가 되어 최근에 인터넷 뉴스에 자주 다루어졌다. 하지만 과학적인 근거가 없다고 비판하는 전문가도 그런대로 있었고, ‘Gene Innovation’은 계정을 만들거나 유전자 검사를 해야 하는 번거로움도 있어서 실제로 이용하는 유저는 적었다. ‘진 매치’는 실패했다는 게 대부분의 견해였다. 그런데도 나즈는 ‘진 매치’에 대한 기대를 버릴 수 없었다.

“음, 유전자 레벨의 궁합이라.”

“앗, 도와드릴게요”라며 손을 내밀자 선생님은 “정말? 고마워. 그럼 자” 하고 가지고 있던 걸레를 건넸다. 그러고는 새로운 걸레를 꺼내며 이야기를 계속했다.

“전망은 있지만 그것만으로 완벽한 궁합을 알 수 있을지는 잘 모르겠네.”

“사람 백혈구 항원HLA이라는 유전자가 페로몬에 관련돼 있대요.”

“잘 아네.”

“체취와 관련되어 있어서, 자신과 다른 HLA를 가진 사람을 찾아 면역력이 높은 자손을 남기도록 뇌가 만들어져 있다는 이야기였어요.”

“그쪽 줄은 아직 안 닦았으니까 부탁할게.”

테이블을 다 닦은 사사가와 선생님은 다음으로 골격모형이나 프레파라트 등이 나란히 놓인 표본 장식장으로 갔다.

"글쎄다. 생물학적으로는 가능한 이야기지만 궁합은 그뿐인 게 아니잖아. 건강한 자손을 남기기 위한 궁합이라도 괜찮니? 너는."

"저는 그게 생물로서 타당하다면 괜찮다고 봐요. 역으로 외양을 보고 좋아하게 되는 편이 더 애매하고 위험하다고 생각하거든요."

"아하하. 주관이 정말 확고하네."

테이블을 다 닦은 나즈는 화이트보드 근처에 있는 수도에서 걸레를 빨았다.

"HLA 이야기, 어디까지나 가설의 영역에서 벗어나지 않는다고 난 생각해."

"그래도 실험으로 증명됐어요. 티셔츠요."

"이상한 실험이지."

1995년, 스위스의 생물학자가 마흔네 명의 남성에게 이틀간 같은 티셔츠를 입게 해서 그 냄새를 마흔아홉 명의 여성에게 맡게 해 반응을 조사하는 실험을 했다. 그 결과 대부분의 여성이 좋다고 느낀 티셔츠는 자신과 제일 동떨어진 HLA를 보유한 남성의 것으로, 근친교배를 피하기 위해 생물학적으로 갖춰진 시스템이라고 한다.

"이치에 합당하다고 여겨지긴 해. 하지만 그 사고방식을 보자면 나에게는 궁합이 좋은 사람을 발견하는 것보다 나쁜 사람을 배제하는 시스템처럼 느껴져. 저기 반, 애초에 네가 생각하는 좋은 궁합이란 뭐니?"

"합리적이면서 지속적인 관계요."

나즈는 앞쪽의 의자 하나를 빼 앉았다.

"서로의 이해관계가 완전히 일치해서 두 사람의 인간성의 어그러진 부분조차 딱 들어맞는, 그 사람 말고는 없다고 여겨지는 상대요. 그런 사람이 있다면 쭉 같이 있을 수 있을 것 같아요."

"하지만 사람은 변질되니 부정형이라고도 할 수 있어. 네 조건을 생물학적으로 찾아내는 건 어려울 듯한데."

"그럴지도 몰라요. 그런데 얼터네이트 같은 방대한 데이터를 이용하는 AI라면 꽤 가까운 곳까지 갈 수 있을 것 같지 않아요? 오래 살아온 부부의 경향은 인간보다 AI가 더 알고 있을 거예요."

"그러게. 어디까지나 통계나 확률론이기는 하지만."

"선생님은 왠지 부정적이시네요."

"난 생물은 그렇게 간단하지 않다고 생각하거든."

사사가와 선생님은 "있잖아, 잠시 봐줬으면 하는 게 있는데"라고 말하며 청소를 갓 마친 선반에 손을 쑥 집어넣어 원통형 용기를 꺼냈다. 포르말린 담금인지 안에는 색이 바랜 동물이 들어 있었다. 멀리서 봐도 그로테스크해서 나즈는 무심코 시선을 돌렸다.

"괜찮아. 그렇게 무서워할 거 없어. 이건 말이야, 내가 만든 고양이 액침표본이야."

사사가와 선생님은 나즈 앞에 포르말린 담금 병을 놓았다. 고양이는 무척이나 작았다. 하지만 눈길을 끈 것은 그 인형 같은 사이즈가 아니라 기묘한 형태를 한 머리였다.

"이 애는 본가에서 태어난 고양이 다섯 마리 중 한 마리였어. 아닌가? 두 마리라고 말하는 편이 타당할지도 모르겠네."

고양이의 머리는 두 개로 나뉘어 얼굴이 두 개였다. 눈도 코도 입도 귀도 두 마리분이 있었는데, 목부터 아래로는 하나여서 마치 떡잎 같다고 나즈는 생각했다.

"내 보물이야. 이름은 랠리와 배리."

고양이가 병 안에서 찰랑 흔들렸다.

"태어난 지 얼마 안 돼서 죽었어. 엄마는 기분 나쁘다면서 바로 묻어버리려고 했는데, 나는 묘하게 이 애들한테 끌렸어. 아무리 애써도 손에서 놓을 수 없어서 포르말린에 액침하기로 했지."

그리 말하는 사사가와 선생님이 조금 무서워서 나즈는 뒤로 물러났다.

"이 애들을 보면 여러 생각을 하게 돼. 뜻대로 되지 않았던 일이나 삶의 복잡함 같은 거. 과학으로 설명할 수 없는 게 더 많구나, 나는 어쩌면 이렇게 보잘 것 없을까 같은 흔해빠진 생각의 회로. 정말 그렇게 되더라고."

꺼림칙한 일이 있었을 때도, 좋은 일이 있었을 때도 사사가와 선생님은 랜리와 배리에게 말하는 모양이었다. 인형놀이를 하는 것 같아서 애 같다고 생각했지만, 저건 자신의 얼터네이트 같은 거였다.

"자연계도 완벽하지 않은데, 나는 사람이 그걸 뛰어넘을 수 있다고는 생각하지 않는 주의야. 그래서 그 유전자 레벨의 궁합이라는 것에두 회의적이지. 이건 비밀이야, 이해 못하는 사람이 더 많을 테니까. 보호자라든가 다른 선생님한테 트집 잡히면 번거로워져."

사사가와 선생님은 랜리와 배리를 다시 선반 안으로 돌려놓았다.

"그래서, 반은 이미 유전자 해석 검사를 한 거야?"

"네?"

"보여줄래? 어떻게 분석됐는지 흥미롭네."

자신의 유전자 분석 결과를 보여주는 건 조금 창피했지만, 사사가와 선생님도 비밀을 털어놓았으니 거절하기 힘들었다. 나즈는 주저하면서도 결과를 스마트폰에 표시해서 사사가와 선생님에게 건네주었다.

"아, 이렇게 나오는구나."

선생님은 그것을 뚫어져라 보더니 "반의 하플로는 B그

룹이네"라고 읊조렸다.

"아, 그거 잘 모르겠더라고요. 애초에 이 미트콘드리아 하플로 그룹이라는 게 뭐예요?"

"아, 이건 말이지, 음, 어디서부터 이야기해야 하나."

나즈가 항목 부분을 가리키자 사사가와 선생님은 화이트보드 앞으로 가 세계지도를 대강 그렸다.

"지금의 인류로 이어지는 호모사피엔스는 미트콘드리아 DNA 해석이 진보한 결과, 아프리카에서 태어났다는 설이 유력하거든. 미트콘드리아 DNA는 부계가 아닌 모계에게서만 물려받을 수 있어서 그걸 더듬어 올라가면 최종적으로 '미트콘드리아 이브'라는 하나의 여성에 도달해. 지금의 인류는 그 '미트콘드리아 이브'에서 파생된 서른다섯 모계의 자손이라고 여겨지고 있고."

사사가와 선생님은 아프리카 대륙을 기점으로 화살표를 덧그리고 선을 갈라지게 했다. 나즈는 '미트콘드리아 이브'라고 입을 작게 움직였다. 왠지 모르게 로맨틱한 어감이라서 나즈는 은근슬쩍 보티첼리의 〈비너스의 탄생〉에 그려진 알몸의 여인을 떠올리고 있었다.

"이런 느낌으로 아프리카에서 전 세계로 흩어진 거지. 각 그룹은 '탄생 시기', '장소', '이동 경로' 등이 전혀 달라."

갈라진 화살표 몇 개가 일본에 모였다.

"일본인의 약 95퍼센트는 서른다섯 명 중 아홉 명을 기원으로 한 '하플로 그룹'으로 분류돼. 즉 이 아홉 루트 중 어딘가에서 왔다는 거지. 유전자를 조사하면 자신이 어떤 그룹에 속해 있는지 알 수 있는데, 반은 B그룹이네."

사사가와 선생님은 "잠시만 기다려봐" 하고 생물실을 나갔다. 잠시 후 돌아오더니 한 권의 책을 보면서 나즈가 속한 그룹에 대해 이야기해주었다.

B그룹은 약 4만 년 전, 동남아시아에서 탄생해 처음으로 일본에 도달한 이주민이라고 일컬어진다고 했다.

"일본인의 약 15퍼센트는 이 타입 같아. 그 외에 미국 내륙이나 환태평양 섬에도 많이 있고, 예를 들어 하와이 원주민의 90퍼센트도 이 B그룹이야. 즉 바다를 건너 퍼져갔다는 거지."

"당시에 바다를 어떻게요?"

"아마 카누를 탔겠지? 정신력이 강하네."

나즈는 그 순간 마치 자신이 바다를 건너서 여행을 온 것 같다는 착각에 빠졌다.

아무것도 없는 사방에 수평선만이 끝도 없이 이어져 있고, 때때로 거친 파도에 뒤흔들려 이 여행이 영원히 끝나지 않는 건 아닐까 생각한다. 하지만 그런데도 태양과 별의 위치로 방향을 알아내 나무로 된 노를 저어 오로지 동쪽으로 간다. 이윽고 작은 섬이 보인다. 자신만의 섬이다. 열매가 맺히고 물이 솟구치고 꽃이 피고 새가 운다. 이곳에서 살아간다. 계속 추구해오던 이상향을 나는 혼자서 찾아냈다.

*

생물실을 뒤로하고 교실로 돌아가 '얼터네이트'를 'Gene Innovation'과 연계시키는 설정을 끝냈다. 그리고 '진 매치'로 검색했다. 'matching now…'라는 글자가 깜박였다. 결과를 기다리는 사이에 점점 고동이 높아져간다, 라는 상상을 했지만 실제로는 허무할 정도로 순식간이었다.

백분율로 수치화된 리스트가 위에서부터 순서대로 표시되었다.

나즈는 자신의 눈을 의심했다.

에러일지도 모른다. 그렇게 생각할 만큼 믿을 수 없는 숫자였다.

지금까지는 아무리 상성이 잘 맞아도 60퍼센트대였다. 70퍼센트 이상이 나왔다는 이야기는 인터넷 소문으로는 들은 적이 있지만 하나같이 신빙성이 결여되어 있었다. 더구나 92퍼센트라는 거짓말 같은 숫자가 표시되는 일은 절대로 있을 수 없다.

제일 상위에 표시된 그의 이름은 '가쓰라다 무우'였다.

92.3퍼센트.

두 번째는 79.5퍼센트, 세 번째는 78.1퍼센트였다. 그 뒤로 이어지는 70퍼센트대는 열두 명으로, 60퍼센트대는 셀 수 없을 정도로 있었다.

가쓰라다 무우만이 다른 사람과 비교할 수 없을 만큼 상성이 좋았다. 현실성이 너무 없어서 나즈는 잠시 정신을 차리지 못했다.

이 정도 숫자라면 바로 플로우해야 한다. 하지만 막상 맞닥뜨리자 좀처럼 손가락이 움직이지 않았다. 아직 이 기능을 사용하는 사람은 적을 테니 조금 더 기다리면 더 좋은 숫자가 나타날지도 모른다.

하지만 그런 일은 일어나지 않은 채 그에게 근사한 상대가 나타나면 어떻게 할까. 애초에 그에게 있어서 자신이 1위라고는 단정 지을 수 없다.

여러 생각이 머릿속을 빙글빙글 돌았다. 생각해도 해결되지 않아서 자포자기하고 플로우했다.

그가 나에게도 플로우를 해줄까. 무시당하면 어쩌지. 혼자서 들뜨니 바보 같아 보였다.

하나하나 까다롭게 구는 자신에게 진절머리가 나려고 하는데 스마트폰에서 경쾌한 음이 들렸다. 화면에는 '가쓰라다 무우 씨와 커넥트되었습니다! 직접 연락할 수 있습니다!'라는 알림이 표시되어 있었다.

제 9 장

충 동

오사카로 돌아온 나오시는 대부분의 시간을 침대에서 보냈다. 얼터네이트를 사용할 수 없는 탓에 고등학교에 다닐 때 자주 같이 놀던 친구와는 연락하기 힘들어졌다. 자퇴하고 얼마 지나지 않았을 무렵에는 전화나 문자를 주고받았지만, 불편하다고 느꼈는지 연락은 점차 줄어들었다. 만나지도 않게 되어서 나오시는 시간이 남아돌아 힘겨웠다. 하지만 얼터네이트 없이 어떻게 지내야 할지 몰랐고, 그렇다고 해서 무언가를 할 기력도 나지 않았다. 아르바이트도 툭하면 빠지게 되어서 하는 일이라면 음악 감상 정도였다.

　그런 나오시를 할머니도 동생도 딱히 신경 쓰지 않았다. 할머니는 주로 이웃 친구들과 외출하곤 했고, 고등학교로 진학해서 알찬 하루하루를 보내는 동생도 무기력한 형의 영향을 받고 싶지 않았는지 가능한 한 접촉을 피하는 듯했다.

식욕도 없어서 거의 먹지 않는 나날이 두 달 정도 이어졌다. 오랜만에 드럼이라도 연습하려고 스틱을 잡았는데 힘이 들어가지 않아 티슈 갑을 몇 번 두드리기만 했는데도 손에서 떨어뜨리고 말았다.

얼마나 큰 소리를 지를 수 있는지 시험해보았다. 그 목소리는 놀랄 만큼 메말라서 자신의 것으로 느껴지지 않았다. 닫힌 커튼 틈에서 흘러들어오는 태양은 나오시의 얼굴 아랫부분만 비추고 있어서 정말이지 그 입에 스포트라이트를 받고 있는 듯했다.

갑자기 모든 게 싫증이 나서 스틱을 주워들고 집에서 나왔다. 태어나 17년간 살면서 도가 텄다 할 만한 고향이라도 다리는 그만 익숙한 길을 선택한다. 손에 든 스틱으로 전신주와 가드레일과 심긴 초목을 두드리면서 노을 진 거리를 하염없이 걸었다.

상점가는 사람의 기척이 없고 셔터에 먼지가 쌓인 가게도 적지 않다. 열려 있는 가게를 들여다봐도 사람의 모습은 보이지 않고 안에 들어가 사람을 부르지 않으면 아무도 오지 않는다. 그런데도 밤이 되면 스낵바나 술집이 영업을 시작해 술 취한 사람들로 어느 정도 시끌벅적해진다. 목에서 미지근한 공기를 뱉어내고는 눈가림하듯 고양된 기분으로 괴로움을 얼버무린다.

어릴 적에는 이 거리가 재밌어서 관찰하며 즐거워했다. 분명 동물원처럼 느꼈던 거겠지. 하지만 어른이 되어갈수록 남의 일처럼 생각하지 않게 되었다. 언젠가 자신도 저렇게 될지 모른다. 달아나고 싶었다. 도쿄에 있는 유타카를 만나면 어떻게든 될 거라고 생각했다. 하지만 고독은 도쿄에 갔던 예전보다 더 부풀어 올라 허무한 마음이 온몸을 적셨다.

상겁기를 빼져너기지 띰이 스멌다. 꽤 오랫동인 세덕하지 않은 티셔츠에서 코를 마비시키는 듯한 냄새가 났다. 이게 나에게서 나온 액체가 졸아든 냄새인가. 그 냄새는 자신의 망령 같았다. 나오시는 그 망령에 이끌리다시피 걷고 있었다. 이윽고 상가 건물이 눈에 들어왔다. 아스팔트가 반사하는 석양은 망령의 농도를 갈수록 짙어지게 했다.

여기에 온 건 5년 만이었다. 마사오 아저씨가 세상을 떠난 후에도 가게는 잠시 남아 있었다. 마사오 아저씨에게는 가족이 없었기 때문에 '보니토'를 접는 건 건물 주인의 역할이었지만, 그는 귀찮아하면서 좀처럼 절차를 밟지 않았다. 그것을 기회로 아저씨와 친했던 단골들은 '헌배'를 핑계 삼아 남아 있던 술을 마음대로 마셨다. 공짜 술을 먹게되자 점주가 없는 가게는 예전에는 생각할 수도 없을 만큼 흥이 넘쳤다. 하지만 그것도 술이 남아 있는 동안이었을 뿐 길게는 가지 못했다. 최종적으로 '보니토'에 남은 것은 빈 병과 밴드용 악기 세트뿐이었다.

나오시는 계속 그곳에서 드럼을 쳤다. 유타카도 마사오 아저씨도 없는 '보니토'에서 묵묵히 리듬을 새겼다. 드럼 소리는 먼지 날리는 실내에서 폭주하고 있었다.

얼마 후 드럼도 사라졌다. 사장이 팔았다고 한다. 그 돈으로 점내를 청소하고 새로운 임차인을 구한다는 소문이 돌았지만, 실제로 드럼은 거의 돈이 되지 않았던 모양이다.

건물 2층으로 올라가자 가늘고 긴 복도가 반가웠다. 란도셀 책가방을 크게 흔들며 복도를 달려가던 자신들의 등이 눈에 선했다. 나오시는 두 사람의 모습을 선명하게 더듬어갔다.

'보니토' 간판을 떼어내자 거무스름해진 벽에서 그 부분만 하얗게 떠 있었다. 문은 닫혀 있었지만 손잡이를 비틀어보니 돌아갔다. 어두컴컴한 점내에 한 걸음 들어가 스위치를 찾았다. 눌러도 반응이 없고 치지직하는 못미더운 소리가 울려 퍼졌다. 빛을 흡수하는 듯한 어둠이 펼쳐져 안쪽으로 한없이 이어져 있는 것 같았다.

보이지 않아도 알 수 있다. 여전히 그때처럼 넓고 텅 비어 있다. 청소조차 되어 있지 않다.

상가 건물에서 나와 3년 전에 생긴 근처 쇼핑몰 쪽으로 발을 뻗었다. 이곳이 생긴 탓에 상점가에 사람이 사라졌다는 불만을 자주 듣는데, 그리 불평을 부리는 사람을 이 쇼핑몰에서 발견한 적이 있다.

평일이지만 가족을 동반한 사람들로 붐볐다. 아이들의 목소리가 이곳저곳에서 울려 퍼지고 있었다. 에스컬레이터로 4층에 올라가 레코드숍에 들러 샘플을 들어보았다. 입구 근처에 설치된 새 음반 코너에는 다음 히트곡 예상 얼터너티브 록 밴드라고 적혀 있었다. 밴드는 보컬, 기타 겸 보컬, 베이스, 키보드, 샘플러로 편성되어 있었고 드럼은 없있다.

레코드숍을 나와서 비스듬히 건너편에 있는 '가시와 음악'으로 향했다.

'가시와 음악'은 가로로 넓어서 통로에서도 누가 있는지 알 수 있을 정도로 뻥 뚫린 매장이다. 지금은 가족 동반 손님이나 교복 차림의 중고등학생이 드문드문 있었고 그들을 응대하는 미카와의 모습도 보였다.

그는 나오시를 발견하자마자 어이, 하고 손을 들었다.

"오랜만이네."

"좀 바빴어."

'가시와 음악'은 저렴한 전자 피아노나 기타, 베이스, 우쿨렐레, 그 외에는 색소폰이나 트럼펫과 같은 관악기 등 여러 악기를 갖추고 있다. 하지만 각 악기의 종류가 적어서 전문적이라기보다는 초보자를 위한 악기점이었다.

"미카와, 좀 쳐봐도 될까?"

어떻게 배치해도 애매했는지, 드럼은 그렇게 잘 팔리는 물건도 아닌데 가게 중앙에 놓여 있었다. 구입은 가능하지만 누구든지 쳐볼 수 있어서 흠집이 많이 나 있었다. 이미 파는 물건이라기보다는 놀이용이라고 부르는 편이 어울리는 모습이었다.

"괜찮아. 손님이 계시니 평소처럼 부탁할게."

'보니토'가 없어지고 나서는 '가시와 음악'에서 이 드럼을 자주 치고 있다. 이곳이 갓 생겼을 무렵부터 오가고 있으니 점장이나 점원인 미카와와는 잘 아는 사이였다. 미카와는 다섯 살 연상인 데다 중고등학교 선배이기도 해서 나오시를 특히 예뻐해주었다. 손님이 없을 때는 민폐가 되지 않을 정도라면 드럼을 자유롭게 치게 해주었고, 사람이 있어도 '손님이 즐길 수 있는 연주'라는 조건으로 치게 해주기도 했다. 특히 중학생 무렵에는 나오시의 아직 앳돼 보이는 얼굴과 익숙한 드럼 실력의 갭에서 점내에 박수가 일 때도 많았다. 즉 이 드럼의 흠집은 거의 나오시가 낸 것이다.

여러 번 두드려온 라이드심벌의 가장자리에 자신의 스틱을 살포시 내려놓았다. 그것만으로 정신없었던 머릿속이 천천히 정리되었다.

가볍게 두드려보았다. 맑은 금속음이 물수제비를 뜨는

돌처럼 기분 좋게 멀리까지 튕겨나갔다.

그 단 한 음이 지금의 나오시에게는 무척이나 다정하게 느껴졌다. 이어서 스틱으로 1, 2, 1, 2, 3, 다섯 번 거듭해 카운트했다.

마음에 드는 인트로 후, 처음으로 배웠던 8비트를 조금 느린 템포로 새겨나갔다. 달리기 시작한 리듬에 몸을 맡기 다시피 나오시는 타격음에 몰입했다. 이윽고 16비트로 바꾸고, 중간 중간 필인°을 끼워 넣을 때마다 강약을 변화시기면서 다양한 뷔잉으로 가지고 놀았다. 점내에 있던 손님이나 통로를 지나가던 사람이 힐끗힐끗 시선을 보냈다. 하지만 나오시는 개의치 않고 무심하게 자신에게서 흘러나오는 리듬의 바다로 계속 헤엄쳤다.

―난 앞으로도 늘 나오시의 팬이야.

그게 무슨 소리야.

―난 나오시가 부러웠어.

그게 뭐냐고.

―결핍된 게 영향을 끼친 게 아닐까 했어.

확실히 전혀 채워지지 않았다. 뭔가 계속 공허하다. 이 빈 곳에는 언제 무엇이 채워질까.

유타카의 철저하게 포기한 얼굴이 머릿속에 들러붙어서

○ 드럼 연주 중 여러 가지 테크닉을 구사하는 일종의 애드리브.

떨어지지 않았다.

그 녀석, 왜 그렇게 재미없어진 거야. 좀 더 센스 넘치는 말을 하는 녀석이었잖아. 그게 뭐야. 시시한 소리를 시시한 표정으로 말하고. 대체 뭐냐고. 대체.

나오시는 갑자기 팔다리를 멈췄다.

부유하던 리듬이 갑자기 사라지고 바라보고 있던 사람들은 표정을 바꾸었다. 소리가 멈추었을 뿐인데 묘한 긴장감이 쇼핑몰 일각에 팽팽하게 퍼졌다.

힘을 주지 않고 드럼을 치고 있었을 터인데 갑자기 팔다리가 불규칙하게 떨리기 시작했다. 몸이 조여들듯이 움직이기 힘들어졌다.

누군가가 자신을 억누르고 있다. 조금 전 망령의 소행인 게 틀림없다.

나오시는 떨쳐내듯이 떨림에도 개의치 않듯 힘껏 크래시심벌을 울렸다. 그것은 건물을 단숨에 무너뜨릴 것만 같은 파괴적인 폭발음이었다.

한 번 더 두드렸다. 연달아서 한 번 더. 단발적인 파열음이 연결되면서 리듬이 되었다.

열어둔 하이햇과 스네어, 베이스드럼을 힘껏 쳤다. 귀를 찢는 소리에 듣고 있던 사람들은 인상을 찌푸렸다. 나오시는 커다랗고 귀에 거슬리는 공격적인 소리를 내고 싶었다. 어차피 이제 자신의 귀는 망가져도 상관없다. 귀 말고 손도 다리도, 온몸이 튕겨 날아가버려도 좋다.

괴로움이 더해질 뿐이었지만 나오시는 손발을 멈출 수 없었다. 마치 어린아이가 천진난만하게 물건을 망가뜨리는 움직임이었다. 타격음의 폭우는 점차 견딜 수 없을 정도로 심해졌다.

비트 건너편에서 누군가가 "나오시"라고 불렀다.

이것도 망령일까.

어깨를 붙들렸다. 하지만 움직임을 멈출 수가 없었다. 나오시는 남은 힘 전부를 쏟아내 심벌을 치기 시작했다.

"나오시!"

눈꺼풀을 감자 온몸은 손과 다리만으로 이루어진 것 같았다. 사지뿐인 생물. 나오시는 상상하다가 살짝 웃었다. 그 순간 허리가 붕 떴다. 그런데도 여전히 드럼에 손을 뻗었다. 하지만 얼마 지나지 않아 뒤로 떠밀려 등이 벽에 박혔다.

"뭐 하는 짓이야!"

나오시의 얼굴을 들여다본 것은 미카와였다. 미간에 인상을 쓰고 있다.

"뭐 하는 짓이냐고."

미카와는 다시 한번 그리 말했지만 그 목소리는 조금 전보다 부드러웠다.

충동

＊

"조금 쉬어."

'가시와 음악' 직원실로 끌려간 나오시는 파이프의자에 앉혀졌다. "계속 있어도 돼"라고만 말한 미카와는 아무것도 묻지 않고 점내로 돌아갔다.

직원실은 악기점이라고는 생각할 수 없을 만큼 조용했다. 환기구가 돌아가는 소리만이 일정한 음정으로 울리고 있었다. 나오시는 그대로 잠에 빠져들었다. 일어난 건 가게를 닫을 때였다. 눈을 뜬 나오시는 이상하리만치 차분했다. "오늘은 민폐를 끼쳐서 미안" 하고 미카와에게 사과하고는 쇼핑몰을 뒤로했다.

상점가는 불이 여기저기에 켜져 있었다. 음식점 문틈에서 웃음소리가 새어나오고 있다. 들고 다니던 드럼 스틱으로 그 가게의 문을 두드렸다. 캉, 하는 날카로운 소리가 나자 가게 안에서 누군가가 다가왔다. 나오시는 달려서 집으로 돌아왔다.

돌아오는 길에 할머니의 모습을 봤다. 말을 걸 기분이 들지 않았다. 나오시는 일정한 거리를 두고 뒤를 밟듯이 걸었다.

연립주택 4층까지 계단을 걸어 올라가는 할머니를 밖에서 바라보았다. "엘리베이터가 없는 만큼 이 집은 저렴해"

얼터네이트

라는 아빠의 말을 떠올렸다. 할머니는 힘겨운 듯이 이따금 층계참에서 쉬고는 다시 천천히 올라갔다.

모습이 보이지 않을 무렵에 나오시도 계단을 올라갔다. 집 앞까지 가자 창문이 조금 열려 있었고 "어? 나오시는? 없는겨?" 하는 목소리가 들렸다.

"집에 왔더니 이미 없었어."

"어딜 간겨?"

"그걸 내가 어떻게 알아?"

"쭉 집에 있는 줄 알았더니 갑자기 사라지고. 정말 이상하구먼. 밥은 어떻게 할려? 채소볶음이라도 만들어줘?"

창문을 사이에 두고 바로 앞에 있는 싱크대에서 손을 씻으면서 할머니가 동생에게 말을 걸었다.

"좋아. 컵라면에 그거 얹어서 먹을래."

냉장고를 여는 소리가 들렸다. 셀 수 없을 만큼 들어온 생활 속 소리가 하나하나 부각되어서, 집에 있는 두 사람의 모습이 보이지 않아도 눈에 선할 만큼 생생했다.

"집 밖에 나가게 된 것만으로 다행인가?"

할머니가 채소를 썰면서 그리 말했다.

"쭉 이대로 지내면 어쩌나 싶기도 했으니. 너도 유타카한테 확실히 말해줬지?"

"말했어, 했다고. '이상한 기대 가지게 하지 말아달라'고."

다시 도마를 두드리는 식칼의 리듬이 불안정해서 신경 쓰였다.

"그 '이상한 기대 가지게 하지 말아달라고' 했던 말투가 다르게 받아들여진 건 아닌겨?"

"아닐 거야."

"그거 말곤 뭐라고 했는디?"

"형은 고등학교를 관두고 빈둥대면서 밴드를 하겠다는 꿈을 좇고 있다. 도쿄에 가서 유타카 형이랑 만나면 그런 소릴 할 거니 확실히 거절해달라'고 말했어."

"그랬더니?"

"의사인 아빠의 뒤를 이어야 해서 밴드 할 여유는 없다고 웃더라고."

탁탁탁탁, 가스레인지에 불이 붙었다.

"그건 나오시가 유타카를 만나기 전의 이야기잖어. 만나고 나서 뭔가 말했으려나?"

"'확실히 말했다'고 했어. 더구나 '드럼도 관두는 편이 낫다. 일하는 편이 낫다'고 말해줬대."

─나오시는 드럼 계속 쳐. 언젠가 들으러 갈 테니까.

"그럼 그 말을 진심으로 받아들이고 침울해하는 거구면."

달군 프라이팬에 채소를 붓자 수분이 공중으로 날아갔다. 창문 틈에서 그 증기가 새어나와 밤하늘로 피어올랐

얼터네이트

다. 벽에 기대 귀를 기울이고 있던 나오시는 쪼그려 앉아 그 증기를 올려다보았다. 하늘 건너편에는 이름 모를 별 서너 개가 반짝이고 있었다.

시선을 앞으로 돌리자 울타리 틈 사이로 거리의 경치가 보였다. 불빛은 듬성듬성했고 상점가의 등불만이 거리를 덧그리듯이 비추고 있었다. 차가 없는데 신호는 혼자 파랑에서 노랑, 빨강, 그리고 파랑을 반복하고 있었다. 역시 이곳은 망령의 동네라고 나오시는 생각했다.

자신이 모르는 곳에서 대화가 이루어지고, 그 대회의는 다른 게 자신에게 전해지고 그렇게 모두가 거짓말을 하면서 자신의 이야기를 하고 있다. 혼란스럽지는 않았다. 전부 망령의 소행에 지나지 않으니까. 하지만 계속해서 망령과 사이좋게 지낼 수는 없어. 얼른 성불해줬으면 좋겠다. 부탁이니까.

"슬슬 나오시도 돌아오려나."

"그렇겠지. 시간이 벌써 이렇게 됐으니."

"1인분 더 만들까?"

"그러는 게 낫겠어."

"고기라도 넣어줄까."

"왜 형한테만 고기 넣어주는 건데?"

"오늘은 그래도 되잖아."

"쳇."

"할머니가 솜씨를 발휘해서 맛있는 거 만들어줘야겠네."

"그러니까 내가 먹는 거에도 솜씨 좀 발휘해줘."

두 사람의 웃는 소리가 증기와 더불어 창에서 새어나왔다. 두 사람은 나오시가 모르는 사람을 기다리고 있었다.

제10장

예 감

"나는 거의 정했는데."

부원들이 보낸 메일을 프린트해서 자석으로 화이트보드에 붙였다. 종이에는 무화과를 사용한 요리 사진과 레시피, 만든 의도가 적혀 있었다. 다이키와 사사가와 선생님과 작년도 부원인 미오가 그것들을 하나하나 정성스럽게 읽어나갔다. 이미 대충 훑어본 이루루는 프린트를 모두 붙이고 나서 뒤편의 조리대로 다가갔다.

미오는 엔메이학원대학교 문학부에 다니면서 요리 수행을 위해 본가 요리점과 몇 군데의 레스토랑을 번갈아 다니며 일하고 있다. 결코 여유 있는 생활이 아닌데도 미오는 졸업 후에 이루루를 신경 써주곤 해서 두 사람은 빈번히 연락을 주고받았다. 먼젓번에 올해도 '원포션'에 응모

하겠다고 하자 "뭐든 상담해"라고 말해줘서 이루루는 그 말만 믿고 "파트너가 될 상대를 같이 생각해주세요"라고 부탁했다. 그녀는 흔쾌히 받아들였고, 오늘도 공부와 일 사이에 짬을 내서 급히 와주었다.

가정실습실의 정적과는 대조적으로 불볕더위 속 운동장에서는 축구부 부원의 목소리가 격렬하게 오갔다.

"디저트뿐이네."

한 번 쭉 훑어본 미오가 독단적으로 선택에서 제외시킬 레시피를 떼어냈다.

"디저트라도 괜찮다고는 생각해요. 기시감이 없는 거라면요."

이루루는 대답하면서 조리대에서 떨어졌다.

부원 전원으로부터 '원포션'에 출전하는 데 필요한 무화과 레시피를 모집했으나 그 대부분이 별다른 아이디어가 담겨 있지 않은 케이크나 타르트, 파이나 젤라토 등의 디저트였다.

"메구미의 레시피는 나쁘지 않은데? 그런데 나갈 마음이 없대?"

다이키는 팔짱을 끼고 말했다.

"응. 처음에는 메구미랑 팀을 짤까 생각했는데 거절당했어. 그런데도 레시피는 일단 생각해줬어."

이루루는 같은 3학년이고 경험이 풍부한 메구미가 가장

유력한 후보라고 생각했다. 하지만 그 아이가 보낸 메일에는 '참가할 마음은 없어. 미안'이라고 덧붙여져 있었다. 이유는 묻지 않아도 알 수 있었다. 그녀는 상처 입은 이루루를 가까이에서 계속 지켜봐왔다.

"메구미한테 만약 나갈 마음이 있었다고 해도 난 선택 안 해."

미오는 메구미의 레시피를 제외시키고 엄격한 말투로 말했다. 이루루도 같은 의견이라서 마음을 놓았다.

메구미의 레시피는 베트남 샌드위치 '반미'풍으로 바게트에 무화과, 간 파테, 생햄, 슬라이스 양파, 고수를 끼운 다음 태국의 생선장인 남쁠라와 칠리소스로 양념을 한 것이었다. 디저트가 아닌 점은 다행이었다. 다만 어딘가 재미없는 인상으로, 자신이 좋아하는 걸 조합해서 잘하는 방법으로 조리했을 뿐인 듯했다.

"이 애지?"

미오는 화이트보드에 한 장만 남겨진 레시피를 가리켰다.

"맞아요."

"이 애가 이렇게 대담한 아이디어를 낼 줄이야. 사람은 겉보기랑 다른 법이네." 다이키가 레시피를 불쑥 들여다보더니 말했다. "시험 성적은 딱히 좋은 편이 아니야. 좋아하는 일에 몰두하는 타입인가보네"라고 대답한 사사가와 선생님은 곧바로 "교사가 이런 소릴 하면 안 되는데" 하고 입을 막았다.

1학년 야마기리 에미쿠. 그녀의 메일에는 '무화과초밥'이라는 타이틀이 붙어 있었다. 사진을 보니 무화과뿐만 아니라 레몬이나 오렌지 등의 초밥도 있었다. 무척이나 컬러풀한 사진이라서 앙증맞았지만, 첫인상은 솔직히 말해서 유치한 아이디어라고 생각했다.

하지만 메일 본문에 쓰인 에미쿠의 의도에 끌리는 게 있었다.

…… 이 요리는 제가 좋아하는 시에서 영감을 얻었습니다. 우루과이의 시인 후아나 데 이바르부루의 시입니다.

이어서 그 시가 인용되었다.

무화과나무

울퉁불퉁해서 보잘 것 없어서
모든 가지가 칙칙한 색을 띠고 있어서
나는 무화과나무를 가엾이 여겼다.

내 농원에는 백 그루의 아름다운 과수가 심겨 있다.
둥그스름한 자두나무,

꼿꼿한 레몬나무,
윤기 나는 싹을 틔우는 오렌지나무.

봄에는
모든 나무들이 꽃으로 뒤덮인다.
무화과나무 주변에서.

기어온 나무는 무척이나 외로워 보인다.
굽은 나뭇가지에
단단하게 오므라든 꽃봉오리가 맺히는 일은 절대 없으니……

그래서
그녀의 곁을 지날 때마다
나는 이렇게 말한다, 되도록
다정하고 즐거운 말투로
"무화과나무가 제일 아름답다.
과수원에 있는 모든 나무들 중에서."

만약 그녀가 귀를 기울인다면,
내가 하는 말을 이해할 수 있다면,
깊고 달콤한 기쁨이
나무의 섬세한 영혼 속에 깃들 것이니!

예감

아마 밤이 되어

바람이 그 우듬지를 부채질할 때

너무나도 기쁜 나머지 자신감 있게 말하겠지.

"나 오늘 말이지, 예쁘다는 소릴 들었어."

후아나 데 이바르부루

…… 저는 이 시를 좋아합니다. 읽다 보면 언제나 격려를 받습
니다.

무화과의 꽃은 바깥에서 보이지 않아 무화과라고 쓴다고 합니
다. 못난이 나무로 보여도 무화과에는 숨겨진 아름다움이 있습
니다.

그래서 저는 무화과로 꽃처럼 예쁜 초밥을 만들고 싶었습니다.

그리고 무화과뿐만 아니라 이 시에 등장하는 자두, 오렌지, 레
몬도 사용해 초밥으로 만들었습니다. 하지만 주역은 무화과가
되도록 장식을 했습니다.

밥과 과일의 조합에 꺼림칙해하는 분도 있을지도 모릅니다. 하
지만 과일 하나하나에 맞춰서 무화과의 밥에는 올리브오일을
첨가하고……

그리고 각 초밥에 대해 설명이 추가되어 있었다. 사진에 담
긴 무화과초밥은 밥 위에 장미처럼 무화과를 쌓아 올리고

얼터네이트

생햄, 치즈, 바질 등 일반적으로 궁합이 좋다고 알려진 것을 모아 꽃을 재현하고 있었다. 그 외의 다른 과일도 마찬가지로 각각의 특성을 살린 레시피로 만들어져 있었다.

문제점은 많다. 에미쿠 자신도 말했듯이 과일과 밥이라는 조합을 흔쾌히 받아들이지 않을 사람도 있다. 더구나 무화과의 과육은 상당히 부드러워서, 얇게 썰어 말아 꽃 모양으로 만들기 위해서는 뭔가 탱탱한 것으로 지탱해야만 한다. 이 레시피는 생햄에 무화과를 얹어서 그렇게 만들었지만, 그렇게 하면 크기가 꽤 커진다. 적어도 어림잡아 10센티미터 정도는 되니 초밥이라고 하기에는 무리가 있을 듯했다. "굳이 따지자면 덮밥인데?" 다이키는 그것을 보고 말했다. 그 말을 들은 미오가 "억지로 초밥으로 만들지 않고 리소토로 하는 편이 나을지도 모르겠네"라고 대답했다. 식감이 단단한 리소토를 모형틀로 모양을 내서 그 위에 무화과로 만든 꽃을 얹는 것은 확실히 나쁘지 않다.

이처럼 새로운 제안을 하고 싶어지는 레시피는 달리 없었다. 무엇보다 그녀의 발상에 놀랐다. 이 시에서 나온, 과일로 꽃 모양 초밥을 만들고자 하는 아이디어는 아무리 생각해도 자신에게서는 나오지 않을 듯했다.

"다른 걸 제쳐놓고도 얘는 필요한 파트너라고 봐. 이루루는 이런 재치 있는 아이랑 하면 분명 잘되지 않을까?"

"그런데 야마기리는 식칼 실력이라든가, 솜씨가 불안정

해요. 스피드 중요하지 않아요?"

"그러니 그 점은 이루루가 커버하는 거야. 서로 도와야지."

하지만 진짜 중요한 건 그 점이 아니었다.

'원포션'에서는 서로의 신뢰가 무척이나 중요한데 그녀는 부원 중에서 제일 멀게 느껴졌다.

부침개를 만들었던 그날, 본격적이면 안 되냐고 물은 사람이 그녀였다. 이루루도 고압적으로 대답하고 말았기에 두 사람의 관계는 어색해져버렸다. 그 후에도 비슷한 일이 몇 번 생겨서 다른 요리 동아리 부원들은 이루루와 에미쿠가 섣불리 너무 가까이 있지 않도록 신경 쓰고 있었다.

하지만 '원포션'은 시시각각 다가오고 있다. 우승을 목표로 삼는다면 그녀로부터 달아나서는 안 된다. 그리 생각하고 이루루는 에미쿠를 이곳으로 불러냈다.

약속 시간인 오후 한 시에 맞춰 야마기리 에미쿠가 찾아왔다. 교복 차림인 그녀는 밝게 염색한 머리를 뒤에 하나로 묶고 머리끝에 꼼꼼하게 컬을 넣었다. 눈가에서 날렵하게 위로 뻗어 있는 아이라인을 보아 여름방학 한정 패션을 즐기고 있는 모양이었다.

"왜요?"

에미쿠는 턱을 들고 나른한 듯이 말했다.

할 말이 있으니 학교에 와줬으면 한다는 것 말고는 아무것도 전달하지 않았다. 만약 다이키나 미오 선배나 사사가와 선생님이 다른 부원이 더 낫다고 하는 경우에는 그녀로 확정하지 않을 가능성도 있어서였다.

"야마기리의 레시피가 제일 좋았어."

이루루는 솔직하게 말했다. 그녀에게는 에둘러 접근하기보다 정면에서 대놓고 말하는 편이 나을 듯했다. 다만 그녀의 시선은 이루루가 아닌 미오에게 향해 있었다. "여기 있는 사람들도 모두 같은 의견이었어." 이어서 말하자 에미쿠의 표정이 갑자기 환해졌다. 하지만 그녀의 시신은 이루루가 아니라 미오를 향하고 있었다.

"다가 미오 선배님이시죠?"

어? 하고 미오 선배가 곤란해하자 에미쿠는 "팬이에요!" 하고 힘차게 다가갔다.

"'원포션', 몇 번이나 봤어요. 다가 선배님을 동경해서 이 고등학교에 입학했어요. 미오 선배님이라고 불러도 될까요?"

"네 레시피, 정말 재미있었어." 미오가 당황해하면서도 그렇게 말하자 에미쿠는 입가를 가리고서 "미오 선배한테 칭찬받다니"라고 당장이라도 울먹이는 목소리를 냈다. 그녀의 반응은 이미지와 전혀 달라서, 지나치게 쑥스러워하는 모습에 이루루는 아연실색했다. 한편으로 후련하게 납득이 가기도 했다.

이루루는 등줄기를 꼿꼿하게 세우고 "그러니 야마기리, 나랑 파트너가 돼서 '원포션'에 나가줄래?"라고 재차 말했다.

"날 좋아하지 않아도 하는 수 없어. 그래도 나랑 같이 출전해줄래?"

그녀가 처음 참가했던 동아리 활동 끝에 그런 딱딱한 말을 한 건 분명 미오 선배의 팬이어서일 테다. 마지막 도전이었던 작년 '원포션'에서는 어떻게 해서든 선배가 이겨주기를 바랐을 것이다. 자신이 그 기회를 망친 장본인이니 적대시하는 것도 충분히 이해됐다.

"니미 선배님을 싫어하지 않아요. 그야 미오 선배가 선택한 파트너였고 니미 선배가 있어서 엔메이학원고등학교는 거기까지 진출했으니까요. 지금도 같이 동아리에서 활동할 수 있어서 영광이에요."

"그런데 나보고 모험하지 않는 사람이라고 하지 않았어?"

"그건."

에미쿠는 인상을 찌푸리고 고개를 숙였다.

"입부하면 반드시 친해질 거라고 생각했어요. 니미 선배를 만나는 걸 기대하고 있었거든요. 그래서 입부하고 바로 얼터네이트를 시작해서 선배 계정을 찾았어요. 그런데 안 하시더라고요. 건방지다는 걸 알면서도 배신당한 기분이 들

188   얼터네이트

었어요. 그런데 역시라고도 생각했어요. 그 결승전이랑 겹쳐져서요. 심한 말 해서 죄송해요."

그녀는 가슴에 손을 얹고 말했다. 꾸민 외모와는 정반대로 손톱만큼은 깨끗했다. 그녀와 처음으로 이야기했던 날에는 그렇지 않았다는 사실을 떠올렸다.

"그렇게 생각하고 있었다면 미안해."

"사과하지 마세요. 전부 제가 멋대로 군 거니까요."

그렇게 서로 말하긴 했지만 뭉쳤던 응어리가 바로 풀리지는 않았다. 그녀의 변명은 일았기만 그렇다 해도 행동거지가 너무했고, 얼터네이트를 하지 않는다는 이유만으로 이렇게까지 생각한다는 사실이 마음에 확 와닿지 않았다.

이런 상태에서 '원포션' 우승은 꿈속의 꿈같은 일이다. 나부터 우선 그녀를 용서해야 할 것이다. 하지만 그렇게 생각하는 것도 오만하다는 느낌이 들었다.

"그럼 에미쿠는 '원포션'에 나가는 거 괜찮아?"

이루루의 생각과 달리 다이키는 낙관적인 어조로 말을 걸었다.

"정말 저라도 괜찮으세요?"

이루루가 대답하기 전에 미오 선배가 "야마기리여야 한다고 생각해"라고 말했다. 에미쿠는 뺨에 붉은 기를 띠고 힘차게 대답했다. "네, 잘 부탁드립니다."

그로부터 에미쿠의 이야기를 들었다. 그녀는 중학교 2

학년까지 요리를 전혀 해본 적이 없었지만, 우연히 본 '원포션'에서 요리의 재미를 깨닫고 엔메이학원고등학교 입시를 준비하는 것과 동시에 요리 공부도 했다. 하지만 요리와 관련된 동영상을 보거나 책이나 만화를 읽는 데에 많은 시간을 써서, 요리는 입시에 합격하기 전까지 가사를 돕는 것밖에 경험하지 않았다고 한다. 그렇다면 지금의 요리 테크닉은 입학이 정해진 후부터 이번 여름방학 때까지 익힌 것이니 어마무시한 성장세였다.

다음 주까지 출전 서류를 완성시켜 '원포션' 사무국에 보내야 한다. 그때까지 이 무화과 과일초밥을 보완해 완성도를 높이고 팀워크와 기술 향상을 목표로 잡는다. 부장일은 메구미나 다른 부원의 힘을 빌리고 이루루와 에미쿠는 '원포션'에 집중해야 한다. 미오 선배와 다이키는 시간이 있을 때 얼굴을 비추겠다고 했다.

과일초밥을 리소토로 바꾸자는 제안이 나왔다고 에미쿠에게 말하자 그녀는 "그런 방법도 있었네요?"라고 수긍했다. 그 외에도 "후아나 데 이바르부루는 우루과이 사람이지? 우루과이 요소가 조금 있어도 좋을 것 같아"라는 미오의 의견이 있었다. 이루루도 찬성했지만 우루과이 요리는 잘 알지 못해서 어울리게 합칠 수 있을지 없을지는 다음 시간까지 숙제로 삼기로 했다.

"야마기리, 잘 부탁해."

이루루가 다시 손을 내밀자 에미쿠는 천천히 그 손을 잡고 공손하게 말했다. "네. 잘 부탁드려요." 그녀와 가까워질 작정이었지만 눈을 마주치지도 못했고 손바닥에서도 어색함이 전해졌다. 그녀와 손을 포개면서 왜인지 생각하는데 갑자기 가정실습실 문이 열렸다.

다섯 명이 시선을 돌리니 남자아이가 조심스럽게 얼굴을 내밀고 있었다. 그 얼굴에 이루루는 놀랐지만, 그 이상으로 에미쿠가 감탄과 놀라움으로 소리 질렀다.

"어! 미우라 에이지?"

미우라는 "안녕?" 하고 살짝 목례했다.

"와, 이게 뭐야? 왜 여기에 미우라 에이지가 있지?" 하고 흥분한 에미쿠와 달리 그는 기쁜 듯 웃으며 들어왔다.

"있었구나, 다행이야. '원포션'에 나간다고 해서 혹시 여름방학에도 있지 않을까 생각했어."

"어떻게?"

"경비원이 불러 세우려고 했는데, 그 사람도 '원포션'을 본 것 같더라고. '가정실습실에 인사를 하러 왔다'고 하니 선뜻 들여보내주던데? 이렇게 경비가 허술해서 괜찮겠어? 아, 그런 의미가 아니라?"

이루루가 무심코 뒷걸음질을 치자 미우라는 "민폐려나?" 하고 코를 문질렀다.

"플로우하려고 검색했는데 니미는 없더라고. 분명 하고

있을 거라고 생각했거든."

"그래서 일부러 찾아왔다고?"

"응, 연락처 알려달라고 하려고. 다음에 만나는 게 '원포션'이 되는 건 싫어서."

이 대화를 보고 있던 에미쿠는 뭔가 착각했는지 "혹시 적군 시찰하러 왔어요?"라든가 "혹시 니미 선배는 에이세이 제1고등학교 스파이예요?"라는 요점에서 벗어난 말을 진지하게 했다. 그 말을 들은 미우라는 "아하하. 그리 오해 받아도 어쩔 수 없지" 하고 관자놀이 부근을 긁적였다.

"아니야. 정말 단순히 니미를 만나러 왔을 뿐이야."

다이키가 히죽히죽 웃으며 이쪽을 보았다. 이루루는 미우라의 팔을 잡아당겨 우선 가정실습실에서 나갔다.

복도는 가정실습실보다 덥다. 하지만 걷다보면 어딘가의 교실에서 에어컨의 냉기가 느껴진다. 학교 건물에서 나가자 격렬한 열기와 매미 소리가 두 사람을 향해 밀어닥쳤다. "바깥은 덥지 않아?" 그는 걱정하듯이 말했지만 이루루는 "괜찮아, 괜찮아" 하고 허세를 부렸다.

고등학교 부지를 나가 대학교 쪽으로 가자 메인 거리에 느티나무가 심겨 있었다. 그 아래에 있는 벤치에 나란히 앉았다. 빠른 걸음으로 걸어온 탓인지 심장이 쿵쿵 뛰었다. 하지만 미우라는 태연해서 대범하구나, 하고 감탄했다.

그리고 두 사람 사이에 이상한 침묵이 흘렀다. 농구부

전국체전 때도, 조금 전의 가정실습실에 찾아왔을 때도 미우라는 능숙하게 말했다. 그래서 그가 먼저 무슨 말이라도 할 거라고 생각했다. 하지만 아무 말도 없어서 곤란해하고 있자 그가 마침내 "지금 엄청 어색하다고 생각하고 있지?" 라고 말했다.

"사람이 느닷없이 입을 다물 때, 싫지 않아? 상대가 무슨 생각을 하는지 이리저리 생각하게 되고 이쪽이 무슨 말을 해야 한다는 느낌이 들기도 하니까. 침묵은 정말 폭력이나 마찬가지야."

미우라가 무슨 말을 하고 싶은 건지 전혀 알 수 없었다. 정말이지 제멋대로라고 생각했지만, 그는 주눅 드는 기색도 없이 팔짱을 끼고 크게 기지개를 켰다.

"달콤한 냄새."

"응?"

"바닐라?"

이루루가 묻자 그는 앗, 하고 자신의 머리카락을 보듯이 시선을 위로 들었다.

"냄새 나? 바닐라오일이 머리카락에 묻었거든. 이제 완전히 내가 바닐라가 된 것 같고, 이 더위 때문인지 괜히 냄새가 심해지는 것 같아. 별로지?"

이루루가 생각하는 것 같은 표정을 짓자 미우라는 "점심에 여동생이랑 시폰케이크를 만들었거든" 하고 이야기를 계속했다.

"중학생인 여동생이 있는데 만드는 법을 알려달라고 해서. 그래서 오랜만에 바닐라오일을 사용했더니 뚜껑이 눌어붙었더라고. 억지로 열었더니 안의 액체가 튀었어. 머리를 물로 헹궜는데 역시 꼼꼼하게 씻었어야 했나봐. 오일은 손에 묻어도 어지간해선 냄새가 안 가셔서 큰일이야."

미우라가 여동생과 시폰케이크를 만드는 모습을 상상하자 왠지 흐뭇해졌다.

"저기, 다음번엔 내 요리도 먹어봐."

땅에는 나뭇잎 그림자가 떨어져 있었다. 미우라는 들쭉날쭉한 초록을 발로 따라 그렸다.

"니미가 먹어줬으면 좋겠다고, 얼마 전에 주먹밥을 얻어먹었을 때 생각했지."

그리고 발등에 그림자를 띄우고 장난치듯이 움직였다.

"그걸 먹었을 때 말이야, 니미가 좋은 사람이구나 싶었어. 그 주먹밥을 만든 사람은 니미가 아닐지도 모르지만. 그래도 나, 조금 니미를 먹어본 것 같은 느낌이 들었다고 할까."

흠칫해서 쳐다보자 그는 "미안. 좀 기분 나쁘게 표현해버렸네"라고 수습했다.

"그런데 이상한 의미가 아니라 정말 그렇게 느꼈어. 그래서 내 요리도 먹어줬으면 해서."

얼터네이트

"그거 만든 거 나야."

"역시."

매미의 허물이 어디에서 왔는지 모르게 떨어졌다.

"알아. 전해지거든."

매미 허물은 마치 미아가 된 것처럼 바람에 왔다 갔다
했다.

"미우라. 나한테 먹히고 싶어?"

이루루가 장난스러운 투로 말하자 미우라는 조금 난감
한 표정을 하고 "응"이라고 말했다. 그 표정을 보자 근질
났다는 생각이 들어 시선을 피했다.

"이번 달에, 다음 주라든가, 비어 있는 날 알려줘."

그는 스마트폰을 꺼내서 전화번호를 띄웠다.

"아무리 그래도 스마트폰은 가지고 있지?"

"얼터네이트를 안 하는 걸로 원시인 취급이네."

전화를 걸자 미우라의 스마트폰에 이루루의 전화번호가
표시되었다.

"고마워. 꼭 먹으러 와."

그리고 미우라는 스마트폰으로 시간을 확인하더니 "미
안, 이제 가야 해. 만나서 다행이야. 없을지도 모른다고 생
각하면서 왔거든. 그럼 또 봐" 하고 손을 흔들었다.

"응, 안녕."

미우라는 대학교 문으로 돌아갔다. 그의 등을 배웅하는

데 다이키로부터 문자가 왔다. '여자친구 없대'라는 글과
더불어 캡처 사진 하나가 첨부되어 있었고 그것은 미우라
에이지의 얼터네이트 프로필이었다.

　여전히 바닐라향이 남아 있는 듯했다. 매미의 허물은 어
딘가로 흘러가서 사라졌다.

제11장

집   착

목적지가 다가올수록 전철 안의 들뜬 기색이 강해져갔다. 창문으로 보이는 경치는 도시의 빌딩 무리에서 주택가로 변했고, 건물의 높이는 점점 낮아졌다. 남자아이가 선명한 푸른 하늘에 촘촘히 박혀 있는 구름을 가리키고 미소를 지으며 엄마에게 이야기하고 있었다.

그 광경은 나즈를 조금 안도하게 했다. 하지만 또다시 바로 안절부절못해졌다.

가쓰라다 무우는 사이타마에 살고 있으며 지역 고등학교에 다니는 동갑인 고등학교 1학년이었다. 얼터네이트 사진은 확실히 말해서 무난했고 딱히 인상에 남지 않을 만한 얼굴을 하고 있었다. 프로필에 있는 건 생일뿐이고 그 이상의 것은 알 수 없었다. 나즈의 프로필을 말하자면,

좋아하는 연예인부터 못 먹는 음식까지 상세하게 실려 있고 다른 SNS 링크도 몇 가지 연동되어 있다. 그런 식으로 대부분의 정보를 공개하고 있어서 자신이 더 불리한 느낌이 들었다.

괜찮다면 만나지 않을래요?

커넥트 후 나즈 쪽에서 메시지를 보냈다. 답은 바로 왔다.

잘 부탁합니다.

두 사람의 메시지가 표시되는 화면은 놀랄 만큼 심플했다.

순조로웠던 것은 거기까지였고 두 사람의 대화는 딱 멈추었다. 데이트 경험이 없는 나즈는 그와 어떻게 만나면 좋을지 생각해낼 수 없었다. 그쪽에서 제안해주기를 기다려보았으나 아무리 시간이 지나도 화면은 변하지 않았다. 나즈는 어쩔 수 없이 시오리의 힘을 빌리기로 했다.

가쓰라다 무우에 대해 이야기하자 그녀는 자신의 일처럼 기뻐했다. 바로 데이트 계획을 짜주었고 "만약 사귀게 된다면 같이 더블데이트 하자!"라고 나즈가 생각지도 않았던 미래에 대해 말했다.

역을 빠져나가자 여름 특유의 색채가 눈에 뛰어들었고

나즈의 마음도 조금 설렜다. 해수욕을 하러 온 관광객들은 내리쬐는 태양에 눈을 가늘게 뜨면서도 해안으로 향했다. 나즈는 그 흐름을 거슬러 스마트폰 지도를 보며 걸었다.

이미 약속 시간은 지나 있었다. 일부러 지각을 했지만 상대를 짜증나게 하지는 않았을지 걱정이 되었다.

5분 정도 지나자 '카페 란도'라는 낡은 간판이 골목 안 쪽에 보였다. 다가가서 꾀죄죄한 창문으로 들여다보자 어두운 점내에 딱 한 사람, 안경 쓴 청년이 고개를 숙이고 스마트폰을 만지작거리고 있었다. 그의 외모는 얼터네이트 사진과 거의 같았다.

실감이 나지 않았지만 그런 법일지도 모른다. 수조의 송사리를 보듯 빤히 관찰하고 있으니 창문 너머로 점원과 눈이 마주쳤다. 나즈는 각오를 다지고 문에 손을 갖다 댔다.

종소리가 딸랑 울렸다. 가쓰라다가 시선을 들어 나즈를 힐끗 보았다. 목례를 하거나 손을 들지도 않은 채 가쓰라다는 다시 스마트폰으로 시선을 돌렸다. 거절당한 것 같아서 되돌아가고 싶어졌지만 조심스럽게 그의 의자 앞에 앉았다.

"늦어서 미안."

나즈가 말을 걸자 "괜찮아. 게임하고 있었거든" 하는 작은 목소리가 들려왔다. 그 목소리는 예상외로 높고 조금 코맹맹이 소리기 났다. 테이블에는 연한 갈색의 음료가 놓

여 있었다. 카페오레라고 생각했지만 기포가 떠 있으니 탄
산이 약하게 들어간 음료인 듯했다.

"그거 뭐야?"

잔을 가리키자 그가 "큐피드. 미안한데 잠시 기다려줄
래?"라고 말했다. 영문을 몰라 되물으려고 했지만, 타이밍
이 나빴는지 가쓰라다는 진지한 표정으로 게임을 계속하
고 있었고 나즈는 그것이 끝나기를 기다리기로 했다. 날렵
하게 손가락을 움직이는 그를 두고 점원이 물과 물수건을
가지고 와서 나즈는 메뉴판을 받았다. "뭐로 하시겠어요?"
그곳에는 분명히 큐피드도 실려 있었다.

나즈는 크림소다를 시켰다. 위에 올라간 아이스크림을
입으로 옮기면서 가쓰라다를 바라보았다.

곱슬한 머리카락이 말 안 듣는 유치원생들처럼 제멋대
로 설치고 있었고 앞머리로 뒤덮인 안경 렌즈는 흠집이
나 있었으며 기름으로 뿌옜다. 그 안에 자리한 검은 눈은
스마트폰 안의 무언가를 찾아 헤매고 있었다. 무늬 없는
흰 티셔츠 목덜미는 늘어나서 흐느적거리고 있었고 그곳
에서 나온 가느다란 목이나 팔이 하얘서 어설퍼 보였다.

그의 티셔츠를 보고 페로몬 테스트를 떠올렸다. 이 티셔
츠의 냄새를 한껏 맡는 자신을 상상하다가 무심코 표정이
일그러졌다. 꼼꼼한 나즈가 보기에 그의 옷차림은 자신의
성격과 전혀 어울리지 않았다. 만약 자신이 남자라고 해도

가쓰라다와 같은 외관은 절대 되지 않을 테다. 하지만 상성이라는 것은 공통점뿐만이 아니라고 자신을 타일렀다.

　나즈가 스마트폰을 테이블에 놓자 대기화면에 시간이 표시되었다. 화면이 까매지자 터치해서 다시 시간을 표시했다. 얼마나 기다리게 할까. 시간을 신경 쓰지 않도록 스마트폰을 뒤집어놓았다. 최근에 갓 산 스마트폰 케이스에는 비행선 일러스트가 그려져 있었고 나즈는 그것을 손가락으로 더듬어 그려나갔다. 그러자 가쓰라다가 "아" 하고 시무룩한 목소리를 내고는 "기다리게 해서 미안해"라고 사과했다.

　"글렀네. 첫 만남인데 게임이 끝날 때까지 기다리게 하다니. 때마침 이벤트가 시작돼서 멈출 수가 없어서."

　가쓰라다는 주눅이 들어 어깨를 움츠렸다.

　"무슨 게임이야?"

　나즈가 묻자 가쓰라다는 스마트폰 화면을 보여주었다. 그곳에는 왜곡된 미소녀 캐릭터가 많이 있었고, 가쓰라다는 "이 애들이 싸우는 배틀 RPG야"라고 설명했다.

　"게임은 안 해?"

　"응. 너무 어려운 건 못 따라가서."

　"그래? 얼터네이트에서 '진 매치'를 하는 사람은 반드시 게임을 좋아할 거라고 생각했어."

　그는 그리 말하고 큐피드를 마셨다.

"목적이 그거였어?"

"응?"

"'진 매치'를 한 건 게임을 좋아하는 사람을 찾으려고?"

가쓰라다는 "아니, 그건 아니지만" 하고 당황한 표정으로 시선을 헤맸다.

"그냥 마음대로 그렇게 생각했을 뿐이야."

"그럼 왜 했어?"

가쓰라다는 좌우 안경다리에 손을 갖다 대고 말했다.

"음, 새로운 걸 좋아해서? 고등학생만 할 수 있는 얼터네이트가 나한테는 새로웠고, 이 신기능을 시험해보고 싶었어. 더구나 내 유전자에 대해서 알고 싶었고."

그때까지 무표정이던 그는 뜬금없이 "내 선조는 중국 대륙 발상인 D그룹으로 일본에서 제일 많은 유전자였어. 농작 문화를 들여온 그룹인 모양이야"라고 말했다. 나즈는 "나는 B그룹, 바다를 건너 퍼졌다고 했어"라고 답했다.

나즈는 아이스크림을 소다에 찔러 넣었다. 탄산이 떠서 잔에서 흘러넘칠 듯했다.

"반은 왜 '진 매치'를 시작했어?"

반이라고 불려서 놀랐다. 커넥트하고 있으니 당연한 일인데 그가 자신의 이름을 알고 있다는 사실을 아직 받아들이지 못하고 있었다.

"그건."

나즈는 잠시 이야기를 시작하려다가 "언젠가 말할 때가 오면 이야기해줄게"라고 무뚝뚝하게 답했다.

"그래? 그렇긴 하네." 가쓰라다는 고개를 숙였다.

"아직 만난 지 얼마 안 됐으니까."

가쓰라다는 창밖으로 시선을 보냈다. 미안한 기분도 들었지만 아주 조금은 복수한 듯한 기분도 들었다.

얼터네이트가 바탕이 된 만남이라면 어떤 상대든 반드시 나중에 좋아하는 마음이 찾아온다. 그래서 첫 번째 만남은 그다지 중요하지 않다. 그리 생각하고 있었을 텐데 마음 어딘가에서 극적인 것을 기대하고 있었다. 완벽한 상대에게는 자연스럽게 그런 게 따라올 거라고 믿고 있었다. 하지만 그의 일거수일투족에는 어떠한 설렘도 느껴지지 않는 데다 학교에 있는 남자애들과 별반 다르지 않았다. 오히려 그보다 못할지도 모른다.

"가쓰라다는?"

그도 이름을 불러서 살짝 당황한 듯했다.

"'진 매치'에서 이어진 사람과 만난 적 있어?"

"아니 없어. 반은?"

없다, 고 해서 안심할 정도까지 마음이 가지는 않았다. 그런데도 아직 복수심에서 남은 불씨가 "응. 몇 사람 정도"라고 나즈에게 거짓말을 하게 했다.

"그래?"

그로부터 긴 침묵이 자리했다. 나즈는 자신이 먼저 입을 열지 않겠다고 정했지만, 그 또한 말할 생각이 없는 듯했다.

시오리는 첫 데이트 장소가 영화관이었다고 했다. 무슨 이야기를 해야 좋을지 몰라도 영화를 보고 있으면 시간이 지나가는 데다 다 보고 난 후 영화에 대해서 이야기를 나눌 수 있으니 첫 대면한 상대끼리 안성맞춤이었다고 했다. 하지만 나즈는 그렇게 생각하지 않았다. 오히려 무엇을 이야기하면 좋을지 모를 때야말로 그 사람의 인간성이 보인다. 침묵이야말로 상대의 본질인 것이다.

그리 떵떵거렸는데 막상 자신이 그 입장이 되자 상대의 인간성을 확인할 여유가 없었다. 지금의 자신은 의식을 그에게서 딴 데로 돌리려고 하고 있다.

더욱 비약적인 것을 생각하려고 했다. 최근에 발매된 화장품이라든가, 어제 본 헤엄을 못 치는 펭귄 동영상이라든가, 란디가 혼자서 올리고 있는 동영상이 재미없어서 조회 수가 늘지 않으니 다이키에게 재결합을 요구하고 있다는 이야기라든가. 하지만 하나같이 토막토막 끊어져서 이어지지 않았다. 그동안 가쓰라다 무우는 냉동보존된 것처럼 굳어서 미동조차 하지 않았다.

시간이 얼마나 지났을까. 그리고 앞으로 얼마나 되는 시간을 이러고 있을 작정일까. 어떤 성과도 없다. 가쓰라다 무우라는 상대는 얼토당토않다고 지금 당장 판단을 내리

　　　　　　　　얼터네이트

고 돌아가야 한다. 그런데도 나즈의 등을 얼터네이트가 붙잡았다.

"92.3퍼센트."

머릿속으로 말했는데 그만 말로 나와버렸다. 가쓰라다는 나즈를 향해 고개를 들었다. 얼떨결에 오래 참기에 져서 분해 주먹을 꽉 쥐었다. 나즈는 포기하고 이야기를 이어나갔다.

"얼터네이트에 따르면 나랑 가쓰라다의 상성은 92.3퍼센트라고 해. 이건 평균에서 봐도 꽤 높아. 내 리스트 숭에서 단연 톱이었고."

"그러네."

한참 만에 입을 열어서인지 가쓰라다의 목소리가 꽤 끈적하게 들렸다.

"나도 그랬어. 다른 사람은 70퍼센트가 될까 말까 했어."

가쓰라다에 있어서 나즈는, 나즈에게 있는 가쓰라다보다도 훨씬 상성이 뛰어난 듯했다.

"이 상성은 얼터네이트의 방대한 데이터로 뒷받침돼 있으니 난 틀리지 않았다고 생각해. 그런데 지금 그런 것만도 아닌 듯하네."

가쓰라다가 겸연쩍은 듯 뺨을 긁적였다.

"우리는 본래는 상성이 좋을 사람이야. 그리고 어떤 식으로 상성이 좋은지 난 안고 싶어."

그는 명백하게 난처해하고 있었고 그 태도가 또다시 나즈를 짜증나게 했다.

"저기, 왜 새로운 걸 좋아해?"

큐피드가 담긴 잔 주변은 이슬에 젖어서 가게 이름이 적힌 코스터를 축축하게 만들었다. 크림소다 잔도 마찬가지로 젖어 있었다.

"왜일까. 생각해본 적이 없어."

가쓰라다는 다시 좌우 안경다리에 손을 갖다 댔다.

"그런데, 아마, 가능성이."

머리를 굴리면서 이야기하고 있어서인지 말이 드문드문 나왔다.

"그래. 새로운 건 자신이 지금 있는 곳에서 다른 곳으로 데리고 가줄 가능성이 있잖아. 과거에서 현재까지와 현재에서 미래는 기본적으로 이웃해 있으니 무언가가 일어나지 않으면 지금과 같은 미래만 기다리고 있겠지. 새로운 건 그 미래를 변화시킬 가능성을 가져다줘. 좋을지 나쁠지는 그 앞으로 가야지만 알 수 있는데, 기폭제, 분기점, 그런 게 돼주잖아. 그러면 지금과는 다른 자신이 있고."

"그럼 지금 있는 곳이 싫어?"

나즈는 고꾸라질 정도로 몸을 내밀고 말했다.

"새로운 곳으로 가도, 거기도 언젠가는 오래될 테고. 변화만 추구하고 있으면 영원히 안정되지 않을 거야. 새로운

얼터네이트

게 좋다는 건 어디에 가도 만족 못한다는 사실의 반증이
지 않아?"

아이스크림이 다 녹은 크림소다는 탁해서 지저분했다.

"변하고 싶다면 새로운 걸 기대하지 말고 지금 스스로
움직여야 해. 누군가가 무언가가 바꿔주는, 그렇게 편리한
미래가 찾아온다는 보증은 없어. 바라기만 하면 아무것도
달라지지 않아. 그래서 난 지금까지."

거기서 나즈는 입을 닫았다. 눈은 건조했고 몸은 뜨거워
졌다. 답답하고 속이 타고, 하는 말 전부가 사신을 항히고
있는 듯했다.

"그럴지도 모르겠네."

가쓰라다는 대꾸하지 않고 고개를 위아래로 움직였다.
그리고 장난스럽게 웃더니 "난 도망치고 있을 뿐일지도
몰라. 반은 영리하네"라고 말했다.

"머리가 좋다든가 나쁘다든가 그런 건."

그와 이야기하고 있으니 자신이 싫어졌다.

"저기."

가쓰라다의 목소리가 조금 커졌다.

"반은 왜 나를 만나줬어?"

"그건 그러니까 92.3퍼센트라서 제일 높았으니까."

"그래도 나 말고 다른 사람과도 만났잖아?"

"응?"

"조금 전에 몇 사람인가 '진 매치'로 만났다고 했으니까."

"그게 왜?"

"아니 보통은 제일 높은 사람부터 만나지 않나 해서. 그런데 처음에는 나를 빼고 다른 사람을 만났잖아? 왜 이 타이밍에 나를 만나게 되었는가 해서."

무심코 해버린 거짓말이 여기서 다시 문제가 될지는 생각 못 했다. 분명 그가 말한 대로 조금 이상할지도 모른다. 하지만 나즈는 이상하게 수습하는 것도 싫어서 "확률이 높은 사람한테 동시에 말을 걸었어. 그래서 우연히 스케줄이 맞는 사람 순서대로 만났을 뿐이고. 별다른 의미는 없어"라고 내뱉듯이 말했다.

"그래?"

이게 마지막 침묵이었다.

잠시 후 가쓰라다가 쭈뼛대면서 큐피드를 내밀었다.

"이거 마셔볼래? 콜라랑 칼피스를 섞은 거래. 처음 봐서 주문해봤는데 꽤 맛있어."

그리고 "역시 새로운 걸 시켜버렸네" 하는 농담을 섞으며 웃었다. 나즈는 도무지 웃을 수 없어서 "됐어"라고 대답했다. 가쓰라다는 "맛있어"라고 하며 다시 웃었지만 그 입가가 가늘게 떨리고 있었다.

가쓰라다와는 이 찻집에서 헤어지기로 했다. 같이 역까

지 가자는 말을 들었지만, 어쨌거나 그에게서 떨어지고 싶었다.

가려고 했던 수족관과 걸으려 했던 해안선은 혼자서 가볼까 생각했지만, 돈이 아깝기도 했고 펭귄 동영상을 보는 편이 빠르겠다 싶어서 바로 전철에 탔다. 석양이 반사된 바다는 예뻤다. 하지만 그건 분명 이 창문에서 보고 있기 때문이라는 생각이 들었다. 가까이에서 보는 것보다 멀리서 바라보는 편이 좋은 것도 있다.

창문에 자신이 비쳤다. 꼼꼼하게 메이크업을 하고 미용실에서 머리를 세팅하고서 옷장에서 제일 마음에 드는 옷을 꺼내 입고 있었다. 제일 좋아하는 차림을 그에게 보여주고 싶어서 그랬다. 하지만 그녀 자신을 바라보고 있는 동안에 심한 말이 점점 흘러나와서 파열해버릴 것 같을 때까지 머리에 가득 찼다. 서둘러 처리해야 한다는 생각에 스마트폰을 꺼내서 필사적으로 손가락을 움직였다.

제12장

독 립

여름 동안에 미우라 반도에 있는 료칸에 묵으면서 아르바이트를 하게 되었다. 할머니에게 그 사실을 전하자 "일하는 건 정말 중요한 거여. 열심히 해. 여름이 끝나면 언제든지 돌아와도 돼"라고 기쁜 듯 말했다. 할머니는 손자가 자립하는 것이 기쁜 게 아닐 테다. 집에서 나가게 된 것, 집에 없는 만큼 식비 부담이 주는 것, 잘하면 보내주는 생활비를 받을 수 있을 거라고 기대하는 게 기쁜 걸 테다. 다라오카 집안에서 보면 나오시가 집에서 나가 일하는 것은 좋은 일뿐이었다. 할머니는 본심을 숨기면서 나오시를 배웅했다. 남동생도 형이 티슈 갑을 두드리는 소음에서 해방되어 홀가분해하고 있을 것이다. 나오시는 담담하게 집에서 나갈 준비를 하고 가족에게 이별을 고했다.

아르바이트 하게 된 료칸은 악덕 아르바이트 장소를 리스트로 만든 사이트에서 발견했다. '급료에 비해 격무가 심하다'든지 '먹고 지낼 방이 더럽다'든지 '직원이 최악, 여주인은 갑질을 한다'는 등 지독한 곳이었다. 나오시는 바로 결정하고 전화로 아르바이트를 문의했다. 가혹하면 가혹할수록 시름이 잊힐 거라고 생각했다.

하지만 실제로 가보니 일은 반드시 하루에 여덟 시간, 일이 끝나면 온천에 갈 수 있었고 직원용 식사도 호화로워서 불만을 품을 만한 게 하나도 없었다. 방도 청결하고 창밖에는 바다가 펼쳐져 있어서 경관도 뛰어났다. 여사장에게 "악덕 아르바이트인 줄 알았어요"라고 솔직하게 전하자 그녀는 해맑게 웃었다. "가끔 있어요. 관둔 알바생 중에 적반하장으로 그런 엉터리 소문을 퍼뜨리는 애가요. 그런데도 일하려고 하는 사람은 분명 곤란한 상황에 처한 사람일 테고, 열심히 노력해줄 거라고 생각하니 그대로 뒀어요."

손님이 줄 것도 같았지만 료칸은 연일 만실이었다. 대부분의 손님이 단골이라 이 료칸이 얼마나 사랑받는지를 실감했다.

나오시는 감쪽같이 속았지만 불만은 없었다. 업무가 지루할 틈이 없었고 여사장이나 직원들은 그를 예뻐해준 데다 휴일에는 다른 아르바이트생에게 서핑을 배웠다. 나날이 피부가 타서 그것만으로도 어째서인지 강해진 느낌이 들었다. 알찬 하루하루 덕에 유타카나 가족이나 얼터네이트, 모든 게 아무래도 상관없어져서 마음에 먹구름을 끼게 했던 비굴함은 조금씩 옅어지고 있었다. 참으로 후련해서 계속 이곳에 있어도 좋겠다는 생각이 들 정도였다.

하지만 아르바이트 기한은 언젠가 끝난다. 여름도 하반기에 접어들자 슬슬 나갈 준비를 해야만 했다. 저축은 최종적으로 25만 엔 정도 했다. 전례 없는 거금을 손에 넣자 심벌을 살 수 있겠다 싶었지만, 이곳에서 나간 후의 생활에 돈이 얼마나 들지 알 수 없었다. 앞으로의 일은 아직 아무것도 정해지지 않았다.

그러던 차에 마찬가지로 리조트 아르바이트를 하러 온 겐이치가 콘셉트셰어하우스에 대해 알려주었다. 공통된 취미나 목적을 가진 사람들이 모여 같이 사는 곳인 모양이었다. 그러면 혼자 사는 것보다 집세나 광열비도 적게 나오고 동거인과 소통하면서 지식이나 인맥도 넓힐 수 있다고 한다.

대학을 1년 만에 자퇴한 겐이치는 3년을 목적도 없이 방랑해왔는데, 셰어하우스에서 산 적도 한 번 있다고 했다.

"드럼을 치면 뮤지션 한정 셰어하우스가 좋지 않아? 그런 거 잘 아는 친구 있으니까 흥미 있으면 물어봐줄게."

겐이치 앞에서 드럼을 친 적이 한 번 있다. 그렇다고 해도 드럼 세트가 갖추어져 있지 않아서 제스처뿐이었다. 그런데도 겐이치는 즐거워했고 "존 보넘이 재림했다!" 하고 기뻐하며 외쳤다.

얼마 지나지 않아 겐이치는 빈방이 있는 셰어하우스를 찾아주었다. 음악을 지망하는 사람만 들어갈 수 있는 악기 연주 가능자 셰어하우스로, '지메이킨소'라는 도쿄 내의 오래된 독채였다.

나오시는 망설이지 않고 그곳으로 정했다. 괜찮은 곳이라서 겐이치도 같이 들어가고 싶어 했지만, 음악을 하지 않아서 집주인에게 거절당했다. 하지만 겐이치는 포기하지 않았다. "전 작사가를 지망하고 있어요." 능글맞은 말솜씨로 교섭을 이어나가자 최종적으로 끈기에 진 집주인이 '다음 입주자가 결정될 때까지'라고 하며 받아들였다.

9월이 되자 두 사람은 다음 거처로 향했다. 제일 가까운 역에서 20분 정도 걸어가자 밀집된 주택가에 서 있는 2층짜리 집이 눈에 들어왔다. 목조 건물로, 악기연주가 가능할 정도로 벽이 두꺼워 보이지는 않았다. 정말 이곳으로 괜찮을까 의심하고 싶어졌지만, 명패에 확실히 '지메이킨소'라고 되어 있었다.

초인종을 누르자 거주자로 보이는 세 사람이 문을 열었다. "어서 와요." 그들은 미소 지으며 두 사람을 집 안으로 맞이해 안내해주었다.

얼터네이트

현관을 들어가자마자 거실이 있었고 각자의 방은 1층에 두 개, 2층에 세 개가 있었다. 나오시의 방은 2층이고 겐이치의 방은 1층이었다. 두 방 다 다다미 5장 정도의 크기였고 료칸의 기숙사에 비하면 꾀죄죄하고 작았지만 본가와는 비슷한 정도라 불만은 없었다.

그날 밤, 두 사람의 환영회가 열렸다. 배달 주문한 피자를 오물거리면서 순서대로 자기소개를 했다. 먼저 들어온 입주자는 호른을 전공하는 음대생 마코 씨, 마코 씨와는 다른 음대에 다니는 비올라 선공인 도키 씨, '불똥꼴뚜기의 사연'('불똥사연'이라고 축약하는 모양이다)이라는 록밴드에서 드럼을 담당하는 사카구치 씨였다. 세 사람 다 또래로 20대 초반인 듯했다. "작사가도 들어올 수 있나?" 사카구치 씨가 장난스러운 말투로 겐이치에게 태클을 걸자, 겐이치는 "언어야말로 최고의 음악이죠. 소쉬르는 시니피앙과 시니피에의 자의성을 주창했지만, 각각을 독립해서 생각했을 때 과연 어느 쪽이 음악적인가, 이건 또 다른 논의가 되죠. 소쉬르를 말하자면 그의 언어학을 문화인류학으로 적용시킨 클로드 레비스트로스처럼, 저는 음악에도 언어학을 적용시키면 어떤 작용이 초래될지를 생각하고 있어요. 그래요, 그 점에서 보면 랑그와 파롤이라는 관점도 잊어서는 안 되고……"라는 둥 그럴 듯한 소리를 해서 얼렁뚱땅 넘어갔다.

지메이킨소에서 악기 연주가 가능하다는 건 거의 거짓이었다. 실제로는 어쿠스틱 음악이라면(타악기와 금관악기는 제외하고) 해가 떠 있는 시간에만, 그 외의 경우에는 근처에 있는 음악 스튜디오 '피피'에서 연습하는 게 일반적이라고 했다. 즉 지금의 멤버 중에서 집에서 연주를 해도 되는 건 비올라의 도키 씨뿐이었다. 이곳이 생긴 지 얼마 안 되었을 때에는 더 느슨했던 모양이지만 옆집에 잔소리가 심한 가족이 이사 오고서는 이렇게 된 듯했다.

"'피피'는 이곳 집주인과 연이 있어서 우리는 저렴하게 빌릴 수 있어. 그러니 그렇게 낙담할 건 없어."

도키 씨가 느긋한 말투로 설명해주었다. 그는 비올라와 잘 어울리는 소박하고 기품 있는 사람이었다.

"맞아. '피피'는 전혀 나쁘지 않아. 플로어탐이 두 개고 차이나심벌도 있어. 베이스드럼 두 개로는 안 쳐?"

"네, 쳐본 적 없어요."

"투 베이스가 기분이 얼마나 좋은데. 원래는 늘 설치되어 있지 않지만, 부탁하면 해줘. 꽤 융통성 있는 곳이야. 뭔가 마음에 안 드는 게 있으면 나한테 말해. 중재해줄게."

사카구치 씨는 큰 덩치로 호쾌하게 웃었다. 그때마다 큰 입에 빨려들 것 같았다.

다섯 사람은 바로 마음을 터놓고 신이 났다. 나오시가 아닌 네 사람은 술을 마시기도 해서 대화 내용이 첫 대면

얼터네이트

이라고 할 수 없을 정도로 친밀했다. 나오시가 열일곱이라고 하자 그들은 순간 굳어졌지만, 사정을 이야기하자 바로 이해해주었고 그로부터는 마치 친한 반 친구처럼 대해주었다. 그 속도감에 나오시는 속으로 감동했다.

화제는 음악이 중심이었지만 다들 듣는 음악도 만들어내는 음악도 전혀 달랐다. 그런데 이상하게도 이야깃거리가 끊어지지 않았고 대화는 여러 곳을 갔다가는 원을 그리며 돌아왔다.

'보니토'가 떠올랐다. 마사오 아저씨가 술을 대접하고 손님이 자유롭게 대화하고는 밴드 연주를 하는 광경. 나오시는 늘 손님이 올 무렵에는 집으로 돌아갔기 때문에 그런 장면을 직접 본 적은 없었지만 어째서인지 흥겨운 점내 모습이 선명한 영상으로 뇌리에 재생되었다. 뺨에 새겨진 주름을 보다 깊이 새기며 웃는 마사오 아저씨. 얼굴을 붉힌 채 입에서 담배 냄새가 나는 숨을 내뿜는 마사오 아저씨. 술주정을 하는 마사오 아저씨. 호전적이고 납득이 가지 않으면 바로 주먹부터 나갔던 마사오 아저씨.

"여기는 금연이야?"

겐이치가 묻자 도키 씨가 "베란다에서 피우는 게 규칙이야"라고 답했고 사카구치 씨를 포함해 셋이서 창문을 열고 밖으로 나갔다. 그러자 귀뚜라미 울음소리가 뜻밖에도 크게 거실에 울려 퍼졌다.

"이 집에는 벌레가 잘 들어와. 벌레 괜찮아?"

마코 씨의 얼굴 부위는 하나같이 둥글둥글했고, 술이 약해서인지 눈이 흐리멍덩했다. 피어싱 끝에는 연보라색 스톤이 빛나고 있었다. 여자가 낀 피어싱을 이렇게 가까이에서 본 것은 처음이었다.

"괜찮을 거예요. 마코 씨는 괜찮으세요?"라고 물었다.

"익숙해졌어. 3년이나 살았으니까."

"3년이나요?"

"응. 대학교 1학년 때부터 살았거든. 음악하려면 돈이 들잖아. 특히 이런 음악이니까."

손가락으로 가리킨 곳에는 호른을 부는 천사 장식물이 있었다.

"그래서 여기에 계신 거예요?"

"응. 여긴 저렴하고 학교까지 전철로 단번에 갈 수 있거든. 나오시는 앞으로 어떻게 할 거야?"

"뭘 하면 좋을까요. 료칸 아르바이트로 모은 돈도 금방 다 떨어질 테니 우선 다음 아르바이트를 찾아야 할 것 같아요. 도쿄를 잘 모르니 뭘 해야 할지 망설이게 되네요."

"그럼 우선 내일 나랑 산책할래? 이 부근 알려줄 테니까."

"진짜요? 정말 감사합니다."

"피자 다 식었네. 다시 데워줄까?"

"아뇨. 이대로도 괜찮아요."

찌죄죄한 플라스틱 컵도 거무스름해진 벽지도 안에서 벌레가 죽어 있는 천장 조명도, 눈에 비치는 것이 하나같이 사랑스럽게 여겨졌다. 이번에야말로. 그리 생각하며 마르고 차가워진 피자를 한 입 베어 먹었다.

*

피로가 쌓여 있던 닷인지 짐에서 깨니 오후 2시가 넘어 있었다. 마코 씨와 약속 시간을 정하지 않아서 이미 어딘가로 외출했을지도 몰랐다. 깨워도 됐는데 싶었지만서도, 우선 1층으로 내려갔다.

거실로 가자 마코 씨와 도키 씨가 식당 테이블에서 커피를 마시고 있었다.

"푹 잤어?"

도키 씨가 말을 걸어서 나오시는 고개를 끄덕이고 "마코 씨, 죄송해요. 엄청 잤네요"라고 사과했다.

"괜찮아. 어차피 저녁 무렵일 거라고 생각했으니까. 뭐 먹을래? 아니면 커피 마실래?"

"커피는 못 마셔요. 뭐 먹을 거 있어요?"

"있어. 어제 먹던 피자지만."

"마코, 한동안 먹는 거에 고민 안 하려고 어제 피자 많이 시켰지?"

"아니라니까. 어린 남자애는 더 많이 먹는 줄 알았어."

"그렇긴 하네. 나오시, 별로 안 먹었었지?"

"최근에 위가 좀 작아져서요."

"마코가 더 먹지 않았어?"

"그만해. 남을 대식가 취급이나 하고."

"마코는 여기에 왔을 때 지금보다 훨씬 말랐었어."

"적당히 해. 안 그럼 화낼 거야."

마코 씨가 그리 말하자 도키 씨는 혀를 살짝 내밀고 "자아, 연습하러 돌아가볼까" 하고는 자리를 떴다. 두 사람이 주고받는 대화가 무척이나 친밀해서, 어쩌면 그런 관계일지도 몰랐다.

집을 나온 건 오후 4시 전이었다. 나오시는 빈손이었지만 마코 씨는 "다음 주에 대학교 과제가 있으니 돌아오는 길에 연습하고 와야지"라고 하며 호른을 담은 케이스를 짊어졌다. 대합 같은 형태를 한 노란색 케이스는 호른이 들어 있다는 말을 안 들었으면 분명 무엇인지 알 수 없었을 것이다.

9월 초순이지만 여전히 더웠다. 그런데도 오렌지색을 띠는 태양의 색조에서 조금 가을 느낌이 났다. 아스팔트가 지글대는 냄새에 어질어질했다. 마코 씨는 이마에 맺힌 땀을 작은 손수건으로 닦으면서 "더 시원한 날에 오는 편이 나았으려나" 하고 말했다.

"전 괜찮아요. 이쪽은 덥긴 하지만 고향과는 종류가 다른 느낌이 나요. 저쪽의 여름은 거의 냄비 같거든요."

"냄비?"

"졸인다고 할까요. 사람을요. 더구나 물 없는 찜통 같아요. 수분이 쪽쪽 빨리는 느낌이에요."

후후, 하고 마코 씨가 웃었다. 그렇게 어른스럽게 웃는 사람을 처음 보았다. "내 얼굴이 뭔가 이상해?" 마코 씨가 걱정스럽게 말해서 나오시는 생각한 걸 솔직히 밀랬다.

"그렇구나. 내가 그렇게 드문 존재라고 느낀 적이 없어서 의외네. 하지만 자신이 누군가한테 있어서 다른 편에 있다는 걸 알게 되면 다정해질 수 있을 것 같은 기분이 들어."

"마코 씨는 충분히 다정하잖아요."

"자기를 다정하다고 생각하면 더 이상 다정하지 않아. 다정하지 않다는 걸 깨달으면 다정해질 수 있지. 무지의 지 같은 거지."

"무지의 지? 그건 뭔가요?"

"소크라테스. 아, 중퇴라서 혹시 안 배웠나?"

마코 씨가 장난스럽게 웃었다.

"그렇게 갑자기 괴롭히다니, 두 번째 보는데 너무하잖아요." 나오시도 웃었다. 마코 씨가 힘들어하는 듯이 자신의 얼굴을 손바닥으로 부지고 있어서 "그거 들어줄게요" 하고 등 뒤의 호른을 가리켰다.

"고마워. 그런데 괜찮아. 내가 안 메고 있으면 토라져서 좋은 음을 내주지 않거든."

그러고서 마코 씨는 근처 편의점과 그 앞에 있는 큰 마트 장소를 알려주었다. '피피'는 역 앞에 있었다. 그 빌딩은 팔각형 창문이 둘러싸고 있는 근대적인 디자인이어서 이것이야말로 도쿄라는 모습이었다. 가게로 들어가자 점원이 "수고 많으십니다" 하고 정겹게 인사를 했다. "이 앤 우리 집에 새로 들어왔어. 다라오카 나오시라고 해." 마코 씨는 나오시의 어깨를 두드렸다.

"잘 부탁드립니다."

"조만간 여길 빌리게 될 것 같으니 잘 부탁해."

점원이 요금 시스템을 설명하고 점내를 안내한 후 마코 씨가 "거의 알겠지?" 하고 나오시에게 물어서 "네. 생각보다 엄청 좋았어요. 고향엔 이런 데가 없었거든요"라고 대답했다.

"다행이야, 그럼 가볼까?"

철석같이 마코 씨는 이곳에 남아 연습하고 갈 거라고 생각했는데 그녀는 "또 올게"라고 점원에게 인사하고는 가게를 뒤로했다. 이 이후에 어디로 가는지는 굳이 묻지 않았다. 모르는 장소를 걷는 게 신선해서 게임의 주인공이 된 느낌이었다. 마코 씨는 온 길을 되돌아갔다. 도중에 편의점에서 수박아이스크림을 사서 몸을 식혔다. 돈은 마코 씨가 내주었다. 계산을 할 때 살며시 호른 케이스를 만져 보니 꽤 뜨거워서 "이거 온도가 달라지면 음색이 변하지 않아요?"라고 나오시는 물었다.

"미묘하게 달라지지. 온도차는 어떤 악기에나 부담이 가. 아, 사람도 그렇지?"

지메이킨소를 지나서 300미터 정도 앞의 모퉁이를 돌았다. 그러자 시야가 확 넓어졌다. 계단을 올라가서 제방으로 나가자 폭이 넓고 얕은 강이 노을을 휘감고 소용히 흐르고 있었다.

"저기가 내가 좋아하는 곳이야."

마코 씨가 가리킨 것은 고가다리 밑이었다.

"날씨가 좋은 날에는 저기서 연습해. 공짜고 기분이 좋거든."

다리 위를 트럭이 연달아 지나갔다.

"난 저곳에서 잠시 연습하고 갈 테니까 나오시는 여기서 돌아가도 돼."

"마코 씨가 부는 호른, 들어도 돼요?"

"응? 상관은 없는데."

"엄청 듣고 싶어요."

"그런 말을 들으니 좀 부담스럽네."

고가다리 아래는 가까워 보였지만, 막상 걸어가자 의외

로 거리가 멀었다. 높이 뻗었을 터인 해바라기는 축 꺾여 있었다. 대조적으로 옆에 핀 백일홍은 복숭아색 꽃을 터뜨리다시피 피우고 있었다. 수풀을 가볍게 걷어차자 메뚜기 한 마리가 높이 뛰어올랐다.

고가다리 밑 그늘에 들어가자 마코 씨는 익숙한 손놀림으로 준비를 하기 시작했다. 마우스피스를 꺼내 워밍업으로 가볍게 불었다. 그 소리는 어딘지 모르게 희미했고 높은 음과 낮은 음을 왔다 갔다 했으며, 또한 세세하게 새기는 등 여러모로 변주하고 있었다.

마코 씨는 호른을 들고 벨이라고 부르는 끝부분에 오른손을 집어넣었다. 그 쥐는 방식은 장난인 줄 알았다. 하지만 그녀가 지극히 진지한 모습을 하고 있어서 이게 맞는 거구나 하고 생각을 고쳐먹었다.

나오시를 힐끗 보더니 마코 씨는 눈을 감고 숨을 들이쉬었다.

첫 번째 롱톤°이 울려 퍼졌다. 몸이 소리에 공명했고 떨렸다. 공기의 모양이 달라졌다.

심지가 있는 음이면서도 질감은 포근해서, 얻어맞은 충격과 동시에 어루만지는 듯한 자애로운 느낌이었다. 이 음이 가까운지 먼지조차 가늠할 수 없어서 공간이 일그러지

○ 한 가지 음을 길고 일정하게 내는 것.

얼터네이트

는 착각이 들었다. 더위도 느끼지 못하게 되어 지구에서 먼 혹성으로 날려간 듯했다.

고작 한 음으로 그런 상태에 빠졌던 나오시는 그 뒤로 계속된 연주에 의식이 단숨에 빨려들었다. 매끄럽게 진행되어가는 선율의 물결은 나오시를 붕 띄워 굴리고, 장난스럽게 감쌌다. 혼잡한 내면이 깨끗하게 정돈되어 가는 것을 느꼈다. 터무니없는 힘이라고 나오시는 생각했다.

발견한 것은 그것이 틀림없는 마코 씨의 음악이라는 사실이다. 호른의 음색을 처음 들어서 나른 사람의 것과 비교하지는 못했다. 그런데도 이 음에는 마코 씨가 가진 성격이 확실히 반영되어 있었다. 다정하고 정중하고 나약함을 긍정하는 음색이었다.

한 곡을 다 듣고 나오시는 무심코 박수를 쳤다. 틈을 메우려고 일단 치는 박수가 아니라 진심에서 우러나온 칭찬이었다.

"대단해요. 진짜 놀랐어요."

"그래? 기쁘네. 왠지 내가 처음 호른을 들었을 때 같은 얼굴을 하고 있어."

"호른은 모두를 같은 표정으로 만들어버려요? 감동하는 얼굴로 말이에요."

마코 씨가 연습을 다시 시작해서 나오시는 귀를 기울이면서 조금씩 멀어졌다. 연습곡은 나오시에게 들려준 것과 달랐다. 즉 조금 전의 연주는 나오시만을 위한 것이었다.

호른의 소리를 등지고 강가의 모래밭을 걸어갔다. 건너편에도 해바라기가 피어 있고 안쪽에는 높은 빌딩 무리가 있었다. 나오시는 기분 탓인지 득의양양했다. 흐릿한 희망이 깃발처럼 바람에 나부끼고 있었다.

적당한 돌을 주워 강으로 던졌다. 생각보다는 멀리 날아가지 않았고 수심이 얕아서 물보라도 그다지 일지 않았다. 그런데도 충분히 상쾌해서 나오시는 크게 기지개를 켜고 건너편을 바라보았다.

해바라기 밭이 눈에 들어오자 문득 무언가가 느껴져 돌아보았다. 높이 우뚝 선 굴뚝이 하얀 연기를 뱉어내고 있어서, 설마 하고 나오시는 다시 건너편 물가를 보았다.

푸른 다리를 달려서 건넜다. 가까워지면서 억측이 확신으로 바뀌어갔다.

황폐해진 해바라기 밭 틈에 컬러풀한 페트병 바람개비가 흩어져 있었다. 그곳은 유타카와 이야기를 나눈 그 하천이었다. 즉 앞에는 엔메이학원고등학교가 있다. 지메이킨소에서 제일 가까운 역은 엔메이학원고등학교의 역과는 선로가 달라서 전혀 알아차리지 못했다.

나오시는 그만 웃음을 터뜨렸다. 세 번이나 도쿄에 왔는데 하나같이 똑같은 강 부근에 오게 되다니.

바람개비는 새것이었다. 분명 여름방학 사이에 엔메이학

원초등학교 아이들이 만들었을 테다. 날개에 숨을 불었다. 힘차게 움직였으나 바로 속도가 줄어들고 멈추었다.

"너, 분위기를 못 맞추는구나."

혼잣말을 하고 주변을 둘러보았다. 사람은 거의 없었지만 양산을 쓴 교복 차림의 여자아이가 제방 위를 혼자 걷고 있었다. 그녀는 나오시의 존재를 알아차리지 못한 듯 아무도 없어서 좋다는 양 간혹 깡충깡충 뛰거나 빙그르 돌고 있었다. 하지만 턴한 순간에 나오시와 눈이 마주쳐서 창피한 듯 종종걸음으로 걷기 시작했나.

나오시는 서둘러 그녀를 쫓아가 "잠깐만" 하고 말을 걸었다.

"왜요?"

그녀는 걸어가면서 힐끗 돌아보고 말했다. 틀림없었다.

"저기, 할 말이 있어. 이상한 사람 아니야, 정말."

따라잡은 나오시는 어떻게든 가려는 그녀를 막으려고 말을 이어나갔다.

"부탁이야, 잠시만, 정말 잠시만. 알겠어. 내가 안 다가갈게. 떨어질게. 그럼 괜찮지?"

그녀는 속도를 떨어뜨리고 천천히 멈춰 섰다. 이쪽을 보는 눈이 명백하게 경계하고 있었다. 다급한 나오시는 입을 뻐끔거리는 수밖에 없었다. 그녀는 다시 한번 "왜요?"라고 냉랭하게 말했다.

"축구."

나오시는 가만히 있지 못하는 손을 주머니에 찔러 넣고 "축구 잘해?"라고 이어 말했다.

"그게 왜요?"

그녀의 목소리는 그때 화장실에서 들은 것과 같았다.

"파이프오르간은 다리를 엄청 쓰잖아. 그러니까 축구도 잘하지 않을까 해서."

그녀는 생각하듯이 고개를 숙인 후 퍼뜩 쳐들고 나오시를 가리켰다. "혹시 교회의?"

"지금 한 말로 알았군. 탐정이네."

"잘 못해요."

"탐정이나 마찬가지잖아. 지금 한 말로 알았으니."

"아니, 축구 말이에요."

"아, 그 얘기였어? 그럼 춤은? 잘 춰?"

"춰본 적 없으니 어떨지 모르겠네요."

"지금 엄청 열심히 추던 것 같던데? 춤 춰보는 게 어때? 아, 그런데 역시 안 하는 편이 낫겠네. 그것보다 오르간을 치는 편이 낫겠어."

나오시는 웃었고 그녀도 덩달아 웃었다. 황혼이 두 사람을 뒤덮었다. 멀리서 울려 퍼지는 호른의 소리는 마치 뱃고동 소리 같았다.

얼터네이트

제13장

약　속

스마트폰 지도로 온 주소는 빨갛게 빛났고 현재 위치는 파랗게 깜박이고 있었다. 한 걸음 디딜 때마다 파랑과 빨강의 거리가 가까워졌다. 망설임이 발걸음에 드러나서 속도가 갈수록 느려졌다.

연락처를 교환하자 매일같이 미우라에게서 문자가 왔다. 여동생의 잠꼬대 이야기라든가, 특이한 이름을 가진 인기 여배우의 본명이 실은 엄청 평범하다든가, 얼굴처럼 보이는 나뭇결의 사진이라든가. 이루루에게 이 정도로 빈번하게 연락하는 사람은 다이키 정도였다. 얼터네이트도 아닌데 번거롭지 않을까. 그리 생각하면서 이루루도 학급이나 가정실습실에서 일어난 근황을 말해주고 있었다.

_그_와 주고받는 대화는 한동안 이어졌지만, 어느 날 딱

멈췄다. 무슨 일이 있나 싶어서 걱정이 되었지만 자신이 신경 쓰고 있다는 걸 들키고 싶지 않아서 길에서 발견한 고양이 사진을 보내보았다. 답이 바로 도착했다.

우리 집에 점심 먹으러 와. 밥 해줄게.

생각해보면 미우라가 학교에 찾아왔을 때 가슴속에 아린 감각이 들었다. 그냥 놀라서 그랬다고 믿어 의심치 않았는데 요즘 들어 그 아린 느낌이 자주 든다. 그건 예전에 다이키에게 느꼈던 것과는 전혀 달랐다.

이것의 정체가 대체 뭔지 누군가가 가르쳐주기를 바랐다. 하지만 어떻게 설명해야 좋을지 알 수 없었고, 타인이 자신의 마음을 이상하게 단정 짓는 것도 싫었다. 게다가 상대는 '원포션'의 전년도 우승자다. 다음 단계로 진출하면 반드시 부딪치게 된다. 그런 상태와 평범하게 연락을 취하는 것도 뭔가 켕기는 것이 있어서 다이키에게도 말하지 못하고 있었다.

알겠어.

그런데도 거절할 수 없었다. 피하고 있다고 여겨지는 게 싫었다. 그렇게 생각하고야 만 시점에서 자신은 완전히 이

236   얼터네이트

상해져 있었다.

오르막을 올랐다. 등에 땀이 번져서 셔츠가 비치지 않는지 신경 쓰였다.

스마트폰이 울렸다. 화면에는 미우라 에이지라고 표시되어 있었다.

"여보세요."

"니미. 어딘지 알 것 같아?"

"응, 이제 조금만 더 가면 될 것 같아."

"다행이야. 이미 여동생이랑 현관에 나가서 기다리고 있거든."

그리 말하고 전화는 끊어졌다.

모퉁이를 돌자 여자아이와 즐겁게 이야기하고 있는 미우라가 있었다. 분명 여자아이는 동생이다. 날씬해서 중학생치고는 어른스러워 보였다.

눈이 마주치자마자 미우라는 손을 크게 흔들었다.

"괜찮았어?"

"응."

"이 앤 내 동생. 루카야. 중학교 3학년이고."

"처음 뵙겠습니다."

루카는 미우라와 코 형태가 똑같이 오뚝하고 날렵했다. 이루루도 "처음 보네요. 니미 이루루예요"라고 자기소개를 하자 그녀가 미소 짓고 말했다. "'원포션'에서 봤어요." 겸

연적음을 숨기고 "고마워요"라고 대답하고 나서야 오빠가 나와서 봤을 거라는 걸 알아차리고는 자신이 대답을 잘못한 것 같아 거북해졌다.

"어서 안으로 들어와."

그 말에 미우라의 등 뒤에 우뚝 서 있는 3층짜리 저택이 눈에 들어왔다. 저택의 전체 모습을 접한 이루루는 요새 같은 건물에 그저 멍해졌다.

현관으로 들어가자 앙증맞은 액자에 담긴 가족사진이 신발장 위에 빽빽하게 늘어서 있었다.

"에구치 프란체스카?"

너무 놀라서 그만 이상한 목소리가 나왔다. 그 반응을 본 루카가 "오빠, 말 안 했어?"라고 물었다.

"응. 공표 안 했으니 굳이 말할 필요가 없을 듯해서."

에구치 프란체스카는 유명한 요리연구가 겸 방송인으로, 일본인과 거리가 먼 외모를 가지고 있으면서도 고풍스러운 말투가 세간의 인기를 끌어 이루루가 어릴 적부터 미디어에 나오고 있었다. 본격적인 것에서부터 가정식까지, 다루는 요리 범위가 넓어서 다양한 프로그램에 귀중한 게스트로 대접받고 그 아름다운 용모와 자태 때문에 중년 여성용 패션잡지에서 모델을 하거나 기획한 상품이 편의점에 진열되는 등 다방면으로 활동하고 있다. 최근에는 이제 막 혼자 살기 시작한 시청자를 위한 요리 동영상이 올라와 화제가 되는 등, 40대 중반이면서도 시대의 흐름을 민감하게 파악하고 있었다.

이루루는 예전부터 그녀의 팬으로 프란체스카의 저서는 거의 다 읽었다. 화보 인터뷰에서 가정에 대해 언급했는데 분명 자녀가 둘 있다고 했다. 하지만 그게 설마 미우라일 줄은 생각지도 못했다. 그러고 보니 미우라와 루카의 공통된 오뚝한 코는 프란체스카와 아주 닮았다.

"꼭 말했어야지. 그렇구나, 그래서 미우라가 요리를 잘하는구나."

흥분한 기색으로 말하자 "그래서가 아니야"라고 미우라가 답했다. 그 얼굴에는 어두운 그림자가 비쳐 들어서 이루루는 바로 반성했다. 자신도 그런 말을 들으면 발끈할 것이다. 사과하고 싶었지만 미우라는 이루루를 기다리지 않고 안으로 들어갔기 때문에 타이밍을 놓치고 말았다.

거실 테이블에는 수많은 접시가 나란히 놓여 있었다. 셋이서 먹기에는 버거울 정도로 반찬의 가짓수가 많아서 마치 호텔 뷔페 같았다. 먹음직스러운 냄새에 반응해서 위가 꼬르륵 활동하기 시작했다.

"배고파?"

"응, 아침부터 아무것도 안 먹었어."

"다행이야. 그런데 무리하지는 마. 남으면 밤에 누군가가 먹을 테니까."

셀러리액 배샐러드, 방울양배추 컬리플라워그라탱, 꽁치날개콩 오일파스타, 양갈비 등, 홈 파티치고는 호화로운 메뉴라서 압도당했다. 음료는 세 종류가 유리 주전자에 담겨 있었다. 각각 아이스망고티, 오렌지주스, 자두소다였다.

"왠지 이렇게까지 대접받으면 송구스럽다고 해야 하나. 내가 만든 건 옥수수주먹밥이거든?"

루카에게 농담하듯 말하자 루카는 "그래도 오빠 엄청 맛있었나 봐요. 그래서 이렇게나 만들었겠죠?"라며 웃었고, 미우라는 겸연쩍은 듯 "너무 많이 안 만들려고 주의했는데" 하고 뒤통수를 긁적였다.

"이거, 괜찮으면 받아줘."

이루루가 종이봉투를 건네자 미우라는 들여다보고 "위크엔드시트론?"이라고 말했다.

"응, 만들어 왔어."

루카는 그걸 잘 모르는 모양인지 미우라가 "레몬케이크야. 프랑스 전통 과자"라고 설명해주었다. 그러자 그녀는 종이봉투에 얼굴을 처박고 한껏 숨을 들이쉬었다.

"완전 상큼해!"

"아직 더우니까 위크엔드시트론이라면 먹기 좋지 않을까 싶어서. 컵케이크처럼 하나하나 포장했으니까 남으면 다른 사람한테 줘도 돼."

셋이서 식사를 시작했다. 어떤 요리나 특별했고 미우라

얼터네이트

의 유머를 느낄 수 있었다. 보이는 대로의 맛이 아니라 조금 훈제 향이나 허브 향이 나는 등 예상을 뒤집는 것이 많았다. 플레이팅도 개성적이라, 자신에게는 없는 감각이 있었다.

"그래서 '원포션' 어땠어?"

"서류 심사 통과했어."

"정말? 다행이야!" 미우라는 천장을 올려다보았다.

"아직 서류 심사뿐이지만. 오디션이 더 큰일이야."

"그래도 대단한 거야. 경쟁률 장난 아니니까."

올해는 약 3천 팀이 응모했다고 한다. 서류에서 100팀으로 좁혀지고 오디션에서 선택받은 아홉 팀과 저번 우승 학교만이 본선에 출전할 수 있다.

에미쿠가 생각한 것에 개량을 거듭해서 서류를 제출했다. 무화과초밥은 콜드리소토로 변경해서 '미와 조화'라는 테마에 따라 식용화를 뿌리는 등 우아하게 플레이팅했다. 우루과이 요리를 담아낸다는 아이디어는 여러모로 검토해서 시도해보았으나 정보량이 너무 많아서 제대로 정리하지 못해 기각하게 되었다.

에미쿠의 요리 테크닉은 갈수록 늘어서 불안 요소였던 칼질도 다른 부원에 비교해 손색없을 정도까지 되었다. '원포션'에 임하는 자세도 진지해서 파트너로서도 나무랄 데가 없었다. 하지만 정직 중요한 팀워크는 여전히 애를 먹고 있었다.

요리 말고는 열중하는 게 없었던 이루루와 좋든 싫든 흥미에서 출발하는 에미쿠는 요리에 대한 사고방식이 근본적으로 달랐다. 요리 지식이 많은 이루루는 사전준비나 요리 테크닉 전부에 의미가 있어야 한다는 것을 알고 있었다. 하지만 에미쿠는 자주 그것들을 갑갑하게 느껴서, 정성스럽게 요리의 기본을 가르쳐도 납득하지 못할 때는 노골적으로 불만스러운 표정을 지었다. 이루루도 이루루대로 자신의 지식이 에미쿠의 자유로운 발상을 방해하고 있다는 건 알고 있었다. 그런데도 "이렇게 하면 괜찮지 않아요?"라고 제안하는 에미쿠에게 그만 "그래도 요리라는 건" 하고 부정해버리고 만다. 자신도 예전에는 그랬었기에 어떤 무모한 아이디어라도 한 번은 받아들여줘야 한다. 하지만 그녀와 대치하게 되면 아무래도 무조건 딱딱한 말투가 나온다. 그러는 자신에게 또 화가 나고 에미쿠도 이루루를 앞에 두면 위축하게 되었다.

이 상황을 타파하려면 얼터네이트를 하는 게 제일 빠른 길이다. 얼터네이트에서 이야기를 주고받을 수 있으면 거리를 더 손쉽게 좁힐 수 있을 것이다. 고작 SNS지 않은가. 얼른 시작해버리라고. 그렇게 자신을 타이르고 다운로드만이라도 해보았다. 하지만 아무리 애를 써도 터치할 수가 없었다. 얼터네이트를 향한 거부감은 이미 이루루의 큰 부분을 차지하고 있었다.

"오디션은 언제야?"

"다다음 주 일요일."

"테마랑 식재료는? 이미 정해졌어?"

"응. 식재료는 '노루궁뎅이버섯'이랑 '해산물'. 테마는 '은하'."

"뭐? 그거라면."

루카가 눈이 휘둥그레져서 미우라를 쳐다보았다.

"'원포션' 제작자는 정말 짓궂지?"

작년 결승과 같은 것으로 오디션을 하는 의도는 저번 요리를 바탕으로 어떻게 요리할지를 시험하겠다는 걸 테다. 대부분의 학교에 있어서는 첫 도전이지만 엔메이학원고등학교는 작년 결승에서 선보였다. 그게 행운인지 불운인지는 모른다. 경험한 만큼 이점이 있을까, 또는 너무 생각하다가 제 무덤을 파게 될까. 심사위원도 이루루를 일제히 주목할 게 틀림없다.

"그래서 어떤 요리를 할지 정했어?"

지금은, 하고 말하다가 이루루는 입을 닫았다.

"말 안 할래. 말해버리면 미우라한테 조언을 구할지도 모르니까."

"정말요? 오빠가 같이 생각해줄지도 모르는데."

"그럼 의미가 없잖아."

"니미 언닌 너무 성실해요! 프로예요!" 루카가 조잘대는 옆에서 미우라가 말했다. "그러겠네. 미안해." 이 아이는 사과를 제대로 하는 사람이다. 그리 생각하고 조금 전에 사과하지 못한 자신을 떠올리며 속상해했다.

"미우라는 어릴 적부터 요리를 했어?"

"응, 뭐 환경이 이러니까."

미우라는 부엌을 가리키고 말했다. "이런 장난감이 있으면 가지고 노는 수밖에 없잖아."

"오빠, 조금 전엔 집안 환경은 상관없다는 소릴 했잖아."

사과한다면 지금이라고 생각해서 이루루는 포크를 움직이던 손을 멈추었다. 하지만 대화는 앞으로 나아가버렸다.

"요리를 좋아하게 된 건 엄마 덕분이야. 틀림없어. 그래도 잘하게 된 건 내 노력이었지."

"말은 잘 하네." 루카가 놀리듯이 오빠의 어깨를 토닥였다.

"그러게."

이루루는 전통 일식집 딸이라고 해서 호화로운 식사를 해온 건 아니었다. '니이미'에서는 점심 영업도 하고 있어서 부모님은 하루 종일 가게를 꾸려나가기 바빴고, 두 사람은 직원용 식사로 끼니를 때웠다. 가게의 남은 음식이 담긴 밀폐 용기가 냉장고에 나란히 놓여 있어서, 이루루는 초등학교 시절부터 그걸 데워 반찬으로 혼자 먹는 생활을 해왔다. 휴일에도 아빠는 사전준비를 하거나 식재료를 구하러 나가는 등 집을 비우는 일이 기본이라서 그런 날은 엄마가 요리를 했다.

어째서 가게에서 먹지 않냐는 질문을 자주 받았다. "바로 옆에 있는 가게에 가면 맛있고 즐겁게 식사를 할 수 있는데."

아빠는 이루루가 가게에 오는 걸 그다지 흡족하게 여기지 않았다. 가족이 경영하는 허술하고 미온적인 가게로 보이는 걸 싫어했다.

어릴 적에는 혼자 하는 식사가 외로웠다. 하지만 집집 먹고 싶은 걸 고르는 즐거움에 눈떴다. 냉장고 안에 있는 것들로 그날의 기분 따라 마음대로 메뉴를 짤 수 있었다. 코스 요리처럼 조금씩 먹거나 큰 접시에 한꺼번에 담아버릴 수도 있었다. 같은 요리라도 플레이팅에 따라서 완전히 다른 게 된다는 사실을 이루루는 어릴 적에 알았다. 점차 플레이팅만으로는 불만족스러워져서 조미료를 더해 나름대로 변형하기 시작하자 그것만으로 식탁은 몰라볼 만큼 화려해졌다.

그리 이야기하면 "아버지 영향을 받았구나"라는 말을 흔히 듣는다. 하지만 요리에 흥미를 가진 것은 그것 때문만이 아니었다. 이루루는 아직 설 수도 없었을 시절부터 요리 프로그램을 좋아했다고 엄마가 말했고, 유치원에서 소꿉놀이를 지나치게 본격적으로 한다는 평가를 받을 때도 있었다. 태어날 때부터 그런 아이였다.

요리 지식은 독학으로 익혔다. 아빠는 물어봐도 절대로 가르쳐주지 않았다. 그래서 아빠의 책장에 있는 요리책을 몰래 읽거나 도서관에서 빌려서 공부했다. 중학생이 될 무렵에는 레퍼토리가 상당히 늘어났다. 그 무렵부터 엄마보다 자신이 더 요리를 잘한다고 생각했다.

요리 실력이 늘면 늘수록 아빠의 위대함을 알았다. 혼자서 요리를 해내는 데에 얼마나 많은 지식과 기술과 배려가 필요한지 알게 되었다. 그리고 아빠의 맛을 원해서 수많은 손님이 온다. 존경하는 마음은 요리 수가 늘수록 늘어갔지만, 그 무렵에는 냉장고에서 밀폐용기가 사라져 있었다. 설령 남은 거라고 해도 더는 아빠의 요리를 먹을 수 없게 되었다.

아빠는 "요리사가 되지 마"라고 틈이 날 때면 말했다. 이유를 물어도 답하려고 하지 않았다.

아빠와 요리 이야기가 하고 싶었다. 하지만 아무리 원해도 아빠는 이야기를 들으려고도 하지 않았다. 그런데도 요리에 대한 열정은 가라앉지 않아서 부모님과 의논하지 않고 요리 동아리에 입부했다.

이루루가 자신의 유소년 시절 이야기를 두 사람에게 하자 "와, 우리 오빠랑 거의 같아" 하고 루카가 양손으로 입 언저리를 틀어막았다.

"우리 집도 엄마가 요리연구가인데 바쁘니까 전혀 밥을 같이 안 먹어주거든요. 냉장고에 있는 걸 데워서 알아서 먹어야 하는 스타일이에요. 그것도 요리연구를 하다가 남은 거라든가 실패작밖에 없어요. 그래서 오빠가 먹고 싶은 걸 직접 요리하게 됐어요. 나는 그 덕을 보는 담당이고요."

"그래도 전혀 없었던 건 아니야. 엄마는 기념일만큼은 일을 쉬거든. 우리 생일이라든가 엄마아빠 결혼기념일이라든가. 이벤트도 좋아하니까 연말연시라든가 크리스마스라든가 칠석이라든가 핼러윈이라든가. 이러니저러니 해도 가족이랑 식탁에 둘러앉았어. 그 정도는 니미한테도 있지?"

"글쎄."

이루루는 비스듬히 올려다보고 어릴 적 기억을 더듬었다.

식탁에 놓인 아담한 크리스마스트리. 전구 장식물이 잔뜩 달린 케이블이 휘감겨 있고 선명한 색이 무작위로 깜박이고 있다. 하지만 그 테이블에는 아무도 앉아 있지 않다. 그저 어두운 방 한가운데 공중에 떠 있는 것처럼 보이는 트리가 반짝반짝 빛나는 광경. 그게 진짜로 있었던 일인지 아니면 꿈이나 다른 무언가에서 본 것인지는 또렷하지 않다.

"딱히 기억이 안 나."

"기억이 안 난다는 건 니미한테 있어서도 가족과 함께하는 식사는 대단한 일이 아니었던 거야."

미우라의 내치는 듯한 말투는 상당히 싸늘하면서도 위로하는 것 같기도 했다. 무엇보다 니미한테 있어서도, 라는 자신을 포함한 말이 이루루는 기뻤다.

"그럼 어머님도 미우라가 요리하는 거 안 좋아하셔?"

비슷한 처지라면 미우라도 분명 그럴 거라고 생각했다. 그렇다면 서로 더 공감해줄 수 있다. 하지만 미우라는 "아니, 요리하는 거 자체는 상당히 응원해주고 있어"라고 말했다.

"무엇보다 집안일 하나를 스스로 할 수 있게 되었으니 다행이다 싶으실 거야. 그런데 난 좀 더 다른 생각을 하고 있어."

"다른 생각?"

"난 엄마를 라이벌이라고 생각해."

미우라의 시선이 조금 날카로워졌다.

"그 사람을 존경하기도 하고 경멸하기도 해. 엄마로서는 아주 좋아하지만 지금의 요리인으로서의 모습은 물러터졌어. 주어진 것에만 충실할 뿐이고, 더구나 독창성을 부여하지도 않아. 사고가 멈춘 것 같아. 난 좀 더 나만 할 수 있는 요리를 하고 싶어. 그래서 얼른 제 몫을 하는 요리사가 될 거야."

이루루는 작년의 패배가 압도적이었다는 것을 새삼 뼈

저리게 깨달았다. 이번에 만약 결승에서 만나게 되더라도 지금 이대로는 이 아이에게 절대로 이길 수 없다.

"나도 소꿉놀이를 너무 진지하게 한다는 소리 들었어. 나 같은 경우에는 칭찬을 받았다기보다 남자애인 주제에 라면서 괴롭힘을 당했지만."

미우라에게 깃들어 있던 날카로움이 사라지고 원래의 온화한 태도로 돌아왔다.

"그런데도 관두지 않았구나."

이루루는 딱히 아무 생각도 없이 그리 말했다.

"그만두긴. 좋아하는 거잖아. 그래서 관두면 내가 좋아하는 마음을 남한테 도둑맞는 거잖아. 내 취향은 내가 지킬 거고 누구도 빼앗을 수 없어."

그는 보이지 않을 만큼 먼 곳에 있었다.

식사를 마치고 셋은 위크엔드시트론을 먹었다. 갓 만든 것을 맛보았을 때보다 식감이 좋아졌고 풍미도 잘 스며들어 있었다. 배 터지게 먹은 후에도 레몬 향 덕분에 잘 들어갔다.

"이거 엄청 맛있어요! 언니, 다음에 이거 가르쳐줘요. 남자친구한테 만들어주고 싶어요."

"응. 레시피만이라도 미우라한테 보내둘게."

"흠. 그런데 그렇게 되면 오빠랑 만들게 될걸요?"

"문제 있어?"

"언니랑 만들고 싶어요!"

정리를 돕고 나서는 거실에서 텔레비전 게임을 하거나 미우라의 방을 들여다보기도 했다. 미우라의 방은 무척이나 잘 정리되어 있었고 물건이 적었다. 책장에 요리책이 있었지만, 이루루의 책이 훨씬 더 많았다. 분명 프란체스카의 작업실에서 빌리거나 하지 않을까. 어쨌거나 심플해서, 너저분한 자신의 방과는 비교가 되지 않았다. 절대로 우리 집에는 들이지 말아야겠다고 생각한 후, 다이키 말고 다른 남자의 방에 온 건 처음이라는 걸 그제야 깨닫고 조마조마해졌다.

태양이 기울어져서 슬슬 돌아갈까 하니 루카가 더 있어 달라고 이루루의 팔을 붙들었다.

"바빠서 안 돼. 오디션도 다다음주니까."

미우라가 그 팔을 풀어주었다.

"역까지 바래다줄게."

바깥은 낮의 더위와 지금부터 찾아올 밤의 시원함 사이에 껴 있어서 기분이 좋았다. 루카에게 손을 흔들면서 모퉁이를 돌자 내리막 건너편에 길거리가 펼쳐졌고, 태양이 머나먼 산 가장자리에 걸려 있었다. 참 예쁘네, 라고 이루루가 읊조리자 저기 있잖아, 하고 뒤에 있던 미우라가 말했다. 돌아보니 그는 똑바로 앞을 향해 서 있었다.

"내 요리, 어땠어?"

미우라의 얼굴은 무척이나 진지했다. 석양이 그의 머리카락을 비추어서 목젖의 형태가 또렷하게 떠올랐다.

"정말 맛있었어."

"그거 말고는?"

"재미있었어. 요리가 웃으면서 춤추는 느낌이야."

"그래?"

미우라는 고개를 숙이고 살짝 끄덕였다.

"나는 못 만들어. 그보다 나라면 그렇게 안 되겠지. 더 수수해지고 조촐하게 마무리될 거야. 역시 대단히네. 칭찬하는 게 바보 같이 느껴질 정도로 대단해."

진심이었지만 오히려 거짓말처럼 느껴질지도 모른다.

"그런데 나는 니미의 주먹밥을 못 이길 것 같아."

태양에 붉게 물든 미우라는 마치 불타고 있는 것 같았다.

"니미."

미우라에게 이름을 불리자 역시 가슴속이 아렸다.

"작년 '원포션' 때부터 네가 참을 수 없을 만큼 신경 쓰였어. 그게 왜인지 몰랐지만 우연히 전국체전에서 만나 주먹밥을 먹고서, 맛이 그렇게 소박한데도 나는 앞으로 너 같은 요리는 만들지 못할 것 같다는 느낌이 들었어. 그래도 그게 기뻤어. 내 요리가 아닌 걸 먹고 그렇게 생각한 건 처음이었거든. 그런데."

미우라가 불타고 있었다. 불타고 있는데, 재가 되지 않고 쭉 그곳에 있었다.

"네가 요리를 하지 않았더라도, 난 분명 널 좋아하게 됐을 거야."

여름에 남겨진 저녁매미가 거리로 날아갔다.

"위크엔드시트론."

미우라의 목소리가 따스했다.

"니미도 같은 기분이지?"

"알고 있었구나?"

위크엔드시트론. 주말에 소중한 사람과 먹기 위한 레몬 케이크.

"사귀어줄래?"

사랑 따위 하고 싶지 않다. 어느 누구도 좋아하고 싶지 않다. 내가 내가 아니게 되는 게 너무 두렵다. 그런데 또 다른 자신은 마음대로 움직이기 시작해서 미우라에게 다가가려고 한다. 멈추려고 해도 잘 되지 않고, 그러지 말아 달라고 부탁해도 점점 앞으로 가버린다.

위크엔드시트론을 만들려고 했을 때부터 이미 반드시, 분명히 그랬을 거라고 생각한다. 보지 않은 척했을 뿐 내 진심은 이미 그곳에 있었다.

"미안."

이루루는 고개를 숙였다.

"어?"

"부모님이 프란체스카 씨니까 요리를 잘한다는 소릴 해버려서."

"아니, 그건 지금……."

"꼭 사과하고 싶었어."

이루루는 그 자세 그대로 "응. 앞으로 잘 지내자"라고 말했다. 부끄러워 고개를 들 수 없어서 땅에 비치는 미우라의 그림자를 보았다. 크게 뻗은 그림자가 두 주먹을 불끈 쥐고 있어서, 왠지 거인이 볼링에서 스트라이크를 쳤을 때 같다고 이루루는 남몰래 웃었다.

테이블에 나란히 놓인 반찬을 보고 "또 콩나물이야?"라고 남자가 말했다. 엄마가 "쌌으니까"라고 하며 억지웃음을 짓는다.

　"이게 뭐야. 나 괴롭히는 거야?"

　"그런 거 아냐."

　또 웃는다.

　"콩나물도 상관없지만, 맛을 좀 바꾸든가 아이디어를 내봐. 그렇지?"

　남자는 나즈에게 노란 이를 드러냈다.

　"내일은 내가 만들까요?"

　나즈도 엄마와 비슷한 억지웃음을 짓는다.

　"됐어, 됐어. 나즈한테 이런 일을 시킬 수 없지."

나즈는 입에 콩나물볶음을 욱여넣고 밥을 씹었다. 제대로 간장으로 간이 되어 있는데 콩나물은 맛이 나지 않았고, 밥도 고무를 씹는 것 같았다.

"맥주 마실래?"

"응."

"어때 고등학교는?" 엄마가 냉장고로 가자 남자가 얼굴을 가깝게 붙여서 나즈는 몸을 슬쩍 피했다.

"재미있어?"

"네. 나름대로."

"축제 같은 거 해?"

"11월에요."

"그렇구나. 그래. 난 축제에 안 가봤거든. 어차피 안 들키겠다 싶어서 친구들이랑 오토바이를 타고 나갔지. 그건 그것대로 좋은 추억이지만, 나즈는 즐기는 편이 엄연히 나을 거야. 고등학교 생활 말이야."

"네."

불결하고 천박한 이 남자를 아무리 노력해도 좋아할 수 없다. 자신이 느끼는 혐오감을 말로 퍼부으면 그만큼 후련해지겠지. 하지만 하지 않는다. 말로 해서는 안 되는 것이 이 세상에는 많다.

"자, 여기 있어."

맥주를 가지고 온 엄마가 남자의 잔에 따랐다. 그 얼굴에는 기미가 나 있었고 주름도 예전보다 늘어 있었다. 서른다섯이라는 나이는 고등학생의 어머니로서는 상당히 젊을 텐데, 반 친구 엄마들보다 훨씬 늙어 보인다. 그 고생이 자신 탓이라는 걸 알고 있어도 다정하게 대하고 싶다는 생각이 들지 않았다.

서둘러 밥을 다 먹고 "중간고사 공부해야 해서 방에 갈게"라며 접시를 싱크대에 가지고 갔다. "열심히 해. 대학교는 장학생으로 들어갈 수 있도록 해야지" 하고 남자가 엄지를 세웠다. 남자는 이 포즈를 자주 취한다.

자기 방문을 닫고 심호흡했다. 이제야 입안에 남은 맛이 느껴졌다.

자신이 장학생이 되지 못했다는 걸 알고 있어도, 그래도 어째서 엄마는 저런 남자를 선택했을까 싶었다. 빌리게 된 학비는 스스로 갚을 생각이다. 그런데 엄마는 지푸라기라도 잡으려고 저 남자와 같이 살기로 했다. 의논하지 않았다. 딸을 위해서라고 해도 그렇게까지 할 수 있다는 사실이 오싹했다.

책상 위에 있는 스마트폰을 보니 시오리에게서 착신 이력이 와 있었다. 앉아서 다시 걸자 느닷없이 "나즈, 2반의 야마기리 에미쿠가 '원포션'에 나가게 된 거 들었어?" 하고 시오리의 쾌활한 목소리가 귀에 닿았다.

"그게 무슨 소리야?"

"어라? '원포션' 몰라?"

바람에 창문이 소리를 냈다. 태풍이 다가오고 있는지 오늘 밤에는 되도록 외출하지 않도록 하라고 학교가 주의를 줬다.

"인터넷에서 고등학생이 요리 대결을 하는 거야. 우리 고등학교는 작년이랑 재작년에도 나갔어."

"우리 학교 대단하네."

"인기가 꽤 많아. 요리를 전혀 모르는데 어째서인지 보게 된다니까. 아마추어의 눈으로 봐도 엄청난 요리가 나와. 같은 고등학생인데 그게 가능하다는 게 대단하지 않아? 감동하게 된다니까. 그런데 심사위원이 엄청 까다로워. 특히 시즌2부터 있는 마스미자와라는 사람이 엄청 깐깐해. 열이 받는데도 평가가 정확하니까 납득하게 되지 뭐야. 비난당하면 정말 보기 힘들어. 하지만 칭찬받으면 엄청 기분이 좋아지지. 그래서 고등학생들이 힘내라고 응원하고 그래. 자기도 고등학생이면서."

시오리의 열기가 유난스러워서 듣고 있다 보니 조금 피곤해졌다.

"완전 스포츠나 마찬가지야. 손에 땀을 쥐게 해. 야마기리 에미쿠 말이야, 그런 느낌인데 요리를 잘한다니 갭이 너무 심하지 않아?"

야마기리 에미쿠는 옆 반이지만 이야기를 나눈 적은 한

번도 없다. 하지만 그녀에 대해서는 알고 있다. 1학년 때 머리색이 제일 밝았고, 선생님께 들키지 않을 정도로 화장을 하고 있었다. 화려해서 눈에 잘 들어왔다.

시오리와는 잘 맞을 것 같다. 들은 적은 없지만, 어쩌면 이미 친구이고 이 이야기도 에미쿠한테 직접 들었을지 모른다. 그렇게 생각했는데 시오리가 이어서 말했다. "얼터네이트에서 셰어된 걸 봤어. 3학년인 니미 이루루 선배랑 같이 하나 봐. 작년에도 나왔던 사람 말이야."

"'원포션' 한번 볼까."

"기분 전환에 좋아. 아, 우리 반에 야마기리 에미쿠가 있었더라면 축제 레퍼토리로 정할 수 있었을 텐데."

"왜?"

"그야 '원포션'에 나오는 사람의 포장마차라는 것만으로 분명 사람들이 올걸? 이기는 게임이잖아."

"포장마차일지 아닐지 모르잖아."

"포장마차를 안 하는 게 멍청하잖아."

다른 반이 연달아 축제 레퍼토리를 정하는 와중에 두 사람의 반은 질질 끌면서 전혀 정하지 못했다. 같은 학년의 다른 반과는 레퍼토리가 겹쳐서는 안 돼서 빨리 정하는 쪽이 임자라 늦으면 늦을수록 불리해진다.

책장에 꽂아놓은 노트를 빼내어 샤프를 손에 쥐고 종이 중심에 툭 하고 올려놓았다. 적당하게 머릿속에 스쳐간 걸 그려보았다. 문득 떠오른 것은 새였다. 학이나 독수리가 아니라 참새나 찌르레기 같은 작은 새였다.

"그런데 나즈, 최근에는 얼터네이트 안 해?"

시오리의 목소리는 무심함을 가장하고 있었지만 무척이나 신중했다.

"응."

나즈 자신도 걱정 끼치지 않도록, 하지만 침울한 것은 어렴풋이 느끼게 할 정도의 뉘앙스로 대답했다.

"그렇구나, 다음 단계로 갈 기분이 아직 안 드나 보구나."

시오리에게는 가쓰라다에 대한 이야기를 어느 정도 했다.

"그쪽은? 잘되고 있어?"

이 말을 듣고 싶어서 그녀는 이 이야기를 꺼냈을지도 모른다.

"응, 그렇지 뭐."

"무슨 일 있어?"

"조금 신선함이 떨어지는 것 같아."

작은 새 그림이 잘 진척되지 않아 몇 번이나 위에 선을 덧그렸다.

"갈수록 비슷한 이야기만 하고 할 일도 없고 말이지."

"비슷하면 안 돼?"

"응?"

"비슷한 이야기를 하거나 같은 일을 하는 건 안 돼?"

"안 되는 건 아니지만."

"신선함이 필요하다는 건 뒤집어 생각하면 안정돼 있다는 뜻이잖아. 그런데 그걸 질렸다고 생각하고 말이지."

"질렸다거나 그런 건……."

"안정됐으니 변화가 필요하다는 건 모순되어 있잖아. '쭉 함께 있자'고 말해놓고서는."

"어, 그거, 나한테 하는 소리야?"

엄마가 버리지 않고 보관한 반지의 뒷면에는 이삐로부터 받은 프러포즈 메시지가 새겨져 있었다.

"대상에게 변화하기를 원하고, 안정감을 타파하려는 요구가 점점 강해지고, 상대는 기대에 부응하기 힘들어지고, 그러다 충돌해서 참을 수 없어져서 끝나지."

아빠에 대한 기억은 없는데 어째서인지 엄마를 실컷 매도하는 사람의 목소리가 귀에 남아 있었다. 그건 정말 있었던 일일까?

"대상이라니, 나즈, 무슨 일 있어?"

새 밑에 바다를 그렸다. 파도는 격렬하고 거칠게 표현했다.

"그럼 처음부터 안정감을 원하지 않고 변화만 하는 곳으로 가면 되잖아. 차라리 그 편이 후련해. 안정감은 안정감대로 필요하다면서 자극이 조금은 필요하다는 건 너무 뻔뻔하잖아. 그 자극에도 곧 질릴 거면서."

나는 그렇지 않다. 기껏 손에 넣은 안정감을 놓거나 하지 않는다. 애초에 그렇게 제멋대로인 자신을 선택하지 않을 것이다.

점점 심하게 일렁이는 파도를 더 그려 넣었다.

"나즈? 무슨 일 있는 거 아냐?"

"아무것도 아냐. 이상한 소리를 해서 미안."

시오리는 화제를 바꾸려는 양 "그래서 어떻게 할 거야?" 하고 나즈의 기분을 염탐하듯 말했다.

"얼터네이트에 열광하던 나즈가 안 하려 들다니, 어지간한 일이 아니고서야. 오히려 그 사람을 만나보고 싶을 정도야."

나즈는 파도를 다 그리고 종이에서 샤프를 떼어냈다.

"그래. 만나게 해줘. 내가 대신 복수해줄게."

"무슨 소리야."

"연애도 안 하고 고등학교 생활 어쩌려고 그래. 1학년 여름은 끝났다고. 우리의 여름은 이제 두 번밖에 없어! 어쨌거나 다음으로 나아가야지, 다음으로. 상성 랭킹도 바뀌었을지 모르잖아."

얼터네이트에 대해 생각하는 동안, 하늘에 천둥을 추가해서 그려 넣고 있었다.

"시오리, 나 슬슬 씻어야 해."

"그래 알겠어. 더블데이트 얼른 하고 싶으니까 진지하게 생각해봐."

전화를 끊고 '진 매치' 순위를 보았다. 1위에는 여전히 가쓰라다 무우의 이름이 있었다. 벌써 한 달 이상이나 이런 상태니까 놀랄 것도 없다. 그런데 그 이상의 숫자가 나타나지 않는 이유는 뭘까. 유전자만으로 그렇게까지 보증할 수 있을까.

자신의 내면이나 외면은 어떻게든 하면 바꿀 수 있다. 하지만 이어받은 유전자는 죽을 때까시 어떻게도 할 수가 없다.

그 후로도 가쓰라다로부터 연락이 오고 있었다.

재미없는 사람이라서 미안해(웃음)

오늘 뽑기에서 레어템이 나왔어!

좋아하는 항공사 있어?

최근에 맛있는 볶음밥집을 발견했는데 이번에 갈래?

답을 하지 않아도 그는 신경 쓰지 않는지 연달아 그런 메시지를 보냈다.

오늘은 더 이상 공부할 마음이 들지 않는다. 이번 주부터 시험이 시작되는데 기력이 나지 않는다. 목에 걸린 작은 뼈처럼 어느 날부터 무언가가 내내 걸려 있다.

얼터네이트 타임라인을 보았다. 친구 중 한 명이 "엔메이학원고등학교, 오디션을 통과해서 이번에도 '원포션' 진출 결정!"이라는 인터넷 기사 링크를 붙여 놓았다.

출전자 본인의 계정도 아닌데 여러 사람들이 그녀들에게 댓글을 달고 있었다. 응원에 뒤섞여 니미 이루루를 불안하게 여기는 사람이나 그녀에 대한 비판적인 댓글이 있었다. 오디션은 오늘이었나 보다.

'원포션'을 인터넷에서 검색했다. 기간 한정으로 무료로 볼 수 있어서 시즌1부터 시청하기로 했다.

텔레비전에서 자주 보이는 아나운서가 사회자였다. 그는 과장된 몸짓으로 프랑스어를 뽐내더니 이어서 열 개의 팀을 소개했다. 그중에 엔메이학원고등학교 학생도 있었다.

—만나게 해줘. 내가 대신 복수해줄게.

한 번 더 만나는 건 괜찮을지도 모른다. 복수하는 게 아니라 확인하기 위해서 가쓰라다와 이야기해야 한다고 나즈는 생각했다.

얼터네이트에 배신당한 듯한 감각과 온전하게 믿지 못하는 자신을 원망하는 듯한 감각이 둘 다 동시에 존재하고 있는 게 답답했다. 그렇다면 확실히 결론을 내야 한다. 자신의 판단과 얼터네이트의 판단, 어느 쪽이 타당한가.

나즈는 파도를 검고 빽빽하게 칠하고서 완성된 그림을 사진으로 찍어 평소의 장소에 업로드했다.

야호! 난 언제든지 괜찮아! 볶음밥 먹을래?

그의 답장은 빨랐다.

가쓰라다와는 시험 마지막 날 방과 후에 엔메이학원고등학교 근처에서 만나기로 했다. 시험 완료 직후로 정한 건 되도록 빨리 끝내고 싶어서였고 학교 근처까지 오게 한 것도 이동시간을 아끼기 위해서였나. 시오리에게 이 사실을 말하자, 긍정적으로 변한 것을 기뻐하면서도 나즈를 걱정하며 몇 번이나 확인했다. "정말 나 안 가도 돼?"

"절대로 오지 마. 조금이라도 훔쳐보면 두 번 다시 말 안 섞을 거야."

만나기로 정하고 나서도 나즈의 마음은 불안했고, 그런 상태로 본 중간고사는 결과가 비참했다. 예전에 성적이 좋았던 생물마저도 답을 제대로 쓰지 못했으니 사사가와 선생님은 분명 실망했을 테다.

교내에 충만한 해방감을 밀어 헤치고 교문을 지나갔다. 돌아보자 나즈를 배웅한 시오리가 엄지를 세워 내밀고 있었다. 그 남자 같아서 맥이 탁 풀렸다. 됐다며 손바닥을 젓고 빨리 걸으며 가쓰라다에게 전화를 걸었다.

"어디야?"

"역 근처 찻집이야."

게임을 하던 가쓰라다의 모습이 눈에 선했다.

"GPS로 위치 알려줄 테니 거기까지 와줘."

길거리 앞에 있는 제방으로 가자 한낮의 태양을 뒤집어써도 시원할 정도로 바람이 불고 있었다. 넓게 우거져 있던 참억새는 똑같은 모양으로 비스듬히 뻗어 있고, 연한 금빛 이삭이 물결치듯이 살랑이고 있었다. 공기는 건조했지만 어젯밤에 내린 비로 지면은 습하고 부드러웠다.

하천 제방 중턱에 덩그러니 벤치가 놓여 있었다. 묘한 장소지만 나즈는 우선 그곳에 앉았다. 스마트폰 지도를 켜서 현재 위치를 캡처해서 보냈다.

아지로 강 건너편에서는 굴뚝에서 흰 연기가 피어올랐고, 이윽고 구름에 섞여서 녹았다. 지도에 따르면 쓰레기처리장인 모양이다. 저 아래에서는 고온의 화로가 생활의 잔해를 불태우고 있다. 어디선가 금관악기 소리가 들렸다. 음악 수업에서 들은 적 있는 곡이다. 브람스. 호른 3중주 내림마장조다. 나즈는 눈을 감고 음에 귀를 기울였다.

"반."

그 목소리에 꿈에서 깬 듯한 기분이 들었다. 가쓰라다는 정말로 서둘러서 왔는지 이마에 가볍게 땀을 흘리고 있었다.

"앉아."

연한 그레이 반팔 셔츠에 크로스백 차림으로 나타난 그는 "응" 하고 작게 말한 다음 나즈의 곁에 앉았다. 벤치는 생각보다 좁아서 거리가 가까웠다.

"시험은 어땠어?"

가쓰라다는 안경을 벗고 어깻죽지로 이마를 닦으며 말했다. 나즈는 아무 대답도 하지 않았다. 그러자 "난 저번 주에 시험을 쳤는데 완전 망쳤어. 고등학교에서는 시험이 갑자기 어려워지네"라고 자신의 이야기를 하기 시작했다.

그때는 태연하게 입을 다물고 있던 가쓰라다기 지금은 종잡을 수 없는 이야기부터 시작하는 건 무슨 속셈일까. 나즈는 어울려줄 마음이 들지 않아 "저기" 하고 단호하게 말하고서 가쓰라다를 마주했다.

"그 이후부터 쭉 마음이 답답했어. 그건 가쓰라다 탓이 아니야. 내 탓이야. 그런데 그게 어째서인지 잘 모르겠어. 그래서 내 변덕이기는 하지만 오늘 한 번 더 만나서 그 이유를 알고 싶었어."

"그랬어? 그렇겠네."

가쓰라다는 일어나더니, 텔레비전 기자회견에서 사죄하는 사람들이나 할 것 같은 자세로 "미안해" 하고 고개를 숙였다.

"사과하지 마. 조금 전에도 말했듯이 내 탓이니까."

"그래도 꺼림칙한 기분이 들게 한 건 사실이니까."

"꺼림칙한 기분이 든 건……."

나즈는 거기까지 말하다가 입을 다물었다. 자신의 심경을 어떻게 말로 표현해야 할지 알 수 없었다. 가쓰라다는 고쳐 앉더니 무릎을 딱 모으고 그 위에 손을 얹었다. 진지한 표정을 지어서 왜 그러는지 생각하는 사이 "난 반이 좋아"라고 불쑥 말을 꺼냈다. 상상하지도 못한 말에 나즈의 머리는 순식간에 새하얘졌다.

"난 지금까지 아무한테도 플로우를 받은 적이 없었어. 그래서 반한테서 플로우를 받고 엄청 기뻤어. 아, 아니, 그뿐만이 아니야. 반의 SNS, 볼 수 있는 것들은 다 봤어. 어떤 걸 좋아하고 평소에 어떻게 보내고 있고 어떤 사진을 찍는지도. 여러 가지를 알아가는 동안에 반이 좋아졌어. 반이랑 아직 만나기 전부터."

이따금 입술을 앙다물면서 그는 이야기를 이어나갔다.

"불쾌한 건 알아. 스스로도 이상하다는 것도 알고 있고. 그런데 이런 기적 같은 일이 있을 수 있구나 싶었어. 내가 좋아하게 된 사람과 상성이 92.3퍼센트라니, 엄청나구나 하고."

"그렇게는 안 보였어."

나즈는 멍해질 것 같은 기분을 참으며 조용히 말했다.

"그렇겠지. 난 글렀어."

가쓰라다는 자신의 머리카락을 쥐었다.

"너무 긴장해서. 그래서 오히려 평소대로 있자고 생각했어. 이상하게 폼 같은 거 잡지 말자고. 어차피 폼 잡는 법을 모르기도 하지만, 어쨌거나 아무것도 꾸미지 말고 만나자고 생각했어. 솔직히."

솔직히, 라는 말이 허공에 붕 떠올랐다.

"그런데 그렇게 될 줄 몰랐어. 상대가 날 좋아해주지 않더라도 꺼림칙한 기분이 들게는 하고 싶지 않았어. 난 그저 바이랑 더 이야기를 하고 싶었어. 얼터네이트의 상성이라는 것도 나한테 있어서 실은 아무래도 상관없는 거였어. 상성이 나빠도 난 분명 반을 좋아하게 됐을 거야."

"아무래도 상관없지 않아."

나즈는 딱 잘라 말했다.

"가쓰라다의 생각은 알겠어. 그런데 난 얼터네이트가 92.3퍼센트라고 표시했기 때문에 플로우했을 뿐이야. 내 직감 같은 거야말로 나한테 있어 아무래도 상관없는 일이야."

가쓰라다는 눈을 뚫어져라 본 채 움직이지 않고 있었다.

"내 SNS를 보고 좋아하게 됐다고 했지? 그런데 그건 어디까지나 감상적인 거야. 가쓰라다가 날 좋아하게 된 건 역시 처음으로 플로우를 받아서였고, 선입견을 가지고 있어서 내 SNS를 좋다고 생각했을 뿐이야. 엄청 애매한 거지."

"그렇지는……."

가쓰라다는 거기서 말을 삼키고 주머니에서 스마트폰을 꺼냈다. 나즈를 본 그는 스마트폰을 쥔 채 무언가를 말하려고 했다. 하지만 "역시 아무것도 아니야" 하고 주머니에 다시 넣었다.

"왜 그래?"

"정말 아무것도 아니야."

"할 말이 있으면 해. 솔직해지려고 한다면서."

"아니, 그래도."

"괜찮다니까."

나즈가 목소리 크기를 높이자 가쓰라다는 "알겠어" 하고 흠칫거리면서 스마트폰을 만지작거리다가 천천히 화면을 보여주었다.

"이거, 반 거지?"

핏기가 가셨다.

"엔게쿠타루숨."

나 말고 다른 사람이 이 말을 하니 강렬한 위화감이 들었다.

"얼터네이트 링크에서 반의 여러 SNS를 봤어. 그런데 그 외에도 하고 있지 않을까 해서."

얼터네이트는 다양한 SNS를 연동시킬 수 있게 되어 있고 그 개인정보가 축적되어 인터섹션 검색 정밀도가 높아진다. 익명의 SNS라도 가능하며, 또한 비공개로 돌릴 수 있다. 즉 아무에게도 알려져 있지 않은 SNS 정보라도 얼터네이트와 연동할 수 있다.

나즈는 얼터네이트에 모든 것을 알리고 있었다. 자신의 정보를 많이 더해 얼터네이트를 성장시켜나갔다. 얼터네이트가 성숙해지면 질수록 매칭은 정확해지고 최고의 상성을 가진 상대를 제시해준다. 설령 그 정보가 아무리 최악에 추한 것이라고 해도 말이다.

"읽었어?"

떨리는 입술을 움직여 묻자 그는 "응" 하고 답했다.

"왜?"

아무에게도 알리고 싶지 않은 마음을 말하는 장소가 필요했다. 고등학생만 이용할 수 있는 얼터네이트니까, 고등학생이 가장 이용하지 않을 구식 블로그 플랫폼을 찾다가 거의 폐허와 같은 사이트를 발견했다. 이용자는 대개 인터넷 초창기의 생존자로, 자신의 말을 뱉어내기 위해 활용하고 있었다. 그래서 서로를 살피는 일도 없었고 특별히 좋아서 들여다보러 오는 사람도 거의 없었다. 나즈는 그 쓰레기장 같은 사이트에서 '엔게쿠타루솜'이라는 타이틀의 블로그를 만들고 매일 일어난 일을 익명으로 상세히 썼다.

"반만큼 얼터네이트에 빠져 있는 사람이 나와 만난 일을 쓰지 않았다는 게 이상하다고 생각해서…… 그래서 찾았어. 밑져야 본전으로 해봤는데, 설마 공개하고 있었다니.”

나즈가 블로그를 개설한 사이트는 너무 오래되어서 비공개로 설정할 수 없었다. 하지만 이유는 그뿐만이 아니었다. 비공개로 하고 싶었다면 처음부터 그런 사이트를 골랐으면 됐다.

바다에 내던진 병 속의 편지처럼 누군가에게 읽힐 가능성을 남겨두고 싶었다. 읽은 사람은 자신을 저질이라고 생각할 테다. 악의로 가득 찬 글에 화를 낼지도 모른다. 그렇다고 해도 그러지 않을 수 없었다. 그 누구의 눈에 영원히 닿지 않을 문장을 계속 쓰는 건 너무나도 허무했다.

하지만 그 상대는 그일 리가 없었다.

“반이 나한테 느낀 불쾌감이나 생각이나 혐오감, 분노가 그곳에 있었어. 얼터네이트를 얼마나 믿고 있었고 그 이유가 가족에게 있다는 것도.”

“다 아는 양 말하지 마.”

반사적으로 나즈는 거친 소리를 냈다. 하지만 그 말은 한없이 무력해서 참지 못하고 양손으로 얼굴을 덮었다.

가쓰라다는 알고 있다. 자신의 모든 것을.

엔게쿠타루솜은 나즈가 만들어낸 말이었다. 전 세계에 어디에도 없는 어감. 나즈는 엔게쿠타루솜에 이산화탄소라는 의미를 부여했다. 자신의 내면에서 생성되어 계워 나오는 화합물.

"그래도 난."

"입 다물어."

그는 자신의 이름이라든가 날짜라든가 '란도'라든가 '큐피드'라든가 하는 그런 말로 분명 검색했을 테다. 하지만 실명이나 고유명사는 이니셜로 치환했고, 그 정도로는 검색이 되지 않도록 하고 있었다. 자신이라고 특정할 수 없도록 내용에 세심한 주의를 기울이고 있었다.

그래서 그가 어떻게 찾아냈는지 알 수 없다. 집요하게 계속 검색한 걸까. 그리고 도달한 나즈의 문장을 읽고, 익의로 가득 찬 글을 보고, 그는 대체 어떻게 느꼈을까. 상처 입지 않았을 리가 없다. 비열한 말로 자신이 매도당하고 있었다. 그런데 어째서 그는 이렇게 사과할 수 있을까.

"못 다물어. 그런데 난."

"싫어."

"들어줘."

가쓰라다가 나즈의 어깨에 손을 얹었지만 나즈는 그것을 뿌리쳤다. 하지만 가쓰라다는 다시 한번 손을 얹었다.

"난 반을 나쁜 사람이라고 생각 안 해."

그걸 읽고도 다정하게 대하려고 하는 가쓰라다는 진심을 다해 거짓말을 하고 있다. 전혀 솔직하지가 않다.

"물론 아무한테도 말 안 해. 나만 아는 비밀로 할 거야."

거래를 하는 듯한 말투가 또다시 나즈의 심기를 거슬

렀다.

　자칫 말을 잘못하면 나즈는 심한 일을 당하게 될지도 모른다. 학교에서뿐만 아니라 생활을 위협받아도 이상하지 않을 정도의 글을 쓰고 있었다. 하지만 그게 두려운 게 아니다. 그의 눈에 닿게 된 것으로 악의가 진정한 악이 된 듯한 느낌이 들었다.

　"우리가 어째서 92.3퍼센트인지 알아."

　가쓰라다는 다시 스마트폰을 만지작거리더니 어떤 페이지를 열어서 나즈의 눈앞에 내밀었다.

　"내 블로그야."

　그것은 나즈와는 다른, 하지만 꽤 구식인 블로그 사이트였다.

　"반보다 훨씬 심해."

　그는 힘없이 웃었다.

　"괜찮다면 봐줘. 지금 URL 보낼 테니까."

　"더 이상 연락하지 마." 나즈는 그것에 대답하지 않고 그 자리를 떴다. 가쓰라다가 쫓아오려고 해서 도망치다시피 제방을 뛰어올랐다. 정신없이 학교를 향해 달려서 무아지경으로 교문으로 들어갔다. 조심스럽게 돌아보자 가쓰다라의 모습은 보이지 않았다. 마음을 놓고 돌아선 순간 앞에 사람이 있었지만 알아차리지 못하고 부딪쳤다. 그다지 세게 부딪친 건 아니었지만 상대가 넘어지고 말아서, "미안해"라고 말을 걸었다. 사에야마 미우였다. 곁에는 모르는 남자아이가 있었다. 그는 무언가 말을 걸려고 했으나 포기하고 미우에게 손을 뻗었다. 다시 한번 "정말 미안해"라고 말하고 생물실로 향했다.

안에는 아무도 없었다. 선반 안에서 살며시 랠리와 배리를 꺼냈다. 그들의 얼굴이 꼭 보고 싶었다. 커튼 틈에서 새어나오는 햇빛에 비추어진 랠리와 배리는 양수 속에서 잠든 태아 같아서 귀여웠다. 두 얼굴을 번갈아 바라보고 있는 동안 나즈의 마음은 조금씩 누그러들었다. 나는 니쁘지 않다. 자신을 그리 타일렀다.

제15장
결 집

"괜찮아?"

나오시는 손을 내밀었지만 미우는 그 손을 잡지 않고 천천히 일어났다.

"지금 그 애, 반 친구야."

"그렇구나. 우는 것 같던데."

미우는 손에 묻은 모래를 털어내더니 "아" 하고 읊조렸다.

"왜 그래?"

"피가 나."

오른손 엄지가 손바닥과 붙어 있는 부근이 희미하게 벌게져 있었다.

"안 아파? 움직일 수 있어?"

"응."

미우는 가방에서 티슈를 꺼내 오른손을 꾹 눌렀다.

"조심히 해야지. 오르간 못 치게 될지도 모르니까."

"응."

"걸을 수 있겠어?"

"응."

다시 엔메이학원고등학교 교내를 걸었다. 이렇게 둘이서 걷고 있는 상황을 나오시는 여전히 현실이라고는 생각할 수 없었다.

우연히 미우와 만난 나오시는 그때 친 파이프오르간이 정말 근사했다고 말했다. 그 감동을 전하는 데에 자신의 신상 이야기를 빼놓지 않았다. 나오시는 왜 자신이 엔메이학원고등학교에 숨어들었는지를 말하고 자신은 수상한 사람이 아니라는 걸 절실히 어필했다. 진짜라고, 그저 친구가 만나고 싶었을 뿐이라고. 그런 것보다 네가 친 파이프오르간을 듣고 정말 놀랐어. 힘들 때 늘 그 음을 떠올려. 구원받았어. 정말 고마워.

이야기하는 도중 갈수록 말이 빨라져서 미우는 "진정해"라고 타이르듯이 말했다. 한숨 돌리고 나오시는 그녀에게 말했다 "혹시 괜찮으면 다시 들려줄 수 있을까?"

나오시는 지극히 태연한 느낌으로 말했다. 내심 두근거렸다. 그녀는 "좋아" 하고 지우개라도 빌려주는 듯한 가벼운 말투로 대답했다. 그리고 시험이 끝나는 날 오후 1시에 교문 앞에서 만나기로 했다.

처음 침입했을 때는 이것저것 계획을 세웠는데 오늘은 일상복을 입은 채 순조롭게 구내를 걸어가자 참으로 간단히 목적지까지 도착했다. 너무 쉽게 도착해서 정말 여기가 맞는지 걱정이 되었지만, 외벽에는 확실히 'CENTRAL CHAPEL'이라는 글자가 새겨져 있었다.

흥분한 나오시와 달리 미우는 익숙한 모습으로 낯선 문 손잡이에 손을 댔다. 잡아당기자 문은 살짝 움직인 후에 덜컹 소리를 낼 뿐이었다. 다시 한번 잡아당겨도 결과는 마찬가지였다. 나오시가 대신 시도했지만, 문은 역시 열리지 않았다.

"선생님한테 물어볼게."

"아냐, 또 오면 되지."

"안 듣고 싶어?"

당연히 듣고 싶지, 라고 속으로 말했다. 하지만 '다음' 번이 있다면 그것도 나쁘지 않다.

"기다려봐."

미우가 고등학교 쪽으로 돌아갔기에 나오시는 교회 입구 돌계단에 앉아서 기다리기로 했다. 눈앞에 서 있는 은행나무에는 떨어지기에는 이른 열매가 맺혀 바람에 미세하게 흔들리고 있었다.

돌아온 그녀의 표정은 어두웠다.

"왜 그래?"

"한동안 못 쓰나 봐."

미우는 나오시의 옆에 앉았다.

"석면일 가능성이 있대."

"그게 뭐야?" 나오시가 묻자 "옛날에 종종 건물에 사용되던 재료야. 편리한 재료였지만 몸에 엄청 나쁘대. 폐암에 걸리게 한다고 하고. 그게 사용됐을 가능성이 있나 봐. 조사가 끝날 때까지 잠시 들어갈 수 없대. 확인되면 제거해야 한다고 하니 한동안 사용할 수 없을지도 몰라"라고 미우가 말했다.

"폐암에 걸리면 안 되지. 근데 우리 이미 들어갔었잖아."

"그 정도는 괜찮다고 선생님이 말했어. 소리 진동 때문에 조금 떨어졌을지도 모르지만."

마사오 아저씨도 엄마도 사인은 폐암이었다.

"한동안이라면 어느 정도려나."

"전혀 모르나 봐. 원래 딱히 사용 안 하는 장소니까 그렇게 서두르지 않는다고 했어. 최악의 경우엔 철거할지도 모른대."

"그럼 그 파이프오르간은 어떻게 되는 거지?"

"글쎄. 어떻게 하려나."

자신의 물건도 아닌데 나오시는 왠지 용납할 수 없었다. 가격이 얼마나 나가는지도 짐작 가지 않지만, 소리의 가치는 알고 있다. 그 파이프오르간은 이 공간이이기에 울려 퍼진다.

"망연자실이네."

나오시는 생각한 걸 그대로 목소리로 내보았다.

땅을 걷던 개미가 커서 "대빵만하네"라고 말하자 미우는 "작은 경단 같아"라고 말했다.

"음악 연습실 갈래? 강 건너편이긴 한데."

"그래."

"오르간은 없지만 키보드라면 있어."

나오시는 걸으면서 석면을 생각했다. 예전에는 편리하다며 중요하게 여기던 재료가 상황이 완전히 달라져서 나쁜 것이 되는 이치는 대체 뭐란 말인가. 좋은지 나쁜지 판단이 완전히 끝나지 않았는데 왜 사용했던 걸까. 설치하는 것보다 떼어내는 쪽이 훨씬 힘들 게 틀림없다.

한번 시작하면 이제 예전처럼 될 수 없는 게 많다. 자신은 분명 이제 오사카에는 돌아갈 수 없다. 드럼을 몰랐던 시절로는 돌아갈 수 없다. 돌이킬 수 없는 것투성이다.

둑길을 걸어가고 있으니 앞에서 체육 동아리 부원들이 달려왔다. 티셔츠는 모두 제각각이었지만 반바지는 적색으로 같았다.

"우리 학교 농구부야."

나오시는 흠칫해서 미우의 손을 이끌고 둑길에서 벗어났다. 두 줄이었던 농구부가 두 사람의 뒤를 가로질러갔다. 돌아보자 유타카로 보이는 뒤통수가 있었다. 그가 입고 있는 것은 검은색 티셔츠로 세세한 글자나 디자인은 보이지 않았다. 그런데도 알아본 것은 나오시도 같은 것을 가지고 있어서다. '젠야'의 라이브 티셔츠였다. 그것도 작년 거였다.

"갑자기 미안."

"괜찮아."

두 사람은 다시 둑길로 돌아갔다.

"숨어서 만나러 온 친구 이야기를 했잖아. 그 녀석이 농구부거든."

"누구?"

"안베 유타카."

"안베 선배구나."

미우가 그리 말해서 "알아?"라고 묻자 "후배한테 인기 좋아"라고 그녀가 답했다. "올해 처음으로 농구부가 전국체전에 나갔거든. 그게 안베 선배 덕이라고 누가 말했어."

―서툴기는.

아지로 강에 걸려 있는 다리는 무척이나 길었다. 강 좌우의 시내 모습은 거의 대칭으로 별반 다르지 않다. 하지

얼터네이트

만 나오시에게 있어 지메이킨소가 있는 쪽에는 현재가 있고 엔메이학원고등학교가 있는 쪽에는 유타카와의 과거가 있다. 시간의 흐름은 이곳에서 또렷하게 나뉘어 있어서 다리를 건너면 늘 다른 공간으로 워프하는 기분이 들었다.

그저 그곳에 미우가 나타났고 과거는 미래가 될 수 있었다. 그건 무엇을 의미하는 걸까. 시간의 흐름이 어디로 향해 있는지 알 수 없어져서 머리가 복잡했다.

역 앞 음악 연습실 '피피'로 들어서자 점원이 "어이, 나오시"라고 말을 걸었다. 최근에는 이곳에서 자수 언습하고 아르바이트를 할 때도 있었다.

"키보드 방 비어 있어?"

"글쎄"라고 말하면서 그는 컴퓨터 화면을 보았다.

"C스튜디오가 앞으로 15분이면 비어. 그때까지 기다릴래?"

"응."

'피피'는 방마다 개성이 있고 넓이는 물론 앰프 종류나 개수, 키보드의 유무나 드럼 세트 구성까지 정말 제각각이다. 하지만 원하는 방에 들어갈 수 있는 건 아니어서, 반드시 그곳을 원할 때는 기다리는 수밖에 없다.

잠시 후에 다른 스튜디오실에서 사카구치 씨가 '불똥사연' 멤버와 같이 나왔다.

"나오시잖아? 뭐야? 연습하러 왔어?"

사카구치 씨는 그리 말하면서 미우를 보고 흥미롭다는 듯이 물었다. "누구셔?"

"키보드를 칠 줄 알아서 들으려고 왔어요."

"오오, 스카우트야?"

사카구치 씨는 나오시가 새로운 밴드를 꾸리기 위해 건반을 찾는다고 생각한 듯했다. 하지만 나오시는 그 파이프 오르간과 맞출 드럼을 상상할 수 없었다.

"나도 들려줘."

사카구치 씨는 뻔뻔한 면이 있다. 같이 살면서 자주 느낀다. 도키 씨와 화기애애하게 이야기를 하고 있으면 사이에서 "뭔데, 뭔데?" 하고 가르고 들어오거나 공용 화장실 휴지를 전혀 안 사오면서 많이 사용하기도 한다. 얇은 벽 건너편에서 몇 겹이나 말아대는 소리가 들릴 때마다 다들 한숨을 작게 쉬고는 했다.

"때마침 잘 됐네. 지금 다른 스튜디오에 마코랑 도키도 있어. 겐이치도."

뭐가 때마침 잘 됐다는 건지, 겐이치는 작사가면서 왜 이런 곳에 있는 거람, 하고 소리 내지 않고 말했다.

지메이킨소에는 사생활도 배려도 없어서 이렇게 되면 멈출 수 없어진다. 오히려 이상하게 싫은 티를 내다가 나중에 놀림받는 게 더 귀찮았다. 미우에게 지메이킨소와 그 멤버를 이야기하고 같이 들어도 괜찮은지 물었다. 그녀는 다시

얼터네이트

"응"이라고 했다.

미우는 "응"이나 "괜찮아"라고 짧게 답하는 경우가 많다. 무표정은 아니지만 얼굴 부위는 하나같이 거의 움직이지 않고 시선은 늘 먼 곳을 보고 있는 듯하다. 목소리는 평탄해서 그 흠잡을 데 없는 면에 휘둘리지 않도록 나오시는 필사적으로 자신을 다잡고 있었다.

C스튜디오에서 나온 사람은 지메이킨소의 세 사람이었다. 사카구치 씨가 미우를 설명했다. 세 사람은 추가 요금을 내겠다고 말하고 다시 같은 스튜디오로 돌아갔다.

사카구치 씨는 안으로 들어가자마자 어째서인지 솔선해서 움직여 스튜디오 앰프를 벽 쪽으로 옮기고 키보드를 꺼냈다. "자 됐어" 하고 미우를 키보드 앞으로 안내한 나오시 일행은 그것을 둘러싸는 형태로 바닥에 앉았다.

"뭐든 상관없어요?"

"상관없어."

어째서인지 사카구치 씨가 자리를 지휘하고 미우도 순순히 따랐기에 나오시는 내심 부루퉁해졌다. 하지만 티 내지 않고 건반에 포개어지는 미우의 손가락에만 집중했다.

그녀의 손가락은 움직이지 않았다. 정확하게 말하면 나오시는 손가락이 움직이는 것이 보이지 않았다. 무음과 첫 번째 음의 경계를 알아차리지 못했다. 마치 환상처럼 음은 어느새 그곳에 나타났다. 그리고 보이지 않는 흐름에 떠다

니듯이 흔들리고는 자취를 감추고, 또다시 연달아 나타났다. 느린 4분의 3박자 위를 심플한 음색이 헤엄쳐갔다.

클래식에 문외한인 나오시도 이 곡은 들은 적 있었다. 멜로디는 싱그러웠고 달콤했고 한 줄기의 심심함이 있었다. 음 한 알 한 알의 윤곽은 또렷하면서도 문득 희미해져서는 풀어지듯이 사라졌다.

"짐노페디."

마코 씨가 그리 읊조렸다.

다섯 사람은 미우의 연주에 빠져들었다. 음은 물론이거니와 등줄기가 꼿꼿한 자세도 우아했다. 나오시는 한 번네 사람의 얼굴을 보았다. 마코 씨는 그녀를 뚫어져라 바라보았고 도키 씨는 눈을 감고 있었다. 사카구치 씨는 팔짱을 끼고 있었고 게이치는 희미하게 미소 짓고 있었다. 하나같이 음악을 사랑하는 사람의 자세였다.

처량한 화음으로 곡은 마무리되었다. 다섯 사람은 잠시 그 여운에 잠겼다가 천천히 박수를 쳤다.

"짐노페디 1번곡으로 마음이 이렇게 애절해진 건 처음이야."

도키 씨가 말하자 사카구치 씨는 "그렇구나. 난 엄청 정화되는 느낌이었는데"라고 답했다. "난 저녁 무렵이랑 밤의 경계에 있는 듯한 기분이었어. 나오시는 어땠어?" 마코 씨가 기쁜 듯 말하고 이쪽을 보았다.

"뿔이 날 것 같아요."

나오시가 그리 말하자 모두의 낯빛이 어두워졌다.

"뭐랄까, 정말 뿔이 날 것 같았어요."

머리에 양손 검지를 세우고 그리 말하자 미우가 훗, 하고 웃었다.

"왜 이 곡을 골랐어?"

"좋아하니까. 그뿐이야."

미우는 담담하게 그리 말했다.

"나오시도 할래?" 겐이치가 드럼으로 시선을 보냈지만, 고개를 가로저었다. 배짱이 없다고 생각해도 괜찮았다. 다른 음을 귀에 담고 싶지 않았다.

여섯 사람은 '피피'를 뒤로했다. 나오시는 이곳에서 미우와 헤어질 작정이었지만, "우리 집에서 밥이라도 먹고 갈래?"라고 마코 씨가 초대해서 "그래. 가자"라고 이어서 말했다.

"아직 저녁이니까 피자라도 시키자."

미우는 "네"라고 말했다.

도중에 겐이치가 비디오 대여점 앞에서 "기껏 이렇게 모였으니 다 같이 루이 말의 〈도깨비불〉이라도 보자"라고 제안했다. 모두가 아무 말 없이 겐이치를 보자 "어어, 짐노페디라고 하면 〈도깨비불〉이잖아"라고 했다.

겐이치가 말하기를 짐노페디는 이 영화를 통해 세계적

으로 알려진 모양이다. 위키피디아에서 '짐노페디'를 검색하면 같은 말이 쓰여 있어서 겐이치도 분명 이걸로 알아냈구나 싶었다. 나오시는 〈도깨비불〉을 검색했다. '에릭 사티의 인상적인 선율을 배경으로 알코올의존증인 남자가 자살에 이르기까지의 48시간을 억제된 모노크롬 화면으로 그려냈다'고 줄거리에 나와 있었다. 도키 씨가 보고 싶다고 해서 DVD를 빌리기로 했다.

무척이나 화기애애한 밤이었다. 미우는 완전히 친숙해져서 모두와 평범하게 대화하고 있었다. 특히 사카구치 씨는 미우를 흥미롭게 여기며 연달아 질문해 마치 인터뷰어 같았다.

미우는 두 살 때 피아노를 배우기 시작했다. 엄마가 피아노 선생님이고 두 살 위의 언니도 배우고 있어서 자연스럽게 그렇게 되었다. 오르간도 치게 된 것은 초등학생 무렵이었던 모양이다. 음악실에 놓여 있어서 흥미를 가지고 쉬는 시간에 마음대로 치면서 독학으로 익혔다고 한다.

미우는 오르간 쪽을 더 좋아한다고 했다. "숨 쉬는 느낌이 드니까"라는 이유였다.

미우가 엔메이학원고등학교로 진학한 것은 언니도 그곳의 학생이고 부모님도 엔메이학원고등학교 졸업생이어서였다. 그날 교회에서 미우가 오르간을 치고 있었던 것은 예배 반주자로서 적합할지를 선생님이 판단하기 위해서였다고 한다. 그때까지는 미우의 언니가 반주를 맡고 있었는데, 몸 상태가 안 좋아 갑자기 입원하게 되어 대역으로 미우가 특별히 뽑히게 되었다.

"남자친구 있어?"

사카구치 씨가 뜬금없이 그리 물었고, "없어요"라고 미우가 답하자 "그렇구나아" 하고 나오시에게 시선을 돌렸다.

"그런데 용케도 이런 녀석이랑 친하게 지내자고 생각했구나."

사카구치 씨가 피자를 집어 들고 그 끝자락을 나오시에게 들이밀었다.

"나였다면 더 이상 안 만났을 텐데. 그야 엄청 수상하잖아."

"누가 수상하단 거야?"

하하, 하고 마코 씨가 웃었다.

"나오시는 좋은 친구야. 사카구치가 모를 뿐이잖아?"

"여자는 이 녀석이 얼마나 위험한지를 몰라." 입안에 맥주를 들이부은 사카구치 씨가 말하자 "여성혐오 발언, 저질이야"라고 마코 씨가 대답했다.

"재미있다고 생각했으니까요."

미우는 나지막한 목소리로 그렇게 말했다.

한 차례 배가 불러올 무렵 겐이치가 〈도깨비불〉을 재생했다. 담담하게 진행되는 흑백 영상, 그곳에 비춰지는 배우들의 얼굴은 무척이나 단아했다. 하지만 프랑스 영화를 처음 보는 나오시는 바로는 따라갈 수 없었다. 사카구치 씨도 마찬가지라, 시작한 지 10분도 지나지 않아 소파에서 잠들고 말았다. 의기양양하게 말했던 겐이치도 30분 정도 만에 눈을 감았다. 하지만 미우와 마코 씨는 가만히 보고 있었고 도키 씨는 "응, 배경음악이 좋네"라며 영화를 즐기고 있었다. 그런 도키 씨를 마코 씨가 이따금 시야 가장자리로 힐끔거리는 걸 나오시는 알아차렸지만 못 본 척해줬다.

나오시는 졸릴 것 같으면 미우의 얼굴을 보았다. 날렵하고 오뚝한 콧날과 까만 머리와 긴 속눈썹을 보고 있으면 잠기운이 어딘가로 날아갔다. 하지만 나오시도 그 모든 행동을 마코 씨에게 들켰다. 마코 씨는 입가를 끌어올리고 또다시 고개를 화면 쪽으로 향했다. 때마침 짐노페디 1번 곡이 흘렀다. 다 같이 나쁜 짓을 하고 있었는데 나만 들킨 것 같아서 왠지 손해를 본 듯했다.

주인공 알랭의 이성 친구인 에바가 그로부터 죽음의 기운을 느끼고 "그저 불행한 만큼 말리고 싶었어"라고 하는 장면이 나왔다. 마약에 찌든 그녀의 친구가 화면에서는 보이지 않는 곳에서 대답한다. "걱정하지 마. 불행해도 자살은 안 하니까." 그리고 에바는 "어떻게 알아?"라고 대답한 후에 갑자기 카메라에 시선을 맞추고 이렇게 말한다. "가만히 있어 봐." 그 시선에 흠칫해서 나오시는 잠시 심장박동이 빨라졌다. 영화의 엔딩은 갑자기 찾아왔다. 마지막까지 보고 있던 네 사람은 아무 말도 하지 않은 채 정리를 하거나 DVD를 꺼냈다.

나오시는 거리를 계속 헤매며 사람과 마주칠 때마다 괴로워하는 알랭이 마치 자신처럼 여겨졌다. 하지만 그 말로가 자살인 것은 납득할 수 없었다. 살아갈 방법이 또 있지 않았을까. 나오시의 그 생각은 자신에게 하는 말인 것 같아서 괜히 화가 났다.

마코 씨와 함께 미우를 역까지 배웅했다. 밤거리는 살짝 쌀쌀했고 건조한 바람이 어디서부터인지 몰라도 라멘 냄새를 실어왔다. 두 사람이 걷는 페이스에 맞추다보니 자연스럽게 보폭이 좁아졌다.

역에 도착하자 나오시는 "또 놀러 와도 돼"라고 말했다.

"언제든지 와. 기다릴 테니까."

"응."

미우의 얼굴에는 그림자가 드리워져 있어서 표정을 알기 힘들었다.

"이건 내 연락처야. 얼터네이트를 못 하니까 여기로 전화나 문자 보내."

사전에 전화번호를 써둔 종이를 건네자, "응" 하고 미우는 다시 말했다.

"잘 가."

"또 봐. 정말 언제든지 와도 돼."

마코 씨가 그리 말하자 미우가 고개를 숙이고 개찰구를 빠져나갔다.

"미우, 좋은 아이네."

"좋은 앤지 아닌지는 몰라도 대단한 애예요."

"그렇게 말하면 두 번 다시 못 만나게 돼."

마코 씨는 장난스러운 얼굴로 말했다.

"단순한 말로 칭찬했으니 친해졌잖아. 친해지고 싶으면 알기 쉽게 해야지."

"마코 씨는 도키 씨랑 사귀세요?"

"뭐?"

"알기 쉽게 물어본 거예요."

"말이 왜 그렇게 되는 거야?"

"그게, 그렇지 않을까, 하고 쭉 생각했어요."

"전혀 그런 관계 아니야."

"진짜요? 그러면……."

아무것도 달라지지 않았는데 차인 듯한 느낌이 이어지는 건 〈도깨비불〉 탓이다. 그렇다면 같이 마지막까지 본 마코 씨도 같은 기분일지도 모른다. 그녀의 귀에서 늘어뜨린 귀걸이의 진주가 한없이 담담한 빛을 발하며 흔들리고 있었다.

제16장

알 력

에미쿠한테는 오디션 당일이 되어서도 미우라와의 일을
보고할 수 없었다.

　지금은 눈앞에 닥친 일에만 몰두해야 해서 다른 걸 생각
할 경황이 없으니 그녀에게 괜한 이야기는 안 하는 편이
낫다. 그렇게 변명을 하고 그녀에게 알리는 것은 뒤로 미루
기로 했다.

　오디션을 통과하면 에이세이 제1고등학교와 대전하게 된
다. 역시 그때까지 입을 다물고 있을 수는 없겠지. 자신 말
고 다른 누군가로부터 그녀의 귀에 들어가는 것도 좋지 않
고, 미우라의 시선으로 알아채게 될 가능성도 있었다. 그렇
게 되기 전에 시간을 내서 찬찬히 전해야 한다.

　하지만 직접 얼굴을 마주하고 전하는 게 정말 바람직한

일일까. 문자를 보내는 편이 에미쿠도 마음이 편할지도 모른다. 얼터네이트가 있었으면, 하고 몇 번이나 생각했지만 그 방법은 온전히 포기했다.

역시 이런 타이밍에 미우라와 사귀는 게 잘못되었을지도 모른다. 하지만 그의 존재가 충족시켜주는 것이 확실히 있었고, 이런 식으로 좋은 구실을 대는 자신 또한 한심하게 느껴졌다.

그날부터 미우라와 마주한 적은 없다. 전화는 했지만 만날 정도의 여유는 없었다. 그도 지금은 그 편이 좋다고 응원해주었다.

그 보람도 있어서 엔메이학원고등학교는 오디션을 무사히 통과해 마침내 본선으로 가는 티켓을 거머쥐었다.

'노루궁뎅이버섯'과 '해산물'이라는 식재료에 테마는 '은하'라는, 작년 결승과 똑같은 오디션 조건에 대해 두 사람은 완전히 새로운 접근법으로 도전하기로 했다. 작년 메뉴를 업그레이드시키는 것도 생각했지만 "꽝이었던 걸 아무리 좋게 만들어도 한계가 있어요"라고 에미쿠가 단호하게 거부했다. "미오 선배랑 니미 선배의 팀이 아니라 니미 선배랑 제가 파트너인 팀이에요. 우리 나름대로의 스타일로 싸워봐요." 콘셉트가 정해지자 두 사람은 완전히 새로운 레시피를 시행착오를 거치면서 고안했고, 오디션 당일 그 메뉴를 회장에서 어려움 없이 만들어냈다.

얼터네이트

오디션에 제출한 메뉴는 노루궁뎅이버섯 화이트아스파라거스수프와 노루궁뎅이버섯 오징어먹물파스타 두 가지였다. 그것들을 한 접시에 대칭으로 놓고 화이트홀과 블랙홀을 표현했다. 색채 아이디어는 에미쿠가 생각했고 구체적인 레시피는 이루루가 고안했다. 첫 번째 수프에서는 노루궁뎅이버섯을 믹서로 갈아서 완전히 식감을 없앴다. 노루궁뎅이버섯을 소스로 만들었던, 나쁜 평가를 받은 저번 방법과 일부러 비슷한 방식을 취한 것은 이루루의 반골정신만이 이유가 아니었다. 적당한 사이즈로 쪄낸 노루궁뎅이버섯과 흰살생선을 수프 바닥에 흠뻑 적신 다음, 하나의 식재료를 두 종류의 조리법을 사용해 완성하는 것으로 이 식재료의 가능성을 주장하기 위해서였다. 다른 메뉴는 대강 찢은 노루궁뎅이버섯을 길이가 짧은 파스타로 보고 먹물소스를 곁들였다. 둘 다 너무 복잡하지 않게 식재료 그 자체의 맛을 살렸다.

그리하여 완성된 것은 흑백의 대비가 두드러지는 기하학적인 디자인의 요리였다. 플레이팅뿐 아니라 맛도 나무랄 데 없는, 납득이 가는 작품이 완성되었다.

요리가 완성되자 에미쿠는 "작년에 이걸 만들었다면 분명 우승했을 거예요"라고 억지스러운 말을 했다. 이루루는 무심코 웃고는 읊조렸다. "그럴지도 모르겠네."

"작년 일이 있었으니 지금 이게 가능했을 부분도 있을

거고요." 에미쿠가 따박따박 거들어주었기에 이루루는 또다시 웃고 말았고, 에미쿠도 덩달아 웃었다. 그런 식으로 서로 웃은 것은 처음이었다. 이루루는 조금 안심이 되어 눈물이 날 것 같았다.

이 정도 되는 작품을 만들어냈으니 통과하지 못할 리 없다. 우리는 전력을 다했다. 선택받지 못한다면 심사위원의 눈이 옹이구멍이나 마찬가지다. 그리 확신하고 있었지만 실제로 자신들의 번호가 불렸을 때는 어린아이처럼 기뻐하면서 심사위원들에게 진심으로 감사했다.

합격 학교 발표가 끝나고 둘이 여운에 젖어 있는데 슈트로 몸을 감싼 중년 남성이 말을 걸었다. 그는 "난 '원포션'의 총지휘를 맡고 있는 시기하라라고 해요. 하고 싶은 말이 있어요. 지금 사무국까지 와줄 수 있을까요?"라고 하며 명함을 내밀었다. 명함에는 '슈퍼노바 이사'라고 쓰여 있었다.

앞치마 차림으로 그를 따라 사무국으로 갔다. 안에는 아무도 없었다. 몸을 사리는 두 사람에게 시기하라는 가벼운 박수를 보내며 "통과한 거 다시 한번 축하해요"라면서 미소 지었다.

"그런데 학생들한테 이곳에 와달라고 한 건 좀 확인하고 싶은 게 있어서야."

갑자기 스스럼없는 말투를 쓰는 시기하라가 수상쩍다고 생각하는 와중에 그는 나지막한 목소리로 말했다. "니미 이루루 학생 말인데."

"네."

"단도직입적으로 물을게. 미우라 에이지 군과 사귄다고 하던데 진짜야?"

"어?"

이루루가 목소리를 내기 전에 에미쿠가 목소리를 냈다.

"그런 말을 들었거든. 아, 아니, 안 된다는 건 아니야."

에미쿠의 시선을 느꼈으나 그녀의 얼굴을 볼 수가 없었다.

"'원포션'이 이 일을 어떻게 나무어야 할지 조금 문제가 돼서."

"저희가 실격당하는 건 아니겠죠?"

에미쿠가 무심코 그리 말하자 "그렇지는 않아. 학생들이 나오고 싶다면 말이지만"이라고 그는 답했다.

"단적으로 이쪽의 의견을 말하자면 말이지, 일이 복잡해지기 전에 두 사람의 관계를 방송에서 공표하게 해줬으면 해. 그리고 가능하면 방송 연출에 꼭 사용하게 해줬으면 하고."

시기하라는 이루루의 뒤로 돌아가서 "부탁할게"라고 말하더니 가슴 앞으로 팔짱을 꼈다.

"그렇게 신경 쓸 건 없다고 봐. 생각해봐. 요즘 친구들은 얼터네이트에서 연인 관계인 걸 오픈하는 경우도 많다고 하니까."

"전 안 해요." 이루루가 바로 대답했다.

"그런데 미우라 군은 얼터네이트를 하고 있잖아?"

설마, 하고 이루루는 생각했지만, "지금은 그 친구도 공표하지 않고 있는 모양이지만" 하는 말이 덧붙여졌다.

"실은 말이지. 학생들 이야기는 미우라 군의 파트너인 무로이 군한테서 들었어. 그런데 이 이야기를 사무국에 하는 데에 미우라 군의 승낙도 얻었다고 했거든."

머리가 뜨거워져서 멍해졌다.

"강제적인 건 아니야. 학생들이 싫어하는 걸 하고 싶은 건 아니니까. 그런데 두 사람의 관계를 숨기면서 경쟁하는 건 불쾌한 일이잖아. 차라리 오픈한 다음에 정정당당하게 싸워줬으면 해."

"잠시 생각 좀 할게요." 이루루는 어지러운 머리를 붙들고 말했다. 당황한 에미쿠가 "어, 안 나갈 거예요? 진짜로?"라고 해서 이루루는 그녀를 보았다. "잠시만 시간을 줘."

"금방 대답할게요."

"학생 기분도 이해하지만 '원포션'은 본선 개최를 향해 드디어 본격적으로 움직이기 시작할 거야. 그래서 가능하면 서둘러줬으면 해. 만에 하나 학생들이 포기한다면 다른 학생을 섭외해야 하니까."

회장을 나서자 갑작스러운 거센 바람에 이루루는 눈을 꼭 감았다. 머리카락이 곤두서고 뺨이 뒤로 밀려날 정도의 바람이었다. '오늘 밤에 태풍이 근접하오니 폭우와 돌풍에 충분히 주의를 기울이십시오'라는 안전문자가 내내 스마트폰에 뜨고 있었다. 바람 소리가 귓가에 간헐적으로 윙윙 울려서 에미쿠와 좀처럼 이야기를 할 수 없었다.

지하통로로 가는 계단을 내려가자 마침내 조용해졌다. 이루루는 에미쿠에게 "미안해"라고 또렷한 말투로 말했다.

"확실히 말하려고 했어."

에미쿠의 얼굴을 보았다. 고개를 숙인 채 무슨 생각을 하는지 영 알 수 없었다.

"변명하는 셈이 됐을지도 모르지만, 정말로 오늘 끝나고 나서 진지하게……."

그녀는 아무 말 없이 계단을 뛰어내리다시피 내려갔다.

"정말 미안해."

멀어져가는 등에다 대고 이루루는 고개를 숙였다.

"딱히 상관없어요."

그 목소리에 문득 고개를 들었다. 돌아본 에미쿠가 "연애하는 건 자유잖아요. 좋아지는 상대를 고를 수도 없는 거고요"라고 내치듯이 말했다.

"그런데 지금 이렇게 민폐를 끼치고 있잖아."

"어, 저 화 전혀 안 났어요."

그리 말하고 빙그르 앞을 향하더니 에미쿠는 짐 든 손을 뒷짐 지고 걸어가기 시작했다.

"그야 순간적으로는 놀랐지만, 그냥 그렇구나 싶었어요. 여름방학 때 제가 불려갔던 날, 미우라 선배가 왔었잖아요. 그때 이미 시작된 느낌이었으니까요. 못 알아차린 제가 바보죠."

지하통로까지 다 내려가서도 바람이 어딘가에서 불어왔다.

"하지만 적어도 '원포선'이 끝날 때까지 기다려줬으면 좋았을 텐데 말이죠. 기껏 본선에 나가게 됐는데."

그 말투는 평소처럼 비아냥대지 않았고 이상할 정도로 가벼웠다. 하지만 바로 "어라, 잠시만요" 하고 멈춰서더니, 이루루에게 향한 얼굴을 찡그렸다.

"혹시, 그 화제성 때문에 우리가 뽑힌 건 아니겠죠?"

"응?"

"그야 이상하잖아요. 사귀고 있다는 걸 사전에 알고 있었잖아요? 그렇다면 오디션 전에 확인하는 게 보통이고요."

에미쿠가 말한 대로 합격시키고서 우리의 의향을 확인한 건 위화감이 든다. 그쪽에서는 두 번 수고해야 할 테고 말이다. 오늘 회장에 있던 사람은 우리가 합격했다는 걸 알고 있을 테니 포기하면 이상하게 여길 게 틀림없다.

"합격하고 나서 불렀다는 건 합격시키면 거절 못 할 거라고 생각해서일지도 몰라요."

에미쿠의 얼굴이 한층 더 일그러졌다.

"엄청 열 받네요."

얼터네이트

"나 때문에 미안해."

"니미 선배 탓이 아니에요. 남의 연애를 이용하다니 완전 이상해요. 이쪽은 순수하게 승부하고 있는데 말이죠. 사생활이랑 요리는 관계없잖아요! 왜 연출 따윌 하겠다는 거죠?"

에미쿠가 벽돌이 박힌 벽을 걷어차자 캔버스화가 스쳐서 쓰윽 소리가 났다.

"어떻게 할까요? 분하지만 사퇴하고 싶으면 그렇게 해도 돼요. 전 내년이랑 후년도 도전할 수 있으니까요. 니미 선배가 정해야 한다고 봐요."

"고마워."

그렇게 대답하자 에미쿠가 힘차게 손을 내밀었다.

"우선, 오늘은 정말 수고하셨어요."

이루루는 살짝 망설이면서도 그 손을 잡았다. 그녀의 손은 따스했다. 그건 자신의 손이 차가워서라는 사실을 나중에서야 알아차렸다.

두 사람이 돌아갈 길은 정반대라서 개찰구를 들어간 다음 헤어졌다. 지하철 플랫폼으로 가자 선로 건너편에 에미쿠가 있었다. 반대 방향 플랫폼에 지하철이 들어온다는 사실을 알리는 방송이 흘러나왔다.

이루루가 살짝 손을 흔들자 에미쿠는 천천히 양손을 입가에 가지고 가서 "진짜 귀찮아 죽겠어! 마음대로 연애나 하고! 니미 이루루!"라고 마치 산 정상에서 외치듯이 말했다. 그러더니 그녀는 오른손 엄지와 새끼손가락을 세워서 귓가에 갖다 댔다. 마음이 정해지면 연락하라는 모양이었다. 그리고 그녀는 들어온 지하철에 몸을 들이밀었다.

남겨진 이루루는 쑥스러워서 뺨이 붉어졌지만 어딘가 속이 시원했다. 이어서 온 지하철에 이루루도 탔지만 차내는 생각 외로 비어 있었다. 하지만 앉을 기분이 들지 않아 문에 기대어 스마트폰을 꺼냈다. 열어보자 수많은 메시지가 도착해 있었다. 전부 다 오디션 통과를 축하하는 내용이었다. 이미 모두가 알고 있다는 사실에 깜짝 놀라서 바로 에미쿠에게 연락을 했다.

우리가 이미 '원포션'에 나가는 게 널리 알려졌는데 어쩌지?

그러자 바로 답이 왔다.

저도 궁금해서 지금 알아보고 있는데 공식 발표가 아니라 거기에 있던 참가자나 관계자가 정보를 흘렸나봐요. 단번에 확산됐네요.

그로부터 침울한 표정의 이모티콘이 왔다. 평소에는 이모티콘을 보낸 적이 없으니 어쩌면 위로해주려고 하는 걸지도 모른다. 그 다정한 모습에 기뻤지만, '확산'이라는 글자는 이루루의 가슴을 꽉 조여들게 했다.

미우라로부터 온 문자도 있었다.

끝나면 알려줘! 그쪽으로 갈 테니까!

지하철 콘크리트 벽이 어지럽게 흘러갔다.

원래라면 제일 먼저 전했을 테다. 결과 발표를 기다리는 동안에도 그러려고 했었다. 그런데 이제 와서는 뭐라고 전달하면 좋을지 알 수 없었다.

이미 그는 결과를 알고 있을지도 모른다. 이부부는 대답을 하지 않은 채 스마트폰을 넣었다.

지하철은 이대로 다른 선로로 전환하기 위해 이윽고 지상으로 나갔다. 하늘은 어둑어둑했고 구름은 드문드문 펼쳐져 있었다. 새 문자가 도착했다.

아직이야……? 괜찮아?

집까지 앞으로 다섯 정거장 남았다. 이루루는 답장을 썼다.

이제 15분이면 도착할 거야.

그러자 바로 답장이 왔다.

알겠어. 얼른 이루루네 집 역까지 갈게

가장 가까운 역에 도착하자 지하철은 토해내듯이 이루루를 내리게 했다. 인파에 추월당하면서 무거운 발걸음으로 개찰구로 향했다.

기다려야 하나 싶었는데 이미 미우라는 개찰구 건너편에 서 있었다. 그의 얼굴을 본 순간 자연스레 몸이 뜨거워졌다.

"빨리 왔네."

그날 이후로 만나지 못했는데 미우라와 얼굴을 마주하자 마음은 예전보다도 강렬해진 것 같았다.

"궁금했거든. 실은 점심 지나고서부터 이 부근을 내내 어슬렁거렸어."

미우라의 머리는 요전번보다 조금 길었다.

"……그래서 어떻게 됐어?"

그가 말하기 힘든 듯 물어서 "결과 몰라?" 하고 되물었다.

"몰라, 내가 어떻게 알겠어."

"이미 다 퍼진 것 같았거든."

"안 봤어. 이루루한테서 제일 처음 듣고 싶었고 말이지."

미우라가 걱정스러운 표정을 띠고 있었다. 바로 답장을 보내지 않았다는 것이 괴로웠다.

"통과했어."

얼터네이트

"정말?"

이루루가 고개를 끄덕이자 미우라는 한 손을 이마에 갖다 댔다. "다행이야. 답이 없고 기운도 없는 듯해서 혹시 떨어졌나 싶었어."

"일단은 말이지."

이루루는 종이풍선을 띄우듯이 그 한마디를 공중에 날렸다.

"일단이라고?"

미우라가 의아한 듯 바라보고 있었지만 이루루는 고개를 돌렸다. 입을 닫은 채 역에서 멀어져 집으로 향했다.

걸으면서 이야기하고 싶지 않아서 이루루는 계속 잠자코 있었다. 미우라는 아무 말도 묻지 않았다. 예전에 그가 했던 "침묵은 폭력이나 마찬가지야"라는 말을 떠올렸다. 이런 때만 이상하게도 신호에 자주 걸린다.

집 앞에 도착해서 이루루는 집이 아니라 '니이미' 쪽의 문을 열었다. 무슨 일이 생길 때를 위해 가게 열쇠를 가지고 있었다. 이루루가 먼저 들어가자 미우라는 쭈뼛대며 발을 내딛었다.

일요일이라서 가게는 쉬고 있었다. 부모님의 모습은 보이지 않았다. 어딘가에서 외식을 하고 있거나, 누군가를 만나고 있거나, 어쩌면 옆에 자리한 자택에 있을지도 모른다.

점내 불을 켰다. 평소처럼 사람이 없으면 마치 다른 곳에 온 것 같은 기분이 든다. 가게에 배어든 요리 냄새에 미우라가 "냄새 좋네"라고 읊조렸다.

"엄마는 가게를 안 차린 요리사니까 이런 가게를 동경하게 돼."

"가게 차리고 싶어?"

"당연하지. 내가 되고 싶은 건 요리연구가가 아니라 요리사니까. 요리를 만드는 사람을 위해 요리를 만드는 게 아니라 먹는 사람을 위해 요리가 하고 싶어."

"거기 앉아."

이루루가 가리킨 4인석에 미우라가 앉았고 그 맞은편에 이루루도 앉았다.

"미안. 여기 물건은 마음대로 건드릴 수가 없어서 마실 거리를 못 내와."

"신경 쓰지 마. 그래서 무슨 일이야? 도저히 보통 일이 아닌 것 같은데."

이루루는 한 번 호흡하고 "실은 말이야" 하고 이야기를 꺼냈다. 그리고 사무국에 불려간 이야기를 했다.

"실력으로 선택받은 게 아니니까 기권을 생각하고 있어."

"뭐?"

미우라는 믿을 수 없다는 모습으로 "왜 그렇게 돼?"라며 눈을 계속 깜박거렸다.

"불공평하게 이기는 것보다 공평하게 지는 편이 덜 속상해."

"그렇긴 하지. 나도 그렇게 생각해." 그는 고개를 숙이고 고개를 끄덕였다. 그렇게 빨리 받아들이는 모습에 이루루는 무심코 시비를 걸었다.

"그럼 왜 나랑 있었던 일을 사무국에 말했어?"

그는 가벼운 어조로 "그게 공평하니까"라고 말했다.

"나랑 무로이 사이에 숨기는 건 없어. 그건 파트너가 됐을 때부터 정한 규칙이야. 서로 모든 걸 드러내야만 설득력이 생기지. 그래서 이루루에 대한 일을 바로 말했어. 그게 우리의 공정성이었어. 그랬더니 무로이가 방송에 숨기는 게 이상하다고 하더라. 우승까지 한 우리가 이런 중요한 일을 '원포션'에 숨기는 건 실례라면서."

미우라의 의자가 삐걱거렸다.

"그 말에 납득했어?"

"했어. 숨길 일도 아니라고 생각했고. 나랑 이루루는 '원포션'이 아니었으면 못 만났을 테니까."

"그런데 그랬다면 먼저 나한테 말해줬으면 좋았잖아. 우리 이야기를 하려고 한다고."

"그건 그렇지만…… 이루루가 오디션에 집중하고 싶어 하는 것도 알고 있었고, 그러는 동안에 무로이가 '얼른 말 안 하면 나중에 일이 번거로워져'라고 해서 그럼 알겠어,

하고."

그건 너무 제멋대로야, 라고 말하려고 했지만 꾹 삼켰다. 자신이 에미쿠에게 잠자코 있었던 것도 저것과 마찬가지다.

"애초에 이루루는 왜 숨기고 싶어 하는 거야?"

미우라가 주먹에 한층 더 힘을 담은 것을 알 수 있었다.

"이루루가 '얼터네이트에 여자친구가 있다는 걸 쓰지 말아달라'고 했을 때 나 서운했어."

바람에 창틀이 덜컹덜컹 흔들렸다.

"왜 자신이 좋아하는 사람과 같이 있는 걸 말하면 안 되는가, 하고. 실은 이루루에 대해서 외치고 싶을 정도로 좋아하는데 억지로 억누르고 있어. 이루루가 싫어하는 행동은 하고 싶지 않아서, 난 안 했어."

"처음이니까."

이루루는 그의 기세를 두려워하면서 말했다.

"누군가랑 사귀는 게 처음이고, 무슨 일이 일어나는 게 무서워. 내가 나 자신이 아닌 느낌이 쭉 들어서 진짜 나를 좀처럼 받아들일 수 없었어. 그 비탈길에서 이제야 겨우 인정해보려고 했어. 그런데 아직 두려워. 뭐가 어떻게 될지, 제어할 수 없는 일뿐이지 않을까 해서. 그랬더니 역시 이렇게 나만으로 끝나지 않을 일이 일어났고 말이야."

"그렇게 말하지 마. 그럼 나랑 안 사귀는 편이 나았다는 소리야?"

그가 입술을 떨면서 말했다.

"날 안 만났더라면, 내가 이루루를 초대하지 않았더라면, 고백을 안 했더라면 나왔을 거라는 뜻이야?"

"그런 소릴 하는 게 아냐!"

진정하려고 했지만 아무리 노력해도 미우라가 흥분하는 감정에 이끌려가고 말았다.

바람 소리가 강해졌다. 위잉 하고 울릴 때마다 몸이 움츠러들었다.

"미안, 해."

그만 사과하고 말았다. 하지만 무엇에 사과하고 있는지 알 수 없었다. 그저 미움받고 싶지 않아서 가장하고 있을 뿐이다.

"나도 미안."

그는 그리 말하고 천장을 올려다보더니 손으로 얼굴을 쓸어내렸다.

"난 나랑 이루루와의 관계에서 널 소중히 여기고 싶었어. 그런데 나와 무로이는 '원포션' 연승에 모든 걸 걸고 있고. 단지 그뿐이야."

미우라의 얇은 피부 아래에 시퍼런 혈관이 비치고 있었다.

"무로이는 정말 같은 마음이야?"

"그거, 무슨 뜻이야?"

"말하는 그대로야."

"그 녀석이 다른 생각을 해서 그랬다는 소리야?"

"이기기 위해 우리에 대해 말했을 가능성은 없어? 그야 우리가 기권하면 작년도 결승에 진출한 상대가 한 팀 줄어들잖아."

"그런 생각까진 안 하고 있어."

"그렇지 않더라도 우리를 뒤흔들려고 했다든가, 하고 생각할 수 있잖아. 그야 이상하잖아. '원포션'에 뭔가를 숨기는 건 실례라든가, 정말 그렇다고 해도 오디션 전에 할 말은 아니야."

"의심하는 거야?"

"의심하는 거 아니야. 그래도 믿을 수 있을 만큼 그 사람을 모르니까."

"내 파트너야."

"그럼 내 파트너는 믿을 수 있어?"

"난 믿어. 이루루의 친구는 모두 다."

미우라의 눈동자가 너무나도 차분해서 서글퍼졌다. 무슨 소리를 해도 자신이 나쁘게 느껴졌다.

"부탁이니 무로이를 나쁘게 생각하지 말아줘. 난 쭉 그 녀석이랑 지내왔어. 그렇게 지저분한 녀석이 아니야. 그 녀석은 날 생각해서 말해준 거야."

그가 설득하는 것처럼 말했다. 그런데 조금도 와닿지 않

얼터네이트

앗다. 오히려 이야기하면 할수록 그는 주변을 잘 보지 못한다는 생각이 들었다.

"이해해주지 않겠어? 이루루."

"이해 못 해."

그와 부딪치는 건 결승전이라고 생각했다. 정정당당하게 싸워서 이기든 지든 원망하지 않기로 말이다. 그런 정면승부를 기대하고 있었다.

"전혀 이해 못 하겠어."

그는 생각처럼 풀지 않는 이루루에 숨을 끊으며 "지금부터 난 심한 소리를 할 생각이야"라고 선언했다.

"이건 나 개인의 의견이 아니야. 작년 '원포션' 우승자로서 말할게. 우리는 그런 비열한 짓을 저지르지 않아도 한 번 더 우승할 수 있어. 엔메이학원고등학교에 졸아서 비겁한 짓을 할 만큼 나약하지 않아."

맞는 말이라고 생각했다. 그는 그들의 승리를 위해서 이런 뒤 공작을 할 필요 따위 없다.

뭔가가 이루루의 내면에서 터져 흩어졌다. 그 파편은 뿔뿔이 흩어져 원래대로 돌아올 것 같지 않았다.

문이 드르륵 열렸다. 엄마가 이루루를 보고 "어머, 왔니?" 하고 말했다. 이루루는 다급히 엉거주춤 일어나 "다녀왔어"라고 말하고 머릿속을 전환했다.

"작년에 '원포션'에서 승리한 미우라 에이지야. 오디션을 통과해서 올해도 경쟁하게 됐어."

소개를 하자 "그래?" 하고 엄마는 미소를 띠었다.

"우리 애 잘 부탁해요."

"아니에요. 이쪽이야말로 잘 부탁드립니다."

미우라의 목소리도 격식을 차리고 있었다.

"이루루, 아빠 이제 집에 계셔."

엄마는 그리 말하고 이루루에게 눈짓했다. 아빠에게 들키지 않도록 조심하라는 걸 테다. 그러더니 엄마는 미우라에게 가볍게 인사하고 돌아갔다.

둘 사이에 더 이상 대화는 없었다. 그것은 의도적인 침묵이 아니라 이제 어쩔 도리가 없어 포기하는 침묵이었다. '니이미'를 나와서 역까지 바래다주려고 하자 "여기서 그냥 갈게"라고 미우라가 말했다.

"잘 가."

바람은 멎어 있었다.

"우리 '원포션'이 끝날 때까지는 라이벌로만 지내는 편이……."

마지막까지 단언하기 전에 미우라가 돌아보고는 "그때까지 같은 마음으로 있을 수 있다면 말이지"라고 말하더니 역 쪽으로 걸어갔다.

지금의 자신이 어떤 표정을 짓고 있는지 알 수 없었다. 하지만 이대로는 도무지 집으로 돌아갈 수 없다는 것만큼은 알 수 있었다.

이루루도 그에게 등을 돌리고 걷기 시작했다. 멎었다고 생각한 바람이 다시 휘몰아치고 이윽고 비가 내리기 시작했다. 그런데도 이루루는 걸었다. 정처 없이, 어쨌거나 다리를 앞뒤로 움직여 앞으로 나아갔다. 벽에 붙어 걷고 있던 고양이가 비를 피할 수 있는 장소를 찾아서 서두르고 있었다.

바람에 실려 내린 비가 뺨에 닿아서 따끔했다. 정신 똑바로 차려, 라고 활기를 불어넣어주는 것 같아서 이루루는 조금씩 이성을 되찾았다.

빌딩과 빌딩 사이에 작은 도리이°가 보여서 이루루는 그곳으로 향했다. 들어가자 신사 바로 앞에 초즈야°°가 있어서 그곳에서 비를 피할 수 있을 듯했다. 머리카락을 타고 흐르는 물방울이 마른 땅을 적셨다.

이루루는 스마트폰을 꺼내서 전화를 걸려고 했지만 손이 젖어서 제대로 터치할 수 없었다. 마침내 통화연결음이 흘렀고 이루루는 작게 심호흡을 했다.

"여보세요."

"여보세요, '원포션' 사무국입니다."

○ 두 개의 기둥 위에 가로대를 놓은 문으로 일본의 신사 입구에 주로 세운다.
○○ 신사나 절에 참배를 올리기 전에 손이나 입을 정화하는 의미로 씻는 아담한 장소.

"오늘 오디션에 합격한 엔메이학원고등학교 니미 이루루입니다."

"축하드립니다."

"'슈퍼노바'의 시기하라 씨 계신가요?"

"여기에 안 계세요."

"그럼 시기하라 씨한테 말을 좀 전달해주셨으면 합니다. 미우라 에이지와는 헤어졌다고 전해주세요."

물그릇의 수면이 바람에 일렁였다. 신사의 방울 달린 밧줄이 흔들릴 때마다 금속음이 울려서 밤비에 섞였다.

제17장

공　생

축제 레퍼토리가 마침내 결정된 것은 중간고사가 끝난 10월 중순이었다. 축제 당일까지 한 달도 남지 않았는데 리얼 탈출 게임이라는 번거로운 걸로 결정 난 것은 시오리 탓이었다.

귀신의 집이라든가 음식점이라든가 제트코스터와 같은 전형적인 것은 하나같이 이미 다른 반에 빼앗기고 말아서 1학년 3반은 막다른 골목에 다다라 있었다. 몇 번이나 의논을 해도 좀처럼 결정이 나지 않았고, 속을 끓이던 시오리가 멍하니 "리얼 탈출 게임 같은 것도 괜찮지 않아? 유행하기도 하고 인기도 좋을 것 같잖아"라고 말했다. 귀차니즘이 강한 그녀가 어째서 그런 제안을 했는지 나중에 묻자, 남자친구 고등학교에서 작년에 제일 인기가 좋았던 레퍼토리였다고 했다.

과연 이 단기간에 늦지 않고 해낼 수 있을까. 담임인 사사가와 선생님도 "현실적으로 버거울 수 있겠네"라고 조언했다. 토론이 원점으로 돌아갈 줄 알았는데 축제 실행위원 중 한 사람이 "다들 의욕만 있으면 어떻게든 될 거야. 우리 첫 축제를 타협해서 어쩌자는 거야?"라고 고무시키는 말솜씨를 펼쳐보이자 갈수록 이상한 일체감이 생겼다. 선생님도 "그러게. 첫 축제니까 원하는 걸 하는 게 좋지 않을까?"라고 의견을 바꾸어서 반대파도 결국 고개를 끄덕였다.

그러자 축제 실행위원은 "그럼 일손이 부족할 것 같으니 누가 도와줬으면 하는데"라고 학급에 부탁했고, 어디선가 발안자인 시오리가 해야 한다는 목소리가 날아들었다. 시오리는 꺼려했지만 남자친구가 생겨서 축구부 매니저를 소홀히 하고 있다는 건 모두가 알고 있었다. "시간이 있으면 해줬으면 하는데"라는 부탁에 거절할 수 없어진 시오리는 무슨 생각인지 "나즈가 같이 해준다면"이라고 답해서 나즈도 얼떨결에 휘말리게 되었다.

하지만 나즈는 마음 어딘가에서 안심했다. 시간이 있으면 얼터네이트나 그날의 일만 생각하게 된다.

그 뒤에도 가쓰라다는 메시지를 보냈지만 나즈는 훑어보지도 않았다. 얼터네이트도 거의 보지 않았다. 엔게쿠타루솜의 갱신도 중지했다.

리얼 탈출 게임 기획 멤버는 나즈와 시오리 말고 세 사람이 더 있어서, 다섯은 그로부터 매일 회의를 거듭했다. 우선 정리된 개요는 이러했다.

게임 참가자는 교내에서 우연히 어떤 소문을 접한다. "1학년 3반에서 신기한 행사를 하고 있나 봐." 그것에 이끌려 얼떨결에 이곳에 찾아온다는 게 첫 설정이었다. 교실에 들어와 보니 갑자기 문이 잠기고 남자가 나타난다. 그건 몇 년 전에 교통사고로 죽은 학생으로, 교실로 끌어늘인 섯은 그의 힘짐이었던 것이다. 그리고 퀴즈를 맞추지 못하는 한 이곳에서 나갈 수 없다.

호러 요소를 더한 것은 기획 멤버 중 한 사람이 귀신의 집을 포기하지 못해서일 뿐이었지만, 이야기를 나누는 사이에 "이 학생 역에 다이키 선배를 기용하면 어떨까?" 하는 아이디어가 나왔다.

"엔메이학원고등학교에서 제일가는 유명인이 출연한다고 하면 흥미진진해하면서 다들 오지 않을까?"

학급 행사를 다른 반 학생에게 돕게 하는 건 전례가 없다. 하지만 그걸 알면서도 제안자는 "그래서 재미있지 않아?"라고 했다.

물론 다이키 선배도 자기 반 행사가 있으니 하루 종일 출연할 수는 없을 테다. 그래서 사전에 녹화한 것을 모니터에 비추기로 했다.

"우선 다이키 선배한테 접촉해보자. 반, 부탁할 수 있을까?"

얼터네이트를 좋아한다는 이미지 때문에 흔히들 나즈가 사교적이라고 생각하지만, 나즈는 사람과 교섭하는 게 서툴렀다. 더구나 하필이면 다이키 선배다.

"나즈, 다이키 선배랑 친구가 될 기회잖아."

시오리가 장난스러운 미소를 지으며 말했다. 나즈는 하는 수 없이 얼터네이트를 켰다. 단 몇 주간 사용하지 않았을 뿐인데 꽤 그리운 느낌이었다. 두근거리는 마음으로 다이키 선배에게 플로우를 하자 5분도 지나지 않아 연결되었다.

엔메이학원고등학교 1학년 3반 반 나즈라고 해요. 축제에서 저희 반은 퀴즈 게임을 고려하고 있어요. 그래서 말인데요, 갑자기 부탁해서 죄송하지만 혹시 괜찮다면 다이키 선배가 출연해줄 수 없을까 생각해서…….

신중하게 문장을 골라가며 보냈다. 대답 또한 역시 빨랐다.

좋아. 자세한 이야기는 직접 듣고 싶으니까 내일 방과 후에 교문 앞으로 와.

마치 쭉 친구로 지내온 듯한 말투였다. 정말 다이키 선배가 맞나 싶었지만 프로필에는 분명 미즈시마 다이키라고 적혀 있었다.

*

들은 대로 교문에서 기다리고 있으니 작업복 차림의 다이키 선배가 운동장 쪽에서 걸어왔다. 겨드랑이에는 양동이를 끌어안고 있었다. 그는 멀리서부터 "어이, 네가 빈이야?" 하고 손을 흔들었다.

"네. 잘 부탁합니다."

나즈는 밝은 목소리로 고개를 숙였다.

다이키 선배는 교문 바로 옆에 있는 엔메이학원고등학교라고 쓰인 비석 앞에 양동이를 내렸다. 그리고 모종삽 두 개를 천천히 꺼내서 비석 주변의 화단에 꽂아 세웠다.

"도와줄래?"

다이키 선배는 그리 말하고 새 목장갑을 꺼냈다.

종종 이런 차림으로 교내를 어슬렁거리기도 해서 그가 원예부라는 건 유명했다. 그래서 딱히 위화감이 들지는 않았지만, 약속 장소가 교문 앞이었기에 철썩 같이 바깥 어딘가에 간다고 생각하고 있었다.

"알겠어요."

"괜찮으면 이거 써. 더러워지는 거 싫잖아."

다이키 선배와 같은 작업용 앞치마였다. 창피했지만 거절하는 건 실례라고 생각해서 목장갑과 같이 받아 들었다.

"정말 덕분에 살았어. 평소에는 요리 동아리에서 도와주는데 이번 축제 때문에 좀 많이 바쁘거든. 너도 알겠지만 '원포션'에 나가는 녀석도 있고 말이지."

그리 말한 다이키 선배는 손목 스트레칭을 했다.

"이 부근의 흙, 대충 일궈줘."

나즈는 지시에 따라 흙에 삽을 꽂았다. 서걱서걱한 감촉은 셔벗을 스푼으로 퍼내는 감촉과 비슷했다.

"벌써 내년 준비를 하세요?"

"응. 원예는 반년 후나 일 년 후처럼, 늘 앞을 내다보고 해야 하거든. 있잖아, 반이 입학했었을 때 여기에 뭐가 피어 있었는지 기억나?"

나즈는 얼터네이트 프로필 사진을 떠올렸다.

"핑크색 꽃이요."

"맞아 맞아. 옅은 핑크색이었지. 그런데 어떤 꽃이었을 것 같아?"

"그건……."

나즈는 "이렇게, 무녀가 들고 있는 종 같은 거였던 것 같아요" 하고 양손을 쥐었다.

"아하하. 확실히 그러네. 히아신스라고 해. 들어본 적 있지?"

익숙한 말이었지만 전체적인 이미지는 퍼뜩 떠오르지 않았다. 스마트폰으로 검색하고 싶은데 목장갑을 끼고 있고 손이 흙으로 더러웠다.

다이키 선배는 그다음에 양동이에서 소쿠리를 꺼냈다. 거기에는 아담한 양파 같은 것이 몇 개나 담겨 있었다.

"이건 히아신스 알뿌리야. 반이 본 옅은 핑크색 꽃."

다이키 선배는 일군 흙을 10센티미터 정도 파더니 그곳에 알뿌리를 놓고 다시 흙을 덮었다. 나즈노 알뿌리글 빔아 들어 똑같이 했다.

"그럼 이 히아신스가 피는 건 또 4월인가요?"

"그렇지."

그 뜻은, 하고 말하려다 관뒀다. 다이키 선배가 졸업한 후의 히아신스에 대한 걱정은 자신이 할 일이 아니다.

"알뿌리마다 주먹 한 개 정도 간격을 벌리도록 해."

"네. 그런데 축제 건이요, 정말 해주실 건가요?"

"물론이지."

알뿌리를 놓는 동작도 흙을 뒤덮는 동작도 왠지 아이에게 옷을 입히는 엄마 같아서 나즈는 손을 움직이는 것을 잊고 다이키 선배의 몸짓에 빠져들었다.

"그 대신에 말이지."

"네."

저물기 시작한 석양이 등을 데웠다. 교문을 나가는 학생들의 즐거운 목소리에 체육관에서 바닥을 치는 농구부의 울림이 뒤섞였다.

"원예부, 도와줄 수 있어?"

"네?"

"축제까지만 해도 괜찮으니까. 반, 동아리에 안 들었지?"

얼터네이트 프로필에서 알았구나 싶었지만, "사사가와 선생님한테 들었어"라고 그가 이어서 말했다.

"그 선생님, 원예부 고문이거든. 더구나 너 생물 성적도 좋다고 들었어."

"그런데 원예라든가 가드닝이라든가 한 번도 한 적이 없어서 몰라요."

"괜찮아, 괜찮아. 다 알려줄 테니까."

"그래도."

"그럼 나도 안 해."

손이 더러워지고 손톱 사이에 흙이 끼기라도 하면 끔찍한 원예가 뭐가 즐거운지 알 수 없다. 나즈의 표정에서 그것을 읽어낸 다이키 선배는 말했다.

"지루할지도 모르겠지만, 그래도 의외로 즐거울지도 몰라. 꽃이 피면 엄청 즐거워. 사진도 찍고 싶어지고."

"꽃은 싫어하지 않아요."

"예쁜 부분만 본다면 본질은 모를 거라고 생각해. 이 꽃의 아름다움을 진정으로 이해할 수 있는 건 지금 이 알뿌리를 심은 우리뿐이야."

그 익살스러운 말투는 동영상으로 본 다이키 선배와 같아서 나즈는 남몰래 감동했다.

"알겠어요. 가능한 한 돕도록 할게요."

"야호! 윈윈이네."

알뿌리는 전부 열세 개 있었고 나즈는 다이키 선배에게 들은 대로 간격을 벌려서 심어나갔다.

"나 말이야, 이 히아신스를 심는 게 세 번째인데, 흙에 심고 나서 꽃이 피기까지 늘 맹세를 해. 첫 번째에는 꽃이 필 때까지 포테이토칩을 끊었고, 두 번째에는 매일 영어단어를 세 개 외웠어."

"이번에는요?"

"그게 말이야, 이번에는 딱히 정해놓은 게 없어. 반, 뭔가 좋을 거 없을까?"

"제가 어떻게 정해요."

"그럼 반한테 이 맹세의 룰을 줄게."

"그런 말씀을 한다 해도……."

"꽃이랑 같이 무언가를 힘내는 거, 상당히 좋아."

전부 다 심고 나서 두 사람은 원예부 도구가 들어 있는 창고로 갔다. 나즈에게 각종 도구의 용도를 가르쳐준 다음 각자 물뿌리개를 들고 수도를 들러 화단으로 돌아왔다. 다이키 선배는 화단 가장자리에 서서 높은 곳에서 몸을 통째로 좌우로 흔들다시피 하며 히아신스에 물을 주었다.

"땅 표면이 마르면 물을 잔뜩 줘야한다는 거 기억해. 그리고 물주기는 기본적으로 아침이 좋으니 조금 일찍 와서 주면 고마울 거야."

다이키는 화단 가장자리를 천천히 이동하면서 나즈를 보지 않고 그리 말했다.

"저기."

"왜?"

공중을 흐르는 물이 그리는 선은 태양에 비춰져 반짝반짝 빛나며 흙에 빨려들었다.

"란디 씨랑은 이제 재결합 안 하나요?"

"응?"

다이키 선배가 짧게 숨을 내쉬고 웃었다.

"그럴 일 없어, 없어. 아니 그게 누구야, 유행하는 댄서야?"

때마침 물뿌리개의 물이 다 떨어지고 히아신스 물 주기와 더불어 란디의 이야기가 끝났다. 그다음 돌면서 다른 화단을 살핀다고 해서 따라갔다. 체육관 출입구에서 농구부원들이 흘러나와서 그길로 달리기 연습을 시작했다. 운동장 원 바깥을 줄지어 달리는 그들을 보고 다이키 선배가 가벼운 어조로 말했다.

"오, 안베 유타카네. 오늘도 근사한데? 괜찮지 않아? 저
애."

"글쎄요. 외양으로 사람을 좋아하지 않도록 해서요."

"그럼 뭐로 좋아져? 성격이라든 등 흔한 소리는 하지
마."

운동장 옆에 있는 텃밭을 보러 가자 가지나 방울토마토
가 자라고 있었다. 다이키 선배가 "이제 수확해야 할 땐
가?"라고 읊조리면서 하나하나 만져가며 상태를 확인했다.

"얼터네이트는 어떻게 생각하세요?"

"어떻게라니?"

"얼터네이트 좋아하세요? 싫어하세요?"

"음, 굳이 따지자면 좋아하는 게 아닐까. 편리하고 말이
지. 이렇게 반이랑 느닷없이 친해진 것도 얼터네이트 덕분
이잖아?"

그렇게 말한 후 다이키 선배는 문득 손을 멈추고 "아, 그
렇지도 않나. 같은 학교니까 직접 말을 걸어도 좋았겠네.
왜 일부러 플로우를 했어?"라고 덧붙였다.

"갑자기 말을 걸 용기가 없어서요."

"용기라." 다이키 선배는 방울토마토를 따서 깨물어 먹
었다.

"반은 싫어해? 얼터네이트."

"좋아해요. 좋아했어요."

다이키 선배가 방울토마토를 내밀어서, 그것을 받아 입에 쏙 집어넣었다. 씹어 먹자 톡 하고 터져서 입안에 단숨에 산미가 퍼졌다.

"좀 배신당한 듯한 기분이 들어서요."

방울토마토 껍질이 뺨 안쪽에 들러붙었다.

"이해하지 못하는 건 아니야. 얼터네이트는 우리한테 적군인지 아군인지 알기 힘들지. 자, 이거 봐봐."

다이키 선배는 나즈의 물뿌리개를 빼앗아 들고 방울토마토의 뿌리 부근에 있는 오렌지색 꽃에 물을 뿌렸다.

"마리골드야."

"먹는 건가요?"

"식용은 아냐. 토마토의 공영 식물이지."

오렌지색 꽃잎은 물을 뒤집어쓰고 기쁜 듯 흔들리고 있었다.

"같이 키우면 좋은 영향을 주는 조합의 식물을 그리 말해. 이 경우에는 선충이라는 해충을 마리골드가 물리쳐주지."

어디서부터인가 배추흰나비가 날아왔다. 다이키 선배가 물 주는 걸 그치자 배추흰나비는 자리를 양보받은 듯 꽃 위에 앉았다.

"마리골드는 딱히 토마토를 도우려고 한 게 아니야. 그저 피어 있기만 하면 그렇게 돼. 그런데 둘은 정말 좋은 조합이야. 그거 최고지 않아? 서로 자기답게 피어 있는데 돕고 공생하고 있지."

꽃잎 위의 물방울 하나가 굴러서 땅에 떨어졌다.

"그런데 마리골드 쪽에 메리트가 있어요?" 나즈가 묻자 다이키 선배는 생각에 잠기더니 "음, 평범하게 심을 때보다 예쁜 것 같아"라고 시치미를 떼듯이 말했다.

배추흰나비가 수긍을 하지 못하는 나즈를 두고 날아올라 이윽고 보이지 않게 되었다.

*

자택에 도착하는 것과 동시에 스마트폰에 메시지 한 건이 와 있었다. 발신인은 얼터네이트라고 되어 있었고 "'진 매치'에 대한 사과와 업데이트에 대한 부탁 건"이라는 제목이 달려 있었다.

평소에 얼터네이트를 애용해주셔서 진심으로 감사드립니다. 이번에 '진 매치'에 대한 시스템상의 오류가 발견되어 하기의 기간 중에 'Gene Innovation'과 연계하신 이용자 중 잘못된 매칭 검색 결과를 보내드린 사안이 있다고 판명되었습니다. 즉각 알고리즘을 수정하여 새로운 버전을 금일 송신하였으니 번거로우시겠지만 업데이트를 부탁드립니다.

대상 기간은 이하와 같습니다……

나즈가 '진 매치'를 시작한 날은 대상 기간에 포함되어 있었다. 설마 싶어서 바로 업데이트를 개시했다. 스마트폰을 쥔 손에 땀이 배어났다.

다운로드 진척 상황을 알리는 막대기가 뻗어나가는 게 무척이나 느리게 느껴졌다. 나즈는 초조해하며 자리에서 원을 그리듯 걸었다.

다운로드가 완료되자마자 켰다. 다시 매칭 서비스를 검색했다. 이제까지 걸렸던 시간이 거짓말이었던 것처럼 이름과 백분율 리스트가 표시되었다.

기미조노 미치노스케 94.2퍼센트

어째서인지 기분이 차분해졌다. 나즈는 플로우를 보내고 창 건너편의 보랏빛으로 물든 석양을 바라보았다.

제18장

초 조

나오시는 매일같이 '피피'에서 아르바이트를 했다. 시급만이 목적은 아니었다. '피피'에서는 손님이 없으면 '악기 정비'라는 명목으로 드럼을 칠 수 있어서 좋았다. 연습에는 최고라서 덕분에 무뎌져 있던 드럼 실력도 꽤 원래대로 돌아왔다.

　미우와는 그 이후 만나지 않았다. 전화는 몇 번인가 했다. 지메이킨소 사람들의 이야기라든가 '피피'에서 있었던 일이라든가 대수롭지 않은 이야기를 했다. 하지만 점점 할 말이 없어졌고 이윽고 나오시로부터 온 부재중 전화에 미우가 다시 거는 빈도도 줄어들었다. 그런 상황에서 "목소리가 듣고 싶어서"라고 하면서 전화를 걸 만큼 뻔뻔하지 못했다. 미움받을지도 모르고 미우의 시간을 방해하고 싶지 않았다.

10월 하반기에 접어들자 엔메이학원고등학교 학생 손님이 늘기 시작했다. '피피'의 선배 말로는 조만간 축제가 열리기 때문이라고 했다. 그 축제를 위해 밴드를 결성한 학생들이 연습을 하러 온다. 이 계절의 풍경이라며 선배가 웃었다.

그들의 표정은 한결같이 굳어 있었다. 본 공연을 앞두고 있는 초조함이나 긴장감이 엿보였다. 하지만 한편으로는 그것마저 즐기면서 신이 나 있었다. 나오시는 이런 그들이 유치하다고 생각하면서도 얼굴을 마주할 때마다 몸이 스멀스멀 뜨거워지는 걸 느꼈다.

문에 귀를 대고 그들의 연주를 들은 적도 있다. 대부분이 심각한 수준이었고 특히 드럼은 엉망진창인 경우가 많았다. 좋게 봐줘도 겨우 들을 만한 레벨이었다. 그걸 알고 나면 나오시는 안심하고 평소대로 일로 되돌아갈 수 있었다.

어느 날 아르바이트 선배가 사카구치 씨에 대해 물었다. 이야기의 시작은 "최근에 사카구치 씨가 안 보이던데 괜찮아?"였다.

먼젓번에 선배의 밴드가 '불똥사연'과 라이브 공연을 한 모양이었는데, 사카구치 씨와 밴드 멤버가 말다툼을 하는 걸 목격했다고 한다. 내용까지는 알아듣지 못했지만 멤버가 사카구치 씨를 달래고 있었는데, 그래도 전혀 진정하지 못하고 오히려 격해져서 걱정스러웠다고 그는 말했다.

"'불똥사연', 메이저 데뷔 논의가 들어왔다는 소문이 있어. 중요한 시기에 상황이 그러니 나오시 네가 뭔가 아나 싶었는데."

"그래요? 아니, 최근에 딱히 본 적이 없어요. 기본적으로 아침에 돌아와서 그때부터 정오가 넘어서까지 자는 느낌이니까요."

"그렇구나. 괜찮은 드러머니 열심히 하면 좋을 텐데."

"신경 써서 지켜볼게요."

'불똥사연'이 메이저 데뷔를 한다는 이야기는 몰랐다. 다만 유튜브에 올린 뮤직비디오의 조회수가 50만을 넘었다고 도키 씨가 말했었다. 그때까지 1만을 넘을까 말까였지만, 어느 배우가 최근에 종종 듣고 있다고 텔레비전에서 소개해서 갑자기 조회수가 훌쩍 뛰어올랐다. 그래서 메이저 데뷔 이야기도 진짜일 듯했다. 하지만 사카구치 씨가 그 사실을 자신들에게 전하지 않은 건 조금 마음에 걸렸다. 평소의 그라면 틀림없이 자랑했을 테다.

아르바이트를 마치고 돌아가자 거실에서 마코 씨와 겐이치가 만두소를 피로 싸고 있었다.

"겐이치가 '내가 만든 만두는 가게에 내놔도 될 수준'이라고 우겨서 갑작스럽게 부탁했어."

"진짜라니까. 나오시도 먹을 거지?"

겐이치는 요리를 못한다고 알고 있다. 그런데 볼에 가득 담긴 만두소를 보니 꽤 버젓한 모양새를 갖추고 있어서 "진짜 겐이치 네가 만들었어?" 하고 나오시는 고개를 갸웃거렸다.

"만들었지. 점심때부터 장 보고 준비했어. 나오시 손 씻고 와."

도우라는 말인 듯했다. 나오시는 손을 씻고 그들의 사이에 앉았다. 만두를 빚는 건 처음이었지만, 마코 씨가 "이렇게 하면 돼"라고 천천히 가르쳐주어서 흉내 내보았다. 처음 한 개는 엉망진창이어서 피에서 소가 삐져나왔다. 그런데도 마코 씨는 "처음치고는 잘하네"라고 칭찬해주었다.

완성된 만두는 그 수가 엄청나서 200개 가까이 되었다. 이렇게 많이는 다 못 먹는다고 나오시가 말하자 겐이치는 의기양양하게 한쪽 눈을 가늘게 떴다.

"다 못 먹으면 냉동해두면 돼. 그럼 오늘 없는 사람도 먹을 수 있어. 그렇다고 해도 나의 만두 맛은 변하지 않지. 이게 대단한 점이라고 할 수 있단다."

굽기 시작할 무렵에는 오후 7시가 넘어 있었다.

만두가 익어갈 무렵에 참기름을 두르자 먹음직스러운 향기가 피어오르고 탁탁 하는 소리가 났다. 연기를 피하려고 창문을 열었다. 시원한 가을바람이 어디서부터인지 금목서 향기와 더불어 방으로 흘러들었다.

큰 접시에 담은 만두는 노릇노릇하게 익은 면이 아름다워 정말 가게에서 파는 것 같았다. 참지 못하고 한 입 베어 먹자 육즙이 사르르 퍼졌다. 독특한 풍미가 났지만 그 정체를 알 수 없었다. 겐이치가 확인하듯이 먹더니 "대성공이네" 하고 고개를 끄덕였다.

"이거엔 그거야." 겐이치가 냉장고에서 캔맥주 두 개를 꺼내고 나오시가 항상 넣어두는 콜라 큰 병을 가지고 와주었다. 나오시는 전용 플라스틱 컵에 그것을 따라 기름을 위장에 흘려보냈다.

"배추절임이랑 오향분°. 이게 비법이지."

겐이치는 양손을 크게 움직여가며 만두를 만드는 비법을 자랑스럽게 연설했다. 그 연기하는 듯한 말투에 웃으면서 나오시와 마코 씨는 만두를 먹음직스럽게 먹었다.

온화한 시간을 보내고 있으니 문득 복도 쪽에서 바닥이 삐걱대는 소리가 들렸다. 겐이치가 문득 "있었구나"라고 읊조렸다.

문을 연 사카구치 씨는 눈부신 듯 눈을 가늘게 뜨고 "헤이" 하고 나지막한 소리로 인사했다. 그러고 나서 느릿느릿 냉장고로 향하더니 500밀리리터짜리 캔맥주를 꺼내 땄다. 흘려보내듯이 마시더니 캬아, 하는 소리를 내고 또 한

___

♢ 산초, 팔각, 회향, 정향, 계피 등의 5가지 향신료를 섞어 만든 중국의 대표적인 혼합향신료.

모금에 전부 다 마셔버렸다. 체육복 바지는 흘러내려 옷자
락이 바닥에 닿아 쓸리고 있었다.

"푹 쉬어."

방으로 돌아가려고 하는 사카구치 씨에게 겐이치가 "먹
지 않겠는가? 내 회심의 작품인데"라고 조금 전의 작위스
러운 말투로 말했다. 그러자 사카구치 씨는 접시를 힐끗
보더니 "아니, 괜찮아"라며 한쪽 입가를 끌어올렸다. 그 시
니컬한 표정이 나오시의 가슴에 손톱을 세웠다.

"'불똥꼴뚜기의 사연', 메이저 데뷔 축하드려요!"

나오시는 일어나서 손뼉을 치고 큰 소리로 그리 말했다.
그가 부어서 부석부석한 눈을 이쪽으로 돌렸다. 한 번 더
"축하드려요!"라고 반복했다.

사카구치 씨는 빙긋이 웃더니 고개를 숙였다.

"고마워."

녹이 슨 철을 긁는 듯한 쉰 목소리였다.

"'피피' 사람들도 기뻐하고 있어요."

"정말이야?" 겐이치가 물어서 "'불똥사연'이랑 라이브 공
연을 했던 '피피' 사람한테서 들었어"라고 답했다.

"그런데 그때 다퉜다고 하던데. 사카구치 씨, 괜찮아요?
다들 걱정하고 있어요."

"뭐어?"

사카구치 씨는 180센티미터가 넘는 몸을 흔들면서 나오

시에게 천천히 다가왔다.

"왜 내가 걱정받아야 하는 거지?"

"모르죠. 왜 다투셨어요?"

"괜히 간섭하지 마."

사카구치 씨의 입에서 시큼한 냄새가 났다.

"메이저 데뷔가 아깝잖아요. 더 감동적인 오라를 내야죠."

"그렇게 안 보이냐?"

메마른 눈가에는 하얗게 굳은 액체가 달라붙어 있었고 머리는 떡 져 있었다.

"매리지블루인가요?"

창문에서 나방이 들어와 마코 씨가 꺅 비명 질렀다. 하지만 두 사람은 움직이지 않고 서로 마주보고 있었다.

"술 마시고 현실 도피를 하다니. 무슨 일인지 몰라도 록스타는 그런 겁니까? 상당히 근사한 라이프스타일이네요."

어느새 자신도 작위적인 어조로 말하고 있다는 사실을 깨닫고 무심코 웃었다. 그러자 사카구치 씨의 큼직한 손바닥이 나오시의 뺨을 때렸다. 아주 강한 힘에 냅다 튕겨나가 벽에 어깨를 박았다. 피부가 얼얼하고 시야에 불꽃이 튀었다.

"조무래기는 평생 모를 일이니까 신경 꺼."

사카구치 씨는 나오시의 티셔츠 목덜미를 쥐고 끌어당

긴 다음 또 한 번 얼굴을 때렸다. 그 순간 나오시도 카운터 펀치로 그의 뺨을 때렸다. 뺨이 쿨렁 물결쳤고 마구잡이로 난 수염의 까끌까끌한 감촉이 손에 남았다.

더 이상 멈출 수 없었다. 사카구치 씨는 나오시의 얼굴을 겨냥해 주먹을 날렸다. 나오시는 양손으로 간신히 막았지만 비틀거리다 테이블에 기댔고, 반동으로 콜라 병이 굴러 떨어졌다. 거품이 인 검은 액체가 바닥에 퍼졌다. 그걸 닦아내려고 하는 마코 씨를 겐이치가 막았다. 집에 들어온 나방이 천장 불빛에 이끌려서 푸드득거리고 있었다.

나오시는 짧게 도움닫기를 해서 뛰어올라 사카구치 씨의 가슴팍을 향해 무릎을 구부렸다. 그는 미처 피하지 못하고 어깨로 그것을 받았지만 얼마 지나지 않아 나오시를 걷어찼다. 두 사람은 서로를 노려보면서 대각선으로 실내를 돌았다. 겐이치는 끼어들어 말리려고 했지만 타이밍을 잡지 못한 채 쭈뼛대고 있었다.

"네 비트엔 아무도 못 맞출 거야. 음악이 아냐. 소음이지."

"'불똥사연'의 보컬, 진짜 노래 잘하죠. 사카구치 씨가 드럼을 치면 보통 사람은 리듬을 못 맞출걸요."

도발을 견딜 수 있는 여유가 서로에게는 없었다. 두 사람은 온갖 욕설을 뒤집어쓰면서 서로 치고 박고 싸웠다. 하지만 사카구치 씨가 응수하는 타격에는 이길 수 없었다.

녹초가 되기 시작한 나오시를 바닥에 쓰러뜨리고 위에 올라타 주먹을 내리쳤다. 쏟아진 콜라가 스며든 등이 차가웠다. 양손을 겹치고 그 틈으로 그의 얼굴을 힐끗 쳐다보니 촉촉한 눈동자로 무언가를 열심히 참아내고 있었다. 너무나도 나약하고 가여웠다. 문득 그의 얼굴에 자신의 얼굴이 포개어졌다. 그 망령이었다.

제기랄, 왜 내 망령이 나한테 폭력을 휘둘러야 하지.

망령은 유타카의 얼굴로 변했다. 마지막으로 만났을 때의 불쌍히 여기는 표정을 짓고 있었다. 힘이 쑥 빠져서 얼굴로 묵직한 주먹을 받았다. 머리가 흔들렸다. 유타카의 얼굴이 일그러져서 동생이 되고, 또다시 꿈틀거려 아빠가 되고, 할머니가 되고, 죽은 엄마가 되고 나서 다시 자신이 되었다.

나오시는 남은 힘을 간신히 쥐어짜내어 상대의 머리카락을 잡아당겼다.

"도망치지 말라고!"

그리고 간신히 끌어 모은 힘으로 주먹을 휘둘렀다. 오른손은 상대의 턱을 날카롭게 꿰뚫었다. 동시에 나오시도 턱을 얻어맞았다. 스스로 자신의 턱을 깨부순 것 같았다.

상대가 천천히 옆으로 허물어져 내렸다. 허억허억 하고 새어나오는 자신의 숨소리가 두개골을 타고 들렸다. 창문에서 바깥으로 날아가는 나방이 시야 끝자락에 어렴풋이 비쳤다.

　나오시가 눈을 떴을 때 주변은 아무 일도 없었다는 듯 고요했다. 옆에 쓰러져 있었을 터인 사카구치 씨도 없었다. 어질러졌던 집은 원래대로 돌아왔고 만두 냄새도 나지 않았다. 조금 전에 있었던 일이 전부 거짓이었나 싶었다. 몸을 천천히 일으키자 소파에 앉아 있던 마코 씨와 눈이 마주쳤다. 마코 씨는 무표정으로 나오시를 바라본 뒤 "잘 잤어?" 하고 농담처럼 웃었다. 일을 수습하려는 듯한 그 미소에 역시 거짓이 아니었구나 하고 나오시는 생각을 고쳤다.
　"사카구치 씨는요?"
　말하자 턱이 찌릿하고 욱신거렸다.
　"그 뒤에 바로 나갔어. 겐이치가 쫓아갔는데 아직 연락이 없어."
　소파 근처에 걸레가 있어서 마코 씨가 전부 정리했다는 사실을 이제야 깨달았다.
　"나오시, 여기."
　마코 씨는 자신의 코 아래를 가리켰다. 나오시가 같은 장소를 건드리자 흙 같은 것이 붙어 있었고, 그게 말라붙은 피라는 걸 알게 되는 데에는 오랜 시간이 걸리지 않았다. 티셔츠에서 캐러멜 같은 달달한 냄새가 나서 보니 피와 콜라로 엉망진창이 되어 있었다.

"샤워하고 올게요."

"오늘은 이제 쉬는 게 어때?"

"아니, 냄새가 나서요."

"그래. 무리하지 마."

"마코 씨."

"왜?"

"만두, 맛있었죠?"

나오시는 그리 말하고 웃었다. 하지만 아무리 노력해도 제대로 웃을 수 없어서 마코 씨의 심성을 잘 이해할 수 있었다.

세면대 거울로 자신의 얼굴을 보니 눈덩이와 뺨이 잔뜩 부어서 새파래져 있었다. 자신의 얼굴이라고 도무지 생각할 수 없었다. 건드리자 얼얼한 통증이 내달렸다.

샤워를 마치고 방으로 돌아와 불도 켜지 않은 채 침대에 벌러덩 누웠다. 창문에서 비쳐드는 달빛이 벽을 새파랗게 비추고 있었다.

도키 씨에게 전화를 걸었다. 사카구치 씨는 지메이킨소에서 도키 씨에게 마음을 제일 열고 있어서 만약을 위해 지금 일어난 일을 전해두려고 했다.

"무슨 일이야?"

"도키 씨, 지금 전화 괜찮으세요?"

"응, 대학교거든."

"사카구치 씨 일, 누군가가 말해줬어요?"

혹시 이미 마코 씨나 겐이치에게 연락을 받았을지도 모른다고 생각했지만, 도키 씨는 아무것도 모르는 듯했다. 다투게 된 경위를 이야기하자 "역시 일이 그렇게 됐구나" 하고 도키 씨는 의기소침했다.

"요 근래 상태가 이상해서 전번에 한잔하러 가자고 했거든. 여러 가지 불만을 터뜨리더라고. '메이저 데뷔를 하면 자유롭지 않게 된다', '개성이 왜곡된다', '잘 팔리는 앨범, 엿이나 먹으라고 해', 이런 내용이었어. 그런데 들어보니 그건 큰 이유가 아니었어. 그저 두려운 거야."

도키 씨는 담담하고 조용하게 말했다.

"사카구치는 예전 밴드 때 갑자기 드럼을 치지 못하게 된 적이 있어. 밴드로서는 궤도에 오르기 시작할 무렵이어서 걘 스스로 탈퇴하겠다고 했지. 그 기억이 또 스쳐지나간 게 아닐까?"

"그럼 우리가 할 수 있는 건."

"없어."

도키 씨는 단호하게 말했다.

"이건 걔가 뛰어넘어야만 하는 문제야. 지금 누가 손을 내밀면 또 같은 일을 반복하게 될 거야. 뿌리치는 수밖에 없어. 내버려두는 거야. 사카구치 말고는 사카구치가 될 수 없어."

그리 이야기하는 목소리가 날카로워서 늘 온화하던 도키 씨와는 다른 사람 같았다.

"자신이 다른 누군가가 될 수 있다면 얼마나 편할까요."

나오시가 읊조리자 도키 씨는 가만히 있었다. 그리고 "미안. 이제 전화 끊어야 할 것 같아. 친구가 부르거든"라고 말하고는 전화를 끊었다.

방은 도키 씨와 이야기하기 전보다도 고요하게 느껴졌다.

눈을 감고 드럼을 쳐본다. 몸이 욱신거려서 제대로 움직일 수 없다. 하지만 사카구치 씨의 상태는 그런 게 아니나. 아프지 않은데 팔이나 다리가 원하는 대로 움직여지지 않는다. 자신의 몸인데 그렇지 않은 감각으로 어떻게 해야 좋을지 몰라 하고, 어쨌거나 죽어라 움직이려고 하지만 손발이 사슬에 이어진 것처럼 묵직하다. 아무리 뿌리치려고 해도 사슬은 떨어지지 않고 오히려 살을 파고든다. 목에도 사슬이 휘감겨 있는 것처럼 숨을 제대로 쉴 수 없다.

눈을 번쩍 떴다. 호흡이 흐트러지고 목이 끄윽끄윽 울리고 있었다. 할 수 있는 게 당연하다고 생각한 걸 할 수 없게 되는 경험은 처음부터 하지 못하는 것보다 훨씬 버거운 법이다.

호흡이 좀처럼 진정되지 않았다. 이럴 때 나오시는 미우의 파이프오르간을 떠올리기로 했다. 그 신비한 음색을 떠올리자 누군가 자신의 등을 어루만지는 듯한 느낌을 받았다. 하지만 요즘 들어 그 음색이 옅어지고 무언가에 가로막혀 있는 것처럼 음이 멀어졌다. 시간을 들여서 끌어올리고 간신히 재생해야 마침내 저쪽 멀리서 미우의 음을 발견한다. 하지만 걸리는 시간이 나날이 길어지니 들리지 않게 되는 건 시간 문제였다.

"나오시."

문 건너편에서 마코 씨의 목소리가 들려 문을 열자 "잠시 괜찮아?" 하고 나오시의 방에 들어왔다. 그녀는 잠옷 차림이었고 가슴 언저리에서 매끄러운 살결이 언뜻 보였다.

"무슨 일 있어요?"

그리 물어도 마코 씨는 입을 다물고 있었다. 상태가 이상해서 "도키 씨 부를까요?"라고 묻자 마코 씨는 "왜?" 하고 희미하게 웃었다.

"아니, 지금 제일 가까이에 있어줬으면 하는 사람이 도키 씨가 아닐까 해서요."

그녀는 또 웃었다.

"만두 맛있었지?"

그건 오늘 밤만의 암호 같았다.

"그랬죠."

"나, 사카구치의 심정을 조금 이해할 것 같아."

마코 씨는 그리 말하고 잠옷 소매를 쥐었다.

"나, 내년에 졸업인데 앞으로의 일이 아무것도 결정되지 않았어. 만약 다음 일이 정해져 있다고 해도 그 다음 역시 또 모르잖아. 스스로 길을 선택해가는 건 정말 두려운 일이라고 봐."

마코 씨는 말하면서 나오시에게 천천히 다가갔다.

"나오시는 안 무서워?"

"글쎄요."

나오시는 생각하면서 벽에 붙여 놓은 '젠야'의 포스터를 보았다.

"전 소중히 여기고 싶은 현재가 딱히 없었던 것 같아요. 그래서 표류물처럼, 여기에 있구나, 하고."

"후회해?"

"설마요. 소중히 여기고 싶은 현재가 있다고 한다면 지금은 이곳이에요."

사카구치 씨와는 싸우고 말았지만요, 라고 덧붙였다. 마코 씨가 "분명 사카구치는 네가 부러운 걸 거야"라고 말했다. 전에 같은 말을 유타카에게도 들었다.

"아니, 나도 마찬가지야. 다들 나오시에게 자신의 본심을 겹쳐 보고 있어."

"전 모두가 부러워요. 여유가 있잖아요. 전 어디까지 가도 아직 어중간해요. 뭘 어떻게 해야 할지 모르고요."

"그런데 자신감이 있잖아."

"자신감 없어요. 달리 할 수 있는 게 없으니 그렇게 보이는 게 아닐까요? 길을 헤매지 않는 사람처럼 보일지 모르지만, 달리 길이 없을 뿐이에요."

마코 씨가 갑자기 입술을 가까이 해서, 나오시는 무심코 뒤로 물러났다.

어둑어둑한 빛 속에서 마코 씨는 표정을 바꾸지 않았다. 무언가 말하려 하는 듯한 시선이 나오시를 곤란하게 만들었다. 어떻게든 그녀가 호소하는 심중을 받아들이려고 했지만 어려웠고, 그러는 사이에 마코 씨는 다시 얼굴을 가까이 했다. 잘 알 수 없었다. 그런데도 촉촉한 감촉이 분명히 와 닿았다.

마코 씨는 입술을 떼고 "미안해"라고 작은 목소리로 말했다.

나오시는 어디에도 힘이 들어가지 않아서 당장이라도 무너져 내릴 듯했다.

"내일 봐."

그리 말하고 마코 씨는 등을 돌리고 나갔다.

나오시는 침대에 파고들어 머리까지 이불을 뒤집어썼다. 미우의 파이프오르간에 대해 다시 이런저런 생각을 했다. 그 광경을 되새기고 선율의 초록빛을 필사적으로 되살렸다. 하지만 어디에도 없었다. 간신히 음의 단편을 발견했는데도 금방 멀어져버렸다. 어디 가는 거야. 여기에 머물러줘.

제19장

대　　항

"어쩌지, 너무 긴장돼."

생방송 시작 시간까지 앞으로 30분이나 남아 있었다. 이미 앞치마로 갈아입고 준비를 마친 둘은 이 미묘한 시간을 주체하지 못하고 있었다.

에미쿠는 아담한 대기실을 부산하게 돌아다니고 있었다. 마치 작년의 자신 같아서 이루루는 미오 선배처럼 당당하게 있고 싶었다. 하지만 그녀의 긴장감이 옮아서 자신도 여유가 없어졌다.

기분이라도 전환하고 싶어서 미오 선배에게 전화를 걸기로 했다. 그녀는 바로 받더니 "지금부터 본선이지? 그런데 왜 전화를 한 거야?"라고 황당한 듯 말했다.

"좀 긴장이 돼서요. 에미쿠도 바꿔드릴게요."

스마트폰을 건네자 에미쿠는 "선배님, 이렇게 긴장되는 줄 알았으면 안 나왔을 거예요" 하고 울먹이는 표정을 지었다. 에미쿠는 계속 우는소리를 했지만, 서서히 진지한 눈빛을 하더니 이루루를 힐끗 보았다. 마지막에는 "알겠어요. 저, 열심히 할게요" 하고 다부진 표정으로 말하더니 전화를 돌려주었다.

　　"무슨 말씀 하셨어요?"

　　이루루가 미오 선배에게 물었다.

　　"별말 안 했어. 작년 이야기를 했을 뿐이야. 이루루는 정말 우수한 파트너였다고. 그러니 이번에는 에미쿠가 버팀목이 돼주라는 이야기였어."

　　"이제 와서 그런 소릴 하신 거예요?"

　　"전화 건 건 너잖아."

　　"그건 그렇긴 하지만."

　　"저번 일은 잊고 네가 만들고 싶은 걸 만들어. 여기까지 온 것만으로도 실력이 있단 소리니까 졸지 말고 해나가."

　　"네."

　　"참고로 내가 지금 어디에 있을 것 같아?"

　　그러더니 미오 선배는 전화를 누군가에게 건네주었다.

　　"만반의 준비는 됐어?" 다이키의 목소리가 들렸다.

　　"같이 있어?"

　　"가정실습실에 모여서 다들 축제 준비를 하며 보고 있

어. 그랬더니 미오 선배도 오더라고. 자, 다들 목소리 들려 줘.”

안에서 와, 하는 환호성이 들렸다.

“져도 원망 안 할 거지만 이기는 편이 신나니까 잘 부탁할게.”

“용케도 그런 소릴 하네.”

“그리고 최근에 원예부에 한 사람이 들어왔는데 그 애가 메시지를 전해줄 거야.”

딱히 가입한 건 아니에요, 하는 목소리가 희미하게 들리더니 “1학년인 반 나즈라고 해요. 응원하고 있어요”라는 서먹한 응원을 받았다. 방송 스태프가 문을 노크했다. “엔메이학원고등학교 참가자분들, 스튜디오 쪽으로 이동해주세요”라는 말을 들어서 “고마워요. 힘낼게요. 지금 불려서 이제 가야 해요” 하고는 전화를 끊었다. 그리고 두 사람은 누가 먼저라고 할 것 없이 하이파이브하고 대기실을 뒤로 했다.

복도를 빠져나가 스튜디오로 걸어갔다. 에미쿠가 작은 목소리로 “끝난 건 신경 쓰지 말고 어쨌거나 열심히 해요”라고 말해서 이루루는 가만히 턱을 끌어당겼다.

스튜디오에 들어서자 세트 뒤에는 대부분의 대전 상대들이 모여 있었다. 다들 눈을 맞추려고 하지 않았고 견제하는 듯한 기색이 감돌고 있었다. 하지만 그곳에 그의 모습은 없었다.

음향 스태프가 다가와서 이루루의 앞치마 가슴 언저리에 핀마이크를 달아주었다. 그러자 "잘 부탁드립니다" 하는 맥없는 인사가 뒤에서 들렸다. 돌아보자마자 무로이와 눈이 마주쳤다. 그는 부자연스러울 정도로 환한 미소를 이루루에게 지었다.

이어서 온 미우라는 이루루를 힐끗 보더니 바로 시선을 피했다. 에미쿠가 "오늘 살아남는 것만 생각해요"라고 하며 어깨에 손을 얹었다.

"다들 모이셨죠? 그럼 부르는 고등학교 순서대로 이쪽부터 나란히 서주세요!"

엔메이학원고등학교는 여섯 번째였다. 에미쿠뿐 아니라 참가 고등학교 전원으로부터 긴장감이 전해져왔다.

"그럼 잠시 후에 생방송이 시작될 테니 여러분 힘내세요!"

앞으로 생방송이 시작되기까지 10초 전.

5, 4, 3—

"—'La bonne cuisine est la base du véritable bonheur' —'맛있는 요리는 진정한 행복을 바탕으로 한다'. 근대 프

랑스 요리의 아버지 조르주 오귀스트 에스코피에는 이렇게 말했습니다. 또한 그의 저서 《요리 가이드》를 영어로 번역한 헤스턴 블루먼솔은 '대단한 요리라는 건 전통을 깨부수는 게 아니라 전통을 새로운 방향으로 이끌어서 만들어내는 것이라는 사실을 알았다. 혁명보다도 오히려 진화해야 한다'고 말했습니다."

MC를 맡은 인기 아나운서가 스포트라이트 밑에서 나직하게 말했다.

"미지의 힘을 숨긴 젊은이들이여. 새로운 행복을 추구해서 더 나은 진화를 이루도록 하라! '원포션 시즌3'!"

목소리를 높이자 갑자기 화려한 팡파르가 울리고 은색 테이프가 힘차게 터졌다.

"자, 고등학생들이 펼치는 요리 제전에 오신 것을 환영합니다! 올해는 과연 어떤 열전이 펼쳐질까요. 우선 심사를 통과한 열 개의 학교를 소개하겠습니다! 다키가와고등학교!"

그리 외치자 선두에 선 팀부터 한 쌍씩 무대 앞쪽으로 빨려 들어갔다. 나열된 사람 수가 서서히 줄어갔고 마침내 이루루와 에미쿠가 선두가 되었다.

"엔메이학원고등학교!"

무대 끝에서 앞으로 나가자 시야가 단숨에 밝아졌다. 열 몇 대의 카메라가 눈에 비쳤다. 그 건너편에 셀 수 없을 정도의 시청자가 있다고 생각하자 가슴이 조여들고 숨쉬기 힘들어졌다.

마치 오페라하우스 같은 스튜디오의 중심에는 다양한 조리를 할 수 있는 최신형 주방 열 개가 두 줄로 나열되어 있다. 조리대는 번쩍번쩍 윤이 났고 너무나도 눈부신 조명을 보란 듯이 반사했다.

스튜디오 옆쪽 선반에는 시장처럼 식재료가 쌓여 있고 그 옆에는 여러 대의 거대한 냉장고가 있다. 요리에 쓰이는 것은 그곳에서 선택한다. 그 위의 2층에는 심사위원이 시식을 하기 위한 긴 테이블이 놓여 있다.

자신들의 주방은 왼쪽 가장자리 뒤편이었다. 금속제 조리대에 닿자 놀라울 만큼 차가웠다. 이루루는 마음속으로 '잘 부탁해'라고 말을 걸었다.

카메라 안쪽에는 계단형 단상이 있고 관객이 앉아 있었다. 그곳에는 에구치 프란체스카도 있었다.

"그리고 마지막으로 작년도 우승자! 에이세이 제1고등학교!"

무로이가 오른손을 치켜들었다. 그 옆의 미우라는 무표정하게 서 있었다. 집에서 가벼운 마음으로 외출한 듯한 분위기로 패기가 조금도 느껴지지 않았다.

"이번에는 이 열 학교가 '원포션'에 도전합니다. 어떤 팀이 뛰어난 요리를 만들어낼까요. 이들의 요리를 심사하는

얼터네이트

건 이분들입니다!"

2층에 다섯 명의 심사위원이 나타났다. 그곳에는 그 마스미자와 다케루의 모습도 보였다.

"룰을 설명하겠습니다. 여러분은 정해진 식재료를 사용해서 요리 하나를 만들어내야 합니다. 어떤 것이든 상관없습니다. 하지만 '원포션'에는 테마가 있습니다. 테마와 식재료를 어떻게 조합할 것인가, 그것이 '원포션'의 묘미입니다. 심사위원들은, 그저 아름답고 맛있기만 한 요리는 셀 수 없을 만큼 만나왔습니다. 그들이 굶주려 있는 건 독창성입니다. 여러분만이 만들어낼 수 있는 자유로운 발상을 기대하고 있습니다. 자, 제1회전을 통과하는 팀은 네 학교뿐입니다."

참가 학교들 사이에서 떠들썩한 소리가 일었다. 아나운서는 개의치 않고 이어서 이야기했다.

"식재료와 테마를 발표하겠습니다."

그의 앞에 있는 테이블에 클로시˚ 덮인 접시가 놓여 있었다.

"식재료는 이것입니다."

클로시의 손잡이를 들어 올리자 하얀 달걀이 산더미처럼 쌓여 있었다.

˚ 식기 커버로 요리 위에 씌워지는 종 모양 덮개.

"그리고 테마는······."

그는 거기까지 말하고 참가자를 둘러보았다.

"없습니다."

다시 회장이 들썩였다.

"이번에는 일부러 테마를 정하지 않았습니다. 달걀은 긴 역사 속에서 다양한 상징으로 사용되어 왔습니다. 정말 수많은 의미를 가지고 있습니다. 따라서 달걀에 어떤 스토리성이나 철학을 담아내는지는 여러분에게 맡기기로 했습니다. 요리를 프레젠테이션할 때 각자의 테마를 발표해주세요."

안절부절못하는 에미쿠를 두고 이루루는 눈을 감고 머리를 바로 굴렸다.

"제한시간은 45분입니다. 최고의 '원포션'을 만들어주세요. 그럼 스타트!"

버저가 울리자 동시에 열 팀은 스테이지 옆에 있는, 식재료가 나란히 놓인 구석으로 서둘렀다.

"테마가 없다니 오히려 종잡을 수 없네요. 지금까진 이런 적 없었으면서. 결승에 올라가는 것도 한 학교 줄었고요. 아, 큰일이네."

에미쿠가 드물게 위축되어 있어서 이게 '원포션'이라는 걸 통감했다. 작년의 자신도 이 긴장감에 몇 번이나 당할 뻔했다.

"그런 소릴 해봤자 소용없어. 어떻게 하면 새로운 걸 만들어낼 수 있을지 생각해보자."

"그러네요. 우선은 테마……를 어떻게 할까요?"

"부모자식, 탄생, 스타트, 생명, 하야니까 순수라든가, 콜럼버스의 달걀이라든가."

"지금 요구받고 있는 건 이른바 바로 콜럼버스의 달걀 같은 거네요."

"에미쿠는 뭔가 생각나는 거 있어?"

"전 새로운 조리법에 도전하고 싶어요. 그 자체가 달걀에서 생기는 가능성이 될 거예요."

"달걀로 새로운 것이라. 어렵네. 새로운 건 식재료의 조합에는 있을지 몰라도 조리법이라면 음, 예를 들어 냉동한다든가?"

"냉동달걀 좋네요. 식감이 특이하겠어요. 그런데 45분만에는……."

"여러 모로 재미있는 방식이 있겠지만 시간이 없어. 빠르고 새로운 조리법이라면……."

"그럼 반대로 고온에서 굽는 건 어떨까요?"

에미쿠의 제안에 이루루는 "괜찮을지도 모르겠네" 하고 고개를 끄덕였다.

"껍질째 구우면 보통 삶는 것과는 다른 식감의 삶은 달걀이 완성된다는 소리를 들은 적이 있어. 삶는 온도는 높아봐야 100도니까. 그리고 고온으로 조리하는 건 새로워서 재미있을지도 몰라. 숯불로 정성스럽게 구우면 흰자의 수분이 빠져나가서 탱글탱글하게 탄력도 느껴질 테고 숯불 향도 은은하게 배어들 거야."

"그런데 온도가 너무 높으면 흰자는 고무 같아지고 노른자는 퍼석해지지 않을까요?"

"조리할 거라면 온도 조절에 주의해야 할 필요가 있겠지. 나도 시도해본 적이 없으니 실패할지도 몰라. 역시 다른 걸로 할래?"

"해보는 수밖에 없어요. 분명 다른 팀은 조리법이 아니라 식재료와의 조합을 들고 나올 거예요. 그러니 우리는 심플하게 구운 달걀로 승부해요. 아주 약한 불에서 섬세하게 확인해가면 분명 괜찮을 거예요."

"그렇게 가자. 다만 그뿐이라면 너무 심플하니까 소스를 궁리해보자. 사용할 수 있을 만한 식재료를 가지고 와. 나머지는 하면서 소스 생각해보자."

이루루는 달걀을 스무 개 정도 끌어안고 주방에 설치돼 있는 숯불 그릴에 재빨리 나열해갔다. 이미 5분이 지나 있었다. 물로 식혀서 껍질을 까고 플레이팅하는 시간이 5분 걸린다고 하면 숯불로 굽는 시간은 최장 35분이다. 그걸로 어디까지 익을까. 10분 후부터 5분마다 얼마나 익었는지 체크하기로 했다. 달걀을 많이 준비한 것은 그 때문이

얼터네이트

었다.

"소스는 어떻게 할까요?"

"타르타르, 그레이비, 아메리켄⋯⋯." 불 세기를 조절하면서 다양한 종류의 소스를 무작위로 말했다. 그러자 에미쿠가 이루루의 얼굴을 들여다보고 "요리 동아리에서 에그 베네딕트 만들 때 소스, 뭐였죠?" 하고 말을 걸었다.

"홀란데이즈소스."

"그건 어때요?"

에미쿠는 말하면서 이루루가 나란히 놓은 날살을 낸손으로 잡아 동일한 간격으로 다시 놓았다. 뜨거워서인지 미간에 주름이 생겨 있었다.

"글쎄."

홀란데이즈소스는 애초부터 달걀을 사용한 거라서 구운 달걀과도 반드시 어울릴 테다. 다만 너무나도 단순하다. 그러자 에미쿠는 이마에 땀이 맺힌 채 "달걀을 안 쓴 홀란데이즈소스를 만들어요"라고 이어서 말했다.

"달걀의 새로운 가능성과 달걀을 사용하지 않은 가능성이에요."

나쁘지 않다. 아이디어는 물론, 홀란데이즈소스는 노란기가 돌아서 하얀 접시를 선택하면 달걀의 색채감도 표현할 수 있어 겉모습도 흥미롭게 완성될 테다.

"괜찮을 것 같아."

이루루는 순간적으로 대용 레시피를 생각해 "두유랑 올리브오일이랑 식초로 마요네즈를 만들고 거기에 버터기름이나 레몬, 양념 등을 더하자"라고 말했지만 에미쿠는 마지막까지 다 듣지도 않고 식재료를 가지러 갔다. 바로 소스 만들기에 돌입하여 여러 가지 비율의 두유 홀란데이즈 소스를 시험해나갔다. 이루루는 그사이에도 얼룩이 생기지 않도록 달걀을 계속 굴리고 숯불의 상태를 신경 쓰면서 굽기에 집중했다.

남은 시간이 20분이 되자 아나운서와 심사위원들이 2층에서 내려와 각 학교를 둘러보았다. 요리에 대한 이야기나 대회에 임하는 마음가짐을 각 팀에 묻고 있었다. 스피커에서 희미하게 목소리가 들렸지만, 정신이 팔려 산만해지지 않도록 눈앞의 요리에 집중했다.

이루루는 잘 구워지고 있는지 확인하기 위해 집게로 달걀 하나를 집어 시험 삼아 껍질을 까보았다. 이상적인 상태는 흰자는 부드럽고 노른자가 촉촉한 것이었다. 하지만 현재 상태는 흰자가 거의 익지 않은 채 흐물흐물했다. 숯불 세기가 상상했던 것보다 약했다. 이 상태로는 남은 15분 안에는 만들 수 없을 듯했다. 화력이 강한 숯을 달걀 아래로 옮겨서 조절했다.

아나운서와 심사위원들이 이루루네가 있는 곳으로 다가왔다.

"여기는 엔메이학원고등학교의 니미 이루루 학생과 야마기리 에미쿠 학생 팀입니다. 달걀을 껍질째로 굽고 있네요."

심사위원들이 의아한 듯 보고 있었다. 마스미자와는 턱에 손을 갖다 댄 채 흥미가 없어 보였다. 이루루는 되도록 그를 시야에 담지 않도록 아나운서 쪽을 향했다.

"사전 인터뷰에 따르면 야마기리 학생은 이 방송을 보고 요리를 시작했다던데요?"

"네. '원포션'을 너무 좋아해서 엔메이학원고등학교에 입학했습니다."

"왜 엔메이학원고등학교인가요?"

"작년과 재작년에 나왔던 다가 미오 선배를 동경했습니다."

"니미 학생이 아니었군요."

이루루가 양쪽 어깨를 으쓱하자 관객 쪽에서 웃음이 새어나왔다.

"그런데 작년에 니미 학생도 다가 미오 학생의 영향으로 출전하기를 결정했다고 했죠?"

"네. 저한텐 동경의 존재입니다."

이루루는 숯을 세심하게 바꿔 넣으면서 말했다.

"그럼 두 사람은 같은 사람을 동경한다는 거군요. 그런 의미에서 팀워크는 좋나요? 아니면 질투심 때문에 실은 사이가 나쁘진 않나요?"

농담 삼아 말한 아나운서에게 에미쿠는 "최고의 선배예요. 니미 선배한테는 감사하는 마음이 끊이질 않을 만큼 배우고 있어요"라고 했다. 평소와 태도가 너무나 달라서 무심코 당황했다. 전 세계에 송출되고 있다는 사실을 확실히 의식하고 있는 모양이었다.

"니미 학생도 그런가요?"

"에미쿠는 정말 자극적이고 풍부한 아이디어를 가진 후배입니다. 이 친구의 발상력에 늘 놀라고 있습니다."

"좋은 관계군요. 그런데 학생에게는 올 한 해에 더 자극적이고 좋은 관계였던 상대가 있었지 않나요?"

그는 그리 말하고 한쪽 눈을 가늘게 떴다.

"미우라 학생과 연인이죠?"

숯불에서 옅은 재가 날아갔다. 관객석에서 놀라는 소리가 났다.

"니미 학생은 작년도 우승 학교의 미우라 학생과 여름방학에 우연히 재회하여 머지않아 사귀기 시작했다고 들었습니다."

말을 내뱉지 못하고 있는 이루루의 근처에서 심사위원 여성이 "어머나" 하고 입언저리를 가렸다.

"그런데 엔메이학원고등학교 본선 출전이 결정되고 지금은 라이벌로서 거리를 두기로 했다고 하던데요?"

쏟아지는 시선이 상스러운 것으로 바뀌어간다는 사실을 느꼈다.

"실제로 미우라 학생과 대결하게 된 지금의 심경은 어떤 가요?"

그 이야기를 건들이지 않으리라고 생각했다. 건들이지 않게 할 작정으로 이별을 고했다.

카메라가 표정이 굳은 이루루에게 다가왔다. 어떻게든 이 자리를 정리하기 위해 "강적이라서 정신을 바짝 차리고 서납게 싸우고 싶습니다"라고 밀혔다.

"자, 엔메이학원고등학교는 대체 어떤 요리를 보여줄까요. 기대하고 있습니다."

그들이 사라지자 에미쿠가 "선배, 잘 대처했어요"라고 엄지를 세웠다.

이루루는 웃어 보였지만 머릿속은 복잡했다. 아나운서는 대본대로라는 모습으로 겸연쩍은 기색도 없이 그 이야기를 이루루에게 꺼냈다. 애초에 '거리를 둔다'는 말을 한 적이 없다. 헤어졌다고 단호하게 말했다. 그렇다면 누가 그런 이야기를 했는지 상상이 갔다.

에이세이 제1고등학교 쪽을 보았다. 미우라는 엄숙하게 요리를 진행해나갔고, 무로이는 그와 이야기하면서 미소를 띠고 있었다. 그곳으로 아나운서와 심사위원이 다가가 미우라에게 마이크를 들이댔다. "조금 전에 엔메이학원고등학교의 니미 학생과도 이야기했습니다만." "네." "미우라 학생의 현재 심경은 어떤가요?" "서운하긴 하죠. 그래도 상대의 의견을 존중하고 싶습니다. 지금은 2연패를 목표 삼아 화들짝 놀랄 만한 요리를 만드는 것, 그것만 의식하고 있습니다." "연애로 인해 뭔가 요리에 달라진 점이 있나요?" "…… 글쎄요. 잘 모르겠네요."

그들의 이야기를 듣지 않도록 하려고 해도 신경이 저절로 쓰였다. 그러자 무로이가 "폭이 넓어졌다고 봐요. 에이지의 요리가 말이죠" 하고 끼어들었다.

"그 말은 무슨 뜻이죠?" "옆에서 보니 요염해진 느낌이 들어요. 지금까지 해왔던 요리보다 훨씬 어른이 됐어요. 어른스러워진 게 아니라요." "구체적으로 말하자면요?" "억지로 발돋움한 요리는 봤을 때 느낌이 오잖아요. 그런데 지금의 에이지는 자신보다 높은 수준에 있던 요리를 자연스럽게 만들 수 있게 됐다고 할까요."

여러 곳에서부터 시선을 느꼈다. 그 사실을 알아차리지 못한 척하며 가만히 달걀을 응시했다. 숯이 타닥 튀었다.

"미우라 학생, 그런가요?" "전 잘 모르겠습니다." "그래도 성장한 에이지 덕분에 저도 성장할 수 있었어요. 니미 씨한테는 감사하고 있어요." "그렇군요. 우승 고등학교인데도 겸손하군요. 그렇다면 에이세이 제1고등학교의 두 사람 꼭 2연패 달성해주세……" "이루루 선배!"

세 사람의 대화를 찢는 듯한 에미쿠의 목소리에 이루루는 정신을 차렸다. 다급히 달걀 하나를 깨보자 너무 익어서 단단해져 있었다. 당장 달걀을 들어 냉수에 대고 껍질을 벗겨 살펴보았다. 하나같이 흰자가 똑같아서 사용할 만한 건 단 4개뿐이었다. 요리는 심사위원 다섯 사람의 몫을 만들어야만 하는데 도무지 하나가 모자랐다.

"어떡해요."

에미쿠가 놀란 모습으로 우두커니 서 있었다.

"미안해. 나 때문에."

기껏 여기까지 올라왔는데 아주 잠시 신경을 판 사이에 전부 소용없게 되었다. 이루루는 힘이 들어가지 않아 그 자리에 주저앉았다.

"뭐해요?"

에미쿠가 이루루를 억지로 일으켜 세우고 강한 어조로 말했다.

"지금부터잖아요! 이루루 선배! 정신 차려요! 4개는 남아 있어요! 앞으로 10분도 안 남았어요! 이 구운 달걀로 만들 수 있는 요리, 뭔가 없어요?"

에미쿠가 이루루의 양쪽 어깨를 세게 붙들었다. 이루루는 흠칫하더니 페이지를 넘기듯 지금까지 만들어온 달걀 요리를 떠올렸다. 달걀 4개는 5인분의 식재료로는 적지만 심사위원은 요리를 열 가지나 먹으니 많이 먹을 필요도 없고, 뭔가와 조합을 하면 나름대로 형태가 갖추어질 듯했다. 에미쿠의 홀란데이즈소스를 맛보았다. 두유로 만든 만큼 맛의 깊이는 얕았지만, 버터가 그걸 채우고 있어서 문제없었다. 이걸 조합해서 단시간에 만들 수 있는 다른 요리라고 하면⋯⋯.

"에미쿠! 작은 감자랑 양파랑 베이컨. 가지고 와."

"네!"

에미쿠가 식재료를 가지러 달려갔다.

제발, 어떻게든 해보자. 이루루는 머릿속에서 몇 번이나 그리 읊조리면서 단시간에 완성할 수 있는 과정을 떠올렸다.

우선 두 사람은 물에 적신 감자에 요령 있게 칼집을 내고 랩으로 싸서 전자레인지로 쪘다. 설정은 600와트로 5분이었다. 그 후 남은 시간은 3, 4분 정도밖에 없었다.

감자를 찌는 동안 에미쿠는 양파를 썰었고 이루루는 베이컨을 참기름으로 볶았다. 베이컨이 파삭파삭해졌을 때 일단 덜어내 프라이팬에 남은 기름으로 에미쿠가 썬 양파를 볶았다.

에미쿠는 전자레인지 손잡이를 잡고 시간이 흐르기를 기다리고 있었다. 그리고 소리가 나자마자 열어서 찐 감자 껍질을 재빨리 벗겼다. 양파를 불에서 내리고 이루루도 그것을 도왔다. 감자를 들자 화상을 입을 만큼 뜨거웠지만 에미쿠는 아무렇지도 않다는 양 처리하고 있었다.

모든 껍질을 다 벗긴 차에 2분이 남았다. 감자도 볼에 넣어서 으깼지만, 찌는 시간이 부족했는지 조금 단단해서 으깨기 힘들었다. 초조해서 손이 떨려 힘이 제대로 들어가지 않았다. 남은 1분이 지나서도 감자는 전혀 자잘해지지 않았다. "제가 할게요!" 에미쿠가 이루루의 매셔를 빼앗아 힘차게 으깨나갔다. 아나운서가 "남은 시간 30초!"라고 전하던 차에 감자에 구운 달걀과 양파와 홀란데이즈소스를 더해서 섞었고 "남은 시간 15초!"인 타이밍에 에미쿠가 작은 접시에 플레이팅했다. 완성된 것부터 순서대로 파삭파삭해진 베이컨을 바스러뜨려서 뿌렸고, 그다음 백후추를 뿌렸다. 마지막 한 접시에 흰 가루가 떨어지던 순간 요리 종료 사인이 울렸다.

　두 사람은 완성된 요리를 물끄러미 바라보았다. 포슬포슬한 매시트포테이토와 탱글탱글한 구운 달걀의 흰자, 그리고 촉촉한 양파를 홀란데이즈소스로 버무려 하나로 만들었고 윤기 나는 베이컨이 식욕을 자아냈다. 10분 전에 생각했던 바로 그 요리였다.

　"괜찮아 보이네요."

　에미쿠가 기쁜 듯 말했다.

　"그런데 실은 이게 아니었잖아. 미안해."

　"어쩔 수 없잖아요. 저도 지금까지 많이 실수했고 앞으로도 분명 할 거예요. 어떻게든 됐으니 괜찮잖아요."

"앞으로도."

이루루는 에미쿠의 말 일부를 반복했다. 그걸 들은 에미쿠는 "앞으로가…… 있겠지요" 하고 심사위원 쪽으로 시선을 보냈다.

"지금부터 시식에 들어가겠습니다."

무대에 입장한 순서대로 요리가 운반되었다. 참가자들은 주방에서 2층에 자리 잡은 심사위원 쪽으로 시선을 보냈다.

첫 번째 요리는 다키가와고등학교의 작품으로, 달걀튀김이었다. 튀김소스를 대신해 배와 토마토로 만든 소스를 곁들인 점이 독창적이었다.

"테마는 뭔가요?"

"'유대'입니다. 달걀은 전 세계에서 사랑받아온 식재료입니다. 하지만 일식에서 달걀을 사용하는 방식, 중국의 달걀 사용 방식, 이탈리아의 달걀 사용 방식이 다른 것처럼 저마다의 지역에서 발전해왔다고 봅니다. 이번에 일식의 전통적인 조리법에 이탈리아풍 소스로 완성한 것은 그런 의도에서입니다. 튀김옷에는 팔각 향신료를 섞어서 중화요리의 풍미를 더했습니다. 각국의 요리를 자유롭게 더할 수 있는 것도 달걀의 매력입니다."

나이프를 휘두르자 노른자가 끈적하게 녹아내렸고 심사위원들은 모두 다 같이 고개를 끄덕였다. 다섯 명 모두가 동시에 소스를 찍어서 먹었다. 낯빛에서 호불호를 엿볼 수 있었다. "달걀튀김은 불 조절이 어려워요. 고등학생인데 이걸 해내다니 대단하네요." "튀김에 산미가 나는 소스는 궁합이 좋다고 봐요. 배의 아삭한 식감이 남아 있는 것도 좋군요." "요소가 너무 많이 담겨 있어서 조금 조잡하네요." "플레이팅이 좀 단조롭군요." 그런 의견이 나온 마지막에 마스미자와가 "배와 토마토의 조합이라니 전혀 신선하지 않군요. 더구나 이 경우 반숙인 노른자가 이미 소스 역할을 하고 있어서 심플하게 소금으로 충분하죠. 금금이 궁리한다면 튀김 부분에 신경을 썼어야죠. 그리고 각국의 요리를 더할 셈이라면 더 대담해야 하고요. 이 정도로는 신선하다고는 할 수 없어요"라고 말했다. 그 말에 다른 학교 학생들도 경직된 표정을 지었고 회장의 분위기는 순식간에 얼어붙었다.

이어지는 요리는 오믈렛, 프렌치토스트, 볶음밥, 푸딩 등이었다. 하나같이 무척이나 맛있어 보이고 도전적인 요소가 있었다. 하지만 심사위원 전원이 긍정적으로 평가하는 일은 없었다.

"이어서 엔메이학원고등학교가 만든 감자샐러드입니다."

심사위원들은 마치 골동품이라도 보듯 접시를 건드리지 않은 채 요리를 응시했다.

"테마는 뭔가요?"

"'가능성'입니다."

이루루는 실패를 알아차리지 못하도록 처음부터 감자샐러드였던 양 말했다.

"달걀은 역사적인 식재료로 나올 수 있는 대부분의 요리는 모두 나온 것처럼 느껴집니다. 하지만 그렇지 않을지도 모른다고 생각했습니다. 이 요리는 흔히들 삶는다고 생각하는 달걀을 구워서 평소와 다른 식감을 내도록 의도했습니다. 감자샐러드의 조미는 일반적으로 마요네즈를 사용하지만, 여기서는 일부러 달걀을 사용하지 않고 두유 홀란데이즈소스로 완성했습니다. '달걀의 새로운 가능성과 달걀을 사용하지 않은 가능성'입니다."

심사위원이 음미했다.

"무척이나 맛있군요. 숯불로 구워서 흰자는 탱글탱글하고 노른자는 촉촉해, 그 식감의 효과나 맛이 깊이 있게 느껴지네요. 훌륭해요." "요리가 단순한 만큼 달걀의 맛을 부각시켜서 테마랑 잘 어울려요." "맛에 강력함이 부족해요. 뿌린 베이컨의 식감이 방해가 되는군요." "한 번 더 꼬아서 생각하는 건 어땠을까요?"

마스미자와가 마지막으로 고개를 들고 젓가락을 놓았다.

"학생들은 납득하고 있어요?"

그는 꿰뚫듯 이루루를 보았다.

"다른 아이디어가 있지 않았나요? 달걀을 껍질째 구웠다고 하면 대부분의 사람은 어떤 게 나올지 알고 싶어 할 겁니다. 하지만 학생들은 그 흥미를 제거했죠. 진심으로 안타깝군요."

일그러진 표정을 보이고 싶지 않은 탓에 고개가 떨어질 듯했다. 하지만 그러지 않았다. 오늘은 자신에게 있어서 마지막일지도 모른다. 그렇다면 마지막의 마지막이라도 미오 선배처럼 있고 싶었다.

"다만 실패한 식재료를 이렇게 바꿔 만들었다면 그 아이디어는 칭찬받을 만하군요. 이 맛은 싫지 않아요."

마스미자와가 이야기를 마치고 팔짱을 꼈다.

이루루와 에미쿠의 눈이 맞았다. 두 사람은 동시에 숨을 내뱉었다. 마음을 놓아서인지 에미쿠의 눈가가 축 늘어져 있다는 걸 알 수 있었다. 이루루는 고개를 살짝 끄덕이고 다음 학교 요리에 시선을 보냈다. 그때였다.

"하지만."

마스미자와는 방금 낀 팔짱을 풀었다.

"사전에 말해두죠. 난 학생들의 요리를 지지하지 않아요. 여기서 마지막까지 남을 요리인은 처음부터 실패하지 않는 사람들이니까요."

이게 진짜 마지막 말이었다.

주변 시야로 에미쿠가 주먹에 힘을 싣는 게 보였다. 이루루는 표정이 바뀌지 않도록 어금니를 세게 악물고 하얘진 숯을 응시하며 자신을 저주했다.

일곱 번째 학교의 요리가 운반되었다. 그들의 실패를 바라게 되는 건 본의가 아니었지만 지금만큼은 용서해주기를 바란다고, 아무에게도 들키지 않도록 양손을 모았다. 하지만 그들의 요리는 제대로 완성되어 있었다. 그 뒤의 여덟 번째 학교도 아홉 번째 학교도 꽤 레벨이 높았다.

마지막 요리가 운반되었다.

"작년도 우승팀인 에이세이 제1고등학교 요리는 구운 달걀입니다!"

두 사람은 눈을 의심했다. 그것은 그들이 처음에 만들려고 했던 것과 아주 흡사했다.

무로이가 또랑또랑한 말투로 프레젠테이션을 시작했다.

"'무구無垢'를 테마로 했습니다. 달걀의 흰자도 그렇지만, 조형의 아름다움은 신비하다고 생각합니다. 이 형태를 살리기 위해서 심플한 요리로 만들었습니다. 달걀은 열탕으로 삶지 않고 느긋하게 오븐에 구워서 익혔습니다."

그들의 주방은 수 미터 떨어져 있었는데 같은 조리법을 골랐을 줄은 전혀 몰랐다.

접시는 특수한 디자인으로 중앙이 산처럼 솟아 있었고, 그 위에 껍질이 벗겨진 구운 달걀이 오도카니 놓여 있었다. 그것은 우아하고 아름답게 빛나고 있어서 무척이나 귀중한 것처럼 보였다.

무로이가 이야기를 이어나갔다.

"달걀 윗부분을 제거해주십시오."

심사위원들이 들은 대로 포크와 나이프 사이에 구운 달걀을 끼우자, 마트료시카처럼 두 개로 나뉘어졌다. 중심은 노른자가 아닌 다른 무언가로 채워져 있었다.

"구운 달걀로 만들면 흰자의 탄력이 강해지고 노른자도 메이는 듯한 식감이 됩니다. 그대로 두어도 맛있을 테지만 익힌 노른자와 날달걀의 노른자, 성게를 합쳐서 새로운 소스를 만들었습니다. 제거한 윗부분은 접시 주변에 곁들여진 어란의 소금에 찍어 드십시오."

그들이 겨냥한 목표를 잘 알 수 있었다. 흰자의 식감을 살리고 노른자로 소스를 만든다. 소스가 닿지 않는 부분에는 소금. 조미는 물론이거니와 흰색과 노란색만으로 통일한 요리는 바로 이루루와 에미쿠가 하려고 했던 계획 그 자체였다. 그리고 그들은 완벽하게 그것을 완성했다.

심사위원의 반응도 좋았다. "너무 단조롭다"라는 의견은 나왔지만 말투에서 그게 칭찬이라는 것은 명백했다. 지금까지 거의 전원에게 토를 달았던 마스미자와마저 "딱히 할 말이 없군요"라고밖에 하지 않았다. 이루루는 더 이상 속상하지도 않았다. 이렇게까지 압도적인 차이를 느끼자 솔직히 패배를 인정할 수밖에 없었다.

심사위원이 채점한 각 학교의 점수를 집계하고 아나운서가 오늘 중 제일 큰 목소리로 분위기를 고조시켰다. "그럼 결과를 발표하겠습니다. 준결승에 진출하는 것은 과연 어느 학교일까요!" 단조로 된 BGM이 긴장감을 뒤덮었다.

이루루와 에미쿠는 소소한 바람에 걸고 눈을 질끈 감고서 양손을 세게 부여잡았다.

학교 이름이 하나씩 불렸다. 맨 처음에는 에이세이 제1고등학교였다. 그들은 기뻐하지 않고 당연하다는 식으로 서로 고개를 끄덕였다. 이어서 세 학교가 불렸다. 그중 엔메이학원고등학교는 없었다.

"이상의 고등학교가 준결승전에 나갑니다!"

이루루는 천천히 눈을 뜨고 하늘을 올려다보았다.

너무 비참해서 숨 쉬는 것조차 잊었다. 울지 않도록 몸에 힘을 싣고 있으니 에미쿠가 이루루의 등을 살포시 쓰다듬었다. 에미쿠의 눈은 빨갰고 그녀 나름대로 필사적으로 견뎌내고 있었다. 선배로서 실컷 울게 해주고 싶었는데 오히려 그녀가 자신을 신경 쓰고 있어서 그런 자신이 역시 한심하게 느껴졌다.

"미안해. 정말 미안. 이 너머로 데리고 가주지 못해서. 못난 선배라서 미안해."

자신들의 '원포션'은 조용히 막을 내렸다. 이루루는 등을 쓰다듬어주는 에미쿠의 손을 잡고 그녀를 끌어안았다.

얼터네이트

그리고 한 번 더 "미안해"라고 읊조렸다.

"선배는 많이 애썼어요. 전 내년에도 도전할게요."

에미쿠가 그리 말했고, 이루루는 콧물을 훌쩍이며 "응, 힘내" 하고 그녀의 등을 쓰다듬었다. 회장은 시끌벅적했지만 두 사람은 그 자리가 무척이나 조용하게 느껴졌다.

"다만 이걸로 끝이 아닙니다."

갑자기 BGM이 밝은 곡조로 바뀌었다.

"네 학교만 진출한다고 말씀드린 건 이유가 있습니다. 실은 이번부터 새로운 룰을 만들었습니다. 진출하지 못한 여러분에게 한 번 더 경쟁할 기회가 주어지고 심사위원단에게 제일 좋은 평가를 얻은 한 학교만이 준결승에 진출할 권리를 받습니다. 즉 패자부활전입니다!"

포기한 참가자들은 바로 상황을 받아들이지 못하고 주변을 두리번두리번 보고 있었다. 이루루도 멍하니 아나운서를 보고 있었지만, 에미쿠만은 "기회가 아직 있어요! 여기서 살아남아요!"라며 타고난 빠른 전환을 발휘했다.

"그럼 남은 한 자리를 걸고 얼른 싸워봅시다! 다음 식재료는 이것입니다."

이번에는 빨간 천으로 덮인 돔 형태의 물건이 운반되었다. 천을 걷어내자 안에서 바구니에 들어 있는 닭이 나타났다.

"닭입니다."

닭은 고개를 가늘게 앞뒤로 움직였다.

"이번에도 공통된 테마는 없습니다. 하지만."

꼬꼬꼬꼬꼬꼬, 하는 우는 소리가 회장에 울려 퍼졌다.

"조금 전에 달걀로 프레젠테이션한 것과 같은 테마로 만들어주세요."

"이번 '원포션'은 좀 너무 제멋대로이지 않아요?" 에미쿠가 한숨을 섞어서 말했다.

"이번 제한 시간은 60분. 최고의 '원포션'을 만들어주세요. 그럼 시작합니다!"

오늘 두 번째 개시 버저가 울렸다.

"이루루 선배, 할 수 있을 것 같아요?"

이루루는 아직 머릿속이 멍해서 이 빠른 전개에 따라가지 못했다. 그러자 에미쿠는 조금 전까지 다정하게 쓰다듬던 이루루의 등을 세게 치더니 "정신 차려요!"라고 말했다.

"다음은! 다음은 정말! 정말 마지막이에요!"

그 기세에 이루루의 정신이 마침내 돌아왔다.

"응, 그렇지."

"그래서 어떻게 할 거예요!"

에미쿠의 말투가 여전히 세서 "알겠으니까 잠시만 있어봐. 우선 식재료를 보러 가자" 하고 그녀를 달래고는 선반 쪽으로 걸어갔다.

"닭고기로 '가능성'이라는 거네…… 달걀과 같은 방향이어야 하는 거니까."

식재료의 가능성. 이루루는 그리 반복하면서 바구니에 들어 있는 닭을 보았다. 아이디어 하나가 머리를 스쳤다. 자신이 있다고는 단언할 수 없지만 놀라게 할 수 있을지도 모른다. 에미쿠에게 그 내용을 전하자 "진짜요? 분명 가능성이기는 하지만 그래도" 하고 얼굴을 굳혔다.

"어떤 느낌일지는 상상이 안 되네요."

"평소의 에미쿠라면 상상할 수 없는 편이 낫다고 해줄 것 같았는데. 좀 그런가?"

에미쿠는 다른 참가자들을 둘러보았다. 모두 이미 자신들의 주방에서 요리를 하고 있었다.

"네, 시도해보죠. 하는 수밖에 없어요. 모두를 앞질러보죠!" 에미쿠는 스스로를 타이르듯 어세를 높였다.

"우리라면 할 수 있을 거예요."

"응. 해보자."

에미쿠는 닭고기를 가지고 먼저 주방으로 돌아갔다. 이루루는 목표로 하던 식재료를 찾으려 했지만 눈에 띄지 않아서 "저기" 하고 근처 스태프에게 말을 걸었다.

제20장
동 조

전개가 대박이네.

맞아. 떨려.

 가정실습실 사람들은 화이트보드에 프로젝터로 비춘 '원포션'에서 이루루와 에미쿠가 움직이는 모습을 넋을 놓고 보며 일희일비하고 있었다. 나즈의 손은 땀으로 흠뻑 젖어 있었다.

 "이루루, 뭐 하는 거야! 스태프랑 이야기할 상황이 아니잖아. 시간이 부족해져."

 다이키가 걱정스럽다는 듯 팔로 몸을 감쌌다.

 "선반에 없는 식재료인가보네."

 미오가 나지막한 목소리로 말했다.

"그런 것도 구할 수 있어요?"

"나 때는 선반에 없을 경우라도 사용하고 싶은 게 있으면 의논하면 되는 룰이었어. 그 뒤편에 식재료를 많이 보관하고 있거든."

이루루는 식재료가 담긴 알루미늄 용기를 스태프에게 받아 들고 키친으로 향했다. 고기 같았지만 잘 보이지 않았다. 아나운서가 "저건 뭘까요. 왠지 낯선 재료인 듯한데요"라고 중계했다. 에미쿠는 닭 뼈와 파의 푸른 부분, 생강 껍질 등의 채소를 넣고 끓였다. 마지막에 조금 전에 만든 구운 달걀의 껍데기도 냄비에 넣었다.

"껍데기 넣는 거야? 왜? 국물이라도 우리나?"

"저러면 거품을 걷어내기 쉬워져."

놀라는 다이키와는 대조적으로 미오는 영상에서 눈을 떼지 않고 냉정하게 말했다.

"지금 들어온 정보에 따르면 엔메이학원고등학교는 정육할 때 남은 고기 조각과 닭 뼈 등을 구했다고 합니다."

아나운서의 중계에 심사위원 가운데 한 명이 "그런데 닭 똥집이나 간이 선반에 있었잖아요?"라고 하자, 아나운서는 "그러게요. 즉 평소에 딱히 보기 힘든 부위를 사용하겠다는 걸까요?"라고 답했다.

이루루는 믹서로 고기를 다지거나 몸통에서 힘줄을 제거하는 등 거침없이 요리했다. 에미쿠는 냄비를 저으면서 이따금 이루루의 작업을 도왔다.

사전작업을 끝낸 이루루는 다시 숯을 확인하고 꼬치를 굽기 시작했다. 꼬치에 꽂은 식재료는 본 적 없는 것으로 한쪽이 들쭉날쭉했다. 다이키가 불쑥 "단풍잎 같아"라고 말했다.

그 후에도 이루루 팀은 착착 조리를 진행해나갔다. 이윽고 종료 버저가 울렸다. 이루루 팀이 만족스러운 표정을 짓고 있어서 다이키 일행은 우선 안심했다. 나즈도 긴장감에서 순간 해방되어 크게 기지개를 켰다.

이겼으면 좋겠어!

각 팀의 요리가 심사대에 올랐다.

제1회전에서 '유대'라는 테마로 달걀튀김을 만든 첫 번째 학교인 다키가와고등학교는 달콤짭짤하게 푹 끓인 닭고기 위에 달걀튀김을 얹은 오야코돈으로 도전했다. 부모자식[◌]이라는 유대, 그리고 조금 전의 반성해야 할 점을 살려 다음으로 이었다는 것에 테마를 부여했다고 프레젠테이션했다.

"달걀튀김 자체가 소스 역할을 하고 있어서 다른 소스는 필요 없다는 의견을 듣고 이번에는 달걀튀김을 소스로 해

◌ 일본에서 오야코는 부모와 자식을 가리킨다.

서 사용한 오야코돈으로 완성시켰습니다."

심사위원으로부터 좋은 평가를 받아서 다이키는 "큰일이
네. 레벨이 높아"라고 하며 팔짱을 긴 채 어깨를 으쓱했다.

하지만 다른 팀부터는 고전의 기색이 엿보였다. 요리 그
자체는 나쁘지 않았지만 달걀과 같은 테마라는 연결성을
제대로 맞추지 못했다.

"이어서 엔메이학원고등학교입니다."

운반된 요리를 보고 심사위원들이 고개를 갸웃거렸다.

"그럼 설명 부탁드립니다."

"네."

이루루의 표정에는 조금 전과 같은 동요가 보이지 않았다.

"저희가 만든 건 볏과 쓰쿠네° 국입니다."

나즈와 다이키가 "볏?" 하고 입을 모았다. 옆에서 미오가
"그렇군" 하고 손뼉을 쳤다.

"볏을 먹을 수 있나?"

"프랑스 요리나 중국 요리에서라면 사용하고 고치 현에
서는 먹는다고 들은 적 있어. 난 먹은 적 없지만."

볏은 어떤 맛이 날까.

○ 다진 닭고기에 채소 등을 섞어 경단 모양이나 막대 모양으로 빚은 일본식 떡갈비.

심사위원들은 얼굴을 찡그렸지만 이루루는 신경 쓰지 않고 이야기를 이어나갔다.

"이 요리는 평소에는 사용되지 않는 것이나 버려지는 부위로 만들었습니다. 쓰쿠네에는 고기의 자투리와 내장을 사용했습니다. 국은 껍질과 뼈로 육수를 냈고 같이 푹 삶은 채소도 꼭지나 껍질 등을 사용했습니다. 볏은 숯불로 느긋하게 익혔습니다. 소금 말고 다른 조미료는 사용하지 않았습니다. 저희의 테마는 '가능성'입니다. 평소에는 사용되지 않는 부위나 버려지는 채소 사투리의 가능성을 이끌어내기 위해 이 요리를 만들었습니다."

심사위원들이 조심스럽게 국물을 마셨다. 반응이 없었다. 그러고서 볏을 먹었다. 또다시 반응이 없었다.

"여러분 난감해하는 듯한데, 어떠신가요?"

아나운서가 코멘트를 구하자 한 사람이 "뭐라 할 수 없군요"하고 도화선에 불을 지폈다.

"확실히 말해서 호불호가 갈릴 맛입니다."

그러자 다른 심사위원이 "전 좀 역하네요. 냄새가 다 제거되지 않았어요. 내장을 사용한 탓에 말이죠. 버려지는 걸 억지로 사용할 필요가 있었을까요?"라고 말했다.

"더구나 시간이 없었던 탓인지 닭의 감칠맛이 전부 우러나진 않았군요. 국 냄새가 약하게 느껴집니다."

한편 "개인적으로는 좋았고 아이디어가 무척이나 흥미

룹군요", "볏은 식재료로 나쁘지 않을 가능성이 확실히 있네요"라는 의견도 있었다. 그리고 마지막으로 마스미자와가 코멘트를 했다.

"볼품없네요."

마스미자와는 달걀 때와 마찬가지로 젓가락을 놓고 팔짱을 꼈다.

"이 요리의 가능성을 끌어내는 건 더 가능했을 겁니다. 다만 그건 시간이 더 있었을 때겠죠. 한 시간이라는 제한된 시간으로 이 이상의 완성도를 내기는 어려울 겁니다. 볏의 식감과 쓰쿠네의 식감이 근사한 대비를 이루고 있어요. 겉보기가 그로테스크하다는 의견이 나올 거라는 걸 알고 있었을 텐데 그에 주눅 들지 않고 도전한 정신을 높이 사겠습니다. 가능하면 시간을 들여 제대로 완성시킨 이 국을 맛보고 싶군요."

다이키가 "지금 한 소리, 칭찬받은 거죠?"라고 미오에게 말을 걸었다.

"그러게. 최고의 칭찬이지 않을까?"

화면 너머 이루루의 표정이 조금 누그러든 것을 나즈는 놓치지 않았다.

어떻게 되려나?

심사위원의 반응으로 보면 다키가와고등학교와 승부를 다투게

되겠네.

모든 심사가 끝나고 결과 발표가 이루어졌다. 심사위원에게는 각 학교의 이름이 적힌 팻말이 배부되었다.

"가장 훌륭한 요리를 만들었다고 생각하는 학교의 팻말을 들어주세요."

왼쪽에서 심사 위원이 순서대로 팻말을 들었다.

다키가와고등학교.

엔메이학원고등학교.

다키가와고등학교.

엔메이학원고등학교.

마지막인 마스미자와는 좀처럼 팻말을 들지 못하고 눈을 감은 채 생각에 잠겨 있었다.

조금 후 천천히 든 팻말에는 '엔메이학원고등학교'가 있었다.

가정실습실에 환호성과 박수가 일었다. 다이키가 "다행이야"라며 나즈를 끌어안았다.

"엔메이학원고등학교, 준결승 진출입니다. 훌륭하게 컴백했습니다. 지금의 솔직한 소감을 말씀해주세요."

이루루와 에미쿠가 저마다 기쁨의 코멘트를 전하자 아나운서는 "미우라 학생에게도 이야기를 들어봅시다" 하고 그에게 마이크를 돌렸다.

"니미 씨는 무척이나 재능이 있기에 패배가 결정되었을 때 놀랐습니다. 결과적으로 이러한 형태로 준결승 진출을 거머쥔 것은 이 팀의 실력을 보면 당연하다고 생각합니다. 하지만 라이벌인 것은 변함없기에 지금부터 앞으로는 누구와의 승부에도 지지 않도록 최고의 요리를 만들어가겠습니다."

"그렇다면 여러분 '원포션 시즌3', 다음은 준결승전에서 만나뵙겠습니다!"

프로젝터 영상이 꺼지자 박수가 더욱 열기를 띠었다. 가정실습실의 떠들썩한 소리가 소용돌이치는 가운데 다이키가 불쑥 "몰랐어"라고 말했다. 나즈는 어떻게 말을 걸어야 할지 망설이면서도 "충격받았어요?"라고 물었다.

"전혀. 누구한테나 말하기 힘든 일도 있으니까."

그리 말하고 다이키는 자신의 가방에 손을 가져갔다. 이어서 "저 녀석은 그저 피었을 뿐이야"라고 말했다.

"그럼 난 할 일이 있으니 먼저 갈게."

다이키는 모두에게 인사하고 가정실습실을 뒤로했다.

또 기미조노 미치노스케로부터 메시지가 도착했다.

축하해! 엔메이학원고등학교 진짜 대단해!

고마워. 아니, 내가 감사 인사를 하는 것도 이상하네.

아니야. 같은 학교니까 자랑스럽게 여겨도 돼.

응. 자랑스럽게 여길게.

그럼 다음 주네. 만날 수 있기를 기대하고 있을게!

이쪽이야말로! 장소 모르면 연락해줘.

나즈는 스마트폰을 끌어안으면서 열기를 띤 요리 동아리 부원들을 잠시 바라보았다.

*

개찰구를 지나가자 역 앞은 두 달 전과 달리 고요했고 관광객도 거의 없었다. 그렇게 생각해서인지 경치 색도 바랜 듯한 느낌이 들었다. '카페 란도'의 위치는 지도를 보지 않아도 외우고 있었다.

도착한 건 약속 시간 10분 전이었다. 전과 마찬가지로 꾀죄죄한 창문에서 안의 모습을 들여다보았지만 손님은 아무도 없었다.

"어서 오세요. 앉고 싶으신 곳에 앉으세요."

무의식적으로 저번과 같은 자리에 앉을 뻔했지만 불길한 느낌이 들어서 다른 장소를 골랐다.

다가온 점원이 나즈에게 메뉴판을 내밀었다. 하지만 나즈는 그것을 받지 않고 "큐피드 주세요"라고 말했다. "알겠습니다"라고 대답한 점원이 다시 메뉴판을 옆에 끼고 돌아갔다.

잠시 후에 테이블에 놓인 음료는 두 층으로 나뉘어져 있었다. 아래가 하얗고 위가 갈색을 띠었다. 칼피스와 콜라. 저어서 섞자 한 가지로 합쳐져서 베이지 같은 색이 되었다. 빨대에 입을 대자 달달하고 옅은 탄산이 느껴졌다.

그를 기다리는 시간이 무척이나 느리게 느껴졌다. 빨리 오기를 바라는 한편으로 역시 오지 않기를 바라기도 했다. 상대를 애타게 기다리는 주제에 막상 만나면 허둥대는 것은 역시 나쁜 습관이다.

나즈는 거울을 꺼내 얼굴을 체크했다. 바람에 날린 앞머리를 고치고 연한 핑크색 립글로스를 발랐다. 목 언저리를 건드리자 뜨거워서 손바닥으로 바람을 부쳤다.

문에서 건조한 종소리가 울렸다.

"안녕."

나지막하면서도 쩌렁쩌렁한 목소리였다.

"기미조노 미치노스케라고 해."

첫인상은 커다란 사람이었다. 키가 클 뿐만 아니라 자아내는 분위기가 대범해서 자신감으로 충만한 것처럼 느껴졌다. 갈색 얼굴에 점이 드문드문 있었다. 머리카락 색깔은 방금 저어서 섞은 큐피드 같았지만 염색한 건 아닌 듯했다.

일어나서 "반 나즈라고 해"라고 이름을 대니 "미안. 길을 헤맸거든" 하고 그가 미소를 띠었다.

"가게가 근사하네. 엄숙한 할아버지가 살고 있을 듯한 게 말이지."

"오래된 민가였나봐."

"아, 여기에 사람이 살았던 거구나. 부러워라."

그가 앉자 두툼한 가슴팍이 나즈 앞에 놓였다.

"이런 거 왠지 쑥스럽네."

그리 말한 그는 창피한 것처럼은 보이지 않았다. 오히려 여유마저 느껴져서 주눅이 들었다.

"그거 뭐야?"

"큐피드라는 음료인가봐. 콜라랑 칼피스를 섞은 거라고 하더라고."

"흐음. 처음 봤어. 죄송한데 빨대 하나 주세요."

그는 빨대를 받아 나즈가 마시던 큐피드에 꽂더니 다정하게 빨아들였다.

"으, 달아. 맛은 있는데 전부 다 마시진 못하겠네. 아이스 밀크티 주세요."

너무나도 자연스러운 흐름으로 받아들이는 수밖에 없었다. 아이스밀크티가 도착하자 그는 큐피드에 꽂았던 빨대를 옮겨서 마셨다. 튀어나온 목젖이 기계처럼 상하로 움직였다.

"마실래?"

그가 아이스밀크티를 내밀었다. 나즈는 조심스럽게 빨대를 옮겨서 한 모금 마셨다. 부드러운 식감을 느꼈고 상큼한 풍미가 코로 빠져나왔다.

"'원포션' 준결승전 이미 시작됐으려나."

"오후 2시부터일 거야."

"그렇구나. 오늘도 이기면 좋겠네."

얼터네이트에서 대화를 나누기 시작했을 무렵, **반은 엔메이학원고등학교에 다니지? 나 '원포션' 보고 있어,** 라고 그가 메시지를 보내와서 둘의 대화는 바로 활기를 띠었다. 우연찮게도 그는 방송 첫 회부터 엔메이학원고등학교를 응원하고 있었던 모양이다.

"괜찮아? 오늘은 다 같이 봐야 하지 않아?"

"괜찮아. 난 요리 동아리가 아니니까. 부원들은 요전번처럼 모여 있을 테지만. 기미조노는 괜찮아?"

"나중에 인터넷으로 볼 수 있으니까 집에 가서 그걸로 보면 돼."

은근슬쩍 성으로 불러보았다. 그가 딱히 반응하지 않아서 안심했다.

"그럼 그때까지 결과를 보지 말아야지."

"나즈도 보면 안 돼."

성이 아닌 이름으로 불릴 줄 몰라서 순간 얼어붙었다.

"그럴게."

두 사람은 '란도'를 나와서 수족관으로 향했다. 도중에 모래사장을 걸었다. 이 계절에도 서퍼가 파도에 떠 있었다. 바닷바람이 두 사람에게 장난을 부리듯이 닿아 모래를 휩쓸어갔다.

"서핑해본 적 있어?"

"있어. 우리 아빠가 좋아해서."

물가까지 다가가보았다. 돌아보니 젖은 모래사장에 두 사람의 발자국이 찍혀 있었다.

"나즈네 아버지는 어떤 분이셔?"

"별로인 사람."

나즈는 순간적으로 대답하고 말아서 "농담이야"라고 웃으며 무마했다. "서핑은 어려울 것 같아"라고 화제를 원래대로 돌렸다.

"금방 할 수 있어. 저 사람 봐봐."

그가 가리킨 남자는 서핑보드에 다리를 벌리고 앉아서 멍하니 뒤에서 오는 파도를 보고 있었다. 그러자마자 납작하니 엎드려서 힘차게 패들링하기 시작했다.

"지금이야."

남자가 재빨리 일어섰다. 그만큼 높은 파도로 보이지 않았는데 그는 오랫동안 파도를 타고 있었다.

"잘하는 사람은 알아."

"어떻게?"

"이유 같은 건 없어. 그냥이야."

이유 같은 거 없이 그냥 움직이니까 실패하는 거야.

반사적으로 속으로 읊조렸다. 그와 동시에 엄마 얼굴이 떠올랐다. 떨쳐내듯이 숨을 내뱉었다.

수족관은 예상외로 붐볐다. 가족 동반 손님이 많이 늘어선 큰 수조를 앞에 두고 "어떤 물고기를 좋아해"라고 묻자 "하나 둘 셋 하면 가리키자"라고 그가 말했다. 손가락 끝은 같은 장소를 가리키고 있었다. 이상할 만큼 마음이 잘 맞았다. 얼터네이트는 역시 대단하다며 나즈는 그의 얼굴을 빤히 보면서 생각했다.

집 방향도 같아서 돌아가는 길에 같이 전철에 탔다. 창으로 바다가 보였다. 웨트슈트에 몸을 감싼 서퍼들이 바다에서 나와 주차장으로 돌아갔다. 수평선에 가까운 곳에서 바라보는 태양이 그 실루엣을 부각시켜서 그림자를 늘렸다.

기미조노가 살그머니 나즈의 손을 잡았다. 두툼하고 거친 손이었다. 대답으로 나즈도 그의 손을 잡아주자 퍼즐처럼 딱 맞았다.

어릴 적, 엄마는 나즈를 자주 자신의 친구에게 맡겼다. 그 친구는 무척이나 자상하고 잘 보살펴줬지만 엄마에 대해 딱히 좋게 말하지 않았다. "고등학교 시절의 너희 엄마는 정말 엄청난 미인이었어. 많은 남자들이 말을 걸러 왔지. 그러니 마음대로 고를 수 있었을 텐데." 그리고 이렇게

얼터네이트

말했다. "나즈는 아빠가 없어서 외로울지도 모르지만 헤어진 게 정답이었어." 그래서 돌아온 엄마에게 왜 아빠와 결혼했는지 물었다. "그냥 좋아서"라고 엄마는 답했다. "그럼 왜 헤어졌어?" 이어서 묻자 "엄마가 상대를 잘못 골랐지 뭐야"라고 말했다. 자신은 잘못 고른 상대 사이에서 태어난 아이라는 사실을 그때 알았다.

기미조노가 살포시 미소 지었다. 나즈는 그의 팔에 머리를 살며시 갖다 댔다. 전철이 흔들릴 때마다 그에게 중심이 쏠렸다. 창문 건너편에는 빨강에서 파랑으로 그러데이션이 층을 이루며 펼쳐지고 있었다.

"그럼 또 보자."

먼저 내린 그는 보이지 않을 때까지 플랫폼에서 손을 계속 흔들고 있었다. 남겨진 나즈는 시트에 앉아 스마트폰을 켰다. 메시지를 치고 있는데 상대로부터 메시지가 도착했다.

오늘 고마웠어. 정말 즐거웠어. 또 만나고 싶어.

나도 즐거웠어. 다음 주 축제가 끝나면 분명 일이 일단락될 테니 그러고 또 만나자.

다음 주에 축제구나. 놀러 갈까?

응! 꼭 와.

집에서 제일 가까운 역까지 여전히 꽤 가야 했다. 따분한 시간을 주체하지 못한 나즈는 미처 다 기다리지 못하고 '원포션'의 결과를 검색했다.

'에이세이 제1고등학교, 엔메이학원고등학교, 세이안학원 고등부 세 학교가 결승 진출!'

나즈는 가슴을 쓸어내렸다. 이걸로 또 기미조노와의 대화가 활기를 띠게 될 테다.

제21장

불　신

시끌벅적하던 시절의 지메이킨소는 흔적도 없이 사람이 살고 있다고 생각할 수 없을 만큼 고요해져갔다. 종종 울리던 도키 씨의 비올라도 지금은 거의 들리지 않게 되었다.

그로부터 사카구치 씨는 보지 못했다. 이따금 짐을 가지러 지메이킨소로 돌아오는 듯했지만, 나오시가 없는 시간을 노리고 오는지 스치는 일도 없었다. 겐이치는 종종 연락을 하고 있는지 "진짜인지 아닌지 모르겠지만 여자 집을 전전하고 있나봐"라고 말했다. '불뚱사연'의 메이저 데뷔 이야기는 여전히 공식적으로 발표되지 않았다.

겐이치도 큰일이었다. 지메이킨소의 집주인이 바뀌어서 작사가 지망이라는 명목으로 셰어하우스에 있는 게 다시 문제시되었다. 월세가 밀린 것도 난감했다. 들은 바에 따르면 리조트 아르바이트로 벌어들인 돈은 경정으로 다 써 버린 모양이었고, 지금 하는 아르바이트 비용이 들어오는 것도 다음 달이라서 현재는 무일푼이라고 한다. 그게 집주인 귀에 들어가 다음 입주자가 정해질 때까지는 있어도 된다는 조건이 이번 해까지만 채우고서 나가야 하는 것으로 되었다.

도키 씨도 바쁜지 최근에 얼굴을 보지 못했다. 겐이치에 따르면 기업 설명회나 인턴 등 본격적으로 구직활동을 해 나가고 있다고 했다. 나오시에게는 아직 온전히 와닿지 않았지만, 대학교 3학년 가을부터 졸업 후를 겨냥해서 움직이는 건 드문 일이 아닌 모양이었다.

비올라는 어떻게 하는 걸까. 모쪼록 관두지 않기를 바랐다. 지금까지의 시간을 헛되이 하지 않기를 바랐다. 도키 씨의 비올라는 순수해서 좋았다. 너무 착실하지만 지적이고 날카롭고 독특한 서늘함이 있었다.

도키 씨보다 한 학년 위인 마코 씨는 5개월 후에 졸업한다. 그 후 그녀는 아무것도 결정되지 않았다고 했다. 앞으로 어떻게 될지 지금은 물을 수 없었다.

마코 씨가 왜 그런 행동을 했는지는 알 수 없었다. 누군가에게 의논하고 싶었지만, 더 이상 지메이킨소의 분위기를 망치지 않기 위해서 나오시는 아무것도 못하고 있었다. 딱 한 번 겐이치에게 "마코 씨와 도키 씨를 어떻게 생각해?"라고 물었다. 사귀고 있거나 마코 씨의 짝사랑이거나 둘 중 하나라고 생각했지만, 겐이치는 "아무 사이도 아니겠지"라고 당연한 듯 말했다. 자신의 착각일지도 모른다. 그렇다면…… 그 이상 생각하기를 관뒀다.

나오시는 '피피'에서 하는 아르바이트 시간을 늘리고 지메이킨소에 있는 시간을 줄였다. 그에 반비례해서 지메이킨소의 멤버는 '피피'를 그다지 이용하지 않게 되었다.

나오시는 담담하게 지냈다. 스트레스를 발산하려고 드럼을 쳐도 기분이 딱히 풀리지 않아서 집치 드럼의 기량도 줄어들게 되었다. 이런 날이 올 줄은 꿈에도 몰랐다.

엔메이학원고등학교 학생은 나날이 연습실에 찾아오는 빈도가 늘었다. 축제가 다음 주로 닥쳐와서 여유가 없다는 사실을 낯빛에서 알 수 있었다. 다들 보기에도 초조해하고 있었고 어떤 밴드는 돌아가는 길에 엘리베이터 앞에서 싸우기 시작했다. "진지하게 하지 않잖아"라는 게 그 이유인 모양이었다.

이튿날 저녁 무렵 사이가 틀어진 그들은 각자 다른 밴드 멤버를 데리고 찾아왔다. 서둘러 모집했는지 아니면 원래부터 있었던 밴드와 합병했는지는 잘 모르지만, 용케도 이 단기간에 머릿수를 채웠다는 게 감탄스러웠다.

그중 한 사람으로 유타카가 있었다. 접수대로 온 그는 나오시의 얼굴을 보고 굳어져서 몇 번 눈을 반복해서 끔

벅거렸다. 나오시도 내심 놀랐지만 "어이"라고 가볍게 인사를 해서 얼버무렸다.

"지금 여기서 아르바이트 하고 있어."

"도쿄로 왔구나."

유타카는 기타가 담긴 소프트케이스를 짊어지고 있었다.

"아, 어쩌다보니 이렇게 흘러왔네."

"안베, 다라오카 씨랑 아는 사이였구나"라고 한 명이 말하자 유타카가 어색하게 "응, 같은 초등학교에 다녔거든" 하고 대답했다.

"밴드 하나보구나."

"어떻게 해서든 꼭 부탁한다고 해서."

"축제?"

"응."

"열심히 해."

그리 말한 나오시는 접수를 받고 마이크나 케이블을 건네주고서 스튜디오 위치를 전달했다. 그들이 보이지 않게 된 것을 확인하고 천천히 심호흡을 했다.

지금의 유타카가 어떤 연주를 하는지 알고 싶어서 스튜디오 옆까지 가서 훔쳐들으려고 했다. 하지만 역시 관뒀다. 좋든 싫든 마음에 들지 않을 게 분명했다.

갑자기 피곤해져서 "미안한데 컨디션이 조금 안 좋아서 먼저 돌아갈게요"라고 아르바이트 동료에게 전하고 가게를 나섰다. 역으로 향하는 인파를 거슬러 별 생각 없이 강 쪽으로 걷기로 했다.

나오시는 미우에게 전화를 걸었다. 하지만 그녀는 받지 않았다. 요즘 들어서는 메시지를 보내도 답이 없다. 무슨 일이 있는 건가. 얼터네이트라면 그녀의 근황을 알 수 있을 테다. 예전처럼 앱을 켰다. '이 계정으로는 로그인할 수 없습니다.' 유타카라면 알아봐줄 수 있을지도 모른다. 같은 고등학교에다 미우는 그를 알고 있었고 어쩌면 이미 연결되어 있을 가능성도 있다. 하지만 지금은 무리다. 얼터네이트만 있었다면 좋았을 텐데.

다리 위에서 아지로 강을 바라보았다. 요즘에 비가 많이 온 탓에 수위가 높아졌고 물 흐름이 빨랐다. 어떤 것이라도 집어삼키겠다는 탁류였다. 제방의 식물은 마찬가지로 갈색이 되어서 컬러풀하게 칠해진 페트병 바람개비가 몹시 눈에 띄었다. 차가 힘차게 지나갈 때마다 다리가 덜컹 흔들렸다.

다리를 건너도 제방 쪽으로는 가지 않고 그대로 앞길을 나아갔다. 이윽고 은행나무 가로수 앞에 교문이 보였다. 들어가자마자 '엔메이학원고등학교'라고 적힌 비석이 있었고 그 앞 화단에서는 여자아이가 물을 주고 있었다.

나오시는 가로수 아래에 있는 시멘트블록에 앉아 교문에서 내뱉어지는 학생들을 바라보았다. 다들 하나같이 코를 쥐고 있어서 멍청해 보였다. 태양이 기울기 시작해서 은행잎의 노란색에 희미한 붉은빛이 돌았다. 흰코사향고양이 한 마리가 나무들을 능수능란하게 건너가자 가지에 매달려 있던 은행 열매가 흔들려서 떨어졌다.

나오시는 흰코사향고양이를 쫓았다. 위를 올려다보면서 교문 쪽으로 다가갔다. 하지만 도중에 진로를 바꾼 흰코사향고양이는 주택지로 뻗은 전선을 타고 가서 이윽고 보이지 않게 되었다.

포기하고 돌아가려고 하는데 바로 곁에 미우가 서 있었다. 그녀를 기다리고 있었는데도 막상 대면하자 어떻게 해야 좋을지 몰라서 우선 "어이" 하고 손을 들었다.

미우는 굳어 있었다. 나오시가 한 걸음 다가가자 그녀는 물러섰고, 그러고서 학교 쪽으로 돌아갔다.

"왜 그래? 왜 피하냐고! 내가 뭐 잘못했어?"

"오지 마!"

나오시는 그리 외치고 달려가는 미우를 쫓아 교문 앞에서 그녀의 팔을 잡았다. 앞머리 틈으로 들여다보이는 눈은 두려움에 떨고 있어서 괴물이라도 보는 듯했다.

"그런 시선으로 보지 마."

그녀의 팔은 떨고 있었다.

"한 번 더 쳐줬으면 하는데."

나오시는 그리 말하고 손을 뗐다. 그 순간 뒤에서 누군가가 "네 이름은 뭐니?" 하고 말을 걸었다. 돌아보자 경찰관 두 사람이 나오시를 가운데에 두고 서 있었다.

"뭐예요?"

"이름이 뭐니?"

경찰관 중 한 사람이 위협하듯이 다시 한번 물었다. 대들려고 했지만 두려워하는 미우가 시야에 들어와서 나오시는 내뱉다시피 자신의 이름을 말했다. 다른 한 경관이 메모지를 꺼내 "다라오카 나오시"라고 반복해서 읊조리면서 페이지를 넘겼다. 무언가를 확인한 그는 고개를 끄덕이고 "잠시 같이 가줬으면 좋겠는데" 하고 나오시에게 말했다. 거절할 방도도 없어서 나오시는 그길로 경찰에 연행되었다.

*

사에야마 미우의 스토커잖아, 라는 소리를 들었을 때 그 의미를 전혀 알 수 없었다. 그들의 말에 따르면 요즘 들어 누군가가 미우를 따라다니고 있어서 경찰에 학교 주변이나 자택 근처에 순찰을 부탁했던 모양이다. 미우는 의심스러운 인물을 몇 사람 꼽았는데 그중 한 명으로 나오시의 이름도 있었다고 한다. 대답이 없었던 이유가 납득이 갔으나 "나 아니에요! 빨리 보내줘요!"라고 항의했다. 하지만 받아들여지지 않아 나오시는 유치장에 들어가야 했고 하룻밤을 그곳에서 보내게 되었다.

이튿날 어제와 같은 경찰관이 찾아와서 "이야기를 들려줬으면 하는데"라고 나오시에게 말했다.

"그러니까 어제 전부 말했잖아요. 난 관계가 없다니까요."

"그거 말고."

경찰관은 잠시 시선을 헤맨 후에 "이번 일은 미안하게 됐어"라고 사과했다.

"도키에다 히사쓰구에 대해서 들려줬으면 해. 그 친구가 이미 스토커 행위를 인정했지만 자세한 건 너도 알려줬으면 해서."

나오시가 잡혀서 안심한 미우는 그로부터 느긋하게 집으로 돌아갔다. 그리고 오랜만에 집 앞에 있는 공원에 들렀는데 느닷없이 누군가가 덮쳤다고 한다. 운이 좋게도 귀가한 아버지가 그를 잡다가 경찰을 불렀고, 그는 체포되었다.

도키 씨가 미우를 따라다녔던 건 지메이킨소에 왔던 날부터였다. 그는 학교에서 돌아가는 미우를 미행해 집을 알아냈고 이후 스토킹을 반복했다. 괴롭히는 행동은 나날이 심해져서 최근에는 쓰레기를 뒤지거나 외설스러운 사진을 우편함에 넣기도 했다고 한다.

나오시는 허탈한 마음으로 경찰을 뒤로했다. 스마트폰

얼터네이트

의 전원은 꺼져 있어서 아무에게도 이 사실을 알릴 수 없었다. 지메이킨소로 돌아가자 거실에 겐이치와 마코 씨와 사카구치 씨가 있었다. 이미 대부분의 일을 알고 있는 듯했다. 밤새도록 나오시를 기다리고 있었는지 다들 눈 밑에 다크서클이 심했다.

"힘들었지?"

겐이치가 나오시를 끌어안았다. 그 위를 마코 씨가 포개었고 마지막으로 사카구치 씨가 뒤덮었다.

"다들 왜 그래."

쑥스러운 마음을 감추듯이 면박을 줬지만, 목소리가 떨리고 말아 박력이 없었다. 사카구치 씨가 뜬금없이 "요전번에는 미안했어"라고 읊조렸다.

"그 말을 지금 하는 거예요?"

그 목소리도 역시 떨리고 있었다. 커튼에서 비친 아침 햇살이 한 덩어리가 된 네 사람을 감쌌다. 이럴 때 어째서인지 도키 씨의 비올라가 너무나도 듣고 싶었다.

방으로 돌아와 미우에게 짧은 메시지를 보냈다.

그렇게 무서운 일을 겪은 것도 모르고 어제는 미안했어. 난 내 일로 벅차서 미우를 신경 못 썼어. 내가 지메이킨소 사람들을 소개하지 않았더라면 이런 일도 벌어지지 않았을 텐데. 난 정말이지 제멋대로인 것 같아. 어제는 미우의 파이프오르간이 너무 듣고 싶었어.

정말 지금의 나는 정신이 이상한 것 같아. 이상한 김에 이 말을 하고 싶어. 널 좋아해. 나랑 사귀어줘. 이상해서 하는 말이 아니고, 이 마음만큼은 진심이야.

미우에게 답이 한동안 오지 않았다.

나야말로 착각해서 미안해. 나오시를 만나고 나서 일어난 일이라 범인이라고 단정지어버렸어. 정말 실례를 저질렀다고 생각해. 나오시의 마음은 고마워. 하지만 이런 일을 겪고 나니 남자가 무서워졌어. 정말 무서워졌어. 그래서 지금은 나오시랑도 만날 수 없을 것 같아. 그럼, 힘내.

미우의 메시지가 도착한 것은 엔메이학원고등학교 축제 전날이었다.

제22장
축　제

밋밋한 교문은 불꽃이 그려진 베니어합판으로 둘러싸였고, 풍선으로 만든 아치에는 '엔메이학원고등학교 축제에 오신 것을 환영합니다!'라는 글자가 앙증맞은 폰트로 디자인되어 있었다. 작년에 이곳을 지나갈 때는 중학교 교복을 입고 있었는데 지금은 이렇게 엔메이학원고등학교 학생으로서 손님을 맞이한다는 사실에 나즈는 남모르게 가슴이 뜨거워졌다.

 비석 앞 화단에서 마지막 마무리를 하고 있던 다이키 선배가 눈에 들어와 말을 걸었다.

"안녕하세요. 드디어 축제네요."

"나즈, 신경 쓰이는 일이라도 있어?"

 히아신스 알뿌리를 심은 화단에는 다양한 종류의 화병

이 빼곡하게 나란히 놓여 있었고 저마다 다른 꽃이 꽂혀 있었다. 그 독창적인 발상과 신선한 색채에 나즈는 홀딱 반했다. 수많은 사람이 이곳에서 사진을 찍는 모습을 상상할 수 있었다.

"없어요. 정말 예쁘네요."

나즈는 작업을 마친 다이키 선배와 같이 가정실습실에 들렀다. 문을 열기 전부터 향기로운 내음이 감돌았다. 이미 요리부 부원들이 준비를 시작해 바구니에 담긴 대량의 달걀을 조금씩 숯으로 굽고 있었다. '원포션' 제1회전에서 이루루 선배와 에미쿠가 감자샐러드를 만들기 전에 구웠던 달걀을 재현해서 판매한다고 한다. "왜 감자샐러드가 아니에요?"라고 부원에게 물어보자 "이 편이 더 효율적이니까"라는 가벼운 대답이 돌아왔다.

요전번처럼 화이트보드에 '원포션' 결승을 비출 모양인지 프로젝터가 준비되어 있었다. 그때 제1회전을 가정실습실에 튼 것은 애초에 오늘을 위한 시뮬레이션이었다는 사실을 축제 당일이 되어서 알았다.

"올해야말로 우승했으면 좋겠어."

다이키 선배는 참배하듯이 화이트보드 앞에서 손을 두 번 짝짝 치고 기도했다.

요리 동아리를 돕던 사사가와 선생님은 다 구워진 달걀을 집게로 집어서 상자에 담고 있었다. 나즈를 발견하자

얼터네이트

어깻죽지로 땀을 닦아내고서 "교실엔 벌써 갔다 왔어?"라고 물었다.

"아직이요."

"그래? 그럼 같이 가자."

1학년 3반으로 가자 '잃어버린 100일'이라는 제목이 쓰인 거대한 천이 눈에 띄었다. 그곳에 미술 담당 학생이 빨간 잉크를 손가락으로 탁탁 튕겨서 피 보라를 더하고 있었다.

교실에 들어가자 칠판은 하얀 천으로 뒤덮여 있고 천 가 럇수의 원주율이 컬러풀한 글자로 나열되어 있었다. 그 옆에 3월 달력이 붙어 있고 구석에 세워진 책상 위에는 칠판과 마찬가지로 원주율이 프린트된 종이와 펜이 무수히 흩어져 있었다. 그런 소도구나 미술, 손님의 동선이나 전기 계통 등 하나하나를 세밀하게 시오리가 확인해나갔다. 말을 걸려고 하자 그녀는 "제발 좀! 여기가 말려 있는 건 말이 안 되잖아! 세세한 곳까지 꼼꼼하게 확인해!"라고 거친 목소리를 냈다.

무심코 나즈는 다이키 선배와 사사가와 선생님과 시선을 맞추었다. "미안해요. 좀 상심하던 차에 화가 났나봐요"라고 말하자 "심정을 이해하는 만큼 다가가기 힘드네" 하고 다이키 선배가 눈을 가늘게 떴다.

시오리는 바로 2주 정도 전에 남자친구와 헤어졌다. 상대로부터 '다른 좋은 사람을 찾았다'는 말을 들은 모양이다. 찾았다는 말이 괜히 비위에 거슬렸는지 "찾았다는 게 무슨 소리야. 포켓몬도 아니고"라고 시오리는 얼굴이 시뻘게져서 매일같이 원망 섞인 불평을 토로하고 있었다.

그 분노를 원동력으로 시오리는 '잃어버린 100일' 제작에 몰두했다. 그녀의 박력은 이상할 정도라서 나즈조차 마음 편히 말을 걸 수 없는 상태였다.

"시오리, 안녕. 늦어서 미안." 타이밍을 재고서 조심스럽게 말을 걸었다. 그녀는 순간 나즈를 노려보았지만 다이키 선배와 사사가와 선생님의 얼굴을 보자마자 "응. 안녕. 작업은 순조로워"라고 쾌활하게 말했다.

"내 연기는 어땠어?"

다이키 선배가 유령처럼 손등을 보였다.

"정말 좋았어요!"

시오리가 그 손을 잡았다.

"분명 반응이 클 거예요. 협력해주셔서 감사해요. 기껏 오셨으니 다이키 선배님이 첫 손님으로 놀다 가세요."

지나치게 싹싹해서 거북했다.

"그래도 돼?"

"그럼요! 다들 괜찮지?"

"응!" 하는 대답이 딱 모였다. 마치 악마 코치 밑에서 훈련하는 체육 동아리 부원 같았다. 다이키 선배 혼자서는 허전하니 나즈와 사사가와 선생님도 합세하기로 했다.

"그럼 시작합니다."

시오리가 스타트 사인을 보내자 교실 불이 꺼졌다.

'1학년 3반에서 수상한 공연을 하나 봐. 교문에서 그런 소문을 들었어. 궁금해서 이 교실에 왔는데 딱히 특별한 건 없는 것 같아'라는 글자가 모니터에 비춰졌다. 그러자 교실이 잠기고 스피커에서 "나랑 놀자" 하는 소리가 들렸다. 다이키 선배는 혀를 내밀고 자신을 가리키고 있었다. 나즈는 감탄하듯이 작게 박수를 쳤다.

그러고서 퀴즈가 출제되었다. 다이키 선배에게는 촬영할 때 퀴즈를 전부 설명했는데, 선배는 까맣게 잊고 말았는지 전혀 대답하지 못했다. 하는 수 없이 나즈가 답에 가까운 힌트를 냈다. 본래의 제한시간을 넘어도 게임오버가 아니었던 것은 시오리가 베푼 호의였다. 간신히 게임을 클리어하자 문이 열리고 세 사람은 교실에서 나왔다.

다이키 선배는 밖으로 나오자마자 "100일에 화이트데이에 원주율이라"라고 퀴즈를 반추하듯이 비스듬히 위를 올려다보고 말했다.

"수고하셨어요. 이거 상품이에요."

시오리가 달려와서 다이키 선배에게 종이를 내밀고 다시 확인 작업을 하기 위해 교실로 돌아갔다. 그녀가 건넨 상품은 요리 동아리가 만든 구운 달걀과 교환할 수 있는 티켓이었다.

"왜 요리 동아리지?"

"사사가와 선생님께서 협력해주셨어요."

나즈가 그리 말하자 다이키 선배는 "직권남용이에요"라고 사사가와 선생님에게 가볍게 쏘았다.

"원예부에도 교환할 수 있는 게 있었으면 좋았을 텐데."

사사가와 선생님도 마찬가지로 톡 쏘며 반박하자 다이키 선배는 "압화라도 만들었으면 좋았을 것 같네요"라고 입술을 삐죽댔다.

축제의 시작을 알리는 종이 울렸다. 창 건너편을 보자 서관 교사 벽에 박힌 시계가 눈에 들어왔다. 시각은 10시를 가리키고 있었다.

*

축제가 시작되고 얼마 지나지 않았는데 학생 가족이나 다른 학교 학생, 내년에 입시를 치르려고 하는 중학생 등 교내는 금세 여러 사람으로 넘쳐나고 있었다.

마코 씨나 겐이치도 오고 싶어 했지만 나오시는 혼자서 가고 싶다며 거절했다. 하지만 막상 와보자 마음이 불편해서 역시 동행하는 편이 좋았을지도 모르겠다고 후회했다.

유타카의 밴드를 보고 바로 돌아갈 작정이었다. 그때까

지 미우에게 발견되지 않도록 조심해야 한다. 그런 소리를 막 들었는데 얼굴을 마주할 수는 없었다.

눈에 띄지 않도록 학교 안을 산책했다. 밴드 연주는 운동장 구석에 있는 특설 스테이지에서 열리는 모양이었다. 지금은 여학생이 묶은 머리카락을 흔들어 헝클어뜨리며 격렬한 춤을 추고 있었다. 무척이나 어른스러워 보여서 나오시는 어째서인지 똑바로 볼 수가 없었다. 스테이지 옆에 시간표가 적힌 포스터가 있었지만 밴드명이 줄지어 있을 뿐 어디에 유타카가 나오는지는 알 수 없었다. 운영 스태프에게 "죄송한데 친구가 나오는데 어느 밴드인지 몰라서요"라고 말을 걸자 "팸플릿에 쓰여 있어요. 접수처에서 받으세요"라는 소리를 들었다.

유타카가 소속된 밴드는 '큐벤즈'로 연주는 오후 1시부터였다. 미우에게 발각될 위험을 피하기 위해 고등학교 부지에서 나와 교회로 향했다. 역시 그곳에 있을 리는 없을 테다. 애초에 문이 잠겨 있을 게 분명했다. 그리 생각하면서도 마음속 어딘가로 미우가 파이프오르간을 치고 있으면 좋을 텐데 하고 기대했다.

교회는 의외로 열려 있었다. 석면 문제는 어떻게 됐을까.

안에는 아무도 없었다. 파이프오르간을 올려다보았다. 나오시는 주변을 둘러보고 단상으로 올라가 파이프오르간 의자에 앉았다. 건반은 3단으로 되어 있었고 발 언저리에 큰 페달이 있었으며, 그 외에도 무엇에 사용되는지 잘 모르는 버튼과 좌우에는 문손잡이 같은 것이 무수히 있었다. 검지로 적당히 건반을 쳐보았다. 하지만 음이 울리지 않았다. 적당하게 버튼을 눌렀다. 그러자 옆에 있던 문손잡이 닮은 스톱이 몇 개 툭 튀어나왔다. 건반을 한 번 더 누르자 웅 소리가 났다. 그 음량은 무시무시해서 나오시는 무심코 일어났다. 정체를 알 수 없는 동물에게 위협을 당한 기분이었다. 미우의 소리가 떠오를지도 모른다고 생각했지만 음색이 전혀 달라서 기억이 괜히 흐려졌다. 미우의 파이프 오르간 음색은 악기 쪽이 몸을 맡기고 있는 듯했다.

천장을 올려다보았다. 지금도 석면은 떨어지고 있을까. 나오시는 눈을 꾹 감고 먼지 같은 가루를 상상했다. 한껏 숨을 내뱉고 나서 힘껏 들이쉬었다.

*

결승 진출이 정해져서 반 친구들에게 "당일에 못 도와줘서 미안해"라고 전하자 "신경 안 써도 되니 힘내"라는 소리를 들었다. 요리 동아리 부원들에게도 부장의 부재를 사과하자 메구미를 필두로 "이쪽은 맡겨둬"라고 해주었다. 너무나도 듬직해서 자신이 부장이 아니어도 되지 않았을까 생각했다. 하지만 부장인 자신은 이기는 것으로밖에 부원들에게 은혜를 갚을 수 없다고 다시 생각했다.

어젯밤에는 잠을 설쳤다. 잠에서 깨기도 힘들어서 좀처럼 침대에서 나오지 못했지만, 커튼을 열자 눈부신 햇살이 힘차게 뛰어들었다. 하늘은 파랗게 개어 있고 구름 한 점 없었다.

11월 초순치고는 꽤 따스했다. 회장에서 제일 가까운 역에서 에미쿠와 만나 회장으로 향했다.

"벌써 축제 시작됐겠네요."

"미안. 첫 축제일 텐데 참가 못하게 해서."

"괜찮아요. 축제라면 내일도 하잖아요."

"그래도."

"이루루 선배."

"응?"

"결승전 나가기로 정해지고서부터 너무 사과만 하는 거 아니에요? 이긴 사람이 그렇게 사과하면 못써요."

"아하하. 그러네."

에미쿠가 이목도 꺼리지 않고 푸른 하늘을 향해 "우리 요리가 제일 맛있어! '원포션'에 나오는 모든 요리 중에서!"라고 양팔을 펼쳤다. 그게 그녀가 좋아하는 〈무화과나무〉에 나오는 한 소절을 흉내 낸 것이라는 사실을 깨닫고 무심코 뺨이 누그러들었다. 덕분에 어깨에 들어간 힘이 빠졌고, 이루루도 질 수 없다는 양 "가이드북 따윈 버려주겠어!"라고 멀리 외쳤다.

*

'잃어버린 100일'은 성황을 이뤄 나즈는 쉴 틈 없이 일하고 쿠폰을 계속 나눠주었다.

멀리서 방문했다는 다이키 선배의 팬도 있어서 그의 인기를 실감했다. 다이키 선배는 누군가 말을 걸어와도 싫어하는 내색도 전혀 하지 않고 "안녕하세요. 다이키입니다", "동영상 봐줘요", "화단도 봐줘요"라고 한 사람 한 사람에게 악수를 하면서 대하고 있었다.

기미조노는 오후가 되고 얼마 지나지 않아 왔고, 고등학교 친구 두 사람과 함께였다.

"사람들이 엄청 왔네."

"일부러 와줘서 고마워. 이왕 왔으니 놀다가 가. 금방은 못 들어가겠지만."

"나중에 다시 올게."

쿠폰을 건네주자 기미조노의 친구가 "이 친구인가보네. 예쁘잖아" 하고 평가하듯이 말했다. "그런 식으로 말하지 마"라고 기미조노가 나무랐다. 나즈는 형식적인 미소를 적당히 지었다.

"휴식 시간 있어? 혹시 괜찮다면 잠시 걸을래?"

"앞으로 한 시간 정도 있다 교대할 테니까 그때면 괜찮아."

"알겠어. 데리러 올게."

그와 교대하듯이 학급 친구인 사에야마 미우가 다가왔다. 요즘 들어 컨디션이 좋지 않은지 학교를 쉬기 일쑤여서 축제 준비에는 그다지 참가하지 못했다.

"미우, 괜찮아?"

나즈가 묻자 "조금이라면 괜찮아" 하고 희미하게 미소 지었다.

"무리 안 해도 돼. 사람 수는 충분하니까."

"고마워."

그리 말하고 그녀는 로커에 짐을 넣고 휘청대며 온 길을 돌아갔다.

한 시간이 딱 지났을 무렵에 기미조노 일행이 돌아왔다. 그길로 '잃어버린 100일'에 들어가 15분 있다가 나왔다. 그들은 퀴즈를 못 풀었는지 모르는 사람들을 위한 해설을 듣고는 "그런 거였구나!" 하고 분해했다.

소감을 물어보는데 시오리가 다가와 "어땠어요?" 하고 말을 걸었다. 갑자기 말이 걸려오자 기미조노 일행이 당황해해서 나즈는 "친구인 시오리라고 해요. 이쪽은 기미조노 미치노스케"라고 소개해줬다.

"아, 시오리 씨. 이야기 자주 들었어요."

"이쪽이야말로 나즈한테 자주 들었어요. 이 친구 잘 부탁할게요."

두 사람의 대화는 텔레비전 드라마에서 보는 결혼 전 양가 상견례 인사 같았다.

"미안, 시오리. 잠시 부탁해도 될까?"

그리 말하고 쿠폰 다발을 보여주자 상황을 파악한 그녀는 "그럼 물론이지. 다녀와" 하고 과장되게 고개를 숙여 받았다.

기미조노가 친구에게 "잠시 걷다 올게"라고 말하자 그들은 놀리는 듯한 소리를 냈다. 둘이서 복도를 걸으니 동급생들이 흥미진진한 시선을 던졌다. 몹시 창피했지만 기미조노는 전혀 신경 쓰지 않는지 복도 한가운데를 성큼성큼 나아갔다.

"기미조노는 안 놀랄 것 같아."

"응?"

"뭐랄까, 워, 하고 놀라게 해도 꿈쩍도 안 할 것 같달까."

"그럴 리가."

보통 어지간해서는 들어가지 않는 3학년 복도로 올라가자 '좀비스쿨'이라는 레퍼토리가 눈에 들어왔다.

"들어가서 체험해볼까?"

그가 장난스럽게 권해서 나즈는 뺨을 붉히고는 고개를 끄덕였다.

얼터네이트

나즈는 애초에 귀신의 집이라면 질색한다. 더구나 '좀비 스쿨'은 무척이나 잘 만들어져 있었다. 본격적으로 분장을 한 선배가 튀어나올 때마다 나즈는 울먹이면서 비명을 질렀고 그걸 보고 기미조노가 배를 잡고 웃었다.

다음으로 다이키 선배가 손질한 화단을 하나씩 안내했다. 자신도 돕고 있다고 하자 "난 꽃에 대해서는 전혀 몰라서 얼마나 힘든 일인지는 모르지만 엄청 예쁘네. 이런 걸 잘 가꾸는 사람은 장래에 좋은 엄마가 될 것 같아"라고 말했다.

가정실습실에 가자 화이트보드에 '원포션'이 비춰지고 있었다.

"드디어 결승이네."

기미조노가 그리 말하더니 나즈의 손에 자신의 손을 휘감아 잡았다.

*

"'원포션 시즌3' 결승전, 마침내 개막합니다. 이번에 여기까지 살아남은 팀은 에이세이 제1고등학교, 엔메이학원 고등학교, 세이안학원 고등부 세 학교입니다. 이기는 팀은 작년에 우승한 에이세이 제1고등학교일까요, 아니면 작년에 결승전까지 진출했던 엔메이학원고등학교일까요, 아니면 처음 출전하는 다크호스 세이안학원 고등부일까요!"

아나운서는 지금까지보다 더 열기를 담은 채 말했다.

이루루는 강렬한 시선으로 가만히 앞을 응시했다.

"자! 결승전 식재료는!"

그리 말하고 쥔 손을 앞으로 내밀어 그것을 펼쳤다. 한 스푼 정도 되는 작은 알갱이가 하얗게 빛나고 있었다.

"'쌀'입니다."

에미쿠와 시선을 마주하자 그녀는 조용히 고개를 끄덕였다.

"그리고 테마는."

아나운서가 관자놀이 부근을 검지로 톡톡 두드렸다.

"'기억'입니다."

이루루는 기억, 이라고 소리 내지 않고 입만 움직였다.

"쌀은 우리 생활과 떼려야 뗄 수 없습니다. 그리고 동서고금 여러 방법으로 조리되고 있습니다. 쌀은 사람의 기억과 밀접하게 연관된 식재료 가운데 하나라고 해도 과언이 아닙니다. 어떻게 해석할지는 여러분의 자유입니다! 제한시간은 한 시간 반입니다!"

이루루에게 있어서 마지막 개시 버저가 울렸다.

"쌀이라니 또 너무 광범위한 식재료네요."

"응. 이번에도 간단하지 않겠어."

제한된 시간이 지금까지보다 길어서인지 다른 팀도 여

전히 움직이려고 하지 않았다.

"어떤 방법으로 갈까요? 심플하게 밥을 지어 덮밥으로 해서 반찬으로 승부를 볼지, 그게 아니면 리소토라든가 파에야라든가 찹쌀떡으로 만드는 방법도 있어요."

"그러네. 뭐든 가능할 것 같아. 다만 기억이라는 테마를 어떻게 엮을지가 문제네."

"기억이라, 밥에 대한 기억을 말하는 걸까요?"

"응. 쌀에 대한 나만의 기억. 그런 거 있어?"

"너무 많죠. 캠핑하면서 먹은 카레라든가, 감기에 걸렸을 때 엄마가 쑤어준 죽이라든가, 다 같이 만들었던 옥수수주먹밥도 추억이고요. 이루루 선배는요?"

"추억……."

쌀에 얽힌 추억이 연달아 떠올라도 하나같이 자신의 손으로 만들었던 것뿐이라서 그 외에는 급식 정도밖에 없었다. 프레젠테이션에서 심사위원의 흥미를 자아낼 만한 특별한 기억이 필요했다. 하지만 과거는 지금부터 만들 수 없다. 그렇다면 실제 기억이 아니라 기억이라는 해석 그 자체를 재고해볼까. 하지만 어떤 방식으로 해야 하나. 그러는 동안에도 시간은 째깍째깍 흘러갔다.

*

시간이 될 때까지 교회 의자에 계속 앉아 있었다. 너무나도 조용해서 요즘 있었던 복잡했던 일 전부를 흡수해주는 것 같다고 나오시는 생각했다. 따분함을 견뎌내려고 "아" 하고 소리를 내자 목소리가 확 퍼져서 메아리쳤고 서서히 사라져 또다시 고요해졌다.

"으라차!"

일어나면서 얼빠진 소리를 냈다. 그 목소리도 몹시 울려 퍼져서 조금 우스웠다.

고등학교 부지로 돌아가자 축제 손님은 한층 늘어나서 스테이지 앞에도 꽤 많은 사람들이 모여 있었다. 절반 이상은 여학생이었다. 유타카는 후배에게 인기가 좋다고 미우에게 들었으니 목표는 분명 그 녀석일 테다.

가까운 곳이면 유타카에게 발각될 듯해서 조금 떨어진 장소를 찾았다. 주변을 둘러보자 3층의 구름다리가 좋아 보였다. 기척을 지우면서 계단을 올라갔다.

구름다리에 미우가 없는 것을 확인하고 스테이지 옆 난간에 팔꿈치를 괴자 때마침 '큐벤즈'가 나올 차례가 되었다. 보컬이 기타를 한 손에 들고 다른 손을 흔들면서 씩씩하게 스테이지로 올랐고 뒤따라 베이스와 드럼이 다가왔다. 유타카도 있었다. 멋쩍은 인사를 반복하면서 앰프에 기타를 연결했다. 펜더 USA 재즈마스터 선버스트. 각자 음을 조율하는 와중 "유타카!" 하는 카랑카랑한 목소리가 들렸다. 하지만 응답하지 않고 발 언저리에서 이펙터를 체크했다. 준비가 다 끝나자 "큐벤즈입니다! 엔메이! 신나게 놀아봅시다!" 하고 보컬이 소리를 질러서 분위기를 올렸다. 흥분한 청중의 환호성을 타고 드럼이 "원, 투, 쓰리, 포" 하고 카운트다운을 했다.

스피커에서 단숨에 흘러나오는 소리에 여학생들은 양손을 치켜들고 비트에 몸을 흔들었다. 짧은 머리를 흩날리며 껑충껑충 뛰어오르는 남학생도 있었다.

그들이 연주하고 있는 선 '센아'의 유행곡이었다. 요 짧은 기간에 오리지널 곡을 창작하는 건 어려울 테고 흥을 돋우기 위해서도 선곡은 틀리지 않았다고 생각했다. 하지만 맨 처음 음의 덩어리를 접하고 바로 석연치 않은 느낌을 받았다. 만회할 수 있을지 지켜보고 있었지만, 고양된 관객과는 정반대로 연주는 제각각이었다.

드럼은 틀리지 않도록 치는 데 버거워했고, 그러면서도 필사적인 느낌을 감추기 위해 폼을 잡고 있어서 다른 악기에 의식이 가 있지 않았다. 더군다나 자신의 연주에도 집중하지 못해서 킥도 스네어도 울림이 좋지 않았다. 비트는 비닐로 뒤집어쓴 것처럼 흐렸다.

드럼이 주위를 보고 있지 않은 탓에 베이스와 연계가 전혀 되지 않았다. 그런데도 간신히 따라가려고 베이스는 계속 힘차게 연주했다. 이렇게도 저렇게도 수습할 수 없는 리듬 탓에 기타보컬은 노래하기 힘들 듯했다. 그런데도 그들에게 있어서는 고등학교 생활을 건 제일가는 일이었기에, 신경 쓰지 않는 척하고 고집스럽게 노래를 부르고 있었다.

관객은 어떻게 리듬을 타야 할지 알 수 없어져서 뛰어오르던 발을 멈추고 노래를 듣는 듯 빤히 바라보고 있었다. 하지만 '큐벤즈' 멤버는 눈을 감거나 머리를 격렬하게 흔드는 등 관객에게서 시선을 돌리고 있었다. 참으로 안타까운 가운데 유타카만은 직립부동 자세로 기타를 치고 있었다. 세 사람의 음을 나눠 듣고서 자신이 취해야 하는 리듬에 주의를 기울이며 음에 억양을 주면서 연주하고 있었다. 혼자서만 이상하게 신이 나서 리듬을 새기지 않고 각각의 악기의 좋은 점을 누비고 나아가듯이 음을 연결해나갔다.

그 보람이 있어서인지 조금씩 각 악기가 서로에게 시선을 분배하게 되어 간신히 음악이 되기 시작했다.

하지만 유타카의 태도는 아무래도 마음에 들지 않았다. 그의 음은 죽어 있었다.

유타카의 기타가 다른 멤버의 엉망진창인 음을 서로 연결하는 건 확실하다. 하지만 그 역할을 철저히 하며 뒤로 물러난 기타 음은 단지 모두를 받아들이는 기구에 불과했다. 그는 혼자서 '큐벤즈'의 악기 역할을 짊어진 채 자신이 소재가 되는 것을 포기하고 있었다.

기술이 없는 건 아니다. 기술이 없었으면 멤버를 이렇게까지 통솔할 수 없다. 그가 오사카를 떠난 후에도 기타를 만져왔다는 것은 손놀림을 보고 있으면 안다.

저 녀석은 어떻게든 형태를 이루면 된다고 생각하고 있을 테다. 그래서 그 이상으로 괜한 에너지는 쏟지 않는 것이다. 이상하게 눈에 띄지 않고 나름대로 완성하기만 하면 된다는 것이다.

그냥. 나름대로. 그런 마음가짐으로 치는 기타에 대체 누가 감동하겠는가. 기타에 사과해. 이런 마음가짐으로 서서 미안하다고 제대로 무릎 꿇고 사과해. 아니, 왜 그렇게 기타를 치는 거야? 기타를 치고 싶긴 한 거야? 그건 대체 무슨 감정이야? 기타를 치고 싶다면 좀 더 사랑하라고. 네 손가락으로 현에 제대로 된 사랑을 전하라고. 마사오 아저씨한테 우리가 배운 건 그런 거였잖아.

가슴속으로 그리 외치면 외칠수록 나오시는 자신이 몹시 한심하게 느껴졌다. '큐벤즈'는 저래도 일단 스테이지에서 연주를 하고 있다. 음을 뱉어내 사람에게 들려주고 있다.

"그럼 마지막 곡입니다!"

난간을 잡고 있던 손에 힘이 들어갔다.

문득 시선을 떨어뜨리자 올려다보고 있던 미우와 눈이 마주쳤다. 그 눈은 여전히 겁에 질려 있었다. 난감하다고 생각해 서둘러 그 자리에서 멀어졌다.

미우가 있는 장소에서 되도록 먼 곳으로 교내를 걸었지만 길을 몰라서 헤맨 끝에 건물 현관으로 나왔다.

운동장으로 내려가자 까끌한 모래 감촉이 발언저리에 전해졌다. 스테이지에서는 연주가 끝났고 '큐벤즈'의 멤버들이 손을 흔들고 있었다. 유타카는 고개를 살짝 숙이고 얼른 기타 케이블을 앰프에서 뺐다.

나오시는 스테이지를 가만히 노려보며 땀이 스며든 운동장 모래를 발로 걷어찼다.

*

가정실습실은 구운 달걀을 찾는 사람과 '원포션'을 보러 온 사람으로 무척이나 붐비고 있었다. 화이트보드 앞에는 사람으로 가득 채워져 있어서 화면이 잘 보이지 않았다. 기미조노가 "스마트폰으로도 볼 수 있으니 다른 데 갈래?"라고 해서 운동장으로 향했다. 그사이에도 여전히 서로의 손을 잡은 채였다.

"식재료가 '쌀'이고 테마는 '기억'이래."

기미조노가 스마트폰으로 '원포션'의 현황을 검색해서 알려주었다. 보고 있는 것은 '원포션'의 생방송이 아니라 얼터네이트에 올라온 '원포션'과 관련된 댓글인 듯, 그는

"우와, 처음으로 '원포션'으로 검색했는데 심한 말을 쓰는 사람도 있구나" 하고 코웃음 쳤다.

"이런 사람들은 뭘 하고 싶은 걸까?"

그리 말하고 기미조노가 나즈에게 화면을 보여주었다. 순수한 응원 댓글에 섞여 참가자의 외모를 야유하는 글이나 신빙성이 낮은 소문 등 시선을 돌리고 싶어질 만한 말이 많이 나열되어 있었다.

"진짜네."

바깥으로 나가자 연주를 이제 막 끝낸 밴드가 스테이지에서 내려왔다. 그 근처에서 우두커니 서 있는 남자아이가 눈에 들어왔다. 아니, 눈이 반응했다. 잡고 있던 손을 무심코 떼고 뒷걸음질했다.

"나즈, 왜 그래?"

가쓰라다 무우는 혼자 아무도 없는 스테이지를 응시하고 있었다.

"미안해. 잠시만."

나즈는 다급히 그 자리를 벗어났다. 가쓰라다로부터 시선을 떼기 직전, 안경 너머로 눈이 마주친 느낌이 들었다. 따라온 기미조노가 "왜 그래?" 하고 말을 걸었다.

"미안. 잠시만 혼자 있게 해줘."

그리 말하자 그는 더 이상 쫓아오지 않았다. 고등학교에서 멀어져 우선 대학교 쪽으로 향했다. 어딘가 혼자 있을 수 있을 만한 장소를 찾고 있는데 'CENTRAL CHAPEL'의 문이 흔들리고 있었다. 나즈가 조심스럽게 들여다보니 사람은 없었다. 바로 막 누군가가 나갔을 테다. 돌아올지도 모르니 관둬야 한다고 생각했지만, 교회의 고요함은 지금 나즈가 원하고 있던 것이었다.

이곳에 들어가는 건 처음이었다. 정면에는 십자가가 있고 그 위에 파이프오르간의 파이프가 높이 우뚝 서 있다. 좌우의 스테인드글라스에서 비친 빛이 목제 벤치를 희미하게 물들였다. 나즈는 그곳에 앉아 가쁜 숨을 골랐다.

가쓰라다는 뭘 하러 온 걸까. 설마 그렇게 도망친 나를 비난하러 온 게 아닐까.

어딘가에서 우지직 소리가 나서 무심코 비명을 질렀다. 누가 있는지 돌아보았으나 인기척은 들지 않았다. 자신이 이 정도로 겁에 질려 있다는 사실을 알고 괜히 불안해졌다.

어쩌면 그로부터 무언가 메시지가 와 있을지도 모른다며 얼터네이트를 켜보았다. 하지만 새로 온 메시지는 없었다. 그러다 가쓰라다의 메시지 중 하나가 눈에 뛰어들었다.

그건 URL이었다. 조심스럽게 터치하자 인터넷 브라우저가 켜지고 링크된 곳으로 넘어갔다.

'화진라타몽우의 천재일기!'

타이틀은 좀처럼 읽기 힘들었지만, 이름이라는 것을 알고 스크롤했다. 최신 갱신일은 오늘이었다.

"이루루 선배, 어떻게 할까요? 시간이 촉박해요."

"알아, 알긴 아는데."

이루루는 무언가 아이디어가 번뜩이라고 머리를 툭툭 쳤지만, 생각나는 건 밋밋한 것뿐이었다. 마치 어려운 퀴즈를 앞에 둔 것처럼 사고는 빙글빙글 같은 회로를 왔다 갔다 했다.

아나운서가 "엔메이학원고등학교, 꽤 고심하는 모습입니다. 다른 학교는 이미 만들기 시작했는데 괜찮을까요?"라며 이루루를 더 초조하게 만들었다.

"우선 쌀만 준비하자. 만약 밥을 짓게 된다면 씻어서 물에라도 불려두는 편이 좋을 거야."

"알겠어요."

오늘도 관람석에는 에구치 프란체스카가 앉아 있었다. 아들의 씩씩한 모습을 지켜보러 왔겠지만, 그 눈빛은 어느 심사위원보다도 엄격했다.

미우라를 보자 경직된 표정이어서, 전에 "난 엄마를 라이벌이라고 생각해"라고 했던 말을 떠올렸다.

자신은 아직 아빠를 라이벌이라고 부를 수 없다. 이곳에 있는 누구보다도 머나먼 상대다.

드러낸 넓은 이마 아래에 자리한 날카로운 눈. 큼직한

들창코. 얇은 피부가 들러붙은 뾰족한 턱. 떠오른 아빠의 얼굴에 미우라의 말이 연달아 겹쳐져간다.

─물론. 내가 되고 싶은 건 요리연구가가 아니라 요리사니까. 요리를 만드는 사람을 위해 요리를 만드는 게 아니라 먹는 사람을 위해 요리가 하고 싶어.

하지만 이루루는 더 이상 아빠의 요리를 먹을 수 없다.

─엄마는 기념일만큼은 일을 쉬거든. 우리 생일이라든가 엄마 아빠의 결혼기념일이라든가. 이벤트도 좋아하니까 연말연시라든가 크리스마스라든가 칠석이라든가 핼러윈이라든가.

크리스마스에도 부모님은 일을 쉬지 않아서 가족끼리 보낸 적 따위 없었다. 추억 속에 있는 건 있었는지 없었는지도 불확실한 어두운 방에서 반짝반짝 빛나던 크리스마스트리뿐이다.

─감기에 걸렸을 때 엄마가 쑤어준 죽이라든가.

갑자기 에미쿠의 말도 스쳐 지나갔다. 그리고 애매했던 그날의 기억이 서서히 윤곽을 띠었다.

초등학교에 들어가고 처음 맞이한 크리스마스였다. 이루루는 고열이 나서 하루 종일 방 침대에 누워 있었다. 이렇게까지 몸 상태가 나빠진 건 처음이라서 불안했는데 그날도 부모님은 일을 했다. 그뿐 아니라 연말이기도 해서 평소 이상으로 바빠 개점 후에는 시끌벅적한 손님의 소리가 이명 건너편에서 울렸다.

이마나 등에서 땀이 뿜어져 나왔고 전신이 바짝 말라버리는 것 같아서 뼈마디가 아팠다. 그런데도 물을 마시기 위해 부엌까지 걸어가자 암흑 속에서 트리 장식이 반짝이고 있었다. 눈부실 정도의 그 빛은 그 자리에 어울리지 않아 한층 더 외로움을 부각시켰다.

가게를 마치고 돌아온 엄마는 방문을 살짝 열고 "이루루, 어떠니?" 하고 물었다. 적당히 대답하자 "죽, 여기에 두고 갈게"라고 문 건너편에서 말했다.

"감기가 옮으면 곤란하니 그쪽에 가질 못하겠네. 정말 미안해, 이루루."

그로부터 밤은 깊어졌고 문득 얕은 잠에서 깨자 문틈에서 아빠가 들여다보고 있었다.

"왜?"

"배 안 고프니?"

아빠가 목소리를 낮추고 말했다. 지금까지 식욕이 없어서 죽을 거의 입에 대지 않았다. "조금 고파"라고 대답하자 아빠는 이루루의 방으로 들어와서 베개맡에 앉았다.

"일어날 수 있겠어?"

끄덕이자 아빠는 스탠드를 켜고 한 손을 이루루의 몸 아래에 넣어 벌떡 일으켰다.

아빠가 가지고 온 쟁반에는 아담한 밥공기가 놓여 있었다.

"먹으렴."

확실히 죽 같은 요리였다. 크리스마스라서 닭을 넣었다고 말했다.

"삼계탕."

이루루는 에미쿠에게 말했다.

"엄밀히 말하자면 아닐 거지만 아빠가 나한테 마지막으로 만들어준 건 그런 맛이 나는 요리였어. 별로 맡아보지 못한 냄새가 났어. 고려인삼이랑 대추, 그리고 시나몬이라든가 팔각. 내가 감기에 걸려서 한약재를 넣고 끓였을 거야. 더구나 크리스마스라서 닭이었어."

"괜찮은데요?"

에미쿠가 이루루의 어깨를 끌어안고 "그걸 재현해봐요. 그런데 삼계탕은 찹쌀이잖아요? 그때는 어느 쪽이었어요?"라고 물었다.

"기억 안 나. 그런데 죽 같았으니 멥쌀이었을 거야."

"다만 평범하게 삼계탕을 만들면 우승은 어려울 거예요. 뭔가 새로운 시도는 없을까요?"

"그때 만들어준 건 녹색이었어."

"녹색이요?"

"그리고 빨간 것도 있었어. 칼집을 낸 방울토마토려나?"

"크리스마스니까요!"

에미쿠는 조잘대면서 "재미있겠어요! 삼계탕 스타일의 죽, 크리스마스 버전!" 하고 손을 모았다.

"시간이 없으니 통닭에 재료를 채우지 말고, 날갯죽지나 넓적다리랑 같이 삶자."

"그런데 초록색은요? 어디서 나온 색일까요?"

"만들면서 생각하자. 서두르자!"

*

'큐벤즈'의 보컬은 나오시의 존재를 알아차리고 스테이지 위에서 마이크를 사용하지 않고 "아, 다라오카! 와줬구나!" 하고 기쁜 듯 말했다. 나오시가 반응하지 않고 스테이지에 올라가자 그들은 "잠깐만" 하고 말리러 나섰다.

"뭐 어때."

막아서는 그들을 밀어젖히고 드럼을 치는 남자아이에게 드럼스틱을 가리키며 말했다. "그거 좀 빌려줘." 나오시의 기세에 눌렸는지, 아니면 이 상황을 재미있다고 여겼는지 모르지만 그는 순순히 스틱을 건넸다.

드럼 자리를 차지하자 '큐벤즈'의 멤버들은 달아나다시피 얼른 스테이지에서 내려갔다. 하지만 유타카만큼은 앰프에서 뺀 기타를 손에 들고 이쪽을 본 채 움직이지 않았다. 군중은 상황을 파악하지 못한 채 당황하고 있었지만 예상 밖의 일을 기대하고 있는 것 같기도 했다.

오픈된 하이햇과 라이드심벌을 동시에 치자 드높은 금속음이 운동장에 울려 퍼졌다. 직후에 더블스트로크로 스네어드럼을 굴리면서 그 속도를 높여갔다. 그대로 격한 솔로로 밀어붙여서 난폭하게 연주했다. 아무도 이길 수 없다는 양 강하게 킥드럼을 밟고 심벌즈를 쪼갤 기세로 쳤다.

나오시는 맺힌 것을 내뱉으려고 하고 있었다. 하지만 아무리 드럼을 쳐도 그게 없어지지 않고 오히려 지금까지 있었던 일이 뇌리에 짙게 되살아났다. 가족과 관련된 일, 지메이킨소에서 일어난 일, 미우와 있었던 일, 유타카와의 일, 마사오 아저씨의 일, 자신의 일. 떨쳐내듯이 연주를 계속해도 그들과의 광경이 연달아 뇌리에 오가고 리플레이됐다.

축제 실행위원이 서로 이야기를 나누고 있었다. 다음 밴드도 모여들어 초조해하며 끝나기를 기다리고 있었다. 군중의 의아해하는 얼굴이 시야에 들어왔다.

이상하다. 드럼을 치고 있는데, 다들 이쪽을 보고 있는데 견딜 수 없다. 이 음은 나밖에 들리지 않는 걸까? 왜 다들 저런 얼굴을 하는 거지? 반응을 보이라고! 이건 내 음이라고!

하지만 나오시의 귀에서도 드럼 음은 점점 멀어져 무언가에 빨려 들어가는 듯했다. 그런데도 나오시는 드럼을 치는 손을 멈추지 않았다. 멈추고 말면 자신까지 빨려들 것 같았다. 점차 팔다리의 감각도 사라지기 시작해 자신의 몸이 자신의 것이 아니게 되었다. 눈을 꾹 감고 다시 뜨자 새까만 공간에 나오시와 드럼만이 오도카니 떠 있었다. 그 외에는 아무것도, 아무도 없었다. 나오시는 자신의 몸을 보았다. 움직이고 있었지만 드럼은 아직 울리지 않았다.

이 공간은 낯익었다. 모두가 사라진 '보니토'였다. 혼자서 치고 혼자서 난동을 부리고 혼자서 위로를 하던 그 무렵.

나오시는 연주를 딱 멈추었다. 그리고 나시 스네어 테두리에 스틱 끝을 살짝 떨어뜨렸다.

차르르르.

음이 희미하게 들렸다. 한 번 더 시도하자 조금 전보다 소리가 커졌다. 손의 감각이 돌아왔다. 드럼페달을 밟자 둥 하는 저음이 울렸다. 다리 감각도 있었다.

다시 비트를 쪼개자 나오시는 드럼에 빨려가 포개어지고 하나가 되었다. 신비했다. 기분은 자연스럽게 차분해졌다.

이 소리야말로 바로 자신의 목소리였다. 지금까지 자신의 목소리라고 생각했던 것은 틀렸다는 걸 이제 와서 알았다.

나오시는 몰두했다. 친구와 까불면서 장난을 쳤고, 정신을 차리고 보니 미소가 떠올라 있었다. 주변을 둘러보자 안개가 걷힌 것처럼 어둠이 옅어지고 엔메이학원고등학교 경치가 돌아와 있었다. 환호성이 일었다. 유타카를 보자 그는 황당한 모습으로 아직 그곳에 서 있었다.

나오시는 팔을 멈추고 오른쪽 페달만 움직였다. 중저음이 운동장에 울려 퍼졌다. 교사 창문에서 몇 사람이 이쪽을 보고 있었다. 심벌에 태양이 반사되어 눈부셨다.

일정 리듬을 새기면서 나오시는 유타카에게 시선을 보냈다.

내 목소리를 알잖아.

입가를 살짝 끌어올렸다. 유타카는 가만히 고개를 숙이고 있었다. 그러고서 나오시에게 시선을 보내더니 포기한 듯 앰프에 기타를 연결했다.

*

오늘 갱신
내가 너한테 민폐를 끼친 게 아닌지 걱정이 돼서 축제에 왔어.
불쾌할 거라는 건 알아. 아무것도 하지 않을 테니 두려워하지 말아줘.
가능하면 너한테 들키지 않도록 있다가 돌아갈 생각이야.
이걸로 정말 마지막이야.

바로 닫으려고 했다. 하지만 스크롤하는 바람에 그 전에 갱신한 글도 눈에 들어왔다.

10월 31일
얼터네이트, 역시 틀렸다.

나즈는 천천히 일어나서 벤치 사이를 걸었다.

10월 27일
사과해도 글렀다는 건 알아. 그래도 사과하고 싶어. 미안해.

10월 25일
잊어줬으면 하지만 역시 잊지 않아줬으면 해.

10월 17일
나미에게
나를 더 이상 용서해주지 않을 거라는 걸 알지만 말하고 싶어.
네 글을 마음대로 읽어서 미안해.
나와 네가 하는 행동이 비슷해서, 그래서 92.3퍼센트라고 처음
에는 생각했어. 그런데 이 일기를 써온 건 진짜 내가 아니니까
역시 너와 난 달라. 얼터네이트가 틀렸다고 봐. 이런 소릴 하면
얼터네이트가 틀릴 리 없다는 소릴 들을지도 모르지. 그래도
실제로 너한테 나는 전혀 어울리지 않아. 누가 어떻게 봐도. 그

래서 틀렸다고 봐.

그러니 부디 날 잊어주길 바랄게.

파이프오르간 의자에 앉아서 코로 숨을 천천히 들이쉬
며 화면에 집중했다.

10월 5일

나미와 다시 한번 만나게 되었다.

전부 이야기하자.

좋아한다는 말도, 블로그를 봤다는 말도, 이 일기에 대한 말도.

10월 1일

얼터네이트를 하지 않아도 나는 분명 나미를 만났을 테다.

9월 30일

더러운 글을 읽었는데도 예쁘게만 보였다.

나미가 싫어지지 않았다.

상처는 받았지만 어째서인지 더 좋아졌다.

나는 이상하다.

9월 29일

나미의 블로그를 발견했다.

놀랐다.

그 아이가 이런 말을 쓰다니 믿을 수 없었다.

가족 이야기나 친구 이야기.

그리고 내 이야기.

너무한다.

엄청 역겹다.

하지만 분명 나미다.

　이어지는 글을 읽고 있는데 문이 열리는 소리가 들렸다. 단상 옆에 있는 계단으로 내려가 음향조정실에 숨었다. 새까맸다. 원래 있던 장소를 엿보자 안으로 들어온 경비원이 확인하듯이 주위를 둘러보고 있었다. 나즈는 가만히 쪼그려 앉아 경비원의 기척을 신경 쓰면서 스마트폰을 다시 스크롤해갔다.

8월 29일

고양이 카페

볶음밥

공항

오락실

플라네타리움

8월 24일

나미의 휴대폰 대기 화면, 흑백 사진이었다. 불꽃 아래에서 남자가 독서를 하고 있었다.

저건 무슨 사진일까.

그리고 스마트폰 케이스.

비행기 그림이 그려져 있었다.

엄청 귀여웠다. 나미한테도 정말 잘 어울렸다.

비행기를 좋아할지도 모른다.

공항 데이트도 괜찮을지도 모르겠다.

같이 가고 싶은 곳 리스트, 만들어놓자.

8월 21일

만나고 왔다.

바다 근처 카페에서 만나기로 약속해서 해변을 산책하고 수족관에 갔다가 마지막에는 둘이서 불꽃놀이를 보았다.

모든 순간이 최고였다.

나한테 바다는 너무 잘 어울린다.

그런데 그 아이는 나보다 더 잘 어울렸다. 최고의 사람이었다.

운명이다.

완전 운명의 만남이었다.

얼터네이트, 정말 다 아는 것 같다.

드라마의 주인공이 된 기분이다.

뭐 몽우는 늘 주역이지만.

그녀를 그래, 앞으로 나미라고 부르자.

8월 13일

다음 주에 그 여자아이와 만나기로 했다.

큰일이다! 여름이 오고 말았다!

몽우의 시대가 와버린 것이다.

이미 운명의 만남인 거 아냐?

난 선택받은 인간이니 기적이 일어날 테나.

아니 내가 일으킨 것이다. 기적을.

7월 23일

진 매치를 시도해봤다.

검색한 결과, 난 드문 루트로 일본에 온 듯했다.

일본에 1퍼센트밖에 없다고 했다.

역시 나는. 거기에다가 매칭 서비스를 검색했다.

92.3퍼센트다!

대박이다!

거기까지 읽고 이 블로그에서 가장 오래된 글을 찾았다. 8년 전 글이었다. 그 글들에는 하나같이 자랑거리뿐이었지만, 가쓰라다를 알고 있는 사람이라면 바로 거짓이라는 사실을 알 수 있는 내용이었다.

문득 최신 일기가 갱신된 것을 알아차렸다.

오늘 갱신

돌아간다. 건강해 보여서 다행이었다. 마음대로 와서 미안. 저 번에 마지막이라고 했는데 다시 글 써서 미안. 거짓말해서 미 안해.

2분 전에 갱신된 글이었다.

*

식재료를 고른 시점에서 한 시간이 남았다.

이루루는 희미한 기억을 어떻게든 이어 붙여서 에미쿠 에게 이미지를 전달했다.

"압력솥에다 할래요? 뼈까지 부드럽게 만들 수 있고 영 양가가 올라가서 감기에 걸린 아이한테는 좋을 것 같은데 요?"

"응, 그러자. 그 전에 비린내가 나면 안 되니 꼼꼼하게 미리 데치도록 하고 압력솥 시간은 짧게 설정해."

"그럼 먼저 재료만 삶고 나중에 쌀을 넣는 건 어때요? 고기는 꼼꼼하게 부드럽게 만들어서 닭고기랑 한약재에서 잘 우려낸 국물을 쌀에 흡수시키는 거예요."

"그러면 거품을 걷어내고 나서 쌀을 넣을 수 있겠네. 맛도 조절하기 쉬울 거고."

"우선 20분으로 설정해서 상황을 살펴볼게요."

"괜찮을 것 같아."

"그런데 초록색은 어떻게 하죠?"

"그건 초록색 식재료를 페이스트로 만들어서 나중에 녹이자."

그때까지 허비한 시간을 만회하듯 누 사람의 힙이 잘 맞았다. 재료를 넣고 압력솥에 불을 켜서 다음 과정으로 이동했다.

"초록색 페이스트 식재료를 역시 이제는 정해야 할 것 같아요."

"알고 있어."

이루루는 눈을 감고 삼계탕에 어울리는 채소를 연상했다.

"삼계탕은 소금만으로 간을 내서 담백한 느낌이 들지만, 닭기름도 배어나오고 감칠맛도 많이 나서 상당히 걸쭉해. 그러니 산뜻한 초록색 채소를 고르는 게 좋을 듯해."

"그런데 식욕이 없으면 분명 많이 못 먹으니까 한 입에 제대로 영양을 보충할 수 있는 걸 생각해야 하지 않을까요?"

"그럴지도. 감기에 걸린 초등학교 1학년 아이에게 먹일 수 있는 삼계탕이라."

요리를 하며 가정하고 있는 상대가 어린 시절의 자신이라고 생각하자 조금 이상한 기분이 들었다. 하지만 그것이 아빠의 시점이다. 이루루는 지금 아빠가 되려고 한다.

"초록이라고 하면 대표적으로 시금치잖아요."

"가능할 법하지만, 그렇게 다 알만한 채소를 썼을 거라는 생각은 안 들어."

"바질은 아닐까요?"

"그런 특징적인 향기가 났다면 기억하고 있겠지."

"완두콩은요?"

"음, 그건 아닐 거야. 아빠는 제철 음식을 고집하는 편이고 색이 옅었고 그 무렵 난 그걸 정말 싫어했어."

"애초에 한 종류가 맞긴 해요? 영양가를 생각한다면 잎채소를 섞어서 만들 것 같아요."

에미쿠의 의견에 흠칫했다.

"그럴지도 모르겠어. 분명 여러 가지가 섞여 있었어."

"그럼 쓸 만한 채소, 찾으러 가요!"

시금치, 소송채, 순무 잎, 브로콜리 등 궁합이 좋을 만한 채소를 골라서 저마다 시간을 조절해 삶았다. 그리고 믹서로 걸쭉하게 만들어 체로 걸러냈다.

아빠는 이틀날 고열이 났다. 그런데도 아빠는 주방에 서려고 했지만, 아무래도 일을 할 수 없어서 하는 수 없이 임

시휴업 종이를 가게 문에 붙였다. 아빠의 사정으로 가게를 열지 못한 건 전무후무 그날뿐이었다. 먼저 나은 이루루는 아빠를 간병하려고 했지만 아빠는 엄청나게 험악한 표정으로 혼을 냈다. 아빠와는 그날부터 거리가 생겼다.

아빠는 딸을 걱정스럽게 여긴 나머지 요리사로서의 의식이 결여된 행동을 한 걸 후회하고 있었던 게 아닐까. 그래서 그 이후 아빠가 아니라 요리사로서 살아갈 각오를 했던 게 아닐까. 그리고 그런 괴로운 기억을 이루루가 겪지 않게 하고 싶어서 요리사가 되는 길을 선택하게 하고 싶지 않았던 게 아닐까.

문득 아나운서의 "오, 에이세이 제1고등학교는 역시 디저트로 가는 건가요?" 하는 중계가 귀에 들어왔다.

"쌀을 사용하지 않고 쌀가루로 케이크를 만들겠다는 발상인가 보군요."

심사위원 중 한 사람이 근처에 있던 식재료를 보고 "…… 위크엔드시트론인가요" 하고 해설했다. 손이 멈춘 이루루에게 에미쿠가 "선배! 다음 실패는 절대로 용납 안 돼요!" 하고 기운을 불어넣었다.

*

나오시는 짓궂게 페달을 밟아 림쇼트 주법에 맞춰 어택

음을 강조했다. 도발에 체념한 유타카는 기타를 들고 누르지 않은 현을 쳐서 울렸다. 일그러진 음이 잔물결처럼 관객 머리 위를 쓰다듬어 갔다. 일제히 환호성을 올렸고 유타카의 다음 음을 기다렸다.

하지만 유타카는 기타 솔로를 하지 않고 줄을 긁어 타악기 같은 사운드를 내서 나오시의 킥 리듬에 동조했다. 그건 나오시의 상태를 들여다보는 듯하기도 했고, 그도 도발로 답하는 것이기도 했다.

나오시는 참지 않고 1, 2, 3 하고 카운트하고서 필인을 하고 16비트로 쪼갰다. 그것을 받아들이고 유타카는 마침내 기타를 쳤다. 조금 전까지의 음색과는 다른, 알맹이가 확실한 심지가 굳은 음색이었다. 프렛°을 오가는 손가락이 부드러워 목을 쓰다듬는 것처럼도 보였다. 그것은 마치 아이를 재우는 부모의 손길로, 나오시는 저항하듯이 템포를 올려 폭력적으로 드럼을 쳤다.

등이 땀으로 젖어갔다. 하지만 치면 칠수록 피로가 엷어졌고 몸은 갈수록 가벼워졌다.

리듬을 늦춰 템포를 원래대로 되돌렸다. 그러자 유타카는 다음으로 조금 전의 '큐벤즈'가 연주한 '젠야'의 곡 인트로를 치기 시작했다. 베이스도 보컬도 없이 어떻게 하

°기타 따위의 악기에서 지판의 표면을 나누는 금속 돌기.

나 싶었는데 중간부터 보컬 라인을 따라하고 있었다. 또다시 환호성이 일었다. 절정에 이르자 그 열기는 더욱 높아져 관객들이 노래를 부르기 시작했다. 유타카의 기타가 그들의 합창을 이끌었고 그곳에 있던 전원이 유타카가 만든 배를 타고 항해하고 있었다.

곡이 끝에 가까워지자 나오시는 솟구치는 것을 참아내듯이 먼 곳을 바라보았다. 그 틈을 피하지 않고 유타카는 가로막듯이 공격적으로 커팅했다. 제정신으로 돌아온 나오시에게 유타카는 손을 뻗어서 천천히 내렸다. 그 지시에 따라 더욱 템포를 떨어뜨렸다. 유타카가 지판에 손가락을 되돌려 다음으로 친 멜로디는 〈찻잎따기〉였다. '보니토'의 술과 기름과 먼지가 섞인 냄새가 코를 간지럽혔다.

여름도 다 되어가는 여든여덟 밤

나즈는 운동장으로 돌아와 가쓰라다를 찾았지만, 그는 이미 그곳에 없었다. 스테이지를 바라보는 관객 중에도 그 모습은 없었다. 교문으로 서두르는 나즈의 등에 〈찻잎따기〉의 멜로디와 환호성이 뒤덮였다.

문을 나가자 은행나무 가로수 건너편에 새우등을 한 남자아이가 보였고 나즈는 가만히 멈춰 섰다.

그가 휘청휘청 좌우로 몸을 흔들면서 걷고 있어서 나즈

는 무심코 그 등을 넋을 놓고 보았다. 둥그스름하고 궁상스럽고 패기 없는 등판. 가엾이 여겨주세요, 라고 말하는 듯했다. 그러니까 넌 안 되는 거야, 라고 속으로 독설을 퍼부었다.

가쓰라다는 갑자기 발걸음을 멈추고 고개를 숙인 채 천천히 돌아보았다. 마음속의 목소리를 들었다고 생각해서 흠칫했다.

하지만 그는 나즈의 존재를 알아차리지 못했다.

나즈가 우두커니 서 있자 가쓰라다는 교문 쪽으로 돌아왔다. 아래를 향한 채 입을 우물우물 움직이고 양손가락을 쉴 새 없이 휘감고 있었다. 괜찮아, 나한테는 바다를 건넌 용감한 유전자가 있어. 나즈는 자신을 그리 타이르고 배에 힘을 빡 싣고서 그에게 걸어가기 시작했다.

저기 보이는 건 찻잎따기 아닌가

완성된 삼계탕 국물을 맛보자 닭의 감칠맛이 적당하게 녹아 있었고 그 뒤로 향신료 같은 향기가 코를 빠져나갔다. 쌀의 질감도 국물에서 느낄 수 있었지만, 찹쌀이 아닌 만큼 걸쭉함과 찰기는 적은 느낌이 들었다.

국물에 그린페이스트를 두르고 다시 한번 맛을 봤다. 푸르디푸른 풍미와 산미가 더해져 또 다른 맛이 퍼졌다.

"어때요? 이런 느낌이었어요?"

에미쿠가 빠른 말투로 이루루에게 물었다. 그에 답하지 않고 기억의 밑바닥에 있는 아빠의 요리를 떠올렸다. 그리고 스푼으로 천천히 떠서 입에 넣었다.

하지만 아빠의 맛은 나지 않았다. 향기도 달달함도 나지 않았고 그저 공기를 먹은 것처럼 텅 비어 있었다.

아나운서가 남은 시간이 5분이라고 알려주었다.

"이루루 선배, 어때요?"

이루루는 다시 한번 아빠의 요리를 먹었지만 역시 느껴지지 않았다.

"시간이 없어요. 이걸로 가요."

이루루는 쥐고 있던 스푼을 아빠에게 건넸다. 자신의 그 손은 무척이나 작았고, 반대로 아빠의 손은 무척이나 두툼했다.

아빠가 이루루의 입에 스푼을 옮겨주었다. 크게 입을 벌려 그것을 먹음직스럽게 먹었다. 다정하고 따스한 것을 입 안에서 느꼈다.

"아냐, 좀 더 달아."

"어, 그럼 설탕 넣을까요?"

"그게 아냐. 좀 더 다른 달달한 맛이야."

"꿀일까요? 아니면 일본 요리로 치면 미림일까요? 한국 요리라고 생각하면 물엿일까요?"

희미하게 느낀 상큼한 단맛이었다. 다시 한번 아빠의 얼굴을 머릿속에 그렸다.

좋은 날이 이어지는 오늘 같은 요즘을

나오시는 푸른 하늘을 올려다보았고 그곳에 마사오 아저씨의 얼굴을 속으로 그려나갔다.

마사오 아저씨, 보고 있어요? 아저씨 때문에 우리가 이렇게 됐어요. 어때요, 웃기죠?

'보니토'에서보다 기분 좋아요. 기분이 너무 좋아요. 조금 부족한 면도 있겠지만. 더 조잡한 음이 좋을 때도 있어요.

"나오시!"

유타카가 큰 소리로 그리 불렀다. 쳐다보자 턱을 휙 움직였고, 그 끝자락으로 시선을 보냈다. 경비원과 교직원이 이야기를 하면서 나오시와 유타카를 가리키고 있는 듯했다. 그곳에 축제 실행위원도 합세해서 상황을 설명하고 있는 모양이었다.

"도망쳐!"

유타카가 외쳤다. 하지만 나오시는 손을 멈출 수 없었다. 역시 기분이 좋아서 여기서 떨어질 수가 없었다. 더구나 도망치고 싶지 않았다.

나오시는 소리를 지르듯이 관객들과 노래를 불렀고 일

얼터네이트

단 브레이크 타임을 만들고서 다시 비트를 쪼겠다. 유타카가 난처한 듯 이쪽을 보는 것이 기뻐서 견딜 수 없었다.

경비원 무리가 스테이지로 다가왔다. 유타카는 그들과 나오시를 번갈아 본 후 지금까지와는 다른 멜로디를 치기 시작했다. 나오시는 그 노래가 무엇인지 알 수 없었지만 관객들에게서 어째서인지 웃음이 일었고 경비원 일행은 발걸음을 딱 멈추었다.

천사들의 노래가 하늘에서 들리니

몇 미터 거리에서 가쓰라다는 나즈의 존재를 알아차리고 천천히 멈춰 섰다. 그리고 눈이 휘둥그레져서 "아, 그게, 아" 하고 형태를 이루지 못한 목소리를 내고 있었다.

나즈는 손을 꼭 쥐고 외쳤다. "비행기 아니거든!" 그리고 스마트폰 케이스를 가쓰라다에게 보여주었다.

"비행선이거든? 완전 틀렸어! 아니 남의 스마트폰을 왜 몰래 보고 그래!"

가쓰라다는 갈피를 잡지 못하는 입을 급하게 다물고 다시 고개를 숙였다.

"하고 싶은 말이 있으면 얼굴을 딱 보고 말해! 너도 나도!"

아연실색한 표정으로 가쓰라다가 이쪽을 보고 있었다.

"이런 표정을 하는 녀석이 그렇게 신이 나서 블로그나 쓰고! 정정당당하게 싸워! 너도 나도!"

"으, 응."

가쓰라다는 나약하게 대답하고 눈을 꾹 감았다. 그러고서 혼자 고개를 끄덕이고 "그럼 싸울게"라고 말하더니 눈을 떴다.

"싸울 작정이라서 돌아가려고 했어. 그, 그러니 도망치지 마! 바, 반도 나도!"

무리해서 그리 대답하는 가쓰라다의 목소리는 떨고 있었다.

〈찻잎따기〉는 언제부터인가 크리스마스캐롤로 바뀌어 있었다.

영광을 높이 계신 주님께

사과, 하고 이루루가 읊조렸다.

"붉은 건 방울토마토가 아니라 사과 껍질이야. 간 사과가 들어 있었던 거지."

"그런데 시간이. 앞으로 2분도 안 남았어요."

"에미쿠, 플레이팅 부탁할게."

"네!" 하는 대답을 듣기도 전에 이루루는 사과를 깎아서 바로 갈았다.

"에미쿠, 프라이팬에 불 좀 켜줘."

"볶는 건가요?"

"얼른!"

"꼭 늦기 전에 해야 해요!"

에미쿠가 들은 대로 하자 관람석이 술렁였다. 남은 시간
은 앞으로 1분이다.

간 사과를 가열한 프라이팬에 붓고 재빨리 흔들었다. 시
간을 의식하면 할수록 제1회전과 마찬가지로 손을 떨고
만다. 그릇 나섯 개에 이미 삼계탕이 덜어져 있었고 에미
쿠는 초록색 페이스트를 한 손에 들고 이루루의 작업이
끝나기를 기다렸다.

아름다운 노래가 청아하게 들린다

첫 소절을 듣고 마침내 크리스마스캐럴이라는 사실을
알았다. 그리고 유타카가 이 곡을 고른 것은 찬송가를 연
주하고 있는 동안에는 교사들이 막으러 들어오지 않아서
라는 것을 알았다.

그의 판단은 타당했다. 경비원과 교직원들은 어쩌지도
못하고 팔짱을 낀 채 초조한 기색을 노골적으로 드러내고
있었다. 그런데도 다들 일단 멜로디를 흥얼거리고 있는 모
습이 묘하게 우스웠다.

하지만 이 곡도 조금 있다가 끝나고 만다. "지금 얼른 가." 유타카는 말했지만 나오시는 따르지 않았다. 이렇게나 관객이 노래를 부르고 있는데 드럼을 내팽개칠 수 있을 리가 없다.

합창을 이어나가는 관객을 응시하고 있으니 안쪽에 미우의 모습이 보였다. 나오시를 가만히 바라보고 있었다. 비트가 어긋날 뻔한 것을 간신히 견디고 나오시도 그녀를 보았다.

두려워하고 있지는 않았다. 하지만 웃지도 않았다. 그녀는 그저 나오시를 보고 있었다.

우리들도 다 함께 기쁜 찬송 부르자

가쓰라다는 몇 번인가 눈을 반복해서 끔벅이고 "처, 처음부터 다시 시작하려고 해!"라고 말했다. 나즈는 가쓰라다에게 다가가 "처음이라니 언제? 우리가 만났을 때?"라고 물었다.

"아니. 더 더 전으로. 바보처럼 블로그를 쓰기 시작한 훨씬 전으로."

"그게 가능해?"

"모르지만, 아, 아직 안 늦었을지도 모르니까. 그것만큼은 말하고 싶었어. 그래서 돌아왔어!"

"그럼 갈게." 가쓰라다는 그리 말하고 등을 돌렸다. 그 등이 나즈를 두고 먼저 가버리는 듯해서 용납할 수 없었다.

영광을 높이 계신 주님께

생각만큼 잘 익지 않았다. 시간이 없다. 손이 더 심하게 떨렸다. 하는 수 없다. 얼른 마무리해버릴까.

그때 "안 늦어!" 하는 응원 소리가 들렸다. 귀에 익은 목소리였다. 관람석 옆을 보자 엄마의 모습이 있었다. 옆에는 아빠가 있었다.

아빠와 눈이 마주친 그 몇 초가 무척이나 긴 시간으로 느껴졌다.

이루루는 한 발로 바닥을 쿵쿵 구르며 사과를 바라보았다.

"남은 시간은 이제 10초입니다! 엔메이학원고등학교 어떻게 될까요!"

10초 전! 9! 8!

크리스마스캐롤은 머지않아 끝난다. 경비원들은 바로 옆까지 와 있었다.

유타카가 걱정스럽게 보고 있었지만 나오시는 신경 쓰지 않았다.

관객들이 입을 모아 "아멘" 하고 노래했다.

미우는 아직 나오시를 보고 있었다. 드럼 롤에서 격렬한 솔로로 들어갔다. 머리를 흔들고 지금까지의 아름다운 음색을 찢듯이 난폭하게 굴었다. 유타카가 "야!" 하고 말을 걸었지만 나오시는 움직임을 멈추지 않았다.

7! 6!

"저기!"

가쓰라다의 등에다 대고 말을 걸었다. 돌아본 가쓰라다의 얼굴은 아직 못 미더웠다.

"난 다시 시작하기 싫어! 지금까지의 나를 부정하지 않을 거야!"

은행잎이 팔랑팔랑 가쓰다라의 머리를 스쳐서 미끄러져 떨어졌다.

"더 더 나를 믿을 거야! 나 자신을 더 좋아할 거야! 그러기 위해서 난 나를 성장시킬 거야!"

튀어 오르는 듯한 리듬이 멀리서 울려 퍼지고 있었다.

5! 4!

사과가 아주 살짝 갈색이 되었고 급하게 불에서 내렸다.

손은 이제 떨지 않았다.

증기가 이루루의 얼굴을 쓰다듬었다. 부드러운 액상 사과를 스푼으로 떠서 삼계탕 용기에 부었다. 살짝 휘젓자흰 국물에 언뜻언뜻 붉은 껍질이 흩어져 있었다. 그곳에에미쿠가 초록색 페이스트를 끼얹자 선명한 초록 라인이그려졌다. 이루루는 다시 한번 아빠를 보았다.

3! 2! 1!

기다리다 지친 경비원이 달려왔다.

하는 수 없네. 슬슬 끝내야지.

움직임을 딱 멈추고 양손을 크게 치켜들었다. 유타카에게 아이콘택트를 보내고 힘껏 팔을 내렸다. 그에 맞춰서유타카도 손목에 힘을 넣었다.

심벌과 기타의 날카로운 음색이 공중에서 뒤섞여 안개처럼 흩어졌다. 순간의 정적을 사이에 두고 터질 듯한 박수와 환호성의 폭풍우가 주변 일대에 퍼졌고, 이윽고 넓고도 먼 하늘로 빠져나갔다.

제23장

심 정

'원포션'을 끝내고 이루루는 아빠가 운전하는 차를 타고 귀가했다. 그사이에 부모님은 한마디도 하지 않았다. 이루루는 사라져가는 석양을 창문에서 가만히 바라보고 있었다.

주차장에 세운 차에서 내려 자택으로 들어가려고 하자 아빠가 "이루루" 하고 불렀다.

"이쪽으로 와."

그리 말하고서 아빠가 '니이미'로 들어갔다. 엄마는 아무 말 없이 아빠를 따라갔다.

안으로 들어가자 아빠는 흰 요리사복에 팔을 넣으면서 말했다. "옷 갈아입고 손 씻고 와."

채비를 마치고 주방으로 가자 아빠는 물을 채운 볼에 뜬 대량의 콩나물을 하나하나 건져서 정성스럽게 뿌리를 떼더니 다른 볼에 옮기고 있었다. 할 수 있겠냐고 아빠가 물어서 이루루는 고개를 끄덕이고 곁에 서서 똑같이 했다. 엄마는 테이블을 닦고 개점 준비를 착착 해나가고 있었다.

아빠는 아무 말도 하지 않고 묵묵하게 작업을 이어나갔다. 이루루는 그 손을 보았다. 혈관이 불거진 손등은 '원포션'에서 떠올린 것 이상으로 다부졌고 두툼했다.

아빠가 콩나물을 다루는 건 의외였다. 특별히 희귀한 콩나물도 아니었다.

모든 뿌리를 다 떼어내고 아빠는 조리에 임했다. 하지만 그건 순식간에 끝났다. 끓는 물에 몇 초 데치고서 냉수에 담갔다가 소쿠리로 건지고 나머지는 참기름이나 간장이나 식초 등을 합한 조미료를 버무릴 뿐이었다.

"이게 오늘 입가심 요리다. 손님께 낼 때는 공기에 담아서 파래를 뿌린 후에 내는 거지. 아주 조금이면 돼."

알겠습니다, 라고 대답하면서 개점 후에도 도우라는 뜻이구나 하고 상황을 받아들였다.

손님이 찾아오자 가게는 갑자기 화사해졌다. 이루루의 모습을 본 사람들은 "결국 사람을 고용했구나" 하고 저마다 말했지만, 아빠는 딸이라고 말하지 않고 희미하게 웃으며 얼버무렸다. 이루루도 말을 맞추고 아빠의 지시대로 콩나물을 공기에 담았다. 그것 말고도 작은 접시에 간장을 따르거나 설거지를 돕기도 했다.

폐점까지 다 돕고서 마지막 손님께 "감사합니다" 하고 고개를 숙이자 하루의 피로가 확 밀려왔다. 가게에서 요리를 하는 건 '원포션'과는 다른 고단함이 있었는데, 손님이 먹는 페이스나 취향을 유심히 살피거나 같이 내야 하는 몇 가지 요리를 만드는 등 머릿속이 바빴다.

지칠 대로 지쳐도 아직 정리가 남아 있었다. 남은 접시를 씻고 있으니 아빠가 "사과"라고 말했다.

"용케도 알았네."

이루루가 뭐라 대답해야 좋을지 망설이고 있자 이어서 아빠가 "그런데 틀렸어"라고 말했다.

"사과가 아니었어?"

"완두콩이야."

아빠가 요리사 모자를 벗었다. 예전보다 훨씬 흰머리가 늘었다는 사실을 이제 와서 알아차렸다.

"내가 초록색 색감으로 사용한 건 비취색으로 졸인 완두콩 페이스트다. 그리고 찹쌀이었고."

그러고서 아빠는 앞치마를 벗고 물었다. "요리가 정말 하고 싶은 거니?" 그 어조는 부드러웠지만 어딘지 모르게 날카로웠다.

"응."

이루루는 단호하게 대답했다.

"그렇구나."

검버섯이 불거진 뺨이 희미하게 떨렸다.

"조금 전의 콩나물은 대두 새싹이다."

아빠의 나지막한 목소리가 이루루의 몸속을 흔들었다.

"새싹을 따서 콩나물로 먹기로 선택했다면 그 대두를 먹을 수 없지. 반대도 마찬가지야. 어느 쪽인가 선택할 수밖에 없어. 이해했어?"

4월에 심은 옥수수 씨앗을 떠올렸다. 이루루는 그 후 성장이 빠른 하나를 남기고 솎아냈다.

"전부를 선택할 수는 없어."

그리고 아빠는 이루루에게 등을 돌리더니 "휴일에는 돕도록 해"라는 말을 남기고 주방에서 나갔다.

"그 무렵에는 이루루를 위해서 냉동 완두콩을 상비해뒀었어."

엄마가 이루루가 씻은 접시를 닦아냈다.

"완두콩 엄청 싫어했잖아. 그래서 편식을 고치려고 여러 요리에 조금씩 섞고 있었지."

그 덕분인지 지금은 아주 좋아한다. 더 짙은 초록색이라고 생각했는데 방이 어두워서 분명 색 따윈 보이지 않았던 것이다.

엄마가 닦은 접시를 포갤 때마다 착 소리가 났다.

"안 들키도록 조심해서 구경 갈 작정이었는데 그만 소리를 내고 말았네. 미안해."

"아냐. 기뻤어."

모든 접시를 다 씻고 수도꼭지를 잠그자 엄마가 타월을 건네주었다.

"그날 내가 이루루를 간병했더라면 아빠가 이렇게 힘들어하지 않았겠지 싶어. 그랬더라면 이루루도 서운해하지 않아도 되지 않았을까? 내가 어중간하게 행동하는 바람에 그만."

"아니야."

이루루는 접시를 든 엄마의 손에 자신의 손을 포개였나.

"아무도 잘못하지 않았고 서운하지도 않았어."

그리 강한 척하며 말하자 엄마는 쑥스러워하며 "알바비는 없을 거야"라고 미소 지었다.

가게 정리를 끝내고 스마트폰을 보자 부재중 통화가 한 건 와 있었다. 두 시간 정도 전이어서 지금 다시 걸어야 하는지 망설였지만, 통화연결음이 세 번 정도 울려도 받지 않으면 끊자며 바깥으로 나갔다.

첫 번째 통화연결음이 울릴 때 역시 관두자 싶었다. 이제 와서 그와 어떻게 이야기를 해야 좋을지 알 수 없었고 무슨 말을 듣게 될지 두려웠다. 그런데 미우라는 바로 받았다. "여보세요? 갑자기 전화해서 미안" 하는 말투가 빨랐다. 그 기세에 조금 주눅이 들면서도 이루루는 "전화했지?"하고 답했다.

"응."

몇 초 침묵이 흘렀다.

"졌어."

문득 숨이 새어나가는 소리가 귀에 걸렸다.

"이루루한테만큼은 지고 싶지 않았는데. 더구나 위크엔드시트론으로 지다니 너무 못난 것 같아."

미우라는 이루루와 있었던 일을 '원포션'에서 선보였다. 그녀가 만들어준 위크엔드시트론에 감동했다, 그래서 자신도 최종전에서 이 요리를 어떻게 해서든 만들고 싶었다고.

"나도 졌잖아. 2위나 3위나 마찬가지야."

심사위원의 표를 제일 많이 받은 것은 세이안학원 고등부였다. 두 표가 엔메이학원고등학교로 가서, 에이세이 제1고등학교는 한 표도 받지 못했다.

"그런데 이루루의 요리는 정말 좋았어. 세이안의 우승은 받아들일 수 없어. 엔메이가 이겨야 했어."

세이안학원에서 만든 도리아°는 새하얗다는 것 말고 눈길을 끄는 게 없었지만, 먹고 나서 처음으로 카레 도리아라는 것을 알게 해 심사위원들을 놀라게 했다. 화이트카레도리아가 좋은 평을 받았던 것은 그 허를 찌른 점뿐만 아니

♢ 필라프 등 쌀밥 위에 베사멜소스를 얹어 오븐에 구운 것으로, 일본에서 개발되었다.

라, 카레는 어느 가정에서든 친숙하다는 것이 개인의 기억과 밀접한 관련이 있다는 프레젠테이션이 효과적이었다.

하지만 마스미자와는 세이안학원 고등부에 표를 주지 않았다. "학생만의 이야기를 짊어진 이 요리는 자애로움과 애정으로 가득 차 있군." 그렇게 엔메이학원고등학교를 지지했다.

"에피소드를 포함해 너희한테 완패였어."

그 요리를 만들 수 있었던 건 미우라 덕분이었다. 집에 초대받은 그날이 없었더라면 오랜 기억을 불러내지 못했을 테다.

"근사한 요리라고 생각하는 건 나뿐만이 아니야. '원포션'을 봤던 사람들도 분명 마찬가지일 거야."

가슴이 콕콕 아렸다.

"내 얼터네이트에 이루루에 대한 메시지가 많이 왔어. '이루루의 요리에 감동했다'든가 '이루루를 보고 요리를 시작하기로 했어요'라든가 '이루루, 요리 가르쳐줘요'라든가 말이지. 나중에 전송할 테니 읽어봐. 그런데 왜 나한테 말하는 걸까. 그것밖에 방법이 생각나지 않은 걸까?"

미우라가 자조적으로 웃었다.

"다들 어떻게 해서든 이루루에게 전하고 싶은 거야."

이루루는 가게 앞에 쪼그려 앉아서 하늘을 보았다. 둥근 달이 번쩍번쩍 빛나고 있었다.

"그래서 '원포션'은 끝나게 됐지만."

미우라는 겸연쩍은 듯 어미를 늘였다.

"오늘까지 라이벌이라고 이야기했었지?"

"응."

"이제 라이벌이 아니야."

"그러게."

바람이 옷깃으로 들어와 배 부근에 공기가 쌓였다.

"이루루는 우리를 '원포션' 사무국에 뭐라고 전했어?"

"헤어졌다고 했어."

"그렇구나."

전화 건너편은 몹시 고요했다.

"난 거리를 두고 있다고 했어."

"그런 것 같더라."

"완전히 헤어질 생각은 없었어."

"그런데 미우라, '그때까지 같은 마음가짐으로 있을 수 있다면'이라고 했잖아. 그건 이미 끝난 거라고 봐."

"그러네."

미우라의 호흡이 귓가에 들렸다.

"그렇다면 확실히 매듭을 지어야지."

미우라의 목소리가 아주 차분했다.

"오늘까지 고마웠어."

이루루는 몸을 움츠렸다. 무언가 대답해야 한다고 생각

했는데 아무 말도 할 수 없었다.

"그럼 잘 지내."

무릎 사이를 얼굴로 짓누르고 양 무릎을 팔로 끌어안았다.

"잠깐만."

붙잡은 것은 할 말이 있어서가 아니었다. 그저 이대로 끊어버리면 더 이상 원래대로는 돌아갈 수 없다. 그 생각이야말로 자신의 전부라고 직감했다.

"난."

전부를 고를 수 없다는 아빠의 말이 머리에 울려 퍼졌다

"나는 말 못해."

무릎 사이에서 고개를 들자 줄무늬 고양이가 이쪽을 보고 있었다.

"나는 아직 지금까지 고마웠다는 말을 못하겠어. 말하고 싶지 않아."

고양이 꼬리가 위로 뻗어 있어서 마치 하늘을 가리키고 있는 듯했다.

"앞으로도 말하고 싶어."

그리고 고양이는 천천히 이루루의 앞을 가로질렀다.

"미우라한테 고맙다고 계속 말하고 싶어. 지금은 그런 마음이야."

"응"이라고 읊조리듯이 말한 미우라의 기분은 보이지 않았다.

"보고 싶어."

아빠가 말한 의미는 확실히 이해하고 있다. 하지만 그렇게 능수능란하게 행동하기 힘들다. 가능한 한, 손에 쥘 수 있는 한은 욕심을 부려도 될 테다.

"미안."

미우라의 목소리가 조금 떨고 있었다.

"그렇구나."

다시 한번 고개를 파묻었다. 자신의 체온만큼 부드러웠다.

"거짓말해서 미안."

"뭐가?"

"실은 매듭 따윈 아무래도 상관없어."

미우라는 그리 말하고 작게 기침했다.

"나도."

다시 고개를 들자 고양이가 조금 앞에서 돌아보고 있었다. 달빛을 반사해서 초록 눈동자에 윤기가 넘쳤다.

"나도 역시 보고 싶어."

고양이 꼬리가 살랑 흔들렸다.

"이루루가 좋아."

이루루는 작게 움츠린 몸을 폈다. 그리고 가게 문에 기대었다. 달은 거짓말처럼 커서 크레이터의 그림자가 희미하게 보였다.

"내일 축제, 가도 돼?"

'원포션'이 끝났다는 실감이 이제 와서 찾아왔다. 몸을 덮고 있던 허물이 벗겨져서 떨어져 콘크리트 지면에 빨려 들었다. 나는 지금 새로운 자신으로 다시 태어났다.

"기다릴게."

길 끝자락에 고양이의 모습은 보이지 않았다. 부드럽게 바람이 불어와서 이루루는 민들레 솜털을 생각했다.

제24장

출 발

"감사합니다."

그렇게 손님을 배웅하고 상반신을 좌우로 비틀고 나서 "그럼 먼저 들어갈게"라고 아르바이트 동료에게 인사했다.

"어라, 오늘은 일찍 가는 날이야?"

"응. 잠시 용건이 있어서."

"데이트?"

"그런 셈이지."

"그럼 내일 또 봐."

"아니, 바로 돌아오지 않을까 싶어."

그는 얼굴에 물음표를 띠고 있었지만, 나오시는 아무 말도 하지 않고 짐을 챙겨서 '피피'를 뒤로했다. 따스한 오후 햇살이 거리를 옅게 물들이고 있어서 이게 바로 봄의 풍경이구나 싶었다. 하지만 공기는 여전히 차가워서 추운 겨울의 흔적이 주변에 감돌았다.

시계를 보자 곧 약속 시간이라서 나오시는 서둘러 지메이킨소로 돌아갔다. 다녀왔습니다, 라고 아무도 없는 집에 말을 걸고 거실을 정리했다. 흩어져 있던 만화책이나 옷을 자신의 방으로 옮겼고 청소기를 돌렸다. 그 탓에 몇 번인가 초인종 소리를 못 듣고 놓쳤는지 바깥에 사람이 있다는 사실을 알아차리자마자 다급하게 현관으로 뛰쳐나갔다.

"기다리게 해서 죄송해요!"

나오시의 기세에 네 사람은 흠칫했다.

"안으로 들어오세요."

그들은 "잘 부탁합니다"라고 정중하게 고개를 숙이고 조심스럽게 지메이킨소로 들어왔다. 네 사람은 20대 중반으로 남녀 두 사람씩인 현악사중주단이었다. 일본 전국을 돌아다니며 연주를 하고 있는데, 잠시 도쿄에 머물게 되어 이 지메이킨소로 찾아왔다고 한다.

나오시는 그들에게 방을 안내하면서 예전에 자신이 들었던 설명을 말했다.

"악기 연주가 가능하다고 들었을지도 모르지만 실제 규칙은 타악기와 금관악기 이외에 어쿠스틱 악기만, 그것도 해가 떠 있는 시간에만 연주해도 돼요. 옆집에 잔소리가 좀 심한 사람이 있어서 그렇게 된 모양이에요. 그런데 여

얼터네이트

러분은 현악기니까 밝을 때는 문제가 없을 거예요."

문득 도키 씨의 비올라를 떠올렸다. 이 조금 낡아빠진 목조 집과 도키 씨의 비올라는 이상한 조화를 자아냈다. 그들의 연주도 그러기를 바랐다.

도키 씨는 그 일로 음대에서 퇴학당했다. 비올라도 관둔 모양이었다. 본가의 건축업을 돕고 있다는 소문을 들었지만 진상은 잘 모른다.

"그 시간 이외에 연주하고 싶을 때는 근처에 '피피'라는 음악 연습실이 있는데, 이곳에 사는 사람은 아주 저렴하게 이용할 수 있어요. 참고로 저는 그곳에서 아르바이트를 하고 있으니 무슨 일이 있으면 직접 저한테 상담하셔도 되고요. 이다음에 만약 일정이 없으시면 안내할게요."

네 사람이 "부탁드릴게요"라고 해서 나오시는 고개를 살짝 끄덕였다.

방이 하나같이 텅텅 비어 있는데도 어째서인지 예전에 살던 사람의 기척이 느껴졌다.

마코 씨는 히로시마에서 호른을 불고 있다. 이번 달부터 그쪽의 오케스트라에 입단하는 것이 정해졌다. 겐이치는 올해 1월부터 워킹홀리데이로 헝가리에 갔고, 사카구치 씨는 '불똥꼴뚜기의 사연'이 저번 달에 메이저 데뷔한 것을 계기로 혼자 살기 시작했다. 지금은 한창 전국 투어를 하는 중이다. 완전히 다 흩어지게 되었지만 딱히 외롭지 않았다. 다들 자주 근황을 보고해주고 있고 분명 또다시 만날 것 같았다.

"방을 어떻게 나눠 쓸지는 여러분이 정해주세요. 정리가 되면 바깥으로 가요. 이 부근도 안내해드릴 테니까요."

그러고서 네 사람을 데리고 '피피'로 돌아가자 스태프는 "그런 말이었구나"라며 웃었다. 역 앞을 구경하고 제방 쪽에도 데리고 갔다. 겨울이 길어진 것이 영향을 끼쳐 벚꽃은 4월에 들어서부터 피기 시작해 지금이 한창때였다. 본 적 없을 만큼 사람이 모여 시끌벅적했다.

"예전에 같이 살던 사람은 자주 저기서 연습을 했어요."

제방의 고가 밑을 가리키자 그곳에서는 파티가 열리고 있었다. 취한 남자가 정체를 알 수 없는 춤을 추고 있었다.

"대충 아시겠어요?"

네 사람은 "고맙습니다"라고 감사 인사를 했다.

"저기, 새로운 사람이 오면 그날 피자로 환영회를 하는 관습이 어쩌다 보니 있는데."

나오시는 살짝 망설이고 나서 "내일도 괜찮을까요?"라고 말했다. "오늘은 스케줄이 좀 있어서요."

나오시는 일단 지메이킨소로 돌아와 옷을 갈아입고 역 앞에서 카페라테를 마시면서 기다렸다. 벌거벗은 여자 동상을 바라보며 꽤 익숙해졌구나, 하고 묘하게 감개무량한 마음에 젖었다.

"야!"

교복 차림을 한 유타카가 손을 흔들면서 다가왔다. 교복 재킷을 옆에 끼고 있었고 목덜미는 땀으로 젖어 있었다.

"어, 설마 오늘도 동아리 활동했어?"

"응. 작년에 전국체전에 나갔으니 올해도 꼭 나가야 한다고 코치가 벼르고 있어서."

"학기 시작하자마자 힘들겠네. 그런데 이 시간에 동아리 활동이 끝나다니 이상하지 않아? 아직 해 실 넉인데."

"그건 부장 특권이야."

"얼씨구."

"얼른 가자. 굿즈 다 팔리겠어."

"그러네."

전철에 올라타서 자리에 앉자 유타카는 미안한 듯이 "아직 못 찾았지?"라고 물었다.

"나오시랑 밴드를 꾸릴 만한 녀석은 고등학교엔 전혀 없어."

축제에서 연주가 끝난 후 경비원에게 끌려간 유타카와 나오시는 교무실에서 장황하게 주의를 받았으나 그 이상으로 심한 꾸중은 듣지 않았다.

그로부터 같이 밴드를 할 수 있을지도 모른다고 나오시는 기대했지만, 유타카는 역시 거절했다. 지금의 생활에서 밴드를 우선시할 수 없다. 그렇다고 놀이 삼아 나오시와 밴드를 결성할 수도 없다. 진심으로 하고 있는 나오시와 같은 열의를 가질 수 없는 자신이 기타를 칠 수는 없다. 유타카는 그리 말했다. 그 대신 밴드 멤버를 찾아보겠다고 제안해주었다. 얼터네이트를 사용하면 분명 찾아질 거라고. 하지만 올해에 들어서 만난 사람은 하나같이 부족했다.

"하는 수 없지. 난 천재니까."

유타카가 풉 하고 웃었다.

"그래도 실은 말이지. 한 사람 찾아질 것 같아."

"뭐? 어디서?" 유타카가 눈을 동그랗게 떠서 나오시는 스마트폰을 켜고 얼터네이트 화면을 보여주었다.

"반 친구 중에 베이스를 하는 녀석이 있거든."

"잠시만, 이거 어떻게 된 일이야? 무슨 일인지 전혀 모르겠거든?"

"나 방송통신고등학교에 들어갔어. 그래서 얼터네이트 부활시켰지."

얼터네이트로 밴드 멤버를 찾으려고 고등학교에 다시 들어갔다는 건 조금 꼴불견으로 느껴졌다. 하지만 유타카에게만 의지하는 것도 꼴불견이다. 자신의 동료는 스스로 찾아야겠다고 생각을 고쳐먹고 몰래 입시 공부를 하고 있었다.

"방송통신학교니까 아직 만나진 못했어. 그래도 이 녀석

이 얼터네이트에 올린 동영상을 보니 엄청 잘하더라고. 이
녀석도 고등학교를 중퇴했는데 밴드 멤버를 찾으려고 얼터
네이트가 하고 싶어서 다시 들어왔대. 이 녀석은 이미, 거의
나랑 마찬가지잖아. 어제 커넥트하고 '밴드 안 할래?'라고
메시지 보냈어. 느낌은 나쁘지 않아."

유타카는 감탄한 듯이 "역시 대단해"라고 읊조렸다. "엄청
난 행동력이야."

"내 장점은 그것뿐이니까. 아, 그래도 아직 기타는 비어
있어."

"언제까지 물고 늘어질 작정이야?"

"의학부를 포기할 때까지겠지."

"나오시는 끈질기네."

"끈질기지. 그러니 여기에 있지. 계속해서 박자를 쪼개
면서 기다리고 있어."

눈앞에 란도셀 책가방을 짊어진 남자아이가 둘 있어서
나오시는 지난날의 자신들을 생각했다. 하지만 유타카는
다른 생각을 떠올렸는지 "그러고 보니 나오시네 아버지,
돌아오신 모양이던데"라고 말했다.

"한동안은 오사카에 계시나 봐."

다음 역에 도착하자 남자아이가 다른 한 명에게 손을 흔
들었다. 란도셀의 검은 가죽이 차내의 흰 불빛을 반사시켜
번들번들 빛나고 있었다.

"왜 네가 알고 있는 거야?"

"나오시네 동생한테서 들었어. 그리고 여자친구가 생겼대."

"그런 건 나한테 직접 말하면 되는데."

남자아이는 혼자 남겨졌고 전철은 다시 달리기 시작했다.

"그럼 남동생한테 플로우하는 게 어때?"

"왜 가족이랑 커넥트를 해야 하는 거야?"

"방송통신학교 다닌다는 것도 말 안 했지? 일단 전해줘. 안 그럼 내가 말할 거야."

"쓸데없는 짓 하지 마. 유타카를 통해서 소식을 주고받다니 그게 뭐야?"

"그럼, 어서 해."

유타카가 나오시가 들고 있는 스마트폰을 가리켰다. 나오시는 투덜거렸지만 결국 "할 수 없네"라며 동생에게 플로우를 보냈다.

도심에 가까워질수록 전철은 사람으로 차고 넘쳤다. 그중 몇 사람은 나오시와 같은 티셔츠를 입고 있었다. 유타카도 교복 안에 같은 것을 입고 있었다. 목적지 역에 도착하자 그 수는 더욱 늘었다. 지금부터 가는 회장은 나오시도 유타카도 처음이었지만, 인파를 따라가면 분명 도착할 터였다.

굿즈 매장에 도착한 건 공연이 시작되기 30분 전이었다.

두 사람은 각각 이번 투어 티셔츠 M사이즈와 타월을 샀다. 미우에게도 사다줄까 싶었지만 언제 전해줄 수 있을지도 모르고, 해외로 보내는 방법도 모른다.

나오시와 유타카는 얼른 갈아입고 회장에 들어갔다. 관객으로 가득해진 라이브하우스는 사람들의 열기로 푹푹 쪄서 반팔이라도 땀이 맺힐 정도였다. 시작되면 분명 땀이 줄줄 흘러내릴 것이다. 타월을 산 건 정답이었다.

실은 미우와 셋이서 오고 싶었다. 축제에서의 합주를 본 그녀는 "유타카 선배가 기타로 보필 부분을 친 곡, 밴드 이름이 뭐야?"라고 '젠야'에 관심을 보여 나중에 나오시가 원곡들을 담아 건네주었다. '젠야'의 과거 곡을 인터넷에서 간단히 들을 수 없다는 사실에 감사하게 될 줄은 생각지도 못했다. 그로부터 몇 번 미우와 학교 근처에서 만났다. 거리는 그때마다 조금씩 좁혀졌다. 하지만 그녀는 3월에 전학 가게 되었다.

언니의 몸 상태가 꽤 안 좋아져서 미국에서 수술을 받게 되었다고 한다. 그 때문에 미우도 그쪽 학교에 편입하게 되었다. 그 말을 2월에 학교 근처 공원에서 들었다. "오르간 치는 것도 저쪽 환경이 좋다고 하니까"라고 말하는 그녀는 얼굴이 머플러에 칭칭 감겨 있어서 표정이 잘 보이지 않았다.

"나오시한테는 감사하고 있어."

"왜?"

"오르간을 치는 게 참 좋구나 하고 새삼 생각했거든."

"그렇구나."

미우의 귀가 추위에 벌게져 있어서 따스하게 데워주고 싶었다. 하지만 그녀를 만지면 분명 또 두려워할 것이다. 답답한 마음을 감추듯이 "돌아오면 또 보자"라고 나오시는 미우를 보지 않은 채 말했다.

"응."

그녀는 머플러에서 얼굴을 꺼내 멍하니 하늘을 바라보았다.

"가끔은 '응' 말고 다른 말도 듣고 싶은데."

"그러게."

"이것도 같은 뜻이잖아."

미우가 웃자 문득 하얀 김이 새어나왔다.

"돌아왔을 때 축구를 잘하게 돼 있으면 웃길 것 같아."

"춤일지도 모르지."

"뭐든 괜찮아. 잘하게 된다면. 그런데 오르간 치는 건 잊으면 안 돼."

"응."

그게 마지막 대화였다. 얼마 지나지 않아 미우는 미국으로 갔다.

미국에 가고 나서도 짧은 메시지를 계속 주고받았다. 하지만 시차 때문에 타이밍이 맞지 않았고 낯선 생활에 적응하느라 여유가 없었는지 그 빈도는 줄어들었다.

얼터네이트 계정을 만들고 나서 바로 미우의 이름을 찾았다. 하지만 어디에도 없었다. 해외 고등학교는 대상이 아니라는 사실을 그때가 되어 알았다.

이대로 미우와는 소원해져버리겠지. 여전히 그녀의 오르간이 떠오르지 않는다. 하지만 또다시 들을 수 있게 될지도 모른다. '또다시'를 생각하고 있으면 그렇게 외롭지 않다.

"아."

플로어를 내다보다 낯익은 얼굴을 발견했다. 같은 반 친구인 베이시스트였다. 몇 번이나 동영상을 봤기 때문에 틀림없었다. 그의 시선은 스테이지로 똑바로 향해 있었다.

"나오시! 시작한다!"

"와!"

스테이지의 어둠에서 인기척을 느꼈다. 그 기척은 회장을 술렁이게 했고 두 사람은 가만히 그 모습을 쫓았다. 1, 2, 3, 4 하고 카운트하는 드러머의 육성이 귀에 닿았다. 라이브하우스에 굉음이 소용돌이쳤고 스테이지를 채색하는 조명이 눈부시게 번쩍였다. 서두에서 오싹한 플레이를 펼친 '젠야'를 향해 들끓은 관객은 바닥을 뒤흔들었다. 보컬의 노랫소리가 마이크에 실리자 흥분은 더해갔다.

정신 나간 듯이 기뻐하는 관객 속에서 나오시는 혼자 우두커니 서 있었다. 음도 빛도 냄새도 열기도 모두 자신의 것 같았다. 그렇게 생각한 것은 처음이었다.

'젠야'의 음이 몸에 가득 차 흘러넘쳐 녹슨 철의 표면이 뒤집혀서 떨어지듯이 나오시를 서걱서걱 벗겨나갔다. 피부에 신선한 것을 느끼고 나오시는 우렁찬 외침을 질러 가슴속을 울렸다.

*

나즈의 담임은 2학년이 되어서도 사사가와 선생님이었다. 하지만 학급 친구의 대부분이 바뀌어 시오리와는 흩어졌다.

개학식을 마치고 나즈는 서둘러 작업복으로 갈아입었다. 헛간에서 도구를 꺼내 바깥으로 나가자 체육관 쪽에서 농구공이 바닥을 두드리는 소리가 들렸다.

교문 옆에는 거대한 벚나무 한 그루가 있었고 사람들이 모여 있었다. 나즈도 그곳에 다가가서 빤히 올려다보았다. 작년 입학식 때는 이미 꽃이 지고 어린잎이 난 벚나무였다. 오늘도 등교할 때 지각할 뻔해서 그럴 경황이 아니었기에 마침내 천천히 바라볼 수 있었다.

만개한 벚나무는 엄청난 박력으로 눈길을 빼앗았다. 하

지만 이 상태의 벚나무를 볼 수 있는 건 실제로 한 주도 되지 않을 테다. 그래서구나, 라고 나즈는 생각했다.

다이키 선배가 옅은 핑크색 히아신스를 교문 앞 화단에 심기로 한 것은 벚꽃이 지고 난 후에도 입학 기분을 즐길 수 있도록 생각해서가 아니었을까. 얼터네이트 프로필 사진을 이곳에서 찍은 것은 무의식적으로 핑크색을 원하고 있어서였다.

결국에는 벚나무를 넋을 놓고 바라보고 있느라 시간이 지나가는 것도 잊고 있었다. 봄방학 시기에는 아르바이트를 꽉꽉 채워서 하는 바람에 화단을 가꾸는 걸 소홀히 했다. 다이키 선배가 그것을 알게 되면 안색을 바꾸고 화를 낼 게 분명했다. 오늘 보러 온다고 했으니 그때까지 어느 정도 가꾸어야만 한다 싶었는데 좀처럼 벚나무에서 시선을 뗄 수 없었다.

"나즈!"

돌아보자 체육복 차림의 야마기리 에미쿠가 서 있었다.

"에미쿠! 혹시 그 차림을 한 건."

"도와주러 왔지."

에미쿠와 친해진 것은 축제가 끝나고 얼마 지나지 않아서였다. '원포션'으로 전교의 스타가 된 에미쿠는 그 이후 더욱 요리 동아리 활동에 힘쓰게 되었고 동시에 원예부 일도 성실하게 도와주었다. 그 무렵의 나즈는 이미 정식으로 원예부 부원이 되었기에 에미쿠와 같이 보내는 시간이 늘어 자연스럽게 친해졌다.

"개학하는 날 정도는 안 도와줘도 되는데."

"괜찮아, 괜찮아. 텃밭은 우리 거기도 하잖아. 뭐부터 할까?"

그리하여 두 사람은 고등학교 화단을 둘러보았다.

교내 화단은 늘 전부가 활용되지는 않고, 지금은 절반 정도만 심겨 있었다. 한꺼번에 심어버리면 일제히 꽃이 피고 동시에 지고 만다. 그렇게 되지 않도록 꽃을 피우는 계절에 따라 화단 구역을 나누고 있었다.

우선 '봄'의 화단을 보러 가자 튤립이나 제라늄이나 베고니아가 싱그럽게 피어 있었다. 모두 핑크색이었다. 이건 다이키 선배가 마지막으로 가꾼 식물이다.

"저기 나즈, 이거 말이야."

"응, 돌볼 필요 없을지도 모르겠네."

화단은 모두 손질되어 있었고 오늘 아침에 물도 준 것 같았다. 다른 화단도 마찬가지로 가꿔져 있었고 텃밭은 언제든 씨를 뿌릴 수 있도록 흙이 일구어져 있었다.

"분명 사사가와 선생님이 해주신 거겠지?"

에미쿠는 그리 말하고 텃밭에 웅크리고 앉아 흙에 '야마기리 에미쿠'라고 이름을 썼다.

"기르고 싶은 채소가 있으면 말해줘. 씨앗 준비할 테니까."

"오케이. 얼터네이트로 리스트 보내둘게."

"아. 실은 나 이제 안 해."

"뭐, 정말?"

에미쿠의 놀란 모습을 보고 그만큼이나 의외의 것이라는 사실을 새삼 알았다.

"그렇게나 얼터네이트 신자였으면서."

신자였나 싶었지만, 실제로 얼터네이트는 나즈에게 신 같은 존재였다.

"난 유다인가보네."

얼터네이트를 싫어하게 된 건 아니다. 하지만 한번 정한 것은 쭉 지켜나가고 싶었다.

교문 쪽으로 돌아가자 사사가와 선생님이 있어서 "선생님 감사합니다"라고 하며 고개를 숙였다.

"무슨 일이야?"

"선생님께서 화단 가꿔주셨죠?"

"그거 나야."

사사가와 선생님 곁에는 다이키 선배와 이루루 선배가 있었다. 두 사람 다 사복 차림으로, 다이키 선배는 머리카락을 초록색으로 염색해서 누구인지 바로 알아보기 힘들었다. 에미쿠가 "이루루 선배!" 하고 끌어안는 옆에서 나즈는 "이거 무슨 일이에요?" 하고 다이키 선배의 머리를 가리켰다.

"눈에 좋잖아."

다이키 선배는 그리 말하고 귀에 잔뜩 한 피어싱을 만졌다.

다이키 선배도 이루루 선배도 엔메이학원대학교로 진학했다. 일찌감치 사복 패션을 즐기던 다이키 선배와 달리 이루루 선배는 비교적 수수한 차림이었지만, 그런데도 고등학교에 있을 적보다는 훨씬 어른스러워 보였다.

"나즈는 왜 그래? 뿌리만 갈색으로 염색하다니 참신하네. 평소와 달리 머리도 묶고 있고."

그게 아니라, 하고 말하려다가 관뒀다. 단순히 까맣게 염색하는 것도 머리를 펴는 것도 관뒀을 뿐 딱히 패션을 즐기는 게 아니다. 머리를 묶고 있는 것도 중간부터 곱슬머리가 나서 단정하게 정리한다는 이유 말고는 없었다. 하지만 지금까지 거짓말을 한 걸로 보이는 것도 번거로워서 나즈는 "그냥요. 봄이니까요"라는 영문을 알 수 없는 변명으로 얼버무리고 "화단 고맙습니다" 하고 화제를 원래대로 돌렸다.

"나즈가 알바로 바쁠 것 같아서 봄방학에도 보러 나왔었어. 오늘 아침에도 물 줬고."

"죄송합니다."

"사실은 참기 힘들어서 상태를 보러 왔을 뿐이지만. 등하교 거리도 지금까지와 거의 달라지지 않았고 말이지. 다만 지금부터는 수업 시간이 랜덤이니까 물주기는 빼먹으면 안 돼."

엔메이학원대학교는 고등학교에서 몇 백 미터밖에 떨어져 있지 않아서 마음만 먹으면 언제든 다이키 선배의 힘을 빌릴 수 있다. 하지만 원예부 부장이 된 나즈로서는 무책임한 행동은 할 수 없었다.

"괜찮아요. 스스로 할 수 있어요."

"그리 말해도 아직 알바 계속해야 하잖아."

"그건 그렇죠."

"그럼 앞으로의 방법은 부원을 늘리는 수밖에 없겠네. 특기인 얼터네이트를 구사해서 열심히 홍보 활동이라도 해봐."

나즈가 "실은" 하고 말하기도 전에 에미쿠가 "이제 얼터네이트 안 한대요"라고 끼어들었다.

"정말? 난 이제 얼터네이트를 사용 못 해서 몰랐네. 왜?"

"뭐랄까, 소소한 실험이에요."

축제 후에도 한동안은 얼터네이트를 계속했다. 기미조노의 프로필에 '여자친구 있음'이라는 항목이 추가된 건 축제로부터 2주도 지나지 않았을 무렵이었다. 상대는 예전에 얼터네이트에 대해 이것저것 가르쳐준 미즈하라 요시키로, 아무래도 축제 때 말을 건 게 계기인 모양이었다. 낙담하지 않았다. 다 그런 법이지, 라고 선뜻 받아들일 수 있었던 것은 그 정도밖에 상대를 생각하지 않았다는 걸 테다.

가쓰라다와는 그로부터 연락을 주고받지 않는다. 이따금 '화진라타몽우의 천재일기!'를 보지만 갱신되지 않았다.

나즈도 다이키 선배와 같이 심은 히아신스가 필 때까지 '엔게쿠타루솜'를 관두기로 맹세했다. 처음에는 참는 게 힘들었지만, 3월이 되어 히아신스가 필 때는 이미 아무렇지 않았다.

핑크색 히아신스를 보고 나즈는 얼른 다음 맹세를 했다. 내년 히아신스가 필 때까지 얼터네이트를 관두는 것이다. 그리고 버젓하게 혼자서 꽃을 피울 수 있게 되면 얼터네이트를 재개해서 가쓰라다에게 연락을 하는 것이다. 분명 그 무렵에는 자신도 가쓰라다도 조금은 마리골드에 가까워져 있을 테다.

"에미쿠랑 나즈는 이다음에 뭐 할 거야? '니이미'에서 입학 축하 파티를 할 건데 괜찮다면 올래?"

이루루 선배의 제안에 에미쿠는 "엄청 가고 싶어요!"라고 하며 기다란 속눈썹을 팔락였다. 한편 나즈는 고민하듯이 입을 다물고 있었다.

"나즈는 스케줄 있어?"

"엄마랑 만날 약속을 해서요."

"어머니랑 같이 와도 괜찮아."

"정말요?" 나즈가 묻자 어째서인지 다이키 선배가 "물론이지" 하고 답했다.

얼터네이트

"잠시 전화 좀 해볼게요."

엄마는 바로 전화를 받았다. 사정을 말하고 "혹시 괜찮다면 엄마도 올래?"라고 권했지만, 엄마는 "친구랑 보내는 시간은 소중히 해야지" 하고 배려해주었다.

엄마는 그 남자와 헤어졌다. 그 탓에 집안 사정이 또 어려워졌다. 엄마는 일을 늘렸고 나즈도 아르바이트비를 집에 보태서 간신히 꾸려나가고 있는 상태다. 하지만 그게 싫다고 느껴지지 않았다. 엄마도 예전보다 안색이 좋아 보였다.

오늘은 오랜만에 어딘가 외출하려고 했었다. 일을 쉬는 엄마에게는 미안하지만 "원하는 대로 시간 보내도 돼. 난 신경 쓰지 말고"라고 전하자 엄마가 "고마워"라고 말하며 홋 하고 웃었다.

"누가 부모님인지 모르겠네." 다이키 선배가 끼어들어 말했다.

전화를 끊자 이루루 선배가 고개를 살짝 끄덕였다.

"그럼 실례할게요."

"그런데 오늘 가게 괜찮으세요?"

에미쿠가 머리카락 끝에 손가락을 감으면서 말하자 "응, 오늘은 휴일이라 자유롭게 사용해도 돼"라고 이루루가 답했다.

"그 사람도 와."

다이키 선배가 과장되게 속닥였다.

"어, 그럼 두 사람의 요리를 먹을 수 있는 건가요?"

나즈의 목소리가 무심코 커졌다.

"세이안학원 사람도 올 거야. '원포션'의 우승자 말이야."

깍깍대는 나즈의 곁에서 에미쿠가 "라이벌이랑 친해지다니, 선배 어디 좀 이상한 거 아니에요?"라고 악담을 퍼부었다.

"지금은 라이벌이 아니잖아. 서로의 요리를 이해할 수 있는 소중한 동료지. 그 외에도 지방 친구가 몇 사람 올 거야."

"친구가 너무 늘었어."

다이키 선배가 작위적으로 표정을 일그러뜨렸다.

이루루가 얼터네이트를 시작한 것은 '원포션'을 끝내고 며칠 후의 일이었다. 미우라로부터 전송받은 메시지를 읽는 동안에 답장을 하고 싶다는 마음이 뭉게뭉게 피어올랐다. 다운로드만 해놓았던 얼터네이트를 켜서 계정을 만들어보았다. 그렇게나 거부감이 심했는데 이상할 정도로 매끄럽게 신규 회원 등록을 할 수 있었다.

계정을 개설하자마자 메시지를 보낸 사람에게 감사 인사를 전했다. 그러자 이루루가 얼터네이트를 시작했다는 소문이 단숨에 퍼져서 요리를 좋아하는 사람들로부터 플로우가 몇 개나 왔다.

그때 알게 된 사람들과 그룹을 만들었고, 지금은 각자가 생각한 요리 레시피나 사진을 주고받으며 서로의 의견을 교환할 정도의 사이가 되었다. 완성시킨 요리는 아빠에게 선보이고 맛을 보게 했다. 대부분의 요리에 부정적이었지만 딱 한 가지를 '니이미' 메뉴에 넣게 되었다.

"실은 나도 한 명 불렀어."

의기양양한 표정을 띤 다이키에게 "설마 벌써요?" 하고 나즈가 물었다.

"얼터네이트 같은 건 고등학생에게만 있는 게 아니니까."

"그렇다고 해서 벌써 누군갈 찾다니 너무 빨라요."

"아, 저기."

다이키가 손가락으로 가리킨 끝자락에 갓 입학한 여자아이 둘이 히아신스 앞에서 사진을 찍고 스마트폰 하나를 함께 들여다보고 있었다.

그녀들의 미소를 휩쓸 듯 바람이 힘차게 불었다.

벚꽃이 높이 날아올라 바람에 실려 멀리까지 나아갔다. 언젠가 꽃잎은 떨어지고 켜켜이 쌓이는 시간 속에 흙으로 돌아간다. 흙은 이윽고 뿌리에 닿을 것이다. 그게 어떤 뿌리인지는 알 수 없다. 다만 빛을 뒤집어쓰고 있다는 사실만큼은 분명히 느끼고 있었다.

참고문헌

1 셰릴 바르도, 《그레고어 멘델: 완두를 기른 수도사グレゴール・メンデルーエンドウを育てた修道士》, 가타오카 에이코 옮김, BL出版, 2013

2 〈'운명의 사람'은 DNA를 분석하는 매칭앱으로 찾는다──생물학적 서비스 'Pheramor'의 실용도'運命の人'はDNAを解析するマッチングアプリで探す──生物学的サーヴィス "Pheramor"の実用度〉, WIRED, 2018.03.06, https://wired.jp/2018/03/06/dna-dating-app/

3 "Gene Life", 제네시스 헬스케어 주식회사Genesis Healthcare Co.

4 고토 마나부, 〈오귀스트 에스코피에 《요리의 입문》 전주해オーギュスト・エスコフィエ《料理の手引き》全注解〉

삶분의 일

올해 마흔을 맞이한 나는 30대에 영화《파수꾼》을 보고 엔딩 크레딧이 올라갈 때 '시간이 지나고 보면 삶은 그게 다가 아닌데'라는 생각을 했다. 하지만 그 당시 30대인 나도 나름대로의 고민을 안고 힘겹게 살아가고 있었다. 그리고 마흔의 나 또한 그 시절의 30대의 나를 생각하며 '나중에 지나고 보면 그게 다가 아니었는데'라고 생각하고 있다.

현재에 발을 딛고 살아가는 우리는 오히려 현재의 또렷한 실루엣을 파악하기가 제일 힘들다. 지나고 나서 보이는 것들은 그 당시에는 정확하게 보기 힘들다는 뜻이다. 너무 가까이에서 보려고 할 때 오히려 잘 보이지 않는 것들이 얼굴을 조금 떼고 눈을 가늘게 뜨고 봐야 잘 보이는 것처럼 말이다. 나는 그걸 '우리가 현재에 충실하려고 아주 노력하기 때문'이라고 조금은 좋은 쪽으로 해석하고 싶다. 몇 살이 되어도 우리는 매일같이 '지나고 보면 그게 다가 아닌' 시간을 보내고 있지만, 주로 고등학교 시절을 배경으로 이와 같은 유의 영화나 책이 나오는 건 그때가 유난히 제일 민감한 시기이기 때문이 아닐까.

이 작품에는 고등학생만 가입할 수 있는 '얼터네이트'라는 어플리케이션이 등장한다. 그건 현실 관계 속에 또 다른 관계를 형성하는 어쩌면 아주 피곤한 앱이라고 할 수 있다. 세 주인공에게 이 앱은 각각 다른 모습으로 비친다.

셋 중 한 사람인 이루루는 '원포션'이라는 요리 프로그램에 출연했다가 얼터네이트에서 악플 세례를 받은 후 앱을 지우고 사람과의 관계에 어려움을 겪기 시작한다. 유전자에 관심이 많은 나즈는 프로그램만이 믿을 수 있는 존재라고 생각하며, 매칭 서비스를 제공하는 얼터네이트만이 자신에게 가장 완벽한 상대를 소개해줄 수 있다고 절대적으로 신봉한다. 고등학교를 자퇴하고 얼터네이트를 사용할 수 없어서 옛 친구를 찾는 데 어려움을 겪는 나오시는 얼터네이트가 사람과의 관계를 유지시켜주는 데 얼마나 중요한지 깨닫는다.

이 셋의 이야기를 읽다 보면 관계는 꼭 필요한 것만도 아니고, 그렇다고 불필요한 것도 아니라는 사실을 알 수

얼터네이트

있다. 모든 것에는 장단점이라는 양면이 존재하며 우리는 '현재에 충실히 살아가려고 노력하다'가 어떤 때는 잘못된 것이라는 사실을 아주 잘 알면서도 그 잘못된 현실에마저 충실히 살아가려고 하는 나쁜 본성도 가지고 있다는 것을 이 이야기는 시사한다.

고등학교 때 딱 한 번 자퇴를 결심한 적이 있다. 집에서도 떠나려고 했다. 몰래 상담을 하러 온 엄마와 쭉 남고에서 근무를 하다 처음으로 여고로 오신 중년의 담임 선생님(그래서 여고생의 마음을 이해하려고 더 노력하신 듯하다)의 만류에 결국 실패로 돌아갔지만, 거기서 벗어날 수 없다는 생각에 늘 우울했던 것만은 또렷하게 기억한다.

고등학교 때 나는 가장 민감한 시기를 보내고 있었다. 나 자신에게도 수많은 문제가 있었겠지만, 나를 갑갑하게 만드는 제일 큰 요인은 친구나 가족과의 관계였다. 관계가 내 인생의 테두리처럼 느껴졌다. 아니, 테두리라기보다 한계나 경계선처럼 느껴졌다. 그 답답함에서 멀어지기 위해 나는 학교에서도 가족에게서도 멀어지고 싶었다. 학교는 자퇴를 하면 물리적으로 멀어질 수 있겠지만, 내 유전자는 바꿀 방법이 없다. 그래서 가족은 늘 내 안에서 똬리를 틀고 있는 감옥처럼 느껴졌다. 내 모습에서 가족 중 누군가의 모습이 비칠 때마다 나는 힘들어했다. 학교를 자퇴한다고 해서 내 안에 자리한 가족의 모습에서는 벗어날 수 없다. 하지만 그나마 학교라도 관두면 무언가에서 멀어졌다는 일종의 안도감을 대신해서 조금은 느낄 수 있지 않을까, 하는 생각이 들었다. 그건 고등학생이던 내가 낼 수 있는 유일한 해결책이었다.

어플 '얼터네이트'는 현실과 밀접하지만 동시에 동떨어진 앱 안의 관계에 얽혀 소속감과 해방감 사이에서 고민하는 아이들의 예민한 부분을 건드린다. 우리 주변에도 얼터네이트와 같은 앱이 만연해 있다. 그것은 우리가 소속감과 해방감 사이에서 영원히 고민하는 존재라는 것을 의미하는 것이 아닐까.

이 작품에서 나즈는 유전자 매칭 서비스를 이용해 생물학적으로 자신과 가장 잘 맞는 사람을 찾으려고 한다. 어떤 의미에서 고등학교 때의 나 또한 그랬다. 중학교 때 처음 배운 유전자에 매료되어 내 한계와 가능성을 처음 고민하게 됐으니 말이다. 하지만 나는 나즈처럼 용감하지 않았다. 나에게 제일 잘 맞는 누군가를 찾으려 하기보다 나를 불편하게 만드는 것에서 떠나고 싶어 했으니까.

고등학교를 자퇴하지 않고 끝까지 다녀 졸업한 나는 그 이후에 늘 하는 말이 있다.

"엄마가 옳았어."

사람은 소속감과 해방감이라는 두 감정 사이에서 아슬아슬한 줄타기를 하며 성장한다. 개인적으로 지금은 자퇴하고 싶었던 그 시절의 내 감정을 비겁했다고 느낀다(물론 자퇴가 제일 좋은 방법인 사람도 존재할 것이며 그들의 의견도 존중하고 있다). 가장 민감한 시기인 고등학교 3년 동안 두 감정 사이에서 줄타기를 하며 나는 이제 사람과의 관계를 조율하는 방법을 배웠다. 만약 그 시절에 내가 학교를 관뒀으면 나는 내 손으로 나를 성장시키기를 포기한 사람이 됐을 테다. '지나고 나면 그게 다가 아닌데'라는 감정도 그 시절의 사춘기를 꿋꿋하게 보냈기에 생각할 수 있는 것이다.

이런 감정은 우리가 나이를 먹으면서 겪게 되는 힘든 일을 조금이나마 버텨낼 수 있는 성숙한 힘이 되기도 한다. 그 감정 하나하나를 배우기 위해 우리는 예민한 시기에 상처를 주거나 받는다. 그 일이 닥쳤을 때는 그게 전부인 것처럼 느껴져 죽을 만큼 힘들기도 하지만 긴 삶에서 보면 일부일 뿐이다. 즉 삶分의 일인 것이다. 나는 그렇게 생각하며 여전히 사춘기 같은 내 마음을 달랠 때가 많다. 25년째 사춘기 같은 삶을 살아가면서도 '이게 다가 아니니까'라고 생각하면 마음이 조금 나아진다. 하지만 아주 가끔 불만이 생길 때가 있다. 창조주는 사람을 애초에 아주 민감하고 예민하게 만들었으면서 시련이나 고통까지 주는 이유가 뭘까, 하는 궁금증이 생길 때다. 견디라는 것인지, 포기하라는 것인지 알 수 없어서 도리어 화가 날 때도 있다. 그렇게 모든 것을 다 던져버리고 싶을 때도 있다. 하지만 나는 안다. 내일이 되면 나는 또 소속감과 해방감 사이에서 희로애락을 느끼며 그것들을 내 손에서 놓지 않을 것임을. 그게 바로 사람이 살아간다는 게 아닐까.

오늘도 삶의 일부를 채운

역자 김현화 올림

얼터네이트

얼터네이트 (노블판)

2022년 11월 10일 1판 1쇄 발행

저   자 가토 시게아키
옮 긴 이 김현화
발 행 인 유재옥

본 부 장 조병권
편 집 1 팀 김준균 김혜연 박소연
편 집 2 팀 정영길 조찬희 박치우 정지원
편 집 3 팀 오준영 곽혜민 이해빈
디 자 인 김보라 박민솔
라 이 츠 김정미 맹미영 이승희 이윤서
디 지 털 박상섭 김지연
발 행 처 (주)소미미디어
발행등록 제2015-000008호
주   소 서울시 마포구 토정로 222, 403호(신수동, 한국출판콘텐츠센터)
제 작 처 코리아피앤피
영   업 박종욱
마 케 팅 한민지 최원석 최정연
물   류 허석용 백철기
전   화 편집부 (070)4164-3960, (070)4253-9250 기획실 (02)567-3388
         판매 및 마케팅 (070)4165-6888, Fax (02)322-7665

ISBN 979-11-384-3467-6 (03830)